Liebe Isabell,

möge der Zauber

des Schnees

mit dir sein!

Laurah Schneider

Laurah Schneider

Emelys Blut

Der Zauber des Schnees

Playlist

Find you – Ruelle

Creep – Radiohead

Hurts like hell – Fleurie

Already gone – Sleeping at last

Never Forget – Greta Salóme & Josi

Breathe – Fleurie

Like I'm gonna lose you – Jasmine Thompson

The Spectre – Alan Walker

Bach - Cello Suite No.1 in G Major

Für meine Schwester Lena und für alle,
die der Magie des Schnees begegnen möchten.

Bibliografische Information der Deutschen Nationalbibliothek:
Die Deutsche Nationalbibliothek verzeichnet diese Publikation in der Deutschen Nationalbibliografie; detaillierte bibliografische Daten sind im Internet über dnb.dnb.de abrufbar.

1. Auflage, 2020

Atelier für Musik und Kunst
Laura Schneider
Bergwerkstr. 33B
79688 Hausen im Wiesental
www.laurah.de

Lektorat und Korrektorat: Jacqueline Luft - Lektorat Silbenglanz
www.lektorat-silbenglanz.de

Umschlaggestaltung: Ria Raven Coverdesign • www.riaraven.de
Umschlagsbild: shutterstock, Adobe Stock

Buchsatz und Layout: chaela • www.chaela.de

Bestellung und Vertrieb: Nova MD GmbH, Vachendorf
Herstellung: SOWA Sp. z o.o., Raszyńska 13, 05-500 Piaseczno ul

ISBN:
978-3-96966-365-3 (Softcover)
978-3-9696-636-7-7 (Hardcover)

Laurah Schneider

Emelys Blut

Der Zauber des Schnees

»Zauber des Schnees,
ich stehe im Bund
mit dir …«

Kapitel 1

Blätter raschelten, als sie alleine durch den Wald lief. Die Sonnenstrahlen tauchten die bunten Blätter in leuchtende Farben und immer wieder wehte ein frischer Wind durch Emelys Haar. Sie schlenderte durch das Laub und blickte nach oben in die Baumkronen. Ihre schwarze Strickmütze hing ihr bis zu den Augenbrauen und die dicke Strickjacke, die sie wie jeden Herbst trug, hielt sie sich fest um den Körper geschlungen. Sie liebte das glänzende Braun der Kastanien, die über den Boden rollten, wenn sie frisch vom Baum fielen.

Sie war schon ziemlich weit gelaufen. Als sich ihre Zehen unangenehm kühl anfühlten, beschloss sie, sich langsam auf den Rückweg zu machen.

Die Bäume betrachtend wanderte sie durch den Wald, bis die ersten Häuser des Stadtrandes zu sehen waren. Kurz hielt sie inne, denn sie mochte zwar das Leben so nah an der Stadt, war jedoch sehr gerne weit weg von dem Lärm und den vielen Menschen. Nach wenigen Schritten hatte sie wieder Asphalt unter ihren Füßen, ging gemütlich die verlassene Straße entlang und an ein paar großen Villen vorbei, die sie aus dem Augenwinkel heraus begutachtete. Manchmal wünschte sie sich insgeheim, auch in so einem großen Anwesen zu leben, denn dann würde sie einen Raum nur für ihre Bücher und die Musik haben, doch eigentlich fühlte sie sich zu Hause sehr wohl.

Vor einem kleinen, mit Efeu bewachsenen Haus, bei dem an jedem Fenster dunkelrote Fensterläden angebracht waren, blieb sie stehen. Ringsherum zog sich ein wunderschöner, wilder Garten, in dem vereinzelt große Laternen aus Gusseisen standen. Das Haus passte nicht in diese Gegend, doch wirkte es wie etwas Besonderes zwischen all den Villen und hatte etwas Märchenhaftes an sich. Leise öffnete sie das Gartentor und ging auf einem schmalen Weg zur Haustür. Sie suchte nach ihrem Schlüssel. Nachdem sie ihn erfolgreich in der Hand hielt, schloss sie auf und zog ihre braunen Stiefeletten, Mütze und Jacke im warmen Flur aus. Ihr war definitiv nach etwas Heißem zum Trinken und sie schritt geradeaus durch den Gang auf die Küche zu. In dieser war gerade niemand, doch ihre Eltern würden jeden Moment von der Arbeit zurückkommen. Sie machte sich einen Rotbuschtee und setzte sich dann an den großen hellen Holztisch in der Küche. Vorsichtig nippte sie daran, um sich nicht den Mund zu verbrennen, und schaute aus dem Fenster, das eine schöne Sicht auf den Garten bot.

Sie mochte den Herbst, doch sehnte sie sich jeden Tag mehr den Winter herbei. Jedes Jahr faszinierte er sie aufs Neue und sie hoffte, dass es dieses Jahr viel schneien würde. Tag für Tag verfolgte sie jede Wettervorhersage und war schon aufgeregt, was sie diesmal für magische und seltsame Dinge erleben würde. Denn jedes Mal, wenn es schneite, passierten ihr wundersame Sachen, die sie sich nicht erklären konnte und die sie noch niemandem erzählt hatte. Würde das jemand hören, was sie da erlebte – ihre Eltern inbegriffen – würde man sie für verrückt erklären. Der Winter war jedes Jahr ihr eigenes kleines Abenteuer.

Mit funkelnden Augen huschte sie die schmale Treppe hinauf in ihr großes Zimmer. Es war sehr gemütlich, stand voller Regale, in denen sich unzählige Bücher stapelten. Auf ihrem Bett lagen viele große Kissen und ihr Cello stand in einer Ecke an der Wand gelehnt. Nicht zu vergessen ihre große CD-Sammlung, die neben ihrer Stereoanlage in einem niedrigen Regal, extra nur für die CDs, zu finden war. Sie ging schnurstracks zu ihrem Cello, setzte sich auf einen Stuhl und begann, ihren Bogen voller Vorfreude, dass bald der Winter einziehen würde, über die Saiten gleiten zu lassen. Manchmal schloss sie währenddessen die Lider und sah dabei Schneekristalle vor ihrem inneren Auge aufblitzen.

Die aufgehende Haustür riss sie aus den Gedanken und sie hörte, wie ihre Mutter verständnislos zu ihrem Vater meinte, dass ihre Tochter, seit sie das Abitur hinter sich habe, fast nur noch Cello spiele oder irgendwo im Wald herumlaufe.

Da Emely keine Antwort ihres Vaters vernahm, vermutete sie, dass er das nur nickend zur Kenntnis genommen hatte. Ihr Vater war nicht gerade sehr redselig, was ihre Mutter immer versuchte auszugleichen. Das war zumindest ihr Gefühl. Kopfschüttelnd setzte Emely wieder den Bogen an und genoss die melancholische Stimmung, die die einzelnen Töne verbreiteten.

Die Tür wurde schwungvoll aufgerissen und ihre Mutter stand lächelnd vor ihr. »Hallo, meine Liebe, wir sind wieder da. Wie war dein Tag? Irgendetwas Besonderes?«, plapperte sie drauflos und schien nicht zu merken, dass sie ihrer Tochter den wunderschönen Moment zerstört hatte.

Tief sog Emely die Luft ein und betete innerlich um Geduld. Ihre Mutter hatte kein Gespür für so etwas. »Gut, ich war im Wald spazieren und habe gerade einen Tee getrunken.« Erstaunlich gefasst schaffte sie es sogar, ihrer Mutter ein kleines Lächeln zu schenken.

»Klingt ja nicht gerade aufregend …« Sie zog eine markante Augenbraue hoch, die unter ihrem akkuraten Pony verschwand.

»Ich hatte die letzten Jahre genug Aufregung, ich bin heilfroh, wenn ich solche Tage wie diese endlich mal genießen kann«, gab Emely leicht genervt zurück.

»Ja, ich meine ja nur … In einer Stunde gibt es Abendessen. Ich werde uns einen Auflauf mit Rosenkohl und Schinken machen.« Seufzend verließ sie das Zimmer.

Emelys gute Laune war dahin und sie stellte ihr Cello wieder an die Wand, holte sich ein Büchlein aus einem der Regale und setzte sich an ihren Schreibtisch vor dem Fenster. *Schneegestöber* stand in weißen Buchstaben auf dem dunkelblauen Einband geschrieben. Das dünne Buch war voll mit märchenhaften Gedichten über den wundervollen Schnee.

Sie schlug es behutsam auf, als würde sie eine magische Kiste öffnen, und fing an zu lesen. Gleich nach den ersten Wörtern fühlte sie sich wohler und versank in der lyrischen Welt des Schnees. Je länger sie las, desto mehr vergaß sie, dass noch Herbst war.

Als ihre Mutter von unten hoch rief, dass das Essen fertig sei, und sie vom Buch aufschaute, stellte sie überrascht fest, dass draußen noch bunte Blätter umherflogen und keine einzige Schneeflocke zu sehen war. Enttäuscht ließ sie es aufgeklappt auf ihrem Schreibtisch liegen und eilte hinunter in die Küche. Der Geruch von Rosenkohl, Schinken, Nudeln und Gewürzen stieg Emely in die Nase und sie merkte erst jetzt, dass sie Hunger hatte. Der Auflauf stand schon dampfend mitten auf dem Esstisch, an dem ihr Vater saß und sie herzlich begrüßte. Sie mochte ihren Vater sehr, denn er würde nie ihre Art und Weise, wie sie mit dem Leben umging und die Tage verbrachte, infrage stellen oder sie dabei stören. Er respektierte sie so, wie sie war, und wenn er mit ihr reden wollte, hatte er immer ein Gespür dafür, wann es für sie passte.

Emely setzte sich neben ihn und sogleich häufte ihre Mutter Auflauf auf alle Teller. Zum Glück hatte sie vorhin noch nichts gegessen. Emely verteilte das Essen mit ihrer Gabel, damit es schneller auskühlte und sie sich nicht den Mund verbrannte. Ihre Mutter setzte sich ebenfalls und sie fingen an, stumm zu essen. Kochen konnte ihre Mutter, das musste Emely ihr lassen, und als alle mit dem Auflauf fertig waren, gab es sogar noch Nachtisch.

»Was hast du in der nächsten Zeit vor?« Emelys Vater schaute sie über seinen beladenen Löffel hinweg an.

»Nun, ich werde erst einmal einige Zeit in den Tag hineinleben, um wirklich zu entspannen und mir klar zu werden, was ich nach meiner Reise nach Alaska machen möchte. Sobald dieser Winter vorbei ist, werde ich ein paar Monate dort verbringen.« Gespannt wartete sie auf eine Reaktion.

Ihr Vater schaute sie mit funkelnden Augen an. »Alaska … das ist ja eine gute Idee!« Er schob sich einen weiteren Löffel Vanillecreme in seinen Mund.

»Wie bitte? Alaska? Ist das dein Ernst, meine Liebe? Aber was willst du denn da machen? Da ist es kalt!«, ereiferte sich ihre Mutter, als ihr Vater das letzte Wort zu Ende gesprochen hatte.

Emely merkte, wie er versuchte, ein Lächeln zu unterdrücken, was ihm ziemlich schnell gelang. Sie meinte nur trocken zu ihrer Mutter, dass nicht jeder die heißen Länder so lieben könne wie sie. Sie aß den Rest ihres Nachtischs schleunigst auf, denn wie sie ihre Mutter kannte, würde sie so schnell keine Ruhe geben.

»Gustav, das kann ja wohl nicht dein Ernst sein, dass du das gut findest …« Erhobenen Hauptes setzte sie sich auf und reckte ihr Kinn nach vorne, woraufhin Emely leise ihre Schale abstellte und aus dem Raum schlich.

Das war nur möglich, wenn ihre Mutter mit ihrem Vater stritt, denn dann schien um sie herum nichts mehr zu existieren. Emely huschte die Treppen hoch und schloss ihre Zimmertür geräuschlos.

Geschafft. Sie sehnte sich noch mehr die Reise nach Alaska herbei. Monatelang niemand, der sie bei irgendetwas stören würde und vor allem … Schnee! Zumindest in den ersten Monaten, die sie dort verbringen würde. Somit hätte sie einen verlängerten Winter.

Einige Zeit später hatte sie sich einen warmen Schlafanzug angezogen. Müde vom Essen legte sich Emely auf ihr Bett und machte es sich auf den großen Kissen bequem. Eine Weile war sie mit ihren Gedanken bei Alaska, doch dann war sie, ohne es zu merken, eingeschlafen.

Schneeflocken wirbelten wild um sie herum, sie versuchte irgendetwas zu beschützen, doch sie wusste nicht was. Aussichtslosigkeit und Verzweiflung stiegen in ihr auf, Blut tropfte von ihrem Gesicht und fiel sanft in den Schnee. Statt jedoch rote Flecken zu hinterlassen, war dort nichts, denn ihr Blut verwandelte sich in weiße Schneekristalle, sobald es den schneebedeckten Boden berührte. Stutzig ging sie in die Hocke, um es genau zu begutachten, und als sie sich wieder aufrichtete, war der Schnee verschwunden. Es war plötzlich keine einzige Flocke mehr zu sehen und sie stand barfuß auf kaltem Waldboden. »Nein, das darf nicht sein!«, rief sie. Alles fing an, sich zu drehen, ihr wurde schwarz vor Augen und sie hatte das Gefühl, immer weiter zu fallen.

Schweißnass und schwer atmend wachte sie auf.

Sie setzte sich auf und stellte ihre nackten Füße auf den warmen Boden. Irritiert stützte sie den Kopf in die Hände und versuchte, sich wieder zu beruhigen. Ihre Lichterkette am Bett war noch an, worüber sie gerade sehr froh war. Sie war es nicht gewohnt, so seltsame und aufregende Träume zu haben. In der Regel wachte sie nachts kaum auf und war morgens ausgeruht. Komisch, normalerweise passierten ungewöhnliche Dinge nur, wenn es schneite. Sie pustete geräuschvoll den angehaltenen Atem aus und wandte sich zum Fenster, um sich zu vergewissern, dass weit und breit kein Schnee in Sicht war. Nichts! Der Himmel war sogar so klar, dass sie ein paar Sterne sah, und der Wind wehte in Böen durch die Bäume und Sträucher. Langsam tapste sie zurück zum Bett und zog die Decke bis an die Nasenspitze, während sie sich auf die Seite legte und sich zusammenrollte.

Bevor sie jedoch allzu sehr darüber nachgrübeln konnte, schlief sie wieder ein. Den Rest der Nacht verbrachte sie ruhig und als sie morgens müde aufwachte, schob sie den Gedanken an den Traum vorerst beiseite und stand gähnend auf.

Kaffeegeruch stieg ihr in die Nase. Sie wunderte sich darüber, denn normalerweise war sie immer als Erste wach und genoss die Ruhe im Haus. Vor allem, wenn sie ihren morgendlichen Tee trank und dabei ein paar Kekse aß. Ihr Blick fiel auf den kleinen Wecker neben dem Bett und sie musste zweimal hinsehen, um sich gewiss zu sein, dass sie so lange geschlafen hatte. Nun gut … so lange war es für andere wahrscheinlich nicht, doch für sie war das sehr ungewöhnlich. Es war halb zehn! Nicht sieben Uhr dreißig wie sonst. Planänderung! Sie schlich ins Badezimmer und beschloss, erst einmal zu duschen. Die warmen Wassertropfen fielen angenehm auf ihren Körper, bis sie das Gefühl hatte, als wäre diese komische Nacht weggespült worden. Rosenduft vermischte sich mit dem Dampf des warmen Wassers und breitete sich im Badezimmer aus. Emely verbrachte bewusst viele Minuten unter der Dusche, denn sie wusste, dass ihre Eltern bald arbeiten gehen und sie somit doch in Ruhe frühstücken würde. Sie hatte Glück! Als sie gerade dabei war, sich abzutrocknen, hörte sie, wie die Haustür ins Schloss fiel.

Wenig später saß sie unten in der Küche und pustete in ihren heißen Tee. Heute würde sie erst am Nachmittag spazieren gehen, denn es war vormittags sehr frisch. Sie biss mit den Gedanken an den gestrigen Waldspaziergang von ihrem letzten Keks ab. Einzelne Bilder tauchten vor ihrem inneren Auge auf … rote Beeren zwischen bunten Blättern, glänzende Kastanien, wolkenloser Himmel, die Sonne, wie sie auf die Baumwipfel schien und der laubbedeckte Boden voller Bucheckern und Eicheln. Angenehm gesättigt schluckte sie den Bissen herunter und ging mit ihrer halbvollen Teetasse die Treppe hinauf in ihr gemütliches Zimmer. Zielstrebig schaltete sie ihr Handy an, um die Wettervorhersagen durchzusehen. Eine Textnachricht erschien. Ihre Freundin Lisa wolle morgen mit ihr in die Stadt gehen. Emely überlegte kurz und sagte dann zu, denn sie hatte Lisa einige Tage nicht mehr gesehen. Nachdem sie die Antwort abgeschickt hatte, drückte sie gleich auf das Item der Wettervorhersage und prüfte diese angespannt. Aha! In drei Tagen würde es endlich schneien.

Raphael lag in seinem Zimmer auf dem Sofa und hing seinen schweren Gedanken nach. Er strich mit der Hand durch seine zerzausten Haare und atmete tief ein. In drei Tagen würde es schneien. Er hasste Schnee. Mühselig erhob er sich und sammelte mehrere Socken vom Boden auf. Angeekelt warf er sie auf einen Wäschehaufen neben sein schmales Regal. Er fühlte sich heute wie die Farbe auf dem Bild, das einen großen Teil der Wand über seinem Bett beanspruchte. Es war in dunklen Farben gehalten und wirkte bedrückend. Er schnappte sich sein Kopfkissen und warf es aufs Sofa, um es sich gemütlicher zu machen. Mit einem weiteren Blick auf den Wäscheberg seufzte er und ließ seinen schweren Kopf ins Kissen sinken. Das

Licht blendete ihn und er legte den Arm über sein Gesicht. Die Dunkelheit passte zu dem, was er fühlte.

Morgen würde er in die Stadt gehen, um sich neue Thermosocken zu kaufen, denn er fror immer so, wenn es schneite.

»Raphael! Es gibt Essen!«, hörte er seine Mutter rufen.

Er hätte es sich definitiv sparen können, sich nochmals hinzulegen, doch die Müdigkeit war heute unerträglich. Er stand ein weiteres Mal widerwillig auf und verließ das Zimmer.

Voller Vorfreude nahm Emely ein dickes Buch aus einem der Regale, setzte sich damit in ihr Bett und versank in der Geschichte des kleinen Schneemanns, der ein Abenteuer nach dem anderen in der verschneiten Welt erlebte. Sie liebte Kinderbücher sowie Märchen. Zum Glück hatte sie wieder Zeit dafür, nachdem sie in den letzten Jahren fast jede freie Minute der Schule gewidmet hatte. Klar, ihr Cello hatte sie täglich durch diese Zeit begleitet, doch Kino, ausgedehnte Shoppingtrips und Männer hatten keinen Platz gehabt. Lisa hatte sie immer damit aufgezogen, doch wusste Emely, dass ihre Freundin stolz gewesen war, dass sie das durchgezogen hatte. Emely würde Lisa vermissen, wenn sie in Alaska die Winterwelt genießen würde.

»Oh …« Emely krabbelte erschrocken aus dem Bett, als sie feststellte, dass es bereits Nachmittag war. Ihr Magen knurrte und fühlte sich unangenehm an … Kein Wunder, sie hatte nur ein paar Kekse zum Frühstück gegessen.

Nachdem zwei Käsebrote ihren Magen angenehm füllten, beschloss sie, einen Verdauungsspaziergang durch den Wald zu machen. Im Flur zog sie ihre Schuhe, eine dicke Jacke, Mütze und Schal an, und verließ gleich darauf das Haus.

Eisiger Wind wehte ihr ins Gesicht und sie zog den Schal bis zur Nase hoch. Im gemütlichen Tempo machte sie sich auf den Weg, schlenderte durch die mit Villen gesäumte Straße. Ihr Blick fiel auf ein Fenster von einem der Anwesen und sie glaubte, im Dunkeln ein Gesicht zu sehen, das sie beobachtete. Bei näherem Hinschauen war es verschwunden, doch sie glaubte ohnehin, sich getäuscht zu haben, da dieses erhabene Anwesen, das an einigen Stellen von Weinranken geziert war, verlassen wirkte. Sie hatte zudem noch niemanden bewusst ein und aus gehen sehen. Der große Vorgarten war verwildert, doch ein schmaler Kiesweg, der zur Tür und in den hinteren Teil des nicht einsehbaren Gartens führte, war von dem hohen Gras befreit. Erst jetzt nahm sie die Mauer wahr, die im hinteren Teil des Vorgartens begann und sich wohl um den Rest des Grundstückes zog.

Sie schritt eilig über einen Feldweg und dann in den Wald. Die Bäume schützten sie ein wenig vor dem Wind, sie ließ ihre Füße wie gestern durchs Laub schleifen und genoss die klare Luft. *Heute bin ich nicht alleine*, dachte Emely verwundert, als sie gedämpfte Schritte hinter sich hörte. Als sie sich umdrehte, war niemand zu sehen. Stutzig schaute sie auf den menschenleeren Waldweg, schüttelte den Kopf und spazierte weiter. Sie musste sich getäuscht haben … Doch hatte sie eine so gute Wahrnehmung, dass ein Irrtum eigentlich nicht möglich war.

Emely nahm eine Abzweigung, die auf den Berg führte, der eine wunderbare Aussicht bot. Etwas außer Atem erklomm sie Schritt für Schritt den steilen Anstieg. Oben angekommen stand eine Holzbank, nahe am Rand der Böschung, von der man einen perfekten Blick hatte. Keuchend ließ Emely sich auf die Bank fallen und blickte glücklich über den Wald bis hin zu den Dächern der Stadt. Es war ein wunderschöner Anblick!

Der Himmel war strahlend blau und die Dächer der Stadt glänzten in der Sonne um die Wette. Morgen würde sie im Getümmel der Leute dort unten sein und mit ihrer Freundin durch die Straßen bummeln. Sie schloss die Augen und streckte das Gesicht der Sonne entgegen. Schneekristalle blitzten vor ihrem inneren Auge auf und sie betrachtete jeden noch so kleinen Kristall. Noch wärmte die Sonne ein wenig, doch Emelys Hintern fühlte sich nach wenigen Minuten an, als würde er festfrieren. Langsam öffnete sie ihre Augen, stand auf und machte sich auf den Rückweg. Bergab war es zwar nicht so anstrengend, aber es ging ihr ziemlich auf die Knie.

Ein Rascheln im Unterholz ließ sie innehalten und sie suchte angestrengt den Boden voller Geäst und Gestrüpp nach einem Eichhörnchen ab. Weit und breit war jedoch keines auszumachen und auch kein anderes Tier hüpfte durchs Laub und wühlte nach Futter. Unweigerlich dachte sie an die Situation, als sie vorhin das Gefühl hatte, jemand wäre hinter ihr … Doch auch da hatte sie niemanden gesehen! Unruhe kam in ihr auf, denn sie konnte sich das nicht erklären, ihre Sinne täuschten sie sonst nie! Sie beschloss, schneller zu laufen, um diesen Wald zu verlassen, denn auch wenn dieser sie sonst beruhigte – heute fühlte sie sich unwohl und vor allem … beobachtet.

Raphael

Gleichgültig streifte Raphael mit gesenktem Blick zwischen den Bäumen umher. Mist, dachte er sich, als er schon wieder diese junge Frau sah. Er duckte sich schnell hinter dichtes Gestrüpp. Jetzt war dieser Wald schon nicht der kleinste und er lief ihr wieder über den Weg. Er beobachtete sie dabei, wie sie den Laubboden abscannte, dann eilig weiterlief. Sie war schon etwas komisch. Er atmete tief ein. Als er ihre Schritte nicht mehr hörte, stand er auf, kämpfte sich aus dem Gebüsch und nahm den Weg nach oben – auf den Hügel. Oben angekommen ließ er sich auf die verwitterte Bank fallen. Er faltete seine Hände und stützte sein kantiges Kinn darauf ab. Sein Blick schweifte über die sonnenverzierten Dächer, doch er konnte sich daran nicht erfreuen. Alles fühlte sich bedeutungslos an.

Die Welt war schon lange nicht mehr so bunt und freudig wie früher. Letztes Jahr hatte er sogar seinen Geburtstag nicht gefeiert und den ganzen Tag in seinem Zimmer verbracht. Zweiunddreißig Jahre war er geworden … doch deswegen hatte er sich nicht besser gefühlt. Ein kalter Windhauch traf ihn im Gesicht und kroch unter seinen Kragen. Mit einem Mal atmete er erschrocken ein. Eine Welle seiner Trauer strömte ungewohnt stark durch seinen Körper. Er setzte sich aufrecht hin und presste verwundert eine Hand gegen seinen Brustkorb. Im nächsten Moment war die Kälte verschwunden und das kaum aushaltbare Gefühl des Verlustes nur noch ein Echo.

Kapitel 2

Als Emely den Wald verlassen hatte, fühlte sie sich sichtlich erleichtert. Am Briefkasten blieb sie stehen und nahm die Post heraus, bevor sie den schmalen Weg zur Haustür entlanglief, aufschloss und kurz darauf im warmen Flur stand. Schnell schaute sie die Post durch, ob etwas für sie dabei war, denn sie hatte insgeheim einer Gastfamilie in Alaska geschrieben, die sie für diese Zeit bei sich aufnehmen würde. *Frau Wilhelmine Winterholm* stand jeweils auf den drei Briefen.

Emely ging enttäuscht in die Küche. Durchgefroren setzte sie, wie nach jedem ihrer Spaziergänge im Herbst, Teewasser auf, um sich aufzuwärmen. Das war ebenfalls ein Punkt, weshalb Emely sich auf den Winter freute … Sie fror dann nicht mehr. Sie stempelte dies als Phänomen ab, denn normal war das definitiv nicht. Sie konnte barfuß durch Schnee laufen und spürte die Kälte kaum. Das erste Mal, als sie das festgestellt hatte, war sie in der siebten Klasse gewesen. Damals verbrachte die Schulklasse vier Tage in einer Berghütte zum Skifahren. Sie war hoffnungslos in einen Jungen verliebt, der ausgerechnet in dem Moment um die Ecke kam, als Emely sich ihre Skischuhe anziehen wollte. Mit rasendem Herzen nuschelte sie ein »Hallo« und stolperte raus in den Schnee. Nach wenigen Schritten hatte sie realisiert, dass sie in Socken im weißen Nass stand und der Stoff schneller, als ihr lieb war, durchnässt war. Um nicht für Gelächter zu sorgen, versteckte sie sich hinter dem großen Holzstapel an der Hütte und wartete, bis die Luft rein war. Es dauerte ziemlich lange und nach einigen Minuten wurde ihr bewusst, dass sie absolut nicht fror. In den Tagen darauf hatte sie sich nachts öfter hinausgeschlichen, um zu testen, ob sie sich das nur eingebildet hatte.

Bis heute war ihr das ein Mysterium. Auch so brauchte sie, sobald Schnee lag, keine Mütze oder eine warme Jacke. Um kein Aufsehen zu erregen, packte sie sich jedoch jeden Winter warm ein wie alle anderen. Allerdings musste sie dann in Kauf nehmen, dass sie das Gefühl hatte, in einer mobilen Sauna zu stecken.

Schwungvoll goss sie das kochende Wasser in die Tasse und richtete den Blick auf den Boden, als sie sich auf den Weg in ihr Zimmer machte. Da es sowieso noch dauern würde, bis der Tee gezogen und trinkbar wäre, schnappte sie sich ihr Cello, setzte sich auf einen Stuhl und schloss die Augen. Seit sie sich in ihrer frühen Jugend fürs Cellospielen entschieden hatte, verging fast kein Tag ohne ihr geliebtes Instrument.

Schneekristalle leuchteten erneut auf, sie atmete ruhiger, setzte den Bogen auf und ließ ihn entspannt und langsam über die Saiten gleiten. Ein Ton nach dem anderen entfaltete sich im Zimmer und zauberte eine wundervolle Stimmung. Sie spürte die Vibration der Töne sacht in ihrem Körper und spielte mit deren Lautstärke, die sie emotional heute sehr mitnahmen. Als der letzte Ton verstummte, blieb sie noch eine Weile mit geschlossenen Augen sitzen, bevor sie diese langsam öffnete und sich in ihrem Zimmer wiederfand. Behutsam strich Emely über den hölzernen Korpus ihres Cellos, stand dann auf, stellte es wieder an die Wand und setzte sich an ihren Tisch, um den Tee zu trinken.

Ihre Zimmertür wurde schwungvoll aufgerissen und sie erschrak so, dass sie sich verschluckte und laut hustete. Sie hatte ihre Eltern nicht kommen hören … Was war nur los mit ihr?

»Hallo, Schatz! Oh, ich klopfe dir mal auf den Rücken.« Ihre Mutter eilte zu ihr. »Hier schau mal, ich habe dir etwas mitgebracht.« Sie legte Emely ein paar Hefte auf den Tisch.

Alaska stand in großen, dicken Buchstaben vorne drauf. Ihre Tochter schaute sie fragend an.

»Nun ja …«, druckste sie herum, »… ich habe gestern etwas überreagiert und wollte mich damit bei dir entschuldigen … Ich hoffe, du kannst etwas davon gebrauchen.«

Überrascht sah Emely sie an. »Ja, danke, Mama. Da ist bestimmt etwas Brauchbares dabei.« Lächelnd strich sie über die Hefte.

»Ich mache dann gleich mal Essen. Wie wäre es mit Pfannkuchen?« Überschwänglich breitete sie die Arme aus und lief, nachdem Emely zustimmend genickt hatte, sogleich aus dem Zimmer.

Diese starrte verblüfft auf die Broschüren und vermutete, dass ihre Mutter diesmal ein sehr schlechtes Gewissen hatte.

Sonst realisierte sie nicht, wie festgefahren und barsch sie ihre Meinung vertrat. Entschuldigen mussten sich in der Regel nur die anderen. Am besten, Emely sagte ihr nicht, dass sie schon längst eine konkrete Vorstellung hatte, denn sie wollte sich die überspannte Reaktion ihrer Mutter ersparen, die sie jedes Mal verletzte.

Trotzdem begann Emely, in den Reisebroschüren zu blättern. Vielleicht würde sie noch auf interessante Orte stoßen, zu denen sie einen Abstecher machen könnte. Ihre Mutter hatte ihr bestimmt gut durchdachte, informative Zeitschriften aus dem Reisebüro mitgebracht, in dem sie arbeitete.

Nach einer Stunde Alaska im Kopf rief ihre Mutter von unten hoch, dass das Essen fertig sei, und Emely sprang hungrig von ihrem Stuhl auf und eilte die Treppe hinunter. Pfannkuchen! Die gehörten definitiv zu ihrem Lieblingsessen.

»Hallo!«, rief sie ungeduldig in die Küche, schnappte sich einen Pfannkuchen vom Teller, der in der Mitte des Tisches stand.

»Du wartest bitte, bis wir alle sitzen!«, sagte ihre Mutter barsch und warf ihr einen strengen Blick zu.

Emely verdrehte daraufhin die Augen und ihr Vater schmunzelte. »Was meinst du, Herr Super-Meteorologe, wird es in drei Tagen schneien?« Emely schaute ihren Vater, mit seinem wachen Blick und grau melierten Haaren, gespannt an.

»Ja, meinen Berechnungen zufolge kommt in drei Tagen der erste Schnee.« Er nickte ihr mit leuchtenden Augen zu.

»Perfekt!« Freudig versuchte sie, unbemerkt ein Stückchen von ihrem Pfannkuchen abzureißen.

»So, jetzt können wir anfangen.« Ihre Mutter setzte sich und als ihr Blick kurz über Emelys Teller huschte und sie sah, dass von ihrem Pfannkuchen schon ein Stückchen fehlte, zog sie die perfekt gezupften Augenbrauen hoch, sagte jedoch nichts. Bevor Emely großzügig Marmelade auf ihren Pfannkuchen strich, aß sie ihn mit Käse und einer Scheibe Schinken.

»Ich habe heute übrigens eine Analyse zu den Blitzeinschlägen dieses Jahres fertiggestellt. Das Ergebnis toppt die letzten zwölf Jahre.« Gustav war ganz in seinem Meteorologen-Element.

»Das ist doch mal interessant im Gegensatz zu eurem Schnee!«

Darüber lässt sich streiten, dachte Emely bei sich, doch war sie definitiv froh, dass Alaska nicht zum großen Thema wurde. »Papa, was meinst du … Wie wird der Winter dieses Jahr?«

»Hm, so wie es aussieht, werden wir einen heftigen Wintereinbruch erleben. So extrem gab es das hier noch nie.« Bedeutungsvoll erwiderte er ihren Blick und trank dann einen Schluck Bier aus seinem Glas.

»Ihr immer mit eurem Schnee.« Wilhelmina schüttelte ihren Kopf.

Emely und ihr Vater grinsten sich an und ihre Augen leuchteten mit dem Gedanken an den Schnee um die Wette. Da kam Emely ganz nach ihrem Vater, bis auf dieses kleine Geheimnis, das sie beherbergte – wie ihren persönlichen Schatz.

Raphael

Es war schon dunkel geworden und Raphael saß immer noch auf der Bank. Mittlerweile sah er nur noch die Lichter der Stadt, die im Dunkeln leuchteten. Er spürte seine Füße kaum noch vor Kälte, doch das war ihm egal. Der einzige Grund, warum er sich nun auf den Heimweg machen musste, war seine Mutter. Sie machte sich – seit sein Vater tot war – immer so schnell Sorgen, und das wollte er nicht.

Steif vom langen Sitzen stand er unbeholfen auf und lief den Waldweg hinab. Der Wind war um diese Zeit noch eisiger und er zog sich den Kragen seiner warmen Jacke bis zu den Ohren hoch. Seine Gedanken huschten kurz zu dem Moment, als ein kalter Windhauch unter seine Jacke gekrochen war. Dieser hatte sich jedoch anders angefühlt – unbehaglich und beklemmend. Als er gerade durch die Straße der reichen Leute schlenderte, versuchte er bewusst die große, verkommene Villa schräg gegenüber dem kleineren, gepflegten Häuschen nicht zu beachten. Stur schaute er geradeaus die Straße entlang. Ein paar Straßen weiter und einige Minuten später blieb er vor einem Mehrfamilienhaus stehen und drückte auf die Klingel.

»Ja?«, ertönte eine Frauenstimme an der Sprechanlage.

»Ich bin's!«

Seine Mutter öffnete ihm die Tür. Zügig schritt er die Treppen bis in den zweiten Stock hoch, zog die Schuhe aus und stand mit seinen kalten Füßen auf dem warmen Küchenboden.

»Hallo, mein Schatz. Ich habe das Abendbrot schon angerichtet, ich dachte, du kommst gar nicht mehr … na ja kann ja nichts kalt werden.« In ihren Hausschuhen stand sie am Spülbecken und trocknete ein Holzbrett ab.

»Entschuldige bitte, ich war im Wald spazieren und habe dabei die Zeit vergessen.« Müde setzte er sich an den kleinen Tisch in der Küche, der direkt an der Wand stand.

»Ist schon okay, lass uns essen.« Sie legte das trockene Brett ab und setzte sich zu ihrem Sohn. »Wie war dein Tag?« Fürsorglich schaute sie Raphael an, während sie sich Butter auf eine Brotscheibe schmierte.

»Ganz okay«, sagte er nur und biss in sein Wurstbrot. Seit sein Vater tot war, fand er nicht mehr viel Verwendung für Worte und lebte eher zurückgezogen.

Seine Mutter schien sich schon daran gewöhnt zu haben und hakte nicht weiter nach. Sie wusste, dass er immer noch sehr darunter litt, das hatte er ihr gestanden, als sie zusammen vor einiger Zeit am Grabstein gewesen waren. Es traf ihn, als seine Mutter ihm sagte, dass es ihr ebenfalls sehr schwerfiel, doch dass sie arbeiten gehen und für ihn sorgen wollte. Raphael musste oft an das Gespräch denken, vor allem, als sie sein Gesicht in ihre weichen Hände genommen und ihm gesagt hatte, dass sie immer für ihn da sein werde, egal wie lange er brauche, um wieder aktiv am Leben teilzunehmen.

Das Abendessen verlief recht wortkarg und Raphael war in Gedanken bei seinem Vater. Bald würde es schneien, da führte kein Weg dran vorbei. Das war die schlimmste Zeit. Jedes Mal, wenn er sah, wie ein Auto über den Schnee schlitterte, musste er an seinen Vater denken und seine stummen Tränen spiegelten den Schmerz wider. Seine Mutter verschluckte sich und musste husten, was Raphael aus seinen Grübeleien riss.

Schneeflocken wirbelten wild um sie herum, sie versuchte irgendetwas zu beschützen, doch sie wusste wieder nicht was. Aussichtslosigkeit und Verzweiflung stiegen in ihr auf, Blut tropfte von ihrem Gesicht und fiel sanft in den Schnee. Statt jedoch rote Flecken zu hinterlassen, war dort nichts, denn ihr Blut verwandelte sich in weiße Schneekristalle, sobald es den schneebedeckten Boden berührte. Stutzig ging sie in die Hocke, um es genau zu begutachten, und als sie sich wieder aufrichtete, war der Schnee verschwunden. Es war plötzlich keine einzige Schneeflocke mehr zu sehen und sie stand barfuß auf kaltem Waldboden. »Nein, das darf nicht sein!«, rief sie. Alles fing an, sich zu drehen. Ihr wurde schwarz vor Augen und sie hatte das Gefühl, immer weiter zu fallen.

Sie wachte wie die Nacht zuvor schweißnass und schwer atmend auf. Schon wieder dieser Traum. Er war haargenau wie der letzte. Sie lag auf dem Rücken und versuchte, ihre Atmung zu beruhigen. Nie träumte sie irgendetwas mehrmals und sie machte sich ernsthaft Gedanken, ob der Traum so eine Art Vorhersage oder Warnung war.

Ihre Zimmertür ging schwungvoll auf und ihre Mutter stand im Türrahmen. »Ist alles okay bei dir? Hast du gerufen?« Besorgt musterte sie ihre Tochter.

»Nein, nein, alles okay, danke! Ich habe mir nur meinen Fuß an der Bettkante angeschlagen«, sagte Emely schnell und versuchte, gefasst und ruhig zu klingen.

»Ah, okay, dann gehe ich mal wieder.« Leise schloss sie die Tür hinter sich.

Da ihre Mutter noch angezogen war, durfte es noch nicht allzu spät sein. Emelys Blick fiel auf ihren Wecker. Sie hatte zehn Minuten geschlafen – seltsam! Sie hatte sich nach dem Abendessen nur kurz entspannen wollen und musste eingeschlafen sein. Langsam stand sie auf, zog ihre Kleidung aus und schlüpfte in ihr warmes Nachthemd. Müde legte sie sich wieder ins Bett und zog ihre Federbettdecke über die Nasenspitze. Morgen würde sie sich mit dem Traum ernsthaft auseinandersetzen.

Der Rest der Nacht verlief ruhig. Am nächsten Morgen wachte sie früh auf und schlich leise in die Küche. Erst als sie die Küchentür geschlossen hatte, schaltete sie das Licht an. Hellwach machte sie sich einen Tee mit Zimt, nahm sich ein paar Kekse aus einer Dose und setzte sich an den Küchentisch. Zum Glück hatte ihre Mutter darauf bestanden, eine Fußbodenheizung einzubauen, sonst wäre es für Emely mit nackten Füßen im Nachthemd nicht sonderlich gemütlich gewesen. Sie zündete die Kerze auf dem Tisch an und begann, immer wieder in den Tee zu pusten, damit er etwas abkühlte. Der Traum! Vorbei war es mit der inneren Ruhe, denn ihre Gedanken ratterten und sie beschloss daraufhin, sich im Internet etwas über Träume und Traumdeutung durchzulesen. Entschlossen tunkte sie die Kekse in den Tee und anstatt sie genussvoll zu verspeisen wie jeden Morgen, schlang sie diese herunter, nahm die Tasse und huschte hoch in ihr Zimmer. Den Tee stellte sie ab und schaltete sofort den Computer ein. Sie wickelte sich eine Decke um und setzte sich auf den Schreibtischstuhl.

Ungeduldig wartete sie, bis der Computer hochgefahren war und sie in das Suchfeld *Träume als Vorhersage* eingeben konnte. Anscheinend gab es das tatsächlich, denn sie fand etliche Artikel in allen Varianten darüber. Mal wissenschaftlich, mal spirituell orientiert, aber es war auf jeden Fall ein spannendes Thema. Sie las einen Artikel nach dem anderen, bis ein kurzer Signalton ihres Handys sie aus der Traumwelt riss. Emely zuckte zusammen und schaute auf ihr Handy.

Lisa
Ich mache mich jetzt auf den Weg in die Stadt
... bis gleich ... freu mich! ♥

Emely sog geräuschvoll die Luft ein. Unglaublich … sie war so vertieft gewesen, dass sie nicht realisiert hatte, dass die Zeit verflogen war, seit sie am Computer saß.

Schnell lief sie ins Bad, stellte fest, dass sie noch nicht einmal bemerkt hatte, dass ihre Eltern schon gegangen waren und bürstete in Windeseile ihre langen Haare. Geschickt band sie sie zu einem Knoten zusammen und sprang unter die Dusche. Anstatt jeden einzelnen Wassertropfen zu genießen wie sonst, verteilte sie so schnell sie konnte das Duschgel, um es daraufhin genauso schnell wieder abzuduschen. Nachdem sie sich abgetrocknet hatte, tuschte sie sich ein wenig ihre Wimpern, lief dann wieder in ihr Zimmer und zog sich an.

Sie schnappte sich ihre große Handtasche, hüpfte die Treppe hinunter und zog ihren Wollmantel an. Den Saum ihrer Jeans stopfte sie in ihre Stiefeletten und schon war sie draußen – auf dem Weg in die Stadt.

Mit großen Schritten eilte sie die Straße bis zur nächsten Bushaltestelle entlang. Eigentlich war sie lieber zu Fuß unterwegs, doch da sie so spät dran war und der nächste Bus gleich eintreffen würde, entschied sie sich dafür. Als sie auf den Bus wartete, schrieb sie ihrer Freundin schnell, dass sie auf dem Weg sei und diese vor dem kleinen Dekoladen, den sie beide so liebten, warten solle.

Der Bus hielt und Emely stieg ein, froh darüber, dass es in dem Bus warm war, und setzte sich weiter hinten auf einen freien Sitzplatz in einer leeren Reihe. Bei der nächsten Haltestelle stieg nur ein junger Mann ein. Emely musterte ihn und spürte eine Art Trauer von ihm ausgehen, woraufhin sie ihn genauer taxierte. Sein Blick fiel auf sie und als sie ihn erwiderte, blieb er kurz stehen und starrte sie mit hellen blauen Augen an. Emely riss sich als Erste wieder los und schaute schnell aus dem Fenster. Sie war es nicht gewohnt, Menschen länger in die Augen zu sehen, schon gar nicht wildfremden Männern. Das Gefühl, das sich dabei in ihr ausbreitete, mochte sie nicht. Sie fühlte sich ausgeliefert und irgendwie nackt. Aus den Augenwinkeln bekam sie mit, dass er sich nicht weit von ihr auf einen Platz setzte.

Langsam, um nicht aufzufallen, bewegte sie ihren Kopf in seine Richtung. Er saß mit dem Rücken zu ihr, wodurch sie ihn weiter beobachten konnte, ohne sich zu verraten. Seine schwarzen Haare standen in alle Richtungen ab. Der dicke dunkle Mantel, den er trug, hatte einen hohen Kragen.

Etwas Geheimnisvolles ging von diesem jungen Mann aus und Emely fühlte sich wie angezogen von ihm, obwohl sie ihn noch nie gesehen hatte. Das war neu für sie! Ihre Hand begann, kaum erkennbar zu zittern. Nervosität eroberte ihren Körper. Der Gedanke, durch seine ungeordneten Haare zu streichen, gab ihr den Rest. Abrupt wendete sie sich ab und atmete tief durch. Was war nur los mit ihr? Er war jemand völlig Fremdes! Der Bus hielt wieder und Emely sprang erschrocken auf, da sie nicht realisiert hatte, dass hier ihre Haltestelle war. Dem jungen Mann schien es ähnlich zu ergehen, denn als Emely gerade auf seiner Höhe war, sprang er ebenfalls auf und stieß mit ihr zusammen. Emely stolperte und konnte sich gerade noch an einer der Haltestangen festhalten.

»Entschuldige!« Er starrte intensiv in ihre Augen und hetzte dann schnell aus dem Bus.

Verdattert schaute Emely ihm nach und ärgerte sich darüber, dass es ihr komplett die Sprache verschlagen hatte. Sonst bekam sie in Anwesenheit von Männern, die sie toll fand, wenigstens ein paar vereinzelte Worte heraus.

»Junge Dame, möchten Sie noch raus?«, rief der Busfahrer zu ihr nach hinten und riss Emely aus den Gedanken. Sie nickte nur, winkte dem Busfahrer zu und verließ stolpernd den Bus.

Frische, kühle Luft wehte ihr ins Gesicht, als sie die Straße entlangblickte, doch der junge Mann war nicht mehr zu sehen. Um den Gedanken an ihn loszuwerden, schüttelte Emely den Kopf und lief dann zügig an vielen schon weihnachtlich geschmückten Schaufenstern vorbei, bis sie beim Dekoladen ankam und ihre Freundin sie überschwänglich begrüßte.

»Emely, na endlich, da bist du ja! Ich habe dich ja eine gefühlte Ewigkeit nicht mehr gesehen.« Stürmisch umarmte sie Emely.

»Hallo, Lisa! Ich freue mich auch, dich mal wiederzusehen!

Wie geht's dir?« Emely wurde von ihrer Freundin fast zerquetscht und brachte die Worte nur mühsam heraus.

»Sehr gut! Ich genieße die freie Zeit … Uuuuuund ich habe jemanden kennengelernt.« Sie ließ Emely wieder los, grinste vielsagend und strahlte sie an.

»Aha … wen denn? Wie heißt er?« Neugierig musterte sie ihre Freundin, denn abgesehen von dieser Neuigkeit hatte sie schon wieder eine andere Frisur. Statt lang und blond, hatte sie ihre Haare nun braun gefärbt und zu einem Bob mit Pony schneiden lassen.

»Also, er heißt Leo und ich habe ihn letzte Woche auf einer Party von einer Freundin kennengelernt. Wir haben den ganzen Abend geredet, haben uns seitdem schon dreimal getroffen und telefonieren jeden Tag.« Zwischendurch gab sie immer mal wieder einen quietschenden Ton von sich, da sie wohl versuchte, nicht in lautes Jubelgeschrei auszubrechen.

»Oha, das hört sich ja wirklich gut an. Hast du ein Glück! Tolle Frisur übrigens … steht dir!« Emely gönnte ihrer Freundin von ganzem Herzen, dass sie wieder einen Freund hatte. Insgeheim hoffte sie, dass diese Beziehung zur Abwechslung mal länger hielt als die anderen unzähligen, die Lisa schon gehabt hatte. Doch diesen Gedanken verschwieg Emely, denn sie wollte die Freude ihrer besten Freundin nicht kaputtmachen. Sie selbst könnte nicht so sprunghaft sein. Über ein Jahr hatte Emely gebraucht, um über ihren ersten und letzten Freund hinwegzukommen. So viele Monate, wie sie zusammen waren, so viel Schokolade hatte sie nach der Trennung vernichtet – viel!

»Dekoladen?«, durchbrach Lisa ihre Gedanken und zeigte auf das Geschäft, neben dem sie standen.

»Sehr gerne und danach muss ich mir dringend einen warmen Schal kaufen.« In der Hektik hatte Emely vergessen, ihren Schal anzuziehen. Sie fror immer sehr, solange noch kein Schnee lag.

Die Freundinnen betraten den kleinen Laden. Die Düfte nach Holz, Vanille und Kerzengeruch stiegen Emely in die Nase und nachdem sie unzählige Dekorationsartikel begutachtet und ein paar Kleinigkeiten gekauft hatten, standen sie wieder auf der belebten Straße. Lachend schlenderten sie die Einkaufsstraße entlang und Emely kaufte sich noch einen warmen Schal.

»Wie wäre es jetzt mit einem Kaffee?« Lisas Frage kam Emely sehr gelegen, denn dann könnten sie sich ein bisschen aufwärmen und in Ruhe quatschen.

Fünf Minuten später hatten sie ihr Lieblingscafé erreicht und ergatterten den letzten freien Tisch an der Fensterfront, auf der Minitannenbäume standen, die jeweils eine winzige Nikolausmütze trugen. Auf dem Tisch stand ein Weihnachtsstern mit goldenem Glitzer und wie üblich ein Behälter mit Zuckerstangen. Nachdem sie die Jacken um die Stühle gehängt und ihre Nasen in die Karte gesteckt hatten, kam sogleich eine Bedienung, um die Bestellung aufzunehmen. Emely entschied sich für eine heiße Schokolade mit Sahne und Zimt und Lisa sich für einen großen Latte macchiato. Es war wunderschön warm, gemütlich und Emely ließ ihren Blick nach draußen schweifen. Da war er wieder! Er musste gerade an der Fensterfront vorbeigelaufen sein, denn sie erkannte ihn von hinten an seinen Klamotten und schwarzen Haaren. Obwohl ein Fenster sie von ihm trennte, meinte sie wieder diese Trauer, die er mit sich trug, zu spüren.

»Hallo? Hallo? Emely!?« Lisas Stimme drang an ihr Ohr.

Emely riss ihren Blick von ihm los. »Ja, was?«

»Oh, Emely, manchmal habe ich wirklich das Gefühl, du lebst auf einem anderen Planeten. Ich habe dich gefragt, ob du zufällig auch jemanden kennengelernt hast.« Fragend schaute sie ihre Freundin mit wachen Augen an.

Emely wusste, dass Lisa heilfroh gewesen war, als sie über ihren Ex-Freund hinweggekommen war, doch wünschte sie sich, dass Emely sich für eine neue Beziehung öffnen würde.

»Ähm, na ja, nicht so wirklich …« Emely druckste herum, denn wenn sie jetzt von ihrer Begegnung mit diesem geheimnisvollen Typen erzählte, sähe Lisa schon ihre Hochzeit vor sich, obwohl sie noch nicht einmal wusste, wie er hieß.

»Ach, Emely, das würde dir echt mal guttun. Ich mache mir echt Gedanken. Nicht, dass du zu Hause versauerst … Ah, da kommt ja mein Latte macchiato.« Sie löffelte, sobald das riesige Glas vor ihr stand, den Milchschaum in sich rein.

Nach zwei Stunden quatschen, einem Kuchenstück und einer weiteren heißen Schokolade zahlten sie und verließen gut aufgewärmt und mit vollen Bäuchen das Café. Kühle Luft wehte ihnen entgegen und Emely kramte ihren neuen Schal aus der Einkaufstasche, um ihn gleich auszuprobieren.

»Also, war schön, dich mal wieder gesehen zu haben! Hoffe, wir können das bald wiederholen?!« Lisa drückte Emely fest zum Abschied.

»Ja, das hoffe ich auch. Halt mich auf dem Laufenden wegen Leo …« Emely winkte ihr noch nach und schlenderte in die entgegengesetzte Richtung. Ihre Freundin wohnte leider am anderen Ende der Stadt, wodurch sie sich nicht so oft sahen. Als sie beide noch auf dieselbe Schule gegangen waren, hatten sie sich unter der Woche jeden Tag gesehen und waren danach oft in die Stadt gegangen. Emely bewunderte Lisa, denn sie hatte fast nahtlos nach dem Abitur eine Ausbildung mit begleitendem Studium begonnen.

Emely hingegen brauchte erst einmal Zeit für sich und freute sich auf Alaska – auf diese atemberaubende, vielfältige Landschaft.

Sie beschloss, den Rückweg zu Fuß zu gehen, und schaute sich die Schaufenster an, an denen sie vorbeilief.

Kapitel 3

Als sie nach einer guten Dreiviertelstunde endlich in die Straße einbog, in der sie wohnte, merkte sie, dass sie müde war und ihr sämtliche Gesichter von Leuten, die ihr heute begegnet waren, im Kopf herumschwirrten. Als sie fast das Gartentürchen erreicht hatte, bemerkte sie einen alten Mann, der schräg gegenüber in einem Vorgarten der Villa stand und sie zu beobachten schien. Kurz hielt sie inne und sah zu ihm hinüber. Er nickte ihr zu, als wollte er sie begrüßen, und Emely hatte das Gefühl, als wäre er sich nicht sicher, ob er sie ansprechen sollte.

Sie spürte eine seltsame Energie von ihm ausgehen, obwohl eine große Entfernung zwischen ihnen lag … komisch! Angespannt wendete sich Emely ab und ging schnell ins Haus. Drinnen angekommen lugte sie aus dem kleinen Fenster neben der Haustür. Der alte Mann war nicht mehr zu sehen.

Emely hatte sich einen Tee gemacht, saß am Küchentisch und dachte über den Mann nach. Er wirkte seltsam auf sie, gerade weil sie seine starke Energie gespürt hatte. Sie nahm zwar bei jedem Menschen eine Art Energie war, doch funktionierte das nie über so große Entfernung … Er musste also eine ziemlich starke Aura haben. Obwohl … diese Energie hatte sich anders angefühlt, als sie es bei anderen Menschen gewohnt war. Emely hatte sich langsam daran gewöhnen können, dass ihr so eine Art Gabe innewohnte, denn sie hatte sich über Jahre hinweg entwickelt und war, seit sie siebzehn war, stark ausgeprägt.

»Hallo, Schatz!« Die Haustür schlug kurz nach dem Ruf zu, wodurch Emely zusammenschreckte und ein bisschen von ihrem Tee verschüttete. Sie hörte, wie ihre Eltern ihre Jacken und Schuhe auszogen und die Küchentür aufgestoßen wurde.

»Oh, du bist ja gar nicht in deinem Zimmer.« Prüfend schaute ihre Mutter Emely an.

»Nein, ich bin gerade erst heimgekommen. Ich habe mich mit Lisa in der Stadt getroffen.« Sie wischte den Tee schnell mit einem Tuch weg.

»Na endlich machst du mal etwas Vernünftiges … sonst verkriechst du dich immer!« Wilhelmina eilte sogleich an den Kühlschrank, um wie jeden Abend etwas zu kochen.

»Wie du meinst …«, sagte Emely leise und genervt vor sich hin und setzte sich wieder auf ihren Stuhl.

»Wie wäre es heute mit Lasagne?« Ihre Mutter holte gerade eine große Auflaufform heraus.

»Ich werde heute wahrscheinlich nichts mehr essen. Ich bin immer noch satt von dem Kuchen und der heißen Schokolade mit Sahne.« Als Emely aufschaute, sah sie in das enttäuschte

Gesicht ihrer Mutter. »Hebt mir doch ein Stück auf, dann werde ich es morgen zum Mittag essen.« Sie trank ihren letzten Schluck Tee aus und stellte die Tasse in die Spülmaschine. Bevor ihre Mutter etwas dazu sagen konnte, eilte sie aus der Küche in den Eingang. »Hallo, Papa!«, sagte sie, während sie ihre Schuhe wieder anzog.

»Hallo, gehst du noch mal weg?« Er lächelte sie an.

»Ich will nur ein bisschen die Straße auf und ab laufen, um mir die Beine zu vertreten.« Sie zog sich ihre Jacke, eine Mütze sowie den neuen Schal an und verließ das Haus.

Um ehrlich zu sein, war sie neugierig geworden, was den alten Mann betraf, und wollte schauen, ob sie noch mal einen Blick auf ihn erhaschen konnte. Sie wohnten zwar schon seit zwei Jahren in dieser Straße, doch war sie ihm noch nie bewusst begegnet. Davor wohnten sie zwei Straßen weiter in einer Doppelhaushälfte mit winzigem Garten.

Langsam ging sie in die Richtung der verlassen wirkenden Villa mit dem verwilderten Vorgarten und versuchte so unauffällig, wie nur irgendwie möglich, hinüberzuschauen. Es schien, als wäre dort niemand, denn alle Lichter waren aus. Der Moment, als sie letztens das Gesicht am Fenster gesehen hatte, flammte in ihren Gedanken auf.

Emely sah ihren Atem im Licht der Straßenlaterne und lief leicht gebückt zu dem Klingelschild am Zaun, um zu sehen, wie dieser Mann hieß. Sie hatten zu ihm nie nachbarlichen Kontakt gehabt. In dem Augenblick, als sie *J. Kalter* las, öffnete sich die Haustür der Villa und der alte Mann kam eingepackt in Jacke, Mütze und Schal zum Vorschein. Erschrocken hielt sie inne und bewegte sich keinen Millimeter.

»Guten Abend!« Seine tiefe Stimme wurde vom leichten, kalten Wind zu ihr getragen.

»Hallo!« Zögerlich stand Emely immer noch wie festgefroren da. Einen Moment sagte keiner etwas.

»I-Ich hoffe, ich habe Ihnen keine Angst gemacht, als ich Sie vorhin so angestarrt habe.« Er wandte den Blick nicht von ihr ab.

»N-Nein … schon okay.« Emely war wie gebannt von dieser Energie des Mannes.

»Nun ich … Ich wollte eigentlich mit Ihnen sprechen, wegen so einer Sache … also … vielleicht hätten Sie kurz Zeit?« Unbeholfen stand er da und schien sich über sich selbst zu ärgern.

»Ich kenne Sie ja überhaupt nicht … Um was geht es denn?«, hakte Emely unsicher nach. Sie beobachtete, wie er sein Gewicht von einem Bein aufs andere verlagerte.

»Ach … ist schon gut. Ich wünsche Ihnen noch einen schönen Abend.« Er drehte sich abrupt um und schloss die Tür hinter sich.

Emely stand mit hochgezogenen Augenbrauen vor dem wenig einladenden Anwesen. Eigenartig, aber eigentlich ganz nett der alte Mann. Sie machte sich gedankenversunken auf den kurzen Heimweg.

Schneeflocken wirbelten wild um sie herum, sie versuchte irgendetwas zu beschützen, doch sie wusste wieder nicht was. Aussichtslosigkeit und Verzweiflung stiegen in ihr auf, Blut tropfte von ihrem Gesicht und fiel sanft in den Schnee. Statt jedoch rote Flecken zu hinterlassen, war dort nichts, denn ihr Blut verwandelte sich in weiße Schneekristalle, sobald es den schneebedeckten Boden berührte. Stutzig ging sie in die Hocke, um es genau zu begutachten, und als sie sich wieder aufrichtete, war der Schnee verschwunden. Es war plötzlich keine einzige Schneeflocke mehr zu sehen und sie stand barfuß auf kaltem Waldboden. Sie drehte sich um und sah in das Gesicht des alten Mannes. Tränen füllten seine Augen und er schaute sie traurig und voller Angst an. Er brach zusammen und blieb reglos am Boden liegen. Sie wollte zu ihm, um ihm zu helfen, doch da merkte sie, dass ihre Lebenskraft ebenfalls schwand. Ihre Augen schlossen sich und ihre Beine konnten sie nicht mehr tragen.

Zitternd und schwer atmend setzte sie sich auf und versuchte ruhig zu atmen, damit sie wieder einen klaren Gedanken fassen konnte. Der Traum war wieder identisch gewesen bis auf den alten Mann, mit dem sie heute ein paar Worte gewechselt hatte. Wackelig auf den Beinen holte sie sich ein Glas kaltes Wasser und setzte sich an ihren Schreibtisch, bis sich ihr Körper und ihre Gedanken wieder vollständig beruhigt hatten. Wie sollte sie nur herausfinden, ob und was das zu bedeuten hatte? Dass der alte Mann nun in diesem Traum auftauchte, wunderte sie sehr und sie dachte darüber nach, vielleicht doch mal mit jemandem darüber zu reden … Doch mit wem?

Seufzend legte sie sich wieder ins Bett und verbrachte den letzten Teil der Nacht ruhig und im traumlosen Tiefschlaf.

Am nächsten Morgen wachte sie auf, war hellwach und voller Energie. Morgen würde es endlich beginnen zu schneien! Die Vorfreude darauf machte sie innerlich kribbelig und sie stand schwungvoll auf.

Nachdem sie ihren Tee getrunken, die Kekse gegessen und geduscht hatte, saß sie auf ihrem Schreibtischstuhl und drehte sich mehrmals um die eigene Achse. Ihre Gedanken wanderten wiederholt zu dem alten Mann und sie war hin- und hergerissen, ob sie ihn darauf ansprechen sollte, was er ihr gestern hatte sagen wollen. Unweigerlich sah sie immer wieder sein trauriges Gesicht mit den angsterfüllten Augen aus ihrem Traum vor sich. Ohne weiter nachzudenken, stand sie auf und zog sich warm an.

Als sie das Haus verließ, waren einige Wolken am Himmel und sie bibberte schon nach wenigen Schritten. Ob der alte Mann wohl zu Hause war? Vor dem Tor zögerte sie und drückte dann einmal auf die Klingel. Eine Zeit lang regte sich gar nichts, doch dann ging langsam die Tür auf. In dem Moment, als der alte Mann sie sah, hatte Emely das Gefühl, als würde er sich freuen, sie zu sehen.

»Was kann ich für Sie tun?«, rief er zu ihr herüber und schaute sie freundlich an.

»Ich … Sie wollten mir gestern irgendetwas sagen und ich hatte das Gefühl, dass es Ihnen wichtig war … also … wollte ich nachfragen, um was es denn ging.« Unbeholfen verlagerte sie ihr Gewicht von einem Bein aufs andere, sonst würde sie womöglich am Boden festfrieren.

»Kommen Sie doch rein, das Tor ist offen, ich habe gerade Tee gemacht.«

Emely öffnete das Tor und stakste unsicher den geschotterten, schmalen Weg entlang, bis sie direkt vor dem Mann an der Tür stand. Die Energie, die von ihm ausging, war noch viel stärker, jetzt, da sie ihm so nah war. Sie versuchte, sich abzugrenzen, was sie immer machte, wenn sie das Gefühl hatte, dass die Energie von anderen sie beeinflussen könnte. Einer ihrer Lehrer hatte eine derartig negative Ausstrahlung gehabt, dass sie einmal die komplette Unterrichtsstunde damit verbracht hatte, sich darauf zu konzentrieren, dass sie diese Energie nicht aufnehmen würde und selbst irgendwann schlecht gelaunt wäre.

»Sie können mir Ihren Mantel geben, ich hänge ihn an die Garderobe.«

Emely streckte ihm dankbar ihren Mantel entgegen.

»Bitte, hier entlang. Ich bringe den Tee ins Wohnzimmer.«

Es war ein wunderschönes Haus. Emelys Augen weiteten sich, als sie den weitläufigen Eingangsbereich mit der hohen Decke durchquerte. Im Wohnbereich angekommen fiel ihr Blick auf einen riesigen Kamin, der sich über die halbe Wand zog und mit zartem Stuck umspielt war – genauso wie die Decke. Große Gemälde hingen an den Wänden und auf den meisten waren beeindruckende Winterlandschaften zu sehen. Vor dem Kamin befand sich ein niedriger alter Tisch, um den eine große Couch und ein Sessel standen. Ein paar Kissen und Decken lagen darauf verteilt und einige Kerzen erhellten den gemütlichen Raum. Jetzt wurde Emely klar, warum diese Villa oft so dunkel und verlassen wirkte. Es schien, als würde der alte Mann seine ganze Zeit hier verbringen und der Rest im Dunkeln liegen.

»Oh, setz dich doch!« Er kam mit einem beladenen Tablett zurück, während Emely auf eines der Gemälde starrte, welches sie irgendwie magisch anzog. »Ich hoffe, es ist okay, wenn wir uns duzen?«

»Selbstverständlich … ja, danke!« Sie wandte sich von dem Bild ab und ließ sich nieder. Der alte Herr, in eine dunkelgrüne

Hose und ein kariertes Hemd gekleidet, stellte eine große Teekanne und zwei Tassen auf dem Tisch ab. Nachdem er beide mit Tee gefüllt hatte, setzte er sich ebenfalls und legte sich eine Decke über seine Schenkel, obwohl es recht warm in dem Raum war, da das Feuer im Kamin brannte. Emely bemerkte, dass er bei näherem Hinsehen gar nicht so alt wirkte. Sein graues Haar, die tiefe Stimme und seine schlichten Kleidungsstücke hatten sie getäuscht. Mit seinen wachen Augen und seiner großen Statur erinnerte er sie eher an einen Krieger.

Sie nahm ihre Tasse und pustete in den Tee hinein. Er roch nach selbstgetrockneten Kräutern, worüber sie sehr überrascht war. Sie hatte das Gefühl, dass der alte Mann aus der Übung war, Konversation zu führen, denn er sagte kein Wort, obwohl er ihr ja angeblich etwas mitteilen wollte.

»Wie gefallen dir die Bilder?«, durchbrach er dann doch das Stillschweigen.

»Sie sind wunderschön! Vor allem dieses, auf dem es der Künstler geschafft hat, dass es so aussieht, als würde es tatsächlich schneien. Das ist so realistisch!«

»Danke für das Kompliment.«

»Haben Sie … hast du die Bilder gemalt?« Verdutzt schaute sie den alten Herrn an. J. Kalter nickte daraufhin nur und Emely überlegte, ob sie diesen Menschen wohl falsch eingeschätzt hatte. Wer so malen konnte, wer Schnee so realistisch darstellen konnte, musste eine gute Seele haben. Sie entspannte sich und nahm einen Schluck von ihrem Tee. »Ich muss gestehen, ich liebe Schnee.« Zögernd lächelte sie ihn an.

»Ich auch! Immer wenn ich meine Augen schließe, sehe ich Schneekristalle aufblitzen.«

Emely stutzte und war verwirrt über die Aussage. Bis jetzt dachte sie immer, sie wäre die Einzige, die diese Art von »Gabe« hätte. Sie war sich nicht sicher, ob sie ihm sagen sollte, dass sie dieses Phänomen ebenfalls erlebte. Konnte sie ihm vertrauen? Wieso erzählte er ihr das überhaupt? Sie würde nie ein Wort darüber verlieren, aus Angst, als verrückt abgestempelt zu werden. Sie nahm seinen traurigen Blick wahr, der auf ihr ruhte. Seine grauen Augen wirkten, als läge ein Schatten darüber.

»Ich bin übrigens Johann. Und diese wunderschöne Frau auf dem Bild war meine Frau Eleonore.« Er deutete daraufhin auf eines der Gemälde.

Emely rührte sich nicht. »I-Ich habe das auch. Ich meine, ich sehe auch Schneekristalle, sobald ich meine Augen schließe.« Ohne auf das Gemälde einzugehen, hatte sie leise die Worte über ihre Lippen gebracht, und war irgendwie froh darüber, dass sie es gesagt hatte.

Der alte Mann nickte nur und schaute sie mit einem warmen Lächeln an, das seine Augen wieder aufhellte. »Und du frierst nicht, sobald es schneit und Schnee liegt. Und jeden Winter geschehen magische Dinge, die du niemandem erzählst, da alle dich für verrückt halten würden.«

Das ist definitiv keine Frage, sondern eine Feststellung, ging es Emely durch den Kopf. »Ja, genau … aber woher weißt du das?«

»Ich bin genauso mit dem Zauber des Schnees verbunden wie du«, erklärte er ihr und es schien, als würde er sich freuen, endlich mit einem Gleichgesinnten zu reden.

»Ich dachte immer, es wäre so eine Art Phänomen … aber ein Zauber? Ich wusste nicht, dass es so etwas wirklich gibt … Also ich meine, ich dachte, dass es nur in Märchen, Filmen und

Geschichten vorkommt.« Nachdenklich stellte sie ihre Teetasse ab.

»Nun, es gibt nicht viele Menschen, die mit diesem Zauber des Schnees verbunden sind. Kein Wunder … ein Mensch erlangt diese Gabe nur, wenn er aufrichtig ist, niemandem schadet und sozusagen eine reine Seele hat. Sie wächst in einem Menschen Jahr für Jahr, bis er ihrer würdig ist. Kaum einer erreicht diesen Punkt.«

Emely fühlte sich überfordert von den ganzen Informationen. Ihr wurde schwindelig.

Johann schien es zu merken, denn er fragte sie, ob mit ihr alles okay sei.

»Jaja, alles gut. Es ist nur … etwas unwirklich und gleichzeitig passt alles zusammen. Ich habe es ja selbst erlebt …«, sagte sie daraufhin mit schwacher Stimme und lehnte sich zurück.

»Es tut mir leid, ich hätte dich nicht so überrumpeln sollen, aber ich wusste nicht wirklich, wie ich dir alles sagen sollte und die Zeit läuft uns davon.« Entschuldigend schaute er sie an.

»Wieso läuft *uns* die Zeit davon?« Sie versuchte, sich auf ihre Füße zu konzentrieren, um wieder mehr Bodenhaftung zu erlangen, da innerlich alles schwankte.

»Nun, du bist zu mehr bestimmt, als du weißt, und ich müsste dir eigentlich noch viel mehr sagen und … der Zauber muss bewacht werden, damit der Zauber des Schnees niemals ein Ende findet.« Verzweiflung machte sich in seiner Stimme bemerkbar. »Wenn der Zauber des Schnees gebrochen wird, steht unser Leben auf dem Spiel.« Er starrte auf den Boden.

Okay, das war nun eindeutig zu viel für Emely. Schwankend stand sie auf und wollte nur noch raus und weg von dem komischen Mann. *Ihr Leben stand auf dem Spiel …* hallte es in ihrem Kopf wider, sie lief zittrig zur Tür und griff nach ihrer Jacke.

Als Emely frische, kühle Luft einatmete, beruhigte sich ihr Körper ein wenig. Anstatt nach Hause zu gehen, lief sie nach links die Straße entlang, bis sie den Wald erreichte. Sie musste sich dringend erden. Sie hastete den steilen Waldweg hoch, bis sie bei der Bank angekommen war und sich keuchend darauf plumpsen ließ. Nur vereinzelt leuchtete das ein oder andere Dach der Stadt, denn im Verlauf des Tages waren immer mehr Wolken aufgetaucht. Was war das gerade nur für ein Gespräch gewesen? Ihre Gedanken überschlugen sich. Ihr Leben stehe auf dem Spiel, hatte Johann gesagt. Das war ganz schön unheimlich. Emely schüttelte sich. Fakt war, dass sie wohl nicht die Einzige mit dieser »Gabe« war und er definitiv mehr darüber wusste.

Nach einer gefühlten Ewigkeit wurde ihr Atem ruhiger und sie begann, bitterlich zu frieren. Abrupt stand sie wieder auf und hastete den steilen Weg hinunter.

Raphael hatte heute mal wieder einen seiner Lieblingstage erwischt. Er war so missmutig und schlecht gelaunt, dass er im Unterholz des Waldes umherstreunte, um niemanden mit seiner schlechten Laune zu belasten. Erschrocken hielt er inne und tastete seinen Körper ab. Ein kalter Windhauch strich über sein Gesicht, den Hals entlang und unter seine Jacke. Genau wie letztens auf der Bank. Trauer überrollte ihn und er schluchzte trocken auf. Er stützte sich an einem Baumstamm ab. Das war doch nicht normal. Was war bloß los? Solche Anfälle hatte er noch nie gehabt. Die Zeit nach dem Tod seines Vaters war zwar hart, jedoch ging es ihm immer konstant schlecht und er hatte keine plötzlichen Zusammenbrüche. Die Kälte verschwand jäh und schien die Stärke des Gefühls mitzunehmen. Raphael richtete sich auf, strich durch sein Gesicht und klatschte sich mit der Hand auf die Wange. Er schüttelte den Kopf, ging weiter und schob dieses Erlebnis entschieden weg.

Seine Gedanken wanderten immer wieder zu der jungen Frau, die er im Bus über den Haufen gerannt hatte. Er hätte sich selbst in den Hintern treten können, dass er sich bei ihr nur flüchtig entschuldigt und nicht gefragt hatte, ob sie sich wehgetan hatte. Letztens hatte er sie das erste Mal hier im Wald gesehen. Als er weiter über sie nachdachte, legte sich seine schlechte Laune und er nahm sein Umfeld klarer wahr. Der Waldboden roch nach kühlem Laub und die Bäume hatten kaum noch Blätter an ihren Ästen. Eigentlich konnte die Welt auch ganz schön sein … Ein Schrei riss ihn aus seinen Gedanken.

Reglos blieb Emely liegen, denn sie war sich nicht sicher, ob sie sich schlimm verletzt hatte. Ein paar Meter war sie über den steinigen Boden bergab gerollt. Der Aufprall war heftig gewesen und sie verfluchte innerlich den Stein, über den sie gestolpert war. Sie spürte starke Schmerzen in ihrem Fuß sowie ihrer Hüfte und die Hände und Unterarme schmerzten ebenfalls. Ganz langsam rollte sie sich auf die Seite und setzte sich auf. Ihre Hose war über ihrem Knie aufgerissen und Blut quoll heraus. *Mist*, dachte sie sich und betrachtete die tiefe Wunde. Sie war mit ihrem Knie direkt auf einem spitzen Stein aufgekommen. Sie hob ihre Hände vor die Augen und sah, dass die Handinnenflächen aufgeschürft waren und die linke ein bisschen blutete. Vorsichtig versuchte sie aufzustehen, doch als sie ihr Gewicht auf den linken Fuß verlagerte, stöhnte sie auf vor Schmerzen.

»Scheiße!« Sie ließ sich wütend auf den Boden nieder und schaute sich um, ob irgendjemand in der Nähe war, der ihr helfen könnte. Nichts! Wenn ihr keiner helfen würde, würde sie jämmerlich erfrieren. Die Kälte hatte bereits sämtliche Stellen ihres Körpers erreicht. Ihr Handy! Sie kramte nach dem Smartphone und als sie es endlich in der Hand hielt und auf das eingerissene, dunkle Display starrte, stiegen ihr Tränen in die Augen. Mist!

»Kann ich dir helfen?« Eine tiefe Männerstimme ertönte hinter ihr.

Sie drehte erschrocken ihren Kopf nach hinten, um zu sehen, wer da war. Das Herz rutschte ihr in die Hose, da es der junge Mann aus dem Bus war. Ausgerechnet er!

»Oh, das sieht aber nicht so gut aus …« Sein Blick fiel auf ihr Knie.

Sie brachte kein Wort heraus und starrte ihn weiterhin an.

Er schmunzelte und kniete sich neben sie. »Kannst du aufstehen?«, hakte er nach und hielt dabei Blickkontakt. Er hatte wunderschöne klare blaue Augen.

Emely hatte das Gefühl, sie würde auf eine Eisscholle blicken, die sie innerlich wärmte. »Ich … habe es gerade versucht, aber ich kann mit meinem linken Fuß nicht auftreten.« Endlich hatte sie ihre Stimme wiedergefunden, worüber sie heilfroh war.

»Ich helfe dir hoch.« Er legte einen Arm um ihren Oberkörper und hielt mit seiner freien Hand ihr Handgelenk, um sie hochzuziehen.

»Au!«, entfuhr es Emely, denn obwohl er sie stützte, musste sie ihr Knie bewegen. Ihre Hüfte schmerzte ebenfalls ziemlich stark.

»Gut, wir gehen jetzt in kleinen Schritten weiter und ich werde dich stützen, damit du deinen Fuß entlasten kannst. Wie ist das eigentlich passiert?« Fragend schaute er sie von der Seite an.

Emely wusste, dass sie auf Hilfe angewiesen war und keinen Schritt alleine gehen konnte, doch er war ihr definitiv zu nah. Er roch nach Wald und einem Hauch Vanille, seine starken Hände hielten sie fest und er wirkte wahnsinnig beruhigend auf sie. »Ich … also ich bin auf einem Stein ausgerutscht«, druckste sie herum und versuchte, nicht in seine Augen zu sehen, da sie wusste, dass sie bestimmt wieder ihre Sprache verlieren würde.

»Ja, der Weg ist nicht gerade ungefährlich. Wie heißt du eigentlich?«

Emelys Herz fing zu allem Überfluss an, schneller zu schlagen. »Emely … und du?« Sie war überrascht, dass sie es schaffte, eine Gegenfrage zu stellen.

»Raphael!« Er grinste.

Nun konnte sie nicht mehr anders und als sie wieder in seine Augen blickte, brachte sie sogar ein schüchternes Lächeln zustande. »Danke übrigens für deine Hilfe.«

»Kein Problem, ich hätte dich ja nicht dort liegen lassen können. Wo wohnst du?«

Emely erklärte ihm, immer wieder vor Schmerz aufstöhnend, den Weg.

»Das ist schon noch ein ganzes Stück … Meinst du, du schaffst das?«

Emely blieb kurz stehen, um zu verschnaufen. »Es muss gehen, ich kann schlecht hier übernachten.«

»Klingt nicht wirklich überzeugend … weißt du was?« Er nahm langsam seinen Arm von ihr. »Ich trage dich einfach. Das geht schneller und du hast weniger Schmerzen.«

Emely schaute ihn, noch während er den Vorschlag aussprach, mit großen Augen an. Bevor sie jedoch etwas hätte erwidern können, hatte er einen Arm um ihren oberen Rücken und den anderen unter ihre Knie gelegt. Eine Sekunde später hielt er sie in seinen Armen. Da ihr Knie sich nun wieder beugte, stöhnte sie kurz auf vor Schmerzen, doch es fühlte sich definitiv besser an als im Stehen.

»Halt dich einfach an mir fest.«

Emely legte einen Arm um seine Schultern und mit der anderen Hand krallte sie sich an seiner Jacke fest, als er sich in Bewegung setzte. Hoffentlich stürzte er nicht oder brach zusammen, denn so leicht empfand sie sich nun nicht. Obwohl er immer wieder lächelte, sah Emely Trauer in seinen Augen. Nachdem sie die Hälfte des Weges schweigend hinter sich gebracht hatten und er immer noch kein Anzeichen von Schwäche zeigte, überlegte Emely, ob er vielleicht regelmäßig ins Fitnessstudio ginge. Kein normaler Mensch würde das so lange durchhalten, ohne vor Anstrengung ins Schwitzen zu kommen.

»Gehst du ins Fitnessstudio?« Es rutschte ihr einfach heraus und sie fühlte, dass sie daraufhin rot anlief.

»Wie kommst du denn darauf?« Amüsiert schaute er ihr kurz in die Augen.

»Na ja … also ich meine … du trägst mich nun schon ungefähr eine Viertelstunde und es fällt dir gar nicht schwer.«

»Ach so … nun, ich mache zu Hause Liegestütze und im Sommer gehe ich joggen.« Sein Lächeln verflog daraufhin.

»Alles okay? Habe ich etwas Falsches gesagt?«, hakte sie irritiert nach und wunderte sich über seinen abrupten Stimmungswechsel.

»Nein!« Er konzentrierte sich wieder auf den unebenen Boden und lief still weiter.

Emelys Körper rebellierte, doch sie konnte nicht differenzieren, ob es wegen des Schmerzes war oder der Tatsache, dass sie seit ihrer letzten Beziehung keinem Mann mehr so nah gewesen war. Sie spürte ihr Herz schnell schlagen, eine unangenehme Übelkeit breitete sich in ihr aus und ihr wurde ziemlich warm.

Nach einer Weile realisierte sie, dass er doch schwerer atmete und hatte ein schlechtes Gewissen, dass er sich wegen ihr so abmühen musste. »Wir sind gleich da … nur noch ein paar Häuser«, sagte sie, als sie die Straße erreichten.

Nickend schien er das, was Emely gesagt hatte, zur Kenntnis zu nehmen.

»Hier sind wir, du kannst mich runterlassen.«

Er blieb stehen. Langsam ließ er sie runter, doch als Emely den Boden mit den Füßen berührte, ging sie vor Schmerz in die Knie. Raphael konnte sie gerade noch auffangen, bevor ihr verletztes Knie den Boden berührt hätte. »Ich bringe dich rein.«

Ernst und mit zusammengezogener Stirn legte er ihren Arm um seine Schulter und stützte sie, bis sie an der Tür waren.

Emely kramte mit der Hand, die am wenigsten schmerzte, nach dem Schlüssel und nachdem sie aufgeschlossen hatte, brachte er sie bis zum Sofa, auf das sie sich erleichtert setzte. »Danke«, sagte sie mit schmerzverzerrtem Gesicht und öffnete vorsichtig ihre Schuhe. »Ah …« Sie wollte den Schuh von ihrem linken Fuß ziehen, doch hielt den Tränen nahe inne.

Raphael schaute sie kritisch an. »Vielleicht ist etwas gebrochen …« Er kniete sich vor sie und zog ihr Stück für Stück den Schuh ab, während Emely tief weiteratmete. Obwohl sie noch Socken anhatte, war zu sehen, dass der Fuß extrem geschwollen war.

»Das sollte sich mal ein Arzt anschauen. Wann kommen deine Eltern heim?« Nun zog er ihr behutsam den Socken ab. Emely wurde ganz flau im Magen, als sie auf ihren geschwollenen Fuß blickte, der blau und rot war und glänzte. »Mir ist schlecht …«, hauchte sie und ließ sich nach hinten an die Sofalehne fallen.

»Ich hole dir ein Glas Wasser. Wo sind bei euch die Gläser?«, fragte er sie und lief schon in Richtung Küche.

»Oben rechts im Küchenschrank.« Emely fühlte sich schwach und versuchte, ihren Körper zu beruhigen. *Einfach ein- und ausatmen*, dachte sie sich und schloss ihre Augen. Schneekristalle blitzten auf und das vertraute Bild entspannte sie etwas.

»Hier!«

Sie riss ihre Lider auf. Er hielt ihr ein Glas Wasser vor die Nase und sie nahm es dankend entgegen.

»Hier wohnst du also …« Er schaute sich um.

Emely beobachtete ihn, während sie Schluck für Schluck das

kühle Wasser spürte, das wohltuend in ihren Körper floss. Nicht nur die Schmerzen verursachten eine enorme Anspannung in ihr. Raphael sah wirklich gut aus. Seine Gesichtszüge wirkten, als hätte er einige Jahre mehr hinter sich als Emely. Sie war überrascht über ihre nicht mehr so keuschen Gedanken, die dazu führten, dass sie wieder schnell vor sich auf den Boden starrte. Das war sie von sich nicht gewohnt … normalerweise reagierte sie nicht so auf Männer. Sie war ohnehin lieber Einzelgänger!

»Also, was machen wir jetzt am besten?«, fragte er mit klarer dunkler Stimme.

Sie schaute fragend zu ihm auf.

»Na … wegen deines Fußes. So lasse ich dich nicht hier sitzen.« Er deutete auf ihren angeschwollenen Fuß, der rot und lila schimmerte.

»Hm, meine Eltern kommen erst in drei Stunden und so kann ich nicht ins Krankenhaus laufen.« Ratlos wandte sie den Blick von ihm ab, bevor sie ihn wieder angestarrt hätte.

Raphael kramte ein Handy aus seiner Tasche, tippte eine Nummer ein und wartete. »Ja, Raphael Sandt hier. Eine junge Frau ist gestürzt und kann nicht mehr auftreten. Der Fuß sieht nicht gut aus und sie hat Schmerzen an der Hüfte und an einem Arm. Das Problem ist, wir haben kein Auto …«

Emely rutschte das Herz in die Hose, als sie realisierte, dass er den Notdienst angerufen hatte. Bevor sie jedoch etwas hätte sagen können, legte Raphael auf und meinte, dass sie einen Rettungswagen schicken, der sie ins Krankenhaus bringen werde. Emely wurde wieder schlecht und sie schaute ihn mit großen Augen an. »War das denn nötig?« Ihre Stimme war brüchig und sie musste schlucken.

»Hast du eine bessere Idee?« Er ließ sich neben sie aufs Sofa fallen.

Geräuschvoll pustete Emely die Luft raus und musste sich eingestehen, dass er recht hatte.

»Das wird schon wieder.« Ermutigend sah er sie mit seinen klaren Augen an.

Jetzt hatte Emely auch noch das Gefühl, rot anzulaufen, und sie riss ihren Blick wieder von seinem los. Sie hasste Krankenhäuser und die Sirenen von Rettungsfahrzeugen machten sie emotional immer völlig fertig.

Seit dem Sturz von Lisa war das so. Damals war sie das erste Mal bei Emely zu Besuch gewesen und sie hatten an ihrem ersten Schulprojekt gearbeitet. Als Lisa nach Hause gehen wollte, stolperte sie die Treppe hinunter. Sie hörte nicht mehr auf zu schreien und sie riefen den Krankenwagen. Emely hatte die nächsten Tage, so oft es ging, bei ihrer Freundin im Krankenhaus verbracht, die mit angebrochenem Knöchel, gebrochenem Unterarm und leichter Gehirnerschütterung dort hatte bleiben müssen. Den Krankenhausgeruch und die Sirenen verband sie immer mit diesem Vorfall.

Das war definitiv nicht ihr Tag! »Könntest … könntest du mitfahren?« Nuschelnd schaute sie zu Boden, da ihr diese Situation peinlich war und ihr Mut sich gerade in eine Ecke verkrochen hatte.

»Ja, kein Problem. Ich muss nur jemandem Bescheid geben.« Er zückte wieder sein Handy. Nachdem er irgendeiner Frauenstimme, wie Emely hören konnte, gesagt hatte, dass es später würde, steckte er sein Handy wieder in die Tasche.

»Ich packe am besten etwas zu essen ein, wer weiß, wie lange es im Krankenhaus dauert, bis sie dich eingegipst haben.« Provokant grinsend bewegte er sich in die Küche.

»Haha, sehr witzig«, entfuhr es Emely und sie wunderte sich über ihre plötzliche Schlagfertigkeit. Sie erklärte ihm gerade noch, wo er alles fand, da ertönten schon die Sirenen.

»Ah, gut … ich öffne die Tür.« Er verschwand aus Emelys Sichtfeld.

»Jetzt ruhig bleiben, einfach weiteratmen, ich schaffe das, ich liebe Schnee …«, flüsterte Emely vor sich hin und wenige Sekunden später standen ein Sanitäter und eine Sanitäterin lächelnd vor ihr.

Nachdem sie Emely untersucht hatten, trugen sie sie auf einer Liege in den Rettungswagen. Raphael schaffte es, dass er hinten bei ihr mitfahren durfte, da es sich nur um einen Transport handelte und sie stabil war. Als sich der Wagen in Bewegung setzte, musste Emely um Fassung ringen.

»Soll ich deine Hand halten?« Raphael schien zu merken, dass sie gerade am Rande eines Nervenzusammenbruchs war.

Emely nickte, denn sie hatte Angst, dass ihr nur ein quietschender Laut entfahren würde statt ein lockeres *Ja bitte.* Als er ihre Hand berührte, spürte sie so viel auf einmal, dass sie sich genau konzentrieren musste, um seine Emotionen herauszufiltern. Sie hatte zwar Übung darin, doch in dieser Situation fiel es ihr schwerer als sonst. Die Energie von anderen Menschen wahrzunehmen war leicht, doch wenn sie die Gefühle, die Menschen mit sich trugen, spüren wollte, musste sie sich konzentrieren.

Da war Trauer, Wut, Leere, Zuneigung, etwas Belustigung … Er fühlte so viel gleichzeitig. Die Trauer war jedoch ziemlich präsent und doch brachte er es fertig, ihr Zuneigung entgegenzubringen, obwohl er sie gerade erst kennengelernt hatte. Sie bemerkte, dass er sie mit angespannten Gesichtszügen musterte. Sein Blick strich über ihr Gesicht bis zu ihren Fingern, die sie um seine Hand gelegt hatte.

Emely spürte, dass er sich innerlich verschloss und schaute ihn an. Ihre Blicke trafen sich wieder, doch diesmal sah er zuerst weg. Sie verstärkte den Druck ihrer Hand, denn sie hatte Bedenken, dass er sie wegzog. Er erwiderte jedoch ihren Druck, wodurch sie sich wieder entspannte.

Kapitel 4

Nachdem Emely einige Zeit alleine gewartet, der Arzt sie gründlich untersucht und geröntgt hatte, lag sie in einem Behandlungsraum, in dem eine Krankenschwester ihren Fuß und das halbe Bein in eine mächtige Schiene schnallte. Sie hatte tatsächlich ein Band angerissen und der Mittelfußknochen war gebrochen. Die Hüfte und der Arm waren stark geprellt und der Arzt hatte ihr für die nächsten Tage strengste Bettruhe verordnet. *Ausgerechnet jetzt*, ärgerte sich Emely. Morgen würde es doch endlich anfangen zu schneien und sie das Bett hüten müssen. Ihre Laune sank auf den Nullpunkt. Die Krankenschwester zeigte ihr noch, wie sie mit den Krücken laufen und was sie die nächsten Tage beachten sollte. Dann humpelte Emely nicht gerade stilvoll in den Wartebereich, in dem Raphael auf einem der vielen Stühle saß und vor sich hinstarrte.

»Oh, das hat sich wohl doch gelohnt …« Mit großen Augen wanderte sein Blick über ihr Bein in der riesigen Schiene.

Emely sagte nichts und verzog ihr Gesicht.

»Das wird wieder, mach dir keinen Kopf!« Er versuchte sie aufzumuntern und stand auf. Er war mindestens einen Kopf größer als sie, und Emely war nicht gerade klein.

»Versuch mal, deine Eltern zu erreichen, vielleicht können sie dich abholen«, schlug er vor und streckte ihr sein Handy entgegen.

Emelys Blick schweifte zur Uhr und sie war mehr als überrascht, dass es schon so spät war. Ihre Eltern mussten schon länger zu Hause sein. »Danke!« Sie nahm sein Handy an sich. »Hoffentlich haben sie sich noch keine Sorgen gemacht. Ich bin sonst immer um diese Uhrzeit zu Hause und auf meinem Handy kann mich niemand mehr erreichen.« Schnell wählte sie die Nummer. Es klingelte nur einmal, schon war ihre Mutter am Telefon. Emely hörte an ihrer Stimme, dass sie sich bereits Sorgen machte. »Es ist nichts Schlimmes, Mama. Ich bin gestürzt und Raphael war so freundlich und hat mich ins Krankenhaus begleitet. Könnte mich einer von euch abholen und Raphael heimfahren?« Emely versuchte, sehr ruhig zu sprechen, nachdem ihre Mutter all ihre Bedenken und Befürchtungen zum Ausdruck gebracht hatte.

»Ja natürlich, wir fahren sofort los. Wir holen dich im Warteraum ab, dann musst du nicht in der Kälte draußen warten.« Schon hatte sie aufgelegt.

Emely reichte Raphael sein Handy und zog ihre Augenbrauen hoch.

»Was?« Er musterte sie fragend.

»Ach … meine Mutter! Sie fahren dich dann heim, wir sollen

hier drin warten.« Sie setzte sich auf einen der weißen Plastikstühle. Raphael nahm dicht neben ihr Platz. Sie schwiegen beide und schauten vor sich auf den Boden. Emely ging so vieles durch den Kopf, doch sie wurde immer wieder von leichten Schmerzen aus ihren Gedanken gerissen. Zum Glück vertrug sie Schmerzmittel, so war das alles viel erträglicher.

»Morgen fängt es an zu schneien und ich muss drinbleiben und mich schonen … was Schlimmeres gibt es nicht.« Seufzend starrte sie vor sich hin und ließ ihre Schultern hängen.

Raphael sagte nichts darauf, doch sie merkte, dass er sich anspannte. Seine Gelassenheit wich und sie spürte wieder vermehrt diese Trauer in ihm. *Komisch* … sie hatte doch nur etwas über Schnee und den morgigen Tag gesagt. Sie beschloss, nicht nachzufragen, denn sie wollte ihm nicht zu nahetreten … Sie kannte ihn schließlich erst seit ein paar Stunden.

»Du siehst immer noch etwas blass aus, magst du mal was essen?«

Emely verstand sofort, dass er versuchte, das Thema zu wechseln. »Ja, keine so schlechte Idee.« Ihr Bauch knurrte zur Bestätigung.

Er kramte in der Tasche, in die er, bevor der Rettungswagen sie mitgenommen hatte, Essen gepackt hatte. »Hier!« Er reichte ihr ein Brot mit Butter und ein paar Kekse, die Emely immer zum Frühstück aß. Um erst einmal Energie zu tanken, aß Emely ein paar von den Keksen, die sie jedoch eher hinunterschlang, als genüsslich zu verspeisen. Danach nahm sie sich das Brot vor und biss ein großes Stück ab.

»Du brauchtest definitiv etwas zu essen, du bekommst langsam wieder Farbe«, bemerkte Raphael.

Emely nickte bloß und verdrückte das Brot in Windeseile. Sie registrierte, dass Raphael sie eindringlich musterte, wobei sie seinen Gesichtsausdruck nicht wirklich deuten konnte. »Was ist denn?«

»Ach nichts … Ich habe nur noch nie so eine schlanke Frau kennengelernt, die so reinhaut.« Er grinste sie an.

Sie schmunzelte und zuckte mit den Schultern.

»Schatz! Emely!«, hörte sie ihre Mutter aufgeregt rufen.

Als sie sah, wie ihre Mutter die Hände vor dem Gesicht zusammenschlug, als ihr Blick auf Emelys Bein fiel, wusste sie, dass sie die nächsten Tage keine ruhige Minute mehr haben würde. Ihre Mutter begann, ihr Gesicht abzuküssen, und Emely schaffte es gerade noch, sich zu befreien.

»Hallo, meine Lieblingstochter, was machst du denn für Sachen?« Ihr Vater umarmte sie kurz und fest, woraufhin sie einen stechenden Schmerz in ihrem Körper fühlte.

»Ähm, das ist übrigens Raphael. Wenn er nicht gewesen wäre, dann würde ich noch im Wald liegen und erfrieren.«

»Nun übertreibst du aber …« Ihre Eltern schüttelten ihm überschwänglich die Hand, woraufhin er etwas peinlich berührt wirkte. Emely spürte, dass er sich unwohl fühlte.

»Da Sie ja nun da sind, werde ich mal nach Hause gehen«, meinte er, doch da hatte er die Rechnung ohne den Wirt gemacht.

»Kommt nicht infrage, wir fahren Sie natürlich heim und würden Sie als Dankeschön in den nächsten Tagen gern zum Essen einladen, wenn es Ihre Zeit erlaubt.« Emelys Vater sprach ruhig und bestimmt und klopfte Raphael auf die Schulter.

»Ich nehme an, eine Ablehnung akzeptieren Sie nicht.«

»Sie haben meiner Tochter sozusagen das Leben gerettet … Nein, ich akzeptiere demnach keine Ablehnung«, fügte er hinzu und schenkte seiner Tochter ein Grinsen.

»Können wir dann mal … Ich bin müde und bevor ihr Raphael noch weiter in Verlegenheit bringt …« Emely warf Raphael einen verständnisvollen Blick zu.

Nachdem es sich Emelys Eltern vorne im Auto und Raphael und sie hinten bequem gemacht hatten, fuhr Gustav los. Da Raphael ihn navigieren musste, um ihn daheim abzusetzen, konnte Emely nicht wirklich mit ihm reden. Gleich würde er aussteigen. Sie hatte keine Handynummer von ihm und ihn jetzt zu fragen, traute sie sich nicht. Schüchtern sah sie ihn an, doch sie hatte nicht damit gerechnet, dass Raphael das bemerkte. Er drehte sich zu ihr und erwiderte ihren Blick. Hitze pulsierte durch Emelys Körper und sie merkte, wie ihr Herz schneller schlug. *Das kann doch nun wirklich nicht sein*, dachte sie sich. Sie kannte diesen Typen kaum … In der Vergangenheit hatte sie ihre Freundin immer belächelt, denn Emely dachte, dass sie solche Gefühle nur entwickeln könnte, wenn sie jemanden wirklich kannte.

Raphael schien es ebenfalls nicht zu schaffen, seinen Blick von ihr abzuwenden.

»Raphael? Muss ich hier irgendwo abbiegen?«, durchbrach die Stimme von Gustav die Stille.

Widerwillig wandte er seinen Blick nach vorne. »Rechts bitte und dann ist es das fünfte Haus auf der rechten Seite.«

Emely war gar nicht erfreut darüber, dass sie schon da waren. Gustav hielt direkt vor der Haustür.

»Vielen Dank!« Raphael öffnete die Autotür.

»Nichts zu danken … Ich habe zu danken!«, erwiderte Gustav. »Gute Besserung!« Er drehte sich zu Emely, um ihr nochmals in die Augen zu blicken und schlug dann die Tür zu. Ohne sich umzudrehen, betrat er das Mehrfamilienhaus.

»Netter Kerl.« Emelys Vater drückte aufs Gas und fuhr weiter.

Raphael

»Gut, dass du wohlbehalten zurück bist! Wo warst du denn?« Seine Mutter stand besorgt im Türrahmen. Raphael zog seine Schuhe aus und hing seine Jacke an den freien Haken.

»Ich musste jemandem helfen. Sie ist im Wald gestürzt, hat sich verletzt und da keiner von der Familie da war, bin ich noch mit ins Krankenhaus.«

»Das ist mein Raphael!« Seine Mutter warf ihm ein warmherziges Lächeln zu.

Sie standen beide in der Küche und Raphael füllte sich ein Glas mit Leitungswasser.

»Möchtest du etwas essen? Ich habe einen Auflauf gemacht«, bot sie ihm an und deutete auf den Backofen.

»Nein danke … ich werde mich erst einmal ausruhen und nachher etwas essen.« Mit seinem Glas in der Hand verschwand er in seinem Zimmer.

Er hatte die Tür hinter sich geschlossen, sein Glas auf seinem Tisch abgestellt und sich auf das Sofa fallen lassen. Er atmete tief ein und sehr lange wieder aus. Emely! Ihre wunderschönen Augen tauchten immer wieder vor ihm auf, ihr schüchterner Blick, ihre langen Haare, die sich leicht bewegten, wenn sie lief. Ihre Lippen waren von einem natürlichen Dunkelrot und genau richtig geformt. Nicht zu schmal und nicht zu breit. Ihre kleine Nase war gerade und ihre Iris faszinierten ihn. Trotz ihrer Situation hatten ihre Augen geleuchtet und ihre Wimpern und Augenbrauen, die von hellem Braun waren, zierten ihr Gesicht. Ihm war aufgefallen, dass sie gar keine Schminke trug, was ihn nur noch mehr faszinierte. Welche jungen Frauen gingen heutzutage schon ohne Make-up auf die Straße … Ein Kribbeln durchzuckte seinen Unterleib und Raphael scannte innerlich seinen Körper ab, denn so heftige Gefühle war er nicht mehr gewohnt.

Seit sein Vater gestorben war, hatte er außer Trauer nichts mehr gefühlt. Da war immer nur Leere und Trauer gewesen … Und jetzt das! Er starrte an die Decke und legte die Hand auf sein Glied, als wollte er das Kribbeln darin ersticken. Abrupt stand er auf und lief rastlos auf und ab. Der Gedanke an diese seltsamen Anfälle, als er im Wald unterwegs gewesen war, löste die altbekannte Beklemmung aus. Die Angst, das alles noch mal erleben zu müssen. Das durfte nicht wahr sein, er wollte das nicht fühlen … Er wollte nichts für diese wunderschöne und gleichzeitig seltsame Frau empfinden. Er durfte nicht! Er schlug mit der Faust gegen die Wand. Wenn ihr etwas zustoßen sollte … so etwas wollte er nicht noch einmal durchstehen. Irgendwie musste er es schaffen, sie wieder aus dem Kopf zu bekommen.

Emely setzte sich völlig erledigt auf die Couch und ihre Mutter half ihr, das Bein so zu lagern, dass sie gemütlich und fast ohne Schmerzen sitzen konnte. Sie zog eine kuschelige Decke über sich und nahm einen Schluck von dem Kakao, den Gustav ihr in Windeseile gezaubert hatte. »Jetzt erzähl mal genau, was passiert ist und was der Arzt gesagt hat.« Ihr Vater setzte sich zusammen mit ihrer Mutter auf die Couch.

»Also, ich war wie fast jeden Tag im Wald spazieren, und als ich das steile Stück vom Berg hinunterlief, bin ich gestolpert und ein paar Meter weit geflogen, da es bergab ging. Das Problem war, dass mein Handy dabei kaputt gegangen ist. Im Wald hätte ich jedoch eh keinen Empfang gehabt und einen Krankenwagen wollte ich nicht rufen. Durch die starken Schmerzen konnte ich nicht aufstehen und ich dachte schon, ich müsste in der Kälte dort liegen bleiben … Raphael musste meinen Schrei gehört haben und hat mir geholfen. Als wir dann endlich hier waren, es mir nicht besser ging und mein Fuß immer schlimmer aussah, hat er dann doch einen Krankenwagen gerufen.« Zwischendurch nahm Emely immer wieder einen Schluck von dem Kakao, da er sie innerlich aufwärmte und beruhigte.

»Und wie habt ihr es bis nach Hause geschafft? Du konntest doch kaum auftreten, oder?« Ihre Mutter schaute sie fragend an.

Emely spürte, dass es ihr unangenehm war und sie hatte sogar das Gefühl, rot anzulaufen. »Nun … er hat mich getragen«, sagte sie so normal wie möglich und zuckte dabei gespielt bedeutungslos mit den Schultern.

»Getragen? Aha …« Wilhelmina sah ihren Mann vielsagend an.

»Na, da hattest du ja Glück …« Gustav konnte sich ein kleines Schmunzeln nicht verkneifen.

»Und was hat nun der Arzt gesagt?« Der Blick ihrer Mutter wanderte über Emelys Bein.

»Ein Band ist angerissen und einer der Mittelfußknochen gebrochen. Abgesehen davon habe ich eine schwere Prellung an meinem linken Arm und an meiner Hüfte … ansonsten nur ein paar Schürfwunden.«

Beide bedachten sie mit immer größer werdenden Augen.

»Puh, da hat es dich aber ordentlich erwischt!«, stellte ihr Vater fest. Ihrer Mutter hatte es zu Emelys Überraschung die Sprache verschlagen. Das kam nur sehr, sehr selten vor!

Emely musste ein paar Tränen wegblinzeln, denn die enorme Anspannung fiel ab und als sie alles noch mal erzählt hatte, war es ihr vorgekommen, als hätte sie es erneut durchlebt. Als sie jedoch ihre Lider schloss, um nach Fassung zu ringen, sah sie vor ihrem inneren Auge wieder ihre geliebten Schneekristalle und wurde sogleich ruhiger.

»Möchtest du vielleicht hier auf der Couch schlafen? Dann musst du nicht die vielen Treppen hoch. Waschen kannst du dich ja im Gästebad, so kannst du eh nicht duschen. Ich hole deine Sachen von oben.« Ohne auf eine Antwort zu warten, verließ die Mutter das Wohnzimmer.

»Wenigstens schneit es morgen, das wird dich etwas aufmuntern.« Ermutigend strich ihr Vater über ihre Schulter.

Emely nickte und der Gedanke daran ließ mehr als nur Vorfreude in ihr aufsteigen, doch gleichzeitig wurde diese durch ihren körperlichen Zustand nahezu weggefegt. Sie durfte nicht raus, sie musste sich schonen.

»So, hier sind deine Sachen. Brauchst du sonst noch etwas?« Ihre Mutter kam beladen mit Decke, Kopfkissen und ein paar anderen Sachen zurück. Emely verneinte und nahm die Decke entgegen. »Falls etwas ist, dann ruf einfach.«

Sie bedankte sich und wünschte ihren Eltern eine gute Nacht, bevor sie nach oben in ihr Schlafzimmer gingen.

Was für ein Tag! Als sie nun mit sich alleine war, kam ihr wieder der Besuch bei dem alten Herrn Johann in den Kopf. Mit etwas Abstand konnte sie besser damit umgehen und ging alles, was er ihr erzählt hatte, nochmals durch. Es würde so einiges erklären, was sie stets im Winter erlebte, und doch schien ihr alles zu … magisch. Nach dem, was er ihr an den Kopf geworfen hatte, musste es so etwas wie Magie wirklich geben. Sie war Magie gegenüber keineswegs abgeneigt … oft hatte sie sich Gedanken über dieses Thema gemacht und das Gefühl, dass das Wort *Phänomen* ein akzeptabler Ersatz dafür war. Konnte man sich etwas nicht erklären, handelte es sich um ein Phänomen. Demnach war sie ein Phänomen … im Winter … ein Winterphänomen! Sie musste leise in die Decke lachen. Ihre Gedanken wanderten zu Raphael und sie spürte seine starken Arme, die sie getragen hatten, und sah seine klaren blauen Augen vor sich …

Schneeflocken wirbelten wild um sie herum, sie versuchte irgendetwas zu beschützen, doch sie wusste wieder nicht was. Aussichtslosigkeit und Verzweiflung stiegen in ihr auf, Blut tropfte von ihrem Gesicht und fiel sanft in den Schnee. Statt jedoch rote Flecken zu hinterlassen, war dort nichts, denn ihr

Blut verwandelte sich in weiße Schneekristalle, sobald es den schneebedeckten Boden berührte. Stutzig ging sie in die Hocke, um es genau zu begutachten, und als sie sich wieder aufrichtete, war der Schnee verschwunden. Es war plötzlich keine einzige Schneeflocke mehr zu sehen und sie stand barfuß auf kaltem Waldboden. Sie drehte sich um und sah in das Gesicht des alten Mannes. Tränen füllten seine Augen und er schaute sie traurig und voller Angst an. Er brach zusammen und blieb reglos am Boden liegen. Ein hasserfülltes Lachen zerriss die Stille. Ein Mann, der aussah wie Raphael, warf seinen Kopf in den Nacken und lachte gefühllos, während ihm schwarze Tränen über sein Gesicht rannen. Emelys Blick blieb an ihm hängen, doch sie riss sich los und schaute wieder auf den alten Mann. Sie wollte zu ihm, um ihm zu helfen, doch da merkte sie, dass ihre Lebenskraft ebenfalls schwand und in dem Moment, als sich ihre Augen schlossen und ihre Beine sie nicht mehr tragen konnten, vernahm sie einen lauten Schrei.

Panisch wachte sie auf. Sie wusste erst nicht, wo sie war, doch als sie sich im Halbdunkeln umsah, wurde ihr bewusst, dass sie auf der Couch im Wohnzimmer saß. Sie versuchte, ruhiger zu atmen. Als sie es geschafft hatte, spürte sie, dass ihr Bein und ihre Hüfte wieder stark schmerzten. Zielsicher griff sie nach den Schmerztabletten, die ihr Vater auf den Tisch gelegt hatte. Nach ein paar Schluck Wasser fühlte sie sich klarer. Langsam war sie sich nicht mehr so sicher, ob sie sich dieses Jahr auf den Schnee freuen sollte. So heftig und gruselig hatte sie das noch nie erlebt. Vorsichtig legte sie sich wieder hin und versuchte eine Position einzunehmen, in der die Schmerzen am erträglichsten waren. Diesmal fielen ihr nicht gleich die Augen wieder zu wie in den Nächten zuvor. Bilder vom Traum, von Raphael, von dem alten Herrn und aus dem Krankenhaus wechselten sich wild durcheinander ab. Mindestens eine Stunde lang lag sie so wach und ihr Blick huschte dabei rastlos umher.

Sie musste irgendwann doch eingeschlafen sein, denn als sie aufwachte, hörte sie ihre Eltern im Bad. Abgesehen davon spürte sie eine Veränderung der Atmosphäre … Es schneite! Trotz der gruseligen Nacht huschte ein zufriedenes Lächeln über ihr Gesicht und sie setzte sich vorsichtig und unbeholfen auf. Beinahe wäre sie mit den Krücken am Tischbein hängen geblieben, doch sie humpelte zielstrebig zur Terrassentür. Ihre Eltern hatten den Rollladen gestern nicht heruntergelassen und so war Emely von jetzt auf nachher von dem Bild verzaubert, das sich ihr bot. Es musste wohl doch schon einige Stunden geschneit haben, denn der Boden sah aus, als hätte jemand Zuckerwatte darauf verteilt. Mit leuchtenden Augen folgte sie jeder Schneeflocke, die elegant zu Boden fiel. Bei dem Anblick der Kristalle vergaß sie die Welt um sich herum und sie fühlte sich, als hätte sie einen sehr, sehr guten Freund wieder, den sie für lange Zeit verloren hatte.

»Emely? Also, Gustav, wenn das so weitergeht, rufe ich einen Arzt. Sie steht nun schon seit geschlagenen zwanzig Minuten so da und bewegt sich keinen Millimeter. Sie wirkt so … paralysiert, als wäre sie in Gedanken in einer anderen Welt.« Die Stimme ihrer Mutter klang sehr weit entfernt.

Die Worte sickerten nur langsam zu ihr durch und als sie ihre Bedeutung realisierte, atmete sie tief ein. »Was ist denn?«, fragte sie ihre Mutter teilnahmslos, doch wandte sie ihren Blick nicht vom Schnee ab.

»Emely! Gott sei Dank! Ist alles okay bei dir? Fühlst du dich irgendwie … schlecht?«

Emely spürte plötzlich eine Hand auf ihrer Schulter. Erschrocken drehte sie sich zu ihrer Mutter um. »Nein … nein, wieso fragst du?« Ihre Mutter war schon manchmal komisch.

»Ach, nur so …« Wilhelmina schüttelte daraufhin den Kopf.

Endlich würde sie nicht mehr frieren müssen, wenn sie rausginge. Die zauberhafte Atmosphäre füllte jede Faser ihres Körpers.

Raphael

Unwillig schob Raphael die Decke von sich und stand auf. Barfuß lief er zu seinem Fenster, um es wie jeden Morgen zu öffnen. Er liebte frische Luft! Als ihm der Geruch des Schnees in die Nase stieg, schlug er es schnell wieder zu. Schnee! Dieser scheiß Schnee war schuld daran, dass sein Vater nicht mehr lebte. Der kalte Wintermorgen holte das Ereignis schmerzhaft in den Vordergrund seiner Gedanken. Ein Stechen in seiner Brust breitete sich aus und er versuchte es mit aller Gewalt wegzudrücken. Nie wieder wollte er das fühlen – nie wieder! Entschlossen ließ er sich auf den Boden fallen und begann in hohem Tempo, eine Liegestütze nach der anderen zu absolvieren, um im Jetzt zu bleiben, klarer zu werden, nicht fühlen zu müssen. Als der Schweiß von seiner Stirn tropfte und seine Muskeln schmerzten, blieb er liegen und bewegte sich keinen

Millimeter, bis sich seine Atmung beruhigt hatte und er für den Tag bereit war.

Er lief ins Bad und stellte sich unter die Dusche. Das eiskalte Wasser sorgte dafür, dass er jeglichen Gedanken an seinen Vater und Emely aus seinem Kopf verbannte und ganz im Hier und Jetzt ankam. Nachdem er sich angezogen hatte, saß er mit schwarzer Jeans und grauem Pullover in der Küche. Es war noch ziemlich früh und seine Mutter kam erst müde in die Küche getapst, als er seine zweite Tasse Kaffee bereits getrunken hatte.

»Oh, du bist heute aber früh dran … guten Morgen! Toast?« Auf Raphaels Nicken hin schob sie vier Scheiben in den Toaster und drückte den roten Knopf herunter. Sie machte sich ebenfalls einen Kaffee und setzte sich zu ihrem Sohn an den kleinen Tisch. »Erzähl mal, wem du da gestern geholfen hast … Ich bin ja schon ein bisschen neugierig.« Auffordernd schaute sie ihn an.

Wenn Raphael heute Morgen nach einem Thema nicht war, dann war es dieses. Er seufzte, denn er liebte seine Mutter sehr. »Eigentlich möchte ich nicht darüber reden …« Er blickte sie entschuldigend an.

»Was ist los mit dir? Du wirkst so … bedrückt, genervt und so anders als sonst.«

Raphael fuhr sich mit seinen Händen durchs Gesicht.

»Oh … geht es etwa um ein weibliches Geschöpf?« Grinsend schaute sie Raphael an, der daraufhin ertappt den Blick senkte. Er war verwundert darüber, wie schnell seine Mutter ihn durchschaute.

»Emely … ich will darüber nicht sprechen«, sagte er mit fester Stimme und etwas zu laut, sodass seine Mutter ihm mit ihrem Blick folgte, als er aufstand und das Toastbrot auf zwei Teller verteilte. Als er sich umdrehte und ihren Blick sah, wäre er fast weich geworden, doch er musste Emely aus seinen Gedanken bekommen und das ging am besten, wenn er nicht über sie redete und nachdachte. »Vielleicht irgendwann mal … nicht heute.« Er stellte noch Butter und Marmelade auf den Tisch, bevor er sich wieder setzte. Seine Mutter nickte zu seiner Verwunderung verständnisvoll und er biss hungrig in seinen Toast.

»Ich weiß, dass du nicht gerne darüber sprichst, aber wann … wann hast du vor, wieder deiner Arbeit nachzugehen?«, fragte sie ihn vorsichtig. Als Antwort bekam sie nur einen bösen und genervten Blick. »Du weißt, ich möchte dich nicht unter Druck setzen, doch deine Arbeit hat dir immer viel Spaß gemacht … Es würde mich sehr freuen, wenn du wieder ein wenig zu deinem vorigen Leben zurückfinden würdest und dich nicht so verschließt.« Sie schenkte Raphael ein sanftes Lächeln.

»Ich bin da einfach nicht so wie du. Es fühlt sich für mich nicht richtig an weiterzumachen, als wäre nichts gewesen. Ich kann das nicht und ich möchte nicht weiter darüber sprechen.«

Elli seufzte, was Raphael einen Stich versetzte. Er wollte nicht, dass sie darunter litt, wie er sich fühlte, doch konnte er im Moment nichts daran ändern.

»Schon in Ordnung, mein Junge.«

Nachdem beide aufgegessen hatten, machte sich Raphael noch einen Kaffee und verschwand in seinem Zimmer. Hier würde er den ganzen Tag verbringen, das hatte er sich fest vorgenommen. Nach einer halben Tasse Kaffee lief er rastlos auf und ab und beschloss, doch nach draußen zu gehen. Schnee hin oder her.

Kurz darauf stiefelte er mit gesenktem Kopf durch die weißen Straßen. Er hatte gar nicht wahrgenommen, dass er mittlerweile die Häuser hinter sich gelassen hatte und über freies Feld lief. Abrupt blieb er stehen und schaute sich um, da er dachte, seinen Namen gehört zu haben. Weit und breit war niemand zu sehen! Er stapfte weiter Richtung Wald. Ungewöhnliche Kälte kroch unter seine Jacke. Es war das gleiche Gefühl von Kälte, das er bei den letzten zwei Anfällen gespürt hatte. Das kaum aushaltbare Gefühl des Verlustes blieb jedoch aus.

»Du kannst deinen Vater rächen …« Eine seltsame Stimme drang leise an seine Ohren.

Blitzartig sah er Bilder vor seinem inneren Auge. Ein Auto schlitterte über eine schneeglatte Straße. Sirenenlichter blinkten auf.

Tief atmete er durch und schüttelte seinen Kopf. Das machte ihm wohl doch mehr zu schaffen, als er dachte.

»Komm, schließe dich mit mir zusammen. Ich kann dir helfen. Räche dich an dem Schnee … Er ist schuld an dem Tod deines Vaters.« Die Stimme war nun deutlich hörbar.

Raphaels Blick huschte verwirrt von Baum zu Baum. Er war alleine! Angespannt presste er seine Finger an die Stirn. Was war nur mit ihm los?

»Hör mir gut zu! Raphael, es existiert ein schwarzes Buch. Darin steht ein Ritual, wie du den Zauber des Schnees brechen kannst.« Laut hallte die Stimme zwischen den Bäumen wider.

Entsetzt riss Raphael die Augen auf und drehte sich um die eigene Achse.

»Ohne den Schnee wäre dein Vater niemals ums Leben gekommen. Er ist schuld an dieser Tragödie … Bring es mir und ich helfe dir dabei, den Schnee auszulöschen. Du wirst mich brauchen.«

Ein Schatten im Unterholz ließ ihn erstarren.

»Du wirst mich brauchen!« Der Schatten glitt auf ihn zu.

Schwer atmend stolperte Raphael rückwärts.

»Hol das schwarze Buch!«

Jetzt meinte Raphael, zwei rote Augen aufblitzen zu sehen. Das war zu viel! Verstört begann er zu rennen, weg von diesem Schattenwesen. Vielleicht war das nur eine Illusion?! Er hatte das Gefühl, seinen Verstand zu verlieren. Sein Herz hämmerte schwer gegen seine Brust.

»Er ist schuld an dem Tod deines Vaters. Ich werde dir helfen, Vergeltung zu üben, hole das schwarze Buch …« Die seltsame Stimme, die zu diesem Schatten zu gehören schien, verfolgte ihn.

Raphael rannte schneller, Schweißtropfen rannen ihm trotz der Kälte über die Stirn. Endlich, nur noch wenige Häuser, dann hätte er sein Zuhause erreicht. Verzweifelt kramte er seinen Schlüssel aus der Jackentasche und brauchte drei Versuche, um das Schlüsselloch zu treffen.

»Raphael«, flüsterte die Stimme.

Sacht strich ein kalter Windhauch über sein Gesicht. Er öffnete die Tür und drückte sie so fest zu, dass das kleine Glasfenster darin gefährlich zitterte. Nach Luft ringend stützte er sich auf seinen Knien ab.

Kapitel 5

Beinahe wäre Emelys Mutter bei ihr geblieben, doch da Emely ihre Ruhe wollte, musste sie ihrer Mutter tausendmal versichern, dass sie gut alleine zurechtkomme und sie beruhigt arbeiten gehen könne. Als die Tür ins Schloss fiel, lehnte sich Emely auf ihrem Stuhl zurück und schaute nach draußen, wo munter die Schneeflocken durch die Luft tanzten. Gebannt beobachtete sie das zauberhafte Geschehen und huschte mit ihren Gedanken immer wieder zu Raphael. Sie musste sich eingestehen, dass sie ihn von oben bis unten toll fand. Sie liebte die Art, wie er sprach und sich bewegte.

Die laute, schrille Haustürklingel riss sie unsanft aus den Gedanken. *Komisch, wer das wohl sein mochte*?, dachte sie, nahm ihre Krücken und humpelte langsam zur Haustür. Sie erkannte Johann Kalter durch das kleine Fenster. Was wollte er denn hier? Unsicher überlegte sie, ob sie ihm öffnen sollte.

»Emely? Bist du da? Ich kann dir helfen!«

Sie wusste nicht, bei was er ihr denn helfen wollte. Ach, was soll's … Emely öffnete die Tür. »Guten Morgen!« Sie schaute Johann fragend an.

»Oh, das sieht nicht so gut aus. Darf ich kurz reinkommen?« Besorgt musterte er sie.

»Na gut … bitte.« Emely trat beiseite und humpelte voraus in die Küche. »Möchten Sie etwas trinken? Tee?«

»Danke, nein. Ich hatte gerade Frühstück und da trinke ich immer eine ganze Kanne.« Lächelnd machte er es sich auf einem der Stühle bequem.

Emely setzte sich unbeholfen zu ihm. »Sie meinten, Sie wollen mir helfen … Bei was denn?«

»Nun … ich … also ich habe gestern den Krankenwagen gehört und aus dem Fenster gesehen … Also es hat was mit dem Zauber des Schnees zu tun, mit dem du ja verbunden bist … Darf ich darüber sprechen?« Unsicher rutschte er auf seinem Stuhl hin und her.

Emely überlegte … Theoretisch hatte er ja mit allem recht gehabt, was er ihr erzählt hatte. Warum also nicht? Er konnte ja nichts dafür, dass sie so … nun ja, schwache Nerven hatte.

»Sprechen Sie weiter.« Emely nahm einen Schluck von ihrem Tee.

»Nun, es ist so. Jeder kann vom Zauber des Schnees geheilt werden, egal, ob er mit ihm verbunden ist, oder nicht.« Bedeutungsvoll schaute er Emely an.

»Das ist schön.« Sie überlegte, was das mit ihr zu tun haben könnte.

Johann schien zu merken, dass sie nicht wirklich verstand, worauf er hinauswollte. Er deutete auf ihr Bein.

»Sie meinen, dieser *Zauber des Schnees* kann meinen Bruch und die restlichen Verletzungen heilen?« Emely sah ihn ungläubig an und hätte fast nach der versteckten Kamera gesucht.

Johann wirkte enttäuscht. »Pass auf, ich werde es dir beweisen, du hast nichts zu verlieren. Entweder es klappt, oder es klappt nicht. Wenn es jedoch funktioniert, musst du mir vorher versprechen, die ganze Sache ernst zu nehmen. Es ist wichtig«, sagte er etwas grantig. Kopfschüttelnd saß er vor ihr und wartete auf eine Reaktion.

In Emelys Kopf brodelte es, sie verstand seinen Stimmungswechsel nicht und versuchte, alles zu ordnen und allem einen Sinn zu geben. Eigentlich hatte er ja recht. Probieren könnte sie es ja mal, es würde eh nichts passieren. »Also gut … Was muss ich machen?« Kritisch stand sie auf und hielt sich an ihrer Stuhllehne fest.

»Du musst raus, in den Schnee. Alles Weitere erledige ich.« Enthusiastisch öffnete er die Terrassentür. Er nickte Emely aufmunternd zu und sie humpelte auf die mit Schnee bedeckte Terrasse. Der Geruch des Schnees ließ sie alle Zweifel an diesem Experiment vergessen.

»Lege dich in den Schnee … Warte, ich helfe dir dabei«, erklärte er.

Mit Johanns Hilfe lag sie Sekunden später im für sie angenehm kühlen Schnee. Sie fühlte sich ausgeliefert, als sie da am Boden lag – angenehmer Schnee hin oder her. Wahrscheinlich würde sie ohne Hilfe einige Minuten brauchen, bis sie mit ihren

Verletzungen wieder stand. Eine leichte Anspannung breitete sich in ihr aus.

»Wir müssen deine Schiene noch abmachen … Warte, ich mache das, bleib einfach liegen.« Er begann, die Riemen zu lösen.

»Vorsichtig!«, sagte Emely bestimmt.

Als er fertig war und die Schiene beiseitegelegt hatte, kniete er sich neben sie auf den Boden. Emely entging keine seiner Bewegungen. Er war ungewöhnlich fit für sein Alter. »Bereit?« Seine vor Vorfreude glänzenden Augen entgingen ihr ebenfalls nicht.

Sie nickte und anstatt weiterhin darüber nachzudenken, wie seltsam diese Situation war, genoss sie jede einzelne Schneeflocke, die ihr ins Gesicht fiel.

Johann breitete bedeutsam eine Hand über ihr Bein und die andere Hand über dem Schnee aus. »Zauber des Schnees, ich stehe im Bund mit dir. Heile ihr Bein!« Die Worte kamen klangvoll über seine Lippen und seine tiefe, konzentrierte Stimme verlor sich im sachten Wind.

Emely lief ein Schauer durch den Körper. Bevor sie jedoch von ihren Zweifeln überrollt wurde, passierte tatsächlich etwas Magisches. Sie dachte erst, sich getäuscht zu haben, doch als sie genauer hinsah, erkannte sie, dass sich einzelne Schneekristalle vom Boden lösten und langsam um ihr Bein flogen. Die Flocken, die vom Himmel herabfielen, taten es ihnen gleich, und so schwebten nach einigen Sekunden Hunderte Kristalle um ihr Bein. Die Faszination ließ Emely stumm und regungslos werden.

»Jetzt lass es zu!«, forderte Johann sie auf.

Emely wusste genau, was er meinte, und in dem Moment, als sie es akzeptierte und losließ, begannen die Schneekristalle, von innen heraus golden zu leuchten. Beide betrachteten ehrfürchtig dieses magische Wunder. Nach ungefähr einer Minute flogen sie wieder langsam auseinander und verteilten sich leuchtend auf dem Boden, auf dem sie, sobald sie ihn berührten, erloschen und wieder eins waren mit der weißen Schneedecke.

»Überzeugt?«, hörte sie Johann fragen.

Sie wandte ihm ihren Blick zu. Da sie keinen Ton herausbekam, nickte sie bejahend und sah in seine zufriedenen Augen.

»Steh auf!«, sagte er mit einem Lächeln im Gesicht, während er sich ganz sanft, als wollte er die Schneekristalle dabei nicht kaputt machen, den Schnee von seiner Hose wischte.

Emely bewegte vorsichtig ihr Bein, doch als sie weder Schmerz noch irgendeine Einschränkung spürte, stand sie ungläubig auf. »Es ist geheilt … Es hat funktioniert« Sie hauchte die Worte fassungslos in die Stille und war den Tränen nahe.

Johann klopfte ihr stärkend auf die Schulter und strahlte sie an, als hätte er gerade erfahren, dass er Opa geworden wäre. »Alles okay mit dir?«, fragte er besorgt, als Emely dann doch die Tränen kamen.

»Nein … ja, doch es ist alles in Ordnung … Ich meine, das war Magie … es gibt Magie! Ich …« Stotternd und noch immer fassungslos von dem, was gerade geschehen war, schaute sie ehrfurchtsvoll in den Schneeflocken verhangenen Himmel.

»Komm, setz dich erst mal drinnen hin und trink ein Glas Wasser. Das musst du wohl erst einmal verdauen, obwohl –« Er brach mitten im Satz ab und schien zu überlegen. »Ich hole dir ein Glas Wasser. Wo sind eure Gläser?«

Emely ließ sich in der Küche auf einen Stuhl fallen und zeigte auf einen der Hängeschränke. Johann stellte ihr fürsorglich ein volles Glas Wasser vor die Nase und schaute sie prüfend an.

»Du hattest recht, ich gebe zu, das war überzeugend«, sagte sie mit matter Stimme, nachdem sie das halbe Glas langsam leer getrunken hatte.

Er nickte und grinste sie mit klaren Augen an. »Ich hole mal deine Krücken und deine Bandage rein, bevor sie ganz zugeschneit sind.« Emely folgte ihm mit ihrem Blick. Für sie trug Johann einige Widersprüche in sich. Er war recht alt, doch sehr agil – fast sportlich. Er hatte oft dieses Leuchten in den Augen, das im Kontrast zu einer gewissen Traurigkeit stand, die er in sich trug. Trotz dieser ungewohnt magischen Situation fühlte sich Emely von Minute zu Minute wohler an seiner Seite.

Mit der Schiene und den Krücken in den Armen kam Johann wieder rein. »Geht es wieder?« Er legte die Sachen auf das Sofa und setzte sich zu Emely an den Tisch.

»Ich denke schon …« Sie atmete tief durch. »Kann ich so was auch? Ich meine … Ich bin ja auch mit dem Zauber des Schnees verbunden. Kann ich zaubern?«

Johann schmunzelte. »Nun, um ehrlich zu sein, weiß ich nicht, ob man das wirklich *zaubern* nennt, was wir da können. Wir haben vielmehr eine Gabe, die es uns ermöglicht, den Zauber des Schnees zu nutzen, da wir mit ihm verbunden sind. Der Schnee ist magisch … Schon immer gewesen und es steckt noch viel mehr dahinter, als du je erahnen kannst.«

Die Angst und Unsicherheit, die Emely vor Kurzem dem Thema gegenüber gespürt hatte, waren verschwunden und hatten sich in Wissensdurst und innere Stärke verwandelt. Sie fühlte sich irgendwie anders … so bestätigt und angekommen. Sie war nicht mehr alleine damit! »Kannst du mir beibringen, wie ich das machen kann? Also ich meine so, wie du mein Bein vorhin geheilt hast, das würde ich auch gerne können«, fragte sie gespannt nach.

Auf Johanns Gesicht breitete sich ein strahlendes Lächeln aus. »Ich kann und werde dir alles beibringen, was ich weiß und über all die Jahre an Erfahrung gesammelt habe«, sagte er daraufhin feierlich.

Emely strahlte ebenfalls übers ganze Gesicht. »Ich hole uns ein paar Kekse.« Sie schnappte sich die Box von der Küchenanrichte und stellte sie geöffnet auf den Tisch.

»Also, wenn du die Hilfe des Zaubers des Schnees brauchst, dann beginne immer mit den Worten: *Zauber des Schnees, ich stehe im Bund mit dir*. Dadurch verbindest du dich auf einer anderen Ebene mit ihm und kannst ihn gezielt einsetzen. Dann äußerst du einfach dein Anliegen. Du musst dich dabei jedoch vollkommen auf das konzentrieren, was du tust«, erklärte er und biss zwischendurch immer mal von einem der Kekse ab.

Emely hörte ihm aufmerksam zu und vergaß sogar das Gebäck dabei, obwohl sie Kekse doch so liebte.

»Wie du vielleicht schon erlebt hast, ist der Schnee manchmal etwas ungestüm. Wenn du also nicht mit voller Konzentration dabei bist, kann es sein, dass er dich unsanft darauf hinweist. Er hat schon manchmal seine eigene Art, mit uns zu kommunizieren.« Es schien, als würde er mit seinen Gedanken zu einem bestimmten Ereignis abdriften.

Emely ging es ebenfalls so, denn sie hatte schon zahlreiche komische Dinge erlebt, sobald Schnee im Spiel war. Im letzten

Winter war sie mindestens zweimal die Woche im verschneiten Garten aufgewacht. Nur mit einem Nachthemd bekleidet fand sie sich in den Morgenstunden neben den Rosenbüschen wieder. Manchmal sogar mit zahlreichen Schneeflocken bedeckt. Verwundert hatte sie jedes Mal festgestellt, dass sie gar keine blauen Lippen hatte, doch hatte sie angenommen, dass sie vielleicht gerade erst schlafwandelnd im Garten gelandet war und nicht schon Stunden im Schnee gelegen hatte.

»Er kann einen die Zeit vergessen lassen … Für uns ist das wunderschön, doch die Menschen um uns herum fangen an, sich Sorgen zu machen, wenn man wie paralysiert auf einem Fleck stehen bleibt und nicht mehr ansprechbar ist.«

Emely musste unweigerlich an die Situation heute Morgen denken, bei der ihre Mutter so komisch gewesen war … Das war wohl doch nicht ihre Mutter gewesen, die sich seltsam verhalten hatte, sondern sie selbst. »Kann man dagegen etwas tun oder es beeinflussen?«

Johann schüttelte den Kopf. »Nein, man selbst leider nicht. Nur wenn man von außen angesprochen wird oder einen irgendetwas ablenkt, kommt die Seele zurück ins Hier und Jetzt. Ansonsten muss man so lange warten, bis der Zauber des Schnees einen wieder freigibt.«

Das fand Emely nun doch etwas gruselig.

»Keine Sorge, für uns ist es sehr angenehm. Er lässt uns ja auch wieder in unsere Welt zurück. Irgendwann …« Er schien sie beruhigen zu wollen, doch Emely musste diese Information erst einmal verdauen und überlegen, wie sie diese einordnen sollte.

»Mach dir keine Sorgen.« Er nickte ihr aufmunternd zu.

Wieso ausgerechnet sie sich keine Sorgen machen sollte, war ihr schleierhaft, doch wollte sie im Moment keine neuen Informationen und erst einmal alles gut überdenken. »Ich glaube, das reicht mir für heute an Neuigkeiten. Können wir morgen darüber weitersprechen?« So langsam schwirrte ihr der Kopf.

»Ja, natürlich, kein Problem. Ich kann verstehen, was du meinst.« Er klopfte die Krümel von seinem Pullover. »Du kannst zwar wieder laufen, aber ich bleibe noch ein bisschen, bis du dich besser fühlst. Soll ich uns etwas kochen? Es ist schon Mittag«, schlug er vor.

Emely war dankbar, dass er sie nicht nach all den übernatürlichen Informationen alleine ließ.

Nach einer Weile stieg ihr ein köstlicher Duft in die Nase und holte sie zurück aus ihren Grübeleien. Sie stellte das Brot auf den Tisch und strich über ihren knurrenden Magen.

»Vielen Dank! Das ist jetzt genau das Richtige«, sagte Emely dankbar und schöpfte Suppe in die beiden Teller, während Johann sich ebenfalls setzte. »Das habe ich dir gar nicht zugetraut, dass du so gut kochen kannst«, bemerkte Emely, während sie ein Stück Brot in ihre Suppe tunkte.

»Ja, alte Menschen werden oft unterschätzt«, meinte er daraufhin und schaute Emely dabei bedeutungsvoll an.

»Definitiv!« Schmunzelnd dachte sie an das, was gerade auf der Terrasse geschehen war.

Sie scherzten noch eine Weile und nachdem Emely eine Überdosis Suppe im Bauch hatte und darüber strich, räumten sie gemeinsam den Tisch ab. Sie machte kleine Schritte, denn ihre Hüfte fühlte sich unangenehm fest an. Die Prellungen würden sie noch eine Weile begleiten, doch ohne Krücken und

Schiene lebte es sich doch deutlich leichter. Sie war so froh, dass ihr Bein geheilt war und sie dadurch keine Schmerzen mehr hatte – abgesehen von ihrer Hüfte und den Händen. Vielleicht sollte sie ihn noch darum bitten, den Rest ihres Körpers zu heilen, damit sie sich wieder rundum gut fühlte. Sie verwarf den Gedanken jedoch schnell, denn wie sollte sie ihren Eltern erklären, dass die Schürfwunden nach einem Tag plötzlich verheilt waren und sie keine Schmerztabletten mehr bräuchte? Was ihr Bein betraf, müsste sie wohl weiterhin so tun, als könnte sie kaum auftreten, sonst würden ihre Eltern misstrauisch werden. Doch ob sie auf so etwas kämen? Sie würden wohl eher denken, dass Emely ihnen alles nur vorgespielt hätte und das würde das gegenseitige Vertrauen tief erschüttern.

Nachdem die Küche wieder blitzblank und von ihrer Suppenorgie nichts mehr zu sehen war, machten sie es sich auf dem Sofa bequem und spielten Karten. Es wurde ein sehr lustiger Nachmittag und sie merkten beide nicht, wie die Zeit verflog.

Die Haustür wurde aufgeschlossen, sie hielten inne und Emely hörte die Stimmen ihrer Eltern. Ihr Blick flog entgeistert zur Uhr und sie sprang erschrocken vom Sofa auf.

»O nein, das sind meine Eltern! Schnell, ich muss die Schiene anziehen!« Im hektischen Flüsterton fuchtelte sie vor Johann mit den Karten herum, der daraufhin ebenfalls aufsprang, nach der Schiene griff und Emely half, sie um ihr Bein zu schnallen.

»– werde gleich mal kochen, ich habe heute einen wahnsinnigen Hunger!«, hörte Emely ihre Mutter sagen und ihre Schritte kamen näher.

»Okay, das hätten wir. Jetzt leg dein Bein hoch, leg dein Bein aufs Sofa!», flüsterte Johann schnell, setzte sich ebenfalls wieder hin und nahm die Karten in die Hand.

»Oh, du hast Besuch? Hallo, mein Schatz! Und wer sind Sie?« Wilhelmina eilte plappernd zu den beiden ins Wohnzimmer und beäugte kritisch den alten Mann.

»Verzeihung, Frau Winterholm, ich bin Johann Kalter … ein Nachbar.« Ruhig und charmant lächelte er sie an.

»Ah …«, meinte Wilhelmina daraufhin nur und schaute Emely fragend und mit hochgezogenen Augenbrauen an.

»Er war so freundlich und hat mir geholfen, da mir eine Krücke umgefallen war, als ich nach der Post geschaut habe«, sagte Emely schnell. »Und dann war er so freundlich und hat mir eine Suppe zum Mittag gekocht, damit ich etwas Warmes habe«, fügte sie etwas an den Haaren herbeigezogen zu, wobei das mit der Suppe stimmte.

»Vielen Dank, Herr Kalter!« Wilhelmina schüttelte Johann daraufhin förmlich die Hand. »Möchten Sie mit uns zu Abend essen?«, fragte sie freundlich nach.

Emely war überrascht, denn ihre Mutter mochte eigentlich keine Gäste direkt nach der Arbeit.

»O nein, danke! Ich werde mich mal wieder auf den Weg machen.« Er lächelte sie dankend an. »Dann wünsche ich Ihnen eine gute Besserung! Vielleicht können Sie ja den Schnee draußen bald genießen … vielleicht sieht man sich mal wieder«, sagte er noch und zwinkerte Emely dabei vielsagend an.

»Vielen Dank noch mal für Ihre Hilfe!», betonte Emely, schüttelte Johann ebenfalls die Hand und konnte sich ein kleines Grinsen kaum verkneifen.

»Ich bringe Sie zur Tür.« Ihre Mutter verschwand mit Johann im Gang.

Emely atmete erleichtert durch – das war gerade noch mal gut gegangen.

»Ein netter Herr, dieser Johann Kalter«, meinte Wilhelmina, als sie wieder den Raum betrat und sich gleich ans Werk machte.

Während ihre Mutter in der Küche hantierte, war Emely in Gedanken bei Johann und all dem, was er ihr über den Zauber des Schnees erzählt hatte. Morgen würde sie zu ihm rübergehen, denn sie hatte noch einige Fragen und er war wohl noch nicht fertig gewesen. Nach dem magischen Ereignis am Vormittag fühlte sich für Emely ihr Leben nun viel sinnvoller an und nicht mehr so trist. Immer hatte sie das Gefühl gehabt, sie wäre auf der Suche … Nach was wusste sie nie, doch nun lag es auf der Hand. Irgendein Teil von ihr musste gewusst haben, dass es mehr zwischen Himmel und Erde gab. Sie fühlte sich angekommen – angekommen in einer Welt, die sie so viel besser verstand, die für sie mehr Sinn ergab und die sie akzeptierte. All die seltsamen magischen Dinge, die ihr jeden Winter widerfuhren, und die Schneekristalle, die sie sah, sobald sie die Augen schloss. Sie selbst konnte sich nun verstehen! Wahrscheinlich hatte sie sich deswegen für Alaska entschieden – viel mehr Schnee und angenehme Kälte. Ein zufriedenes Lächeln breitete sich auf ihrem Gesicht aus und sie genoss es in vollen Zügen. Morgen, sobald ihre Eltern das Haus verlassen hätten, würde sie erst einmal einen langen Schneespaziergang machen.

»Wo ist eigentlich Papa?«, hakte Emely nach.

»Der hat sich gleich hingelegt, er hat mal wieder einen

Migräneanfall. Wie geht es deinem Bein? Hast du noch starke Schmerzen?«

»Manchmal schon, ja. Die meiste Zeit geht es aber ganz gut.« Emely war eigentlich gar nicht gut im Lügen, doch sie gab ihr Bestes und versuchte, so normal wie immer zu klingen. Meistens fing sie an, wie wild zu blinzeln, oder ihre Wangen wurden rot. Zu ihrer Überraschung kaufte ihre Mutter es ihr ohne eine hochgezogene Augenbraue ab.

Ein paar Wochen müsste Emely das durchhalten, denn so lange dauerte es allemal, bis so ein Bruch mehr oder weniger geheilt wäre. Als sie so darüber nachdachte, war sie gar nicht erpicht auf die nächsten Wochen. Zum Glück waren ihre Eltern oft unterwegs, dann könnte sie in dieser Zeit ganz normal herumlaufen. Trotzdem sollte sie langsam machen, denn ihr Körper fühlte sich durchgeschüttelt an und die Hüfte und der Arm schmerzten noch.

Ihre Mutter brachte zwei befüllte Teller zur Couch und ließ sich neben ihr nieder.

Als sie beide fertig gegessen hatten, stand sie auf. »So, dann werde ich nach deinem Vater schauen. Magst du heute noch mal unten schlafen?«

»Ich glaube, ich versuche, nach oben zu kommen. Ich möchte wieder in meinem Bett schlafen.« Emely stand ebenfalls auf, wobei sie darauf achtete, ihr Bein nicht zu belasten, und humpelte ungeschickt auf den Krücken Richtung Treppe. Es war doch schwieriger, als sie dachte, mit dieser starren Schiene die Stufen hochzukommen – obwohl ihr Bein wieder gesund war. Völlig außer Atem kam sie in ihrem Zimmer an und ließ sich aufs Bett fallen. Ihre Mutter brachte ihr noch ihre Sachen hoch, wünschte ihr eine gute Nacht und schloss die Tür hinter sich. Emely schnallte sogleich die Schiene ab und setzte sich Kopfhörer auf, um Musik zum Einschlafen zu hören.

Ihre Traumwelt begrüßte sie in dieser Nacht mit Schneekristallen, die leise vom Himmel fielen. Sie lief eine mit Schnee bedeckte Straße hinunter und das Licht der Straßenlaternen zauberte leuchtende Flecken in das Weiß. Eine Weile lief sie in einem dünnen weißen Kleid barfuß durch den Schnee, bis sie eine dunkle Gestalt am Ende der Straße sah und innehielt. Von ihr ging eine enorme Energie aus, doch statt wegzurennen, ging sie langsam, Schritt für Schritt, darauf zu. Die Gestalt bewegte sich nicht und stand aufrecht und anmutig da. Ein schwarzer Umhang mit Kapuze wurde vom Wind in Bewegung gebracht und plötzlich konnte Emely das Gesicht der Gestalt erkennen. Sie stand sich selbst gegenüber und starrte in ihre eigenen Augen, die zurück starrten.

»Ich bin die Wächterin!«, sprach die andere Emely im Kapuzenumhang. In dem Moment, in dem sie das sagte, sah Emely Schneekristalle in den Augen der Wächterin aufblitzen.

»Du bist ich …«, sagte Emely mit leiser Stimme und streckte langsam ihre Hand nach der Wächterin aus.

»Ich bin die Wächterin!« Sie hob ihre Arme unter dem schwarzen Umhang hervor und streckte sie dem Himmel entgegen. Schneeflocken begannen, um sie herum zu wirbeln, bis Emely die Wächterin kaum noch wahrnahm. Ohne Vorwarnung flogen all die Schneeflocken blitzschnell auf sie zu, umhüllten sie und begannen, golden zu leuchten.

Plötzlich veränderte sich das Bild und Emely sah nur noch die traurigen und angsterfüllten Augen des alten Mannes vor sich. Ein grausames Lachen hallte durch ihren Kopf.

Sie wachte abrupt auf und schaute auf die Decke ihres Zimmers. Sie riss sich ihre Kopfhörer herunter, die sie mit klassischer Musik berieselten, und setzte sich an den Bettrand. Ihr Herz hörte sie bis in ihren Kopf schlagen, ihr Blick flog zum Wecker. Sie hatte gerade mal eine Stunde geschlafen.

Entschlossen stand sie auf, um im Zimmer auf und ab zu laufen, bis sie sich wieder beruhigt hätte. *Anfangs ist der Traum eigentlich gar nicht so schlimm gewesen.* Es war zwar ziemlich gruselig gewesen, als sie sich selbst gegenübergestanden hatte, doch es war nichts Schlimmes passiert – im Gegenteil! Was allerdings danach gekommen war, war ein Teil des Traumes, der sie seit einigen Nächten verfolgte. Wieder etwas ruhiger, schaute sie aus dem Fenster.

Es schneite immer noch wie wild und sie erspähte problemlos die Schneeflocken in der Dunkelheit. Jede einzelne war wunderschön und wenn Emely sich auf sie konzentrierte, erkannte sie die Kristalle, aus denen sie bestanden. Sie liebte diese filigranen Verästelungen und versank in der Schönheit des Schnees. Wärme breitete sich in ihr aus und jede Faser ihres Körpers war entspannt. Ruhig stand sie da, bis eine Tür zuknallte. Erschrocken zuckte sie zusammen und wandte ihren Blick vom Schnee ab. Komisch, um diese Uhrzeit schliefen ihre Eltern eigentlich immer. Obwohl es mitten in der Nacht war, fühlte sich Emely hellwach sowie ausgeruht und hatte das Gefühl, als wäre es draußen schon heller. Leise lief sie zu einem ihrer Regale, holte ein Buch heraus und setzte sich auf den Bettrand. Durch Zufall schweifte ihr Blick nochmals über ihren Wecker und als sie sah, wie spät, beziehungsweise früh es war, rutschte ihr das Herz in die Hose. Es war sieben Uhr morgens! Wie konnte das denn sein? Doch bevor sie sich den Kopf darüber zerbrach, erinnerte sie sich an die Worte des alten Mannes.

»Der Zauber hat mich die Zeit vergessen lassen, ich war in seiner Welt«, hauchte Emely. Sie schaute wieder ehrfürchtig auf den Wecker, der nun *07:03* Uhr anzeigte. Berauscht von diesem Zauber war ihr gleichzeitig unwohl. Sie stand auf und ging in Richtung Bad. Als sie die Türklinke herunterdrückte, war die Tür verschlossen und ihr Vater rief von innen, dass sie gleich rein könne.

»Okay«, erwiderte sie und als sie sich wieder auf den Weg in ihr Zimmer machte, fiel ihr auf, dass sie vergessen hatte, die Schiene umzuschnallen.

»Mist, Mist, Mist!« Fluchend schloss sie schnell die Tür, sprang auf ihr Bett und schnallte sich dieses sperrige Ding um. Sie wollte schnellstmöglich zu Johann, doch sie beschloss zu warten, bis ihre Eltern das Haus verlassen hätten. Das war sicherer, denn es war gar nicht so einfach, daran zu denken, dass ihr Fuß gebrochen und ein Band angerissen war. Zum Glück verließen sie samstags ebenfalls früh das Haus, denn ihr Vater mochte es nicht, wenn die Stadt überfüllt war. Frühstücken, einkaufen und dann mit Freunden treffen füllte fast den ganzen Tag ihrer Eltern.

Kapitel 6

Gedankenversunken setzte sie sich an den Bettrand und starrte ins Leere. Raphael tauchte in ihren Gedanken auf und Emely spürte, wie ihr warm wurde. Es breitete sich ein Gefühl in ihr aus, das sie vorher noch nie so wahrgenommen hatte. Sie wollte ihn unbedingt wiedersehen … und zwar bald! Blöd, dass sie seine Nummer nicht hatte, aber sie wusste ja, wo er wohnte.

Doch sollte sie einfach vorbeigehen und klingeln? Sie empfand es als aufdringlich und allein der Gedanke machte sie nervös. Vielleicht hatte er sie schon vergessen? Eigentlich wusste er ja auch, wo sie wohnte und könnte ebenfalls vorbeikommen. Diese Überlegung stimmte sie allerdings missmutig, denn er war nicht erschienen. Andererseits könnte sie sich selbst einen Tritt geben, denn sie hatte ihn erst vorgestern kennengelernt. Vielleicht hatte er ja eine Freundin oder stand womöglich gar nicht auf Frauen? Ihre Gedanken überschlugen sich und sie musste tief durchatmen, damit sie wieder zur Ruhe kam. Gefühle waren kompliziert – sie hatte es gewusst! Bei ihrer Freundin war das auch immer so ein emotionales Hin und Her.

Egal, sie würde zu ihm gehen und hoffen, dass er sich freuen würde. Oder noch besser. *Ich gehe einfach jeden Tag abends auf dem Berg spazieren, dann müsste ich ihm irgendwann begegnen, ohne dass es geplant aussähe oder peinlich für mich werden könnte.* Triumphierend, was ihre Lösung betraf, grinste sie in sich hinein. Überzeugt von dem eintreffenden Erfolg ihres Plans stand sie auf und lief ungeschickt mit der Schiene am Bein zu ihrem Fenster. Als ihr Blick auf den Schnee fiel, wendete sie sich jedoch abrupt ab, denn sie wollte im Hier und Jetzt bleiben und nicht wieder ihr Zeitgefühl verlieren und sich womöglich nach gefühlten fünf Minuten am Abend wieder in ihrem Zimmer vorfinden.

Nachdem sie ein Top und einen warmen Pulli angezogen hatte, setzte sie sich an ihren Schreibtisch. »Vielleicht sollte ich alles in ein Buch schreiben, damit ich auch ja nichts vergesse …«, murmelte Emely vor sich hin, doch sie verwarf die Idee sogleich, denn wenn jemand das Büchlein in die Hand bekäme, wäre das für sie nicht so gut …

Sie hörte die Tür ins Schloss fallen, woraufhin sich ein Schmunzeln auf ihrem Gesicht ausbreitete. Ungeduldig wartete sie noch ab, bis sie vernahm, wie das Auto davonfuhr, schnallte dann ihre Schiene wieder ab und rannte die Treppe hinunter. In der Küche angekommen schnappte sie sich ein paar Kekse und trank ein Glas Wasser. Bei Johann würde sie bestimmt einen Tee bekommen. Kauend zog sie sich ihre Schuhe an. Mit einem halbherzig umgewickelten Schal und offener Jacke lief sie zügig quer über die Straße und drückte auf die Klingel am Tor. Hoffentlich war er schon wach, sie schaute optimistisch zur Tür. Der Weg zum Haus war mit unberührtem Schnee bedeckt und die eingeschneiten, verwucherten Äste wurden von der Last zu Boden gedrückt. Das Anwesen wirkte durch das Weiß verwunschen und märchenhaft.

Die Tür öffnete sich und Johann streckte seinen Kopf heraus. Als er Emely erblickte, riss er die Tür auf und winkte sie freudig zu sich. Emely öffnete das Gartentor und watete vorsichtig über den schneebedeckten Boden. Bei jedem Schritt knirschte der Schnee und sie wäre am liebsten noch mehrere Stunden hin und her gelaufen, denn sie liebte dieses Geräusch.

»Guten Morgen!«, sagte er lächelnd mit noch müder Stimme.

»Guten Morgen! Ich hoffe, es ist okay, dass ich schon so früh vorbeikomme?« Sie schritt schwungvoll die paar Stufen zu der Eingangstür hinauf.

»Kein Problem, ich freue mich über deinen Besuch!« Johann zwinkerte ihr zu und nahm ihr die Jacke ab, die sie aus Gewohnheit immer überzog, wenn sie das Haus im Winter verließ – trotz des Saunaeffekts darunter.

»Darf ich dir einen Tee anbieten?« Nachdem er ihre Jacke und den Schal aufgehängt hatte, stand Emely in Socken in der Eingangshalle.

»Ja, gerne. Um ehrlich zu sein, habe ich gehofft, du würdest mir einen Tee anbieten. Ich bin gleich rüber und habe mein Frühstück mehr oder weniger ausfallen lassen«, plapperte sie drauflos und lief mit leuchtenden Augen in den wunderschönen großen Raum, in dem das Kaminfeuer alles in warmes Licht tauchte. Ein paar Kerzen brannten wie letztes Mal auf dem Tisch und Emely setzte sich auf die bequeme Couch. Sie merkte, dass ihr Herz etwas schneller pochte als sonst, denn sie war gespannt, was er ihr heute alles über den Zauber des Schnees erzählen würde. Ihr Blick glitt über die wundervollen Gemälde und blieb an einem, auf dem eine Frau im Schnee stand, hängen. Die Frau trug einen warmen Umhang, doch fiel Emely auf, dass sie barfuß im Schnee stand. Unwillkürlich musste sie an ihren kuriosen Traum von letzter Nacht denken, in dem sie sich selbst gegenüber gestanden hatte.

Völlig versunken bemerkte sie Johann erst, als er geräuschvoll das Tablett mit dem Tee auf dem niedrigen, langen Tisch abstellte. »So, bitte schön.« Er reichte ihr eine Tasse Tee und setzte sich in den Sessel gegenüber. »Ich sehe, du hast dich von dem Schreck erholt«, meinte er abwesend. Seine Pupillen wanderten rastlos hin und her und er hielt sich mit seinen großen Händen an den Knien fest. Es schien, als wollte er ihr etwas Wichtiges mitteilen. Vielleicht etwas, das ihn belastete, denn er wirkte aus dem Gleichgewicht.

»Alles okay bei dir?«, fragte sie irritiert.

»Jaja … alles gut.«

»Mm, der Tee ist wirklich gut!«

»Um ehrlich zu sein, habe ich ein Problem«, eröffnete er.

»Ein Problem? Wieso?« Sie sah ihm an, dass er nervös war, und spürte seine Anspannung.

»Nun, ich … Es gibt etwas, das ich dir dringend sagen muss, aber ich bin mir nicht sicher, ob du damit klarkommen wirst.«

Emely beugte sich nach vorne. »Um was geht es denn?«

»Es betrifft den Zauber des Schnees … und dich.«

Sie verstand nicht wirklich, auf was er hinauswollte.

»Wenn ich es dir sage, versprichst du mir dann, nicht wieder wegzulaufen?«, bat er sie ernst.

»Ich werde es versuchen.« Emely überlegte, was es Schlimmes sein könnte, dass er sie so offensichtlich versuchte, darauf vorzubereiten. Eigentlich hatte sie in den letzten zwei Tagen so viel erlebt, dass sie so leicht nichts mehr umwerfen könnte.

Johann räusperte sich und straffte seine Schultern. »Du bist eine Wächterin des Schnees!«, sprudelte es unbeholfen aus ihm heraus. Regungslos saß sie da. »Emely?!« Leise sprach er ihren Namen aus.

»Aha … was genau heißt das?«

»Ähm … also, du bist die Wächterin des Schnees. Das heißt, du wachst über den Zauber, damit der Zauber des Schnees nicht gebrochen werden kann. Um es mal so grob zu beschreiben«, erklärte er vorsichtig und atmete tief durch.

Emely konnte plötzlich nicht mehr an sich halten und musste laut lachen. »Der war gut! Ich hätte es dir fast abgekauft.« Lachend hielt sie sich die Hand auf den Bauch, der ihr immer schnell wehtat, wenn sie einen Lachanfall bekam.

Johann schüttelte entgeistert den Kopf.

Als Emely seinen Blick sah, hielt sie inne. »Das war kein Scherz?«

»Nein, das war kein Scherz und so langsam solltest du mich ernst nehmen«, antwortete er ungehalten und nahm einen Schluck Tee.

»Oh, entschuldige.« Nachdenklich lehnte Emely sich auf der Couch zurück. Sie war eine Schneewächterin? Was hatte das nun zu bedeuten? Sie konnte nicht wirklich etwas damit anfangen, obwohl sie sofort an ihren Traum denken musste, in dem ihr zweites Ich dies immer wieder gesagt hatte.

Johanns Blick war auf Emely gerichtet und er schien zu merken, dass sie nicht verstand.

»Was hat das zu bedeuten?«, fragte Emely in die Stille hinein und ihre Neugierde mischte sich mit Zurückhaltung und Anspannung.

Johann wirkte auf ihre Nachfrage erleichtert. »Es gibt nie mehrere Schneewächter gleichzeitig und für den Rest deines Lebens wirst du diesen Platz einnehmen. Das heißt, du bist die einzige Schneewächterin zu dieser Zeit. Du brauchst dir auch gar keine Gedanken darüber zu machen, ob du das willst, oder nicht, es ist dein Schicksal!« Er endete feierlich mit sehr ernstem Blick.

Emely hatte ihm aufmerksam zugehört und in ihrem Kopf tauchten immer wieder Bilder aus ihrem Traum auf, doch vor allem hörte sie ihre eigene Stimme in ihrem Inneren. *»Ich bin die Wächterin!«* Ein frostiger Schauer fuhr durch ihren Körper und ihr Herz schlug ungleichmäßig.

»Tief durchatmen und versuche, ruhig zu bleiben.« Er redete mit seiner tiefen Stimme bedacht auf sie ein.

»Mein Traum … er war echt … Ich meine, letzte Nacht hatte ich einen Traum, da stand ich mir selbst gegenüber und mein anderes Ich hat genau das gesagt … Dass ich eine Wächterin sei … Es war kein Traum!« Rastlos blickte sie umher und ihre Stimme war laut und erregt. Sie atmete schneller und versuchte, in ihrem Kopf alles zusammenzufügen.

»Fokussiere einen Punkt, das hilft, und schließe dann nach

ein paar Sekunden die Augen.« Johann ließ sie nicht eine Sekunde lang aus den Augen.

Emely sah auf eines der Bilder und als sie es schaffte, den Blick nicht abzuwenden, schloss sie ihre Augen. Die Schneekristalle, die aufblitzten, beruhigten sie und sie fand ihr inneres Gleichgewicht wieder. Sie öffnete die Lider und blickte in Johanns helle Augen. »Ich bin mir nicht sicher, ob ich dafür geeignet bin«, brachte sie nüchtern hervor und atmete tief durch.

»Da mach dir mal keine Gedanken. Es gab in der ganzen Geschichte noch nie einen Wächter, der seine Aufgabe nicht erfüllen konnte. Du wächst da rein! Außerdem wurdest du vom Zauber des Schnees auserwählt und dieser irrt sich nie!« Er deutete daraufhin auf die Tasse Tee, die vor Emely stand.

Nickend nahm sie einen Schluck und schaute ins Kaminfeuer.

Eine Weile herrschte Stille und so verging eine halbe Stunde, in der Emely ins Feuer starrte und grübelte. »Was ist eigentlich meine Aufgabe als Schneewächterin?« Sie wandte den Blick vom Feuer ab.

Johann schien verdutzt, dass sie nachfragte. Sie bemerkte seine Unsicherheit und meinte daraufhin: »Wenn es so ist, wie du sagst, möchte ich auch umgehend alles wissen.«

»Gut, wenn du das möchtest. In der Regel ist der Zauber des Schnees sicher bewahrt, doch es gibt Rituale und andere Dinge, die eine Gefahr für ihn darstellen. Die Aufgabe eines Wächters ist es, diese Gefahren im Blick zu haben und gegebenenfalls einen Angriff zu verhindern. Dazu muss der Wächter natürlich seine Gabe voll und ganz im Griff haben und mit dem Schnee eins sein, damit er seinen Zauber nutzen und mit ihm leben kann. Und wenn es darauf ankommt, auch kämpfen kann!«

Emely versuchte, sich alles zu merken, was er ihr berichtete. »Und wozu? Was würde passieren, wenn der Zauber des Schnees gebrochen würde?«

Johanns Blick wurde sehr ernst und Emely hatte das Gefühl, als verdunkelte sich seine Augenfarbe. »Wenn der Zauber des Schnees gebrochen würde, würde nie wieder auf der Welt Schnee fallen, das Gleichgewicht der Erde würde massiv gestört und alle, die mit dem Zauber verbunden sind, würden sterben«, sprach er mit schwerer Stimme. »Verstehst du jetzt, warum ich versucht habe, mit dir Kontakt aufzunehmen?«

Emely nickte und hielt sich die Hand stützend auf ihre Stirn. »Okay«, sagte sie ungewöhnlich gefasst, »… aber warum musst du mir das sagen? Warum habe ich das nicht selbst gemerkt?«

»Ein Wächter selbst weiß nicht um seine Bestimmung. Es gibt immer jemanden, der mit dem Zauber des Schnees verbunden ist, der dazu auserwählt wird, den Wächter ausfindig zu machen und ihn darauf vorzubereiten. Also auf die Aufgabe des Wächters meine ich … seine Bestimmung!« Langsam stand er auf und ging im Raum umher.

»Aha, und in meinem Fall bist du der Auserwählte, der mich darauf vorbereiten soll?« Ihr Blick folgte ihm, während er vor dem Kamin auf und ab schritt.

Er nickte bestätigend und setzte sich wieder in den Sessel, der ihr gegenüberstand. »Ich bin dein Meister. Ich kann verstehen, wenn das alles schwer begreiflich ist und du gehen möchtest, um deine Ruhe vor mir zu haben«, sagte er verständnisvoll und deutete mit seinem rechten Arm in Richtung Haustür.

Emely schaute ihn regungslos an. Auch wenn sie gerade

ziemlich verwirrt war und sie das alles noch nicht realisierte, wusste sie eines genau: Sie musste raus, sich erden! »Wie wäre es mit einem Spaziergang im Schnee?«

Johann willigte verdutzt, aber freudig in ihren Vorschlag ein.

Nachdem sich beide obligatorisch warm angezogen hatten und Johann die Tür abgeschlossen hatte, schlugen sie den Weg nach links in Richtung Wald ein, den Emely sonst immer alleine entlangging. Der Himmel war mit vielen Wolken bedeckt und die Sonne fand nur hier und da ihren Weg auf den beschneiten Boden.

Vor ihnen war heute noch niemand den Weg gegangen, da sie durch unberührten Schnee staksten. Zum Glück lag dieser noch nicht zu hoch und sie konnten ohne Probleme den Pfad durch den Wald nehmen. Als Emely unter den schneebedeckten Bäumen neben Johann gemütlich den Weg entlangspazierte, wurde sie innerlich ruhig und genoss den verzauberten Wald. Für sie hatte es sich schon immer so angefühlt, als würde der Schnee die Welt verzaubern. Die Atmosphäre veränderte sich sogar. In diesem Moment wusste sie, dass das auch keine Einbildung gewesen war. Sie sah plötzlich alles aus anderen Augen und spürte, dass sich Johann hier draußen im Schnee sichtlich wohler fühlte als in seinem großen Anwesen.

Als sie den Berg hinaufwanderten, fiel ihr der Anstieg nicht mehr schwer und auch Johann kam nicht außer Atem. Allerdings spürte Emely noch die Prellung in ihrer Hüfte, doch hielt sich der Schmerz in Grenzen. Oben angekommen blickten sie beide über die verschneiten Dächer der Stadt, standen entspannt nebeneinander und genossen die bedeutsame Stille. Ein

Sonnenstrahl bahnte sich den Weg durch die Wolken und traf neben Emely auf den Boden. Der Schnee funkelte wie Tausende Diamanten, die das helle Licht reflektierten. Das Leuchten spiegelte sich in Johanns Augen wider, der fasziniert auf das glitzernde Weiß schaute.

»Kannst du mir beibringen, wie ich mich gezielt mit dem Zauber des Schnees verbinden kann?«, fragte sie leise in die Stille hinein.

»Dafür bin ich da! Komm, stell dich hier neben den verschneiten Ast und lege deine Hand ganz dicht über den Schnee, so ist es am einfachsten.« Er zeigte auf einen dünnen Zweig auf Augenhöhe, der nur zwei Schritte von Emely entfernt war. »Konzentriere dich und sage folgenden Satz: *Zauber des Schnees, ich stehe im Bund mit dir.* Und dann kannst du eigentlich hinzufügen, was du willst. Probiere es aus!«

Emely versuchte, sich auf den Schnee zu konzentrieren, der auf dem Ast lag, und merkte, dass das nicht so einfach war. »Zauber des Schnees, ich stehe im Bund mit dir«, sagte sie zurückhaltend und überlegte gleichzeitig, was sie dann sagen sollte. Eine unsanfte Schneewehe traf sie ungeahnt im Gesicht und riss sie aus ihren Gedanken. »Warst du das?«, fragte sie erschrocken.

»Nein, das war der Zauber des Schnees. Man sollte ihn nicht warten lassen. Er mag es nicht, wenn man unentschlossen ist.« Er schien sich ein Grinsen nicht verkneifen zu können.

»Oh, okay. Dann sollte ich mir vorher Gedanken machen.« Emely hielt inne und positionierte wieder ihre Hand über dem Ast. »Zauber des Schnees, ich stehe im Bund mit dir, offenbare dich mir!« Während sie leise, aber bestimmt sprach, wandte sie den Blick nicht ab. Erst dachte sie, es würde nicht funktionieren, doch dann leuchtete der Schnee plötzlich in goldenem Licht auf, und als sie genauer hinsah, erkannte sie, dass jeder einzelne Kristall strahlte. Fasziniert betrachtete sie das magische Licht und begann übers ganze Gesicht zu grinsen.

Langsam ließ sie ihre Hand wieder sinken und ein Schneekristall nach dem anderen erlosch.

»Tja, man sieht, du bist eine wahre Wächterin. Einer wie ich hätte dazu Tage, wenn nicht sogar Wochen gebraucht, um das zu schaffen.« Anerkennend klopfte Johann ihr auf die Schulter. »Probiere noch etwas aus!« Er nickte ihr aufmunternd zu.

Emely dachte nach und sagte dann: »Zauber des Schnees, ich stehe im Bund mit dir, lass Johann die Trauer um seine Frau für heute vergessen.«

Johann blickte sie, sobald sie die Worte zu Ende gesprochen hatte, zugleich berührt und ernst an. Wenige Sekunden später flog ein Schneekristall nach dem anderen um ihn herum und als er vollkommen eingehüllt war, begannen sie hell und silbern zu leuchten. Emely betrachtete das magische Geschehen und als die Kristalle sich wieder sacht auf die Äste und auf den Boden niederließen, schaute sie Johann an. Er strahlte zurück und Emely spürte die Dankbarkeit, die sich in ihm ausbreitete.

»Lass uns zurückgehen, ich denke, das ist genug für heute«, meinte er.

Emely bejahte widerwillig, doch wusste sie, dass sie das definitiv erst einmal verarbeiten und auf jeden Fall vor ihren Eltern zu Hause sein musste.

»Ich würde sagen, du probierst in den nächsten Tagen einfach selbst alles Mögliche aus. Du weißt ja, wo du mich findest, wenn du Fragen hast.«

Raphael

Raphael lag auf seinem Sofa und hing seinen Gedanken nach. Immer wieder musste er an dieses schattenartige Wesen denken. Er hatte an diesem Abend Stunden gebraucht, um sich wieder zu beruhigen. Letztendlich kam er zu dem Entschluss, dass es kein Hirngespinst gewesen war. Er fühlte sich völlig normal. Seit der Begegnung musste er an das Buch seines Großvaters denken, in dem er als Junge oft geblättert hatte. Es war sehr alt und durch einen schwarzen Einband geschützt gewesen. Jedes Mal, wenn Raphael darin geblättert hatte, hatte er das Gefühl gehabt, etwas Verbotenes zu tun. Wieso allerdings sein Großvater so ein Buch besaß, war ihm ein Rätsel. Damals hatte der Inhalt des Buches überhaupt keinen Sinn ergeben.

Was, wenn dieses seltsame Wesen recht hatte und er den Tod seines Vaters rächen könnte? Eigentlich glaubte Raphael nicht an so einen Hokuspokus, doch er würde alles versuchen, um seinen Verlust zu vergelten, auch wenn er dafür an Magie glauben musste. Der Schnee war immerhin schuld am Tod seines Vaters! Der Unfall hatte ihm alles genommen.

Das Problem war nur, dass er nicht wusste, wie er an das Buch herankommen sollte. Er hatte schon Jahre keinen Kontakt mehr zu seinem Großvater gehabt und fand ihn, je älter er selbst geworden war, immer seltsamer. Vor allem in der dunklen Winterzeit schien es, als würde er zeitweise seinen Verstand verlieren. Seine Oma Eleonore schloss er allerdings nicht aus. Manchmal hatte er sie wie paralysiert im Garten stehen sehen - und das minutenlang.

Raphael atmete tief durch. Nach so vielen Jahren konnte er nicht einfach klingeln und sagen: *»Hallo, Opa, könnte ich bitte dieses Buch mit dem schwarzen Einband ausleihen?«* Vielleicht sollte er erst einmal Kontakt zu ihm aufbauen, auf ein paar Tage oder Wochen mehr kam es auch nicht mehr an. Zufrieden nickte er und beschloss, gleich morgen bei ihm vorbeizugehen.

»Raphael, essen!« Die Stimme seiner Mutter schallte durch die Wohnung.

Er stand mit knurrendem Magen auf. Über den ganzen Tag hinweg hatte er nichts gegessen und so lief er leicht schwankend in die Küche.

»Es gibt heute Eintopf, setz dich hin, das Brot ist schon auf dem Tisch.«

»Du sollst doch nicht immer alles für mich machen … Du hättest mir ruhig Bescheid geben können, dass ich dir helfen soll.« Mit vorwurfsvollem Blick schaute er seine Mutter an, wie sie den schweren Topf auf den Tisch stellte. Er genoss den Geruch, der ihm in die Nase stieg.

»Das habe ich ja versucht, aber du warst heute nicht wirklich ansprechbar und hast mich gar nicht wahrgenommen, als ich an deine Tür geklopft habe«, erwiderte sie achselzuckend, schöpfte Eintopf auf beide Teller und setzte sich hin.

»Entschuldige«, gab Raphael niedergeschlagen zurück und tunkte eine Scheibe Brot in den Eintopf.

»Ist schon okay. Hauptsache, es hört irgendwann mal auf, dass dich das so runterzieht.« Sie schenkte ihm ein warmherziges Lächeln. Er lächelte schwach zurück und widmete sich dann seinem Eintopf.

Nach dem Waldspaziergang hatte es sich Emely mit einem Tee in der Küche gemütlich gemacht. Unerwartet drang die Stimme ihrer Mutter durch die geschlossene Küchentür. Gott sei Dank hatte sie sich zuvor ihre Schiene angelegt!

»Das ist aber auch blöd! Am besten, du legst dich gleich hin. Ich werde dir alles bringen, was du brauchst.« Sekunden später rauschte ihre Mutter herein. »Hallo, mein Schatz!«

»Ist irgendwas passiert?« Emely betrachtete ihre überschwängliche Mutter mit hochgezogenen Augenbrauen.

»Ach, wir mussten uns früher als geplant von unseren Freunden verabschieden, da dein Vater schon wieder einen starken Migräneanfall hat und ich befürchte, auch etwas Fieber. Vielleicht hätte er heute zu Hause bleiben und einfach Pause machen sollen. Er arbeitet zu viel.« Mit rollenden Augen kramte sie im Schränkchen mal wieder nach den Migränetabletten.

»Oh, so schlimm?« Emely hoffte inständig, dass es ihm morgen besser gehen würde, damit sie über den Tag hinweg mit ihrem magischen Geheimnis alleine wäre. Sonntags war in der Regel immer Wandertag bei ihren Eltern, worüber sie dieses Wochenende doppelt so froh gewesen war. Eins stand nämlich fest: Wenn er morgen daheimbleiben würde, hieße das für sie: Schiene den ganzen Tag und bloß nicht anmerken lassen, dass sich ihr Leben gerade um hundertachtzig Grad gewendet hatte.

»Ich bringe ihm mal die Medikamente hoch.« Wilhelmina lief mit einem beladenen Tablett aus der Küche.

Emely nickte nur und überlegte, ob sie irgendetwas daran

ändern konnte … Sie war ja schließlich eine Schneewächterin! Bevor sie jedoch darüber nachdenken konnte, kam ihre Mutter schon wieder schwungvoll in die Küche zurück.

»So, er schläft jetzt erst mal. Ich koche uns jetzt was Leckeres … Wir mussten nämlich gehen, als gerade das Abendessen angerichtet wurde. Wie wäre es mit einem süßen Reisauflauf?«, fragte sie Emely, die auf den Schreck hin ihre Teetasse in einem Zug geleert hatte. Wie konnte ihre Mutter immer so schnell unterwegs sein?

Sie hatten mittlerweile den Auflauf bis auf das letzte Reiskorn von ihren Tellern gekratzt und schauten mit vollen Bäuchen aus dem Fenster. Im Moment schneite es nicht, doch für die kommende Nacht war starker Schneefall gemeldet.

Emely stand auf, ließ sich auf das Sofa fallen und schaute nach draußen, während ihre Mutter nach Gustav sah. Es war schon dunkel geworden und das Kerzenlicht der zwei Laternen auf der Terrasse tauchte den Schnee in warmes Licht. Statt sich in den Anblick des Winters zu vertiefen, schweiften ihre Gedanken jedoch zu Raphael und sie überdachte ihre Entscheidung, die sie gefällt hatte, nochmals genau … Vielleicht sollte sie doch vorbeigehen und klingeln? Seine weich aussehenden Lippen erschienen vor ihrem inneren Auge und so zurückhaltend sie eigentlich war, hatte sie dringend das Bedürfnis, diese Lippen zu küssen und zu spüren, wie es sich anfühlte, ihm so nah zu sein.

Raphael

Raphael ging müde vom Essen und vom Nichtstun in sein Zimmer. Plötzlich hatte er das Gefühl, Emelys Lippen auf seinen zu fühlen. Kurz hielt er inne und spürte dem Gefühl nach. Ein kalter Wind wehte durch sein gekipptes Fenster. Das seltsame Schattenwesen. Die Kälte hatte die Begegnung aufleben lassen. Schnell schloss er es und schüttelte heftig den Kopf. Er versuchte, Emely abermals aus seinen Gedanken zu streichen.

»Du könntest sie verlieren …«, murmelte er vor sich hin und war wieder überrascht, denn er kannte sie kaum. In der Regel brauchte er sehr lange, um sich auf eine Frau einzulassen, doch bei ihr hatte er das Gefühl, als würde er ihr schon sehr lange nahe sein. Bei seinen letzten zwei Beziehungen hatte er ewig gebraucht, bis er sich hatte öffnen können. Selbst dann hatte er eine Art Distanz zu seinen Freundinnen gespürt und nach den Trennungen kein Problem damit gehabt, die Gefühle wegzuschieben. Er musste sich eingestehen, dass er die Gefühle zu ihr nicht wirklich unterdrücken konnte.

Morgen würde er einen sehr langen Spaziergang machen und diesen gleich mit einem Besuch bei seinem Großvater verbinden. Er hatte in letzter Zeit sehr viel über das schwarze Buch, in dem ein Ritual stehen soll, um seinen Vater zu rächen, nachgedacht. Überdies setzte er sich mit dem Gedanken auseinander, dass Magie tatsächlich real war. Bei der Vorstellung, diesem Wesen wieder zu begegnen, war ihm dennoch nicht wohl.

Kapitel 7

Emely hoffte, dass die nächsten sechs Wochen schnell vorbeigingen, denn dann dürfte sie offiziell die Schiene abmachen und müsste ihren Eltern nichts mehr vorgaukeln.

Nach diesem ereignisreichen Tag war sie jetzt schon müde und beschloss, noch etwas Musik zu hören, bevor sie schlafen ginge. Sie griff nach ihren Kopfhörern, die neben ihrem Kopfkissen lagen, setzte sie auf und kuschelte sich in die vielen Kissen. Verzerrte Gitarrentöne dröhnten durch ihren Kopf und sie tauchte in die Welt des Indie-Rocks ein, gefolgt von einem Klassikstück.

Sie tanzte zu einem Hip-Hop-Song. Sie war jedoch nicht alleine. Raphael war bei ihr und tanzte mit ihr wild um die Wette. Wie in Trance versank sie in seinen blauen Augen, die sie anstrahlten, und er berührte sie immer wieder und strich beim Tanzen über ihren Körper.

Plötzlich hörte sie dieses hasserfüllte, grausame Lachen und als sie herumfuhr, war Raphael verschwunden. Angst schnürte ihr die Kehle zu und sie konnte nicht nach ihm rufen. Verwirrt blickte sie umher, doch sie befand sich lediglich in einem dunklen Raum, in dem nichts war außer sie selbst. Ernüchtert ließ sie ihren Kopf hängen, doch da erkannte sie, dass ihre Füße in weichem Schnee standen. Das Gefühl entspannte sie. Als sie aufsah, fand sie sich auf einer langen beschneiten Straße wieder. Die Straßenlaternen zauberten helle Lichtkreise auf die unberührte Schneedecke und Emely lief barfuß die Straße entlang. Sie trug ein dunkelrotes Kleid, in dem sie gerade mit Raphael getanzt hatte. Der Saum floss grazil hinter ihr her.

Eine dunkle Gestalt am Ende der Straße ließ sie innehalten. Sie kam ihr bekannt vor. Drei Schritte vor ihr blieb Emely stehen. Die Gestalt in dem schwarzen Umhang hob den Kopf und Emely sah nun in ihr Gesicht. Sie blickte in ihr eigenes. Diese Gestalt war ihr Ebenbild. Sie begann zu lächeln und flüsterte geheimnisvoll: »Ich bin eine Wächterin!«

Emely erwiderte ihr Lächeln und hatte das Gefühl, als würde sie nun verstehen. Sie bemerkte, dass die Wächterin unter dem schwarzen Kapuzenumhang nackt war.

»Willst du sehen, was passiert, wenn du dich nicht vor dem Zauber des Schnees verhüllst?«, durchbrach die Frage die Stille der verschneiten Nacht. Bevor Emely hätte antworten können, ließ ihr Gegenüber den Umhang fallen. Nackt stand die Wächterin vor ihr und obwohl Emely wusste, wie sie nackt aussah, war es doch seltsam, sich von außen zu betrachten. Erst geschah nichts, doch dann lösten sich viele Schneekristalle um sie herum, die golden leuchteten, sobald sie um ihr Ebenbild schwebten. Immer mehr Kristalle flogen um die Wächterin herum und ließen sie in hellem, magischem Licht erstrahlen. Sie begann, langsam nach oben zu schweben. Vor lauter Schneegestöber konnte Emely kaum noch den Körper ausmachen.

Ihr Ebenbild streckte die Arme feierlich zur Seite. »Ich bin eine Schneewächterin!«, rief sie in die Dunkelheit hinein, die nun taghell war und im Glanz der Schneekristalle erstrahlte.

Ein lautes Schlagzeugsolo riss Emely aus ihrem Traum. Sie nahm ärgerlich die Kopfhörer herunter. Sie hätte gerne noch weiter geträumt und versuchte, den Traum weiterzuverfolgen, doch es klappte nicht. Verärgert setzte sie sich auf und schaute auf den Wecker: *23:00* Uhr. Emely zog verblüfft ihre Augenbrauen hoch. Sie hatte ganz schön lange geschlafen, dafür, dass sie noch gar nicht richtig im Bett war und nur ein bisschen Musik hatte hören wollen. Verschlafen zog sie ihre Kleidung aus, hievte die Bettdecke über sich und drehte sich auf die Seite. Es war doch unglaublich, dass ihr Vater ausgerechnet morgen daheimbleiben würde … Er war eigentlich kaum krank und Emely hatte sich so auf den Tag im Schnee gefreut.

»Ich bin die Schneewächterin«, flüsterte sie vor sich hin. Mit den Gedanken war sie bei den Schneekristallen, die golden durch die Luft flogen und sogar schon ihr Bein geheilt hatten. Abrupt fuhr ihr Kopf nach oben und sie setzte sich auf. Das war die Lösung! Sie war eine Schneewächterin … Wenn nicht sie, wer dann? Sie musste es schaffen, ihren Vater zu heilen. Unruhig begann sie, in ihrem Zimmer auf und ab zu laufen. Nur wie sollte sie das anstellen? Der Schnee war draußen und ihr Vater lag hier oben im Bett … Außerdem dürfte er nichts davon merken und ihre Mutter natürlich auch nicht. Sie zog ein langes T-Shirt aus ihrem Schrank, das sie sich überwarf, und schnallte ihre Schiene ans Bein. Nun schlich sie die Treppe hinunter. Bei der Haustür angekommen drehte sie vorsichtig den Schlüssel um und versuchte, die Tür so lautlos wie möglich zu öffnen.

Der Geruch von Schnee und die Kälte der Nacht schlugen ihr angenehm entgegen. Sie ließ die Haustür einen Spaltbreit offen und kniete sich am Rand des Eingangs in den Schnee.

»Zauber des Schnees, ich stehe im Bund mit dir. Heile meinen Vater, der im Haus liegt, und mach, dass er morgen wieder gesund sein wird«, flüsterte sie bestimmt, während sie eine Hand dicht über die Schneedecke hielt. Nach wenigen Sekunden, in denen sie bewegungslos verharrte, begannen sich die Kristalle einzeln aus der Schneeschicht zu lösen. Einer nach dem anderen schwebte durch die Tür – ins Haus hinein. Emely betrachtete gespannt und voller Ehrfurcht jeden einzelnen Kristall. Als oben aus den Fensterläden schwaches goldenes Licht drang, wusste sie, dass es klappte. Am liebsten hätte sie sich umgeschaut, da sie Angst hatte, sie würde beobachtet, doch sie durfte ihre Konzentration nicht unterbrechen. Nach ein paar Sekunden verschwand das Licht aus dem Zimmer, die Schneekristalle kehrten zu ihr zurück und nachdem sie einmal um sie herum geflogen waren, verschmolzen sie mit der Schneedecke und erloschen. Langsam nahm Emely ihre Hand vom Schnee, stand auf, huschte durch die Tür, die sie leise hinter sich verschloss, und humpelte dann die Treppe nach oben.

»Oh, Schatz … alles okay bei dir?« Emely schrak so zusammen, dass sie fast rückwärts die Treppe heruntergefallen wäre.

»Jaja … I-Ich brauchte nur etwas zum Trinken«, stotterte sie unbeholfen, als sie sich gefangen hatte, und hörte ihr Herz laut bis in ihren Kopf schlagen.

»Ach so. Na dann, schlaf gut weiter.« Gähnend lief Wilhelmina ins Bad.

Emely lehnte sich kurz an die Wand, atmete tief durch und humpelte dann in ihr Zimmer. »Das war knapp!«

Das laute Klingeln des Weckers riss sie aus ihrem tiefen Schlaf. Sie streckte sich in alle Richtungen und setzte sich auf. Es hatte nochmals geschneit – sie konnte es spüren! Mit leuchtenden Augen schaute sie aus dem Fenster. Die Morgendämmerung hatte gerade begonnen, die Nacht abzulösen, und Emely sah den frischen Schnee auf dem Boden. Für sie war das so, wie ein Neugeborenes in den Armen zu halten – ein unglaublicher Moment! Sie würde nie vergessen, wie sie Mia, die Tochter von Lisas Schwester, in den Armen gehalten hatte.

Es klopfte energisch an der Tür und ihre Mutter stand daraufhin im Zimmer, bevor Emely sie hereinbitten konnte. »Ich weiß auch nicht, wie das möglich ist, aber deinem Vater geht es wieder richtig gut, wir werden heute also wandern gehen«, berichtete sie Emely schnell, wünschte ihr noch einen schönen Tag und rauschte wieder davon. Emely stand wie angewurzelt da. Gott sei Dank hatte ihre Mutter nicht bemerkt, dass sie die Schiene nicht trug.

»Ich habe mich schon lange nicht mehr so gut gefühlt wie heute Morgen!«, hörte Emely ihren Vater gut gelaunt vor sich hinsprechen und musste übers ganze Gesicht grinsen. Es hatte geklappt! Emely wartete ungeduldig, bis ihre Eltern am Frühstückstisch saßen, dann schnappte sie sich ihre Schiene und lief leise ins Bad. Als sie jedoch im Bad war und die Wassertemperatur einstellte, um zu duschen, schaltete sie das Wasser schnell wieder ab. Mit dem Bein konnte sie ja offiziell gar nicht duschen … Emely pustete laut die Luft heraus. Sie setzte sich auf den Rand der Badewanne und wartete, bis ihre Eltern das Haus verlassen hätten, denn sie liebte es zu duschen und wollte unter keinen Umständen darauf verzichten.

Raphael

Raphael zog sich an diesem Morgen zwei Pullis und warme Socken an, über die er seine enge Jeans zog. Seine Mutter saß schon kauend am Frühstückstisch und wünschte ihm gut gelaunt einen schönen Morgen. Raphael goss sich eine Tasse Kaffee ein und setzte sich mit zwei Scheiben ungetoasteten Toast an den Tisch.

»Hast du es eilig?« Elli warf einen kritischen Blick auf sein Frühstück und nahm einen Schluck Kaffee.

»Ja, ich möchte heute gleich raus und eine kleine Wanderung machen.« Besser, er sagte seiner Mutter nichts von Großvater, dann würde sie auch keine unangenehmen Fragen stellen, auf die Raphael sowieso keine ehrlichen Antworten gehabt hätte.

»Na, dann wünsche ich dir viel Spaß und komm heim, bevor du frierst, damit du nicht krank wirst«, meinte sie glücklich.

Raphael schlang sein Toast hinunter und trank seine zwei Tassen Kaffee wie jeden Morgen. Danach leerte er noch zwei Gläser Wasser, schnappte sich einen Riegel und zog sich warm an, bevor er die Treppe hinunter und nach draußen eilte.

Der für ihn unangenehme Geruch des Schnees ließ ihn kurz innehalten, doch dann machte er sich auf den Weg zu seinem Großvater. An diesem Morgen war ganz schön viel los. Durch den Neuschnee waren die Straßen noch nicht geräumt und die Autos kamen nur langsam voran. Missmutig entschied er sich, das ganze Stück zu laufen, denn mit dem Bus würde er heute bei dem Verkehrschaos garantiert länger brauchen. Ringsherum tobte der Straßenlärm, Leute stapften hektisch an ihm vorbei und im Moment wünschte er sich nichts sehnlicher, als alleine durch den Wald zu schlendern. Mit zusammengezogenen Augenbrauen lief er schneller und als er endlich am Stadtrand war und es ruhiger wurde, wehte ihm ein unangenehmer Wind ins Gesicht.

»Ich bin dein Verbündeter, du wirst mich brauchen.« Die Stimme des Wesens war kaum hörbar, doch brannten sich die Worte tief in seine Gedanken. Raphael verschränkte seine Arme vor der Brust. Ein beklemmendes Gefühl stieg in ihm auf. Das bestätigte für ihn die Begegnung mit diesem unmenschlichen, dunklen Wesen. Er hatte seinen Verstand definitiv nicht verloren.

Als er in die Straße einbog, in der Emely wohnte, hoffte er, dass sie ihm nicht über den Weg laufen würde, doch das war unwahrscheinlich, da sie mit der Schiene drinnen bleiben musste.

Er eilte auf die Villa zu, in der sein Großvater wohnte. Ob er ihn wiedererkennen würde? Raphael stand geschlagene fünf

Minuten vor dem Anwesen. Hier hatte er so viele schöne Momente erlebt. Er hatte es geliebt, sich in die Bibliothek zu schleichen und in den Büchern zu blättern. Sein Großvater hatte ihn dabei jedoch immer erwischt und ihn dann mit Limonade überredet, wieder hinunterzukommen. Damals, als er noch ein Kind und sein Vater am Leben gewesen war, war alles so leicht gewesen. Jetzt stand er hier und machte sich Gedanken darüber, ob sein Großvater ihn überhaupt reinlassen würde und was er mit ihm reden sollte.

Ohne dass Raphael geklingelt hatte, ging die Haustür auf und Johann stand auf der Türschwelle. »Wie lange willst du noch Wurzeln schlagen? Komm rein!«, rief er Raphael unwirsch entgegen. Er beobachtete Raphael ganz genau, als dieser zögerlich den zugeschneiten Weg zur Haustür entlanglief.

»Hallo!« Raphael hatte sich einen Weg zur Haustür gebahnt.

Johann brummte etwas, das er nicht richtig verstand, und Raphael trat ein. Er schloss sogleich die Tür hinter sich, ließ Raphael stehen und schritt in sein geliebtes Wohnzimmer. Raphael blickte ihm hinterher. Er hatte sich kaum verändert. Vielleicht ein paar kleine Falten mehr, doch wirkte er genauso fit wie damals. Wie er das bloß schaffte? Ratlos stand Raphael in der Eingangshalle und schaute sich um. Wie lange er nun nicht mehr hier gewesen war. Alles kam ihm vertraut vor und doch irgendwie fremd. Bilder aus seiner Kindheit tauchten auf und ihm wurde unwohl, denn er war nicht wirklich wegen Johann da. Er musste an dieses Buch kommen! Kurz überlegte er, ob er wieder gehen sollte, doch sein Entschluss stand fest. Er brauchte dieses Buch, um Vergeltung zu üben. Würde es den Schnee nicht geben, wäre sein Vater niemals in den Baum gekracht.

Zögerlich hing er seine Jacke an einen Haken und ging in das Wohnzimmer.

Als er es betrat, sah er seinen Großvater im Sessel sitzen und Tee trinken. Unsicher lief Raphael zum Sofa und setzte sich langsam.

»Was führt dich nach all dieser Zeit zu mir?« Er wandte seine klaren Augen nicht von Raphael ab.

Dieser räusperte sich. »Nun, ich … wollte mal sehen, wie es dir geht.«

»Aha, nach all der Zeit willst du mal wissen, wie es mir geht? Das hat dich sonst auch nicht interessiert, seit dein Vater tot ist«, bemerkte Johann scharf.

Raphael versuchte, nach außen hin ruhig zu wirken, denn eigentlich war er ziemlich nervös. »Nun … es ist so viel Zeit vergangen und in den letzten Wochen musste ich viel an meine Kindheit denken, die ich oft hier bei dir und Eleonore verbracht habe«, setzte Raphael an. Er fühlte sich nun etwas besser, denn gelogen war das definitiv nicht.

Johann nickte verständnisvoll, doch beäugte er Raphael immer noch kritisch. »Magst du auch einen Tee?«

»Vielleicht hättest du Kaffee für mich?« Er brauchte dringend etwas Starkes, das ihn wieder klarer denken ließ.

»Ah natürlich, ich vergaß. Einen Moment, irgendwo habe ich noch etwas von diesem Gebräu.« Johann stand auf und zögerte einen Moment. Doch dann schritt er in die Küche.

Raphael betrachtete die Gemälde. Er war immer schon von den Malkünsten seines Großvaters begeistert gewesen, doch deswegen war er nicht hier. Er musste irgendwie in die kleine Bibliothek im ersten Stock kommen, doch im Moment sah er keine Möglichkeit, ohne dass es auffiel, was er vorhatte. Zuallererst musste er wieder Vertrauen zu Johann aufbauen. Das hieße, er würde nun öfter vorbeischauen. Vielleicht fände er dabei heraus, was sein Großvater mit Magie zu tun hatte oder ob es nur Zufall war, dass er dieses Buch besaß.

Johann kam mit einer dampfenden Tasse Kaffee ins Wohnzimmer und hielt sie Raphael vor die Nase, der sie dankend entgegennahm.

Emely trank ihren letzten Schluck Tee aus und zog gemächlich ihre Schuhe und zu ihrem Leidwesen ihre warme Jacke an.

»Schnee, ich komme!« Sie öffnete die Tür und trat nach draußen. Ein Blick nach oben verriet ihr, dass es heute nicht wirklich hell würde, da der Himmel nebelverhangen und voller Schnee war, der heute noch den Weg nach unten finden würde. Langsam setzte sie einen Fuß nach dem anderen in den Schnee und lauschte dem knirschenden Geräusch. Strahlend machte sie sich auf den Weg in den verschneiten Wald. Johann musste heute schon unterwegs gewesen sein, denn sie sah frische Fußspuren im Schnee seines Gartens. Kurz überlegte sie, ob sie bei ihm klingeln sollte, um zu fragen, ob er mitgehen wolle, doch sie sollte heute alleine ihre magischen Fähigkeiten ausprobieren … Das war gestern die Anweisung ihres *Meisters* gewesen und sie wollte, dass er beruhigt war und merkte, dass sie ihre Aufgabe als Schneewächterin ernst nahm.

Sie ließ sein Anwesen also links liegen und stapfte durch den Schnee über das freie Feld. Hier war es still, denn es war weit und breit kein Mensch zu sehen und der Stadtlärm wurde durch den Schnee verschluckt. In den warmen Jahreszeiten sah das anders aus. Da tummelten sich die Stadtmenschen hier, als wäre das der einzige grüne Fleck auf Erden. Schritt für Schritt durchquerte sie die weiße Landschaft, bis sie den Wald erreichte. Voller Ehrfurcht und Begeisterung blieb sie stehen und betrachtete die verschneiten Äste, die anmutig gebogen im Morgenwind hin und her schwankten.

Als sie den Wald betrat, veränderte sich die Atmosphäre. Es fühlte sich an, als wäre sie geschützt, als würde sie zu Hause im Wohnzimmer sitzen. Gemütlich spazierte sie den Hügel hinauf, denn sie wollte trotz des Nebels den Sonnenaufgang auf dem Hügel erleben.

Oben angekommen fiel ihr Blick auf die zugeschneite Bank, auf die sie sich sonst immer setzte. Theoretisch könnte sie sich auch in den Schnee hocken, doch ihre Kleidung würde nass werden. Ihr Blick glitt über die verschneite Stadt und da der Nebel ziemlich weit oben am Himmel hing, sah sie die Lichter der Straßenlaternen und der Häuser leuchten. Sie sog die kühle Luft ein und genoss die Aussicht. Der dunkelgraue Nebel wurde heller, woran sie erkannte, dass die Sonne hinter all dem Dunst und den Wolken aufging. *Lichtveränderungen in der Natur sind etwas Wunderschönes.* Wie anders doch alles wirkte, wenn sich die Lichtverhältnisse veränderten. Der Nebel verfärbte sich sogar leicht rötlich, bis er sich nach wenigen Minuten wieder verdichtete und nichts von dem farbenfrohen Sonnenaufgang über den Wolken preisgab.

Raphael

Raphael kämpfte sich seit einer guten Stunde durch die Konversation mit seinem Großvater und je länger er hier drinnen saß, desto mehr war ihm nach frischer Luft. »Ich denke, ich werde mich so langsam auf den Weg machen.«

»Mach das! Du kannst mich gerne wieder besuchen kommen.« Johann stand auf und begleitete Raphael zur Tür.

Raphael zog seinen Schal und die warme Jacke an. Sein Blick blieb an seinem Großvater hängen. Unerwartet blitzte eine Erinnerung auf. Bei der Beerdigung hatte er ihn das letzte Mal gesehen und er erinnerte sich daran, wie er ihn mit Eleonore hatte reden hören. Er hatte irgendetwas von Schuldgefühlen gesagt, doch Eleonore hatte ihm heftig widersprochen und die Worte *Zauber des Schnees* waren ebenfalls gefallen. Damals war Raphael ganz benommen vom vielen Weinen und dachte, er habe sich verhört. Jetzt war er sich sicher, dass das nicht der Fall gewesen war. Er bemerkte Johanns prüfenden Gesichtsausdruck und verabschiedete sich rasch.

»Sag deiner Mutter einen Gruß von mir«, rief er Raphael noch hinterher, als dieser zügig zum Gartentürchen lief und dann nach links abbog, Richtung Wald. Er fühlte sich emotional aufgewühlt. Eine Mischung aus Gewissensbissen, Kindheitserinnerungen und seiner Trauer. Hass auf diesen – für ihn – unheilbringenden Schnee breitete sich in ihm aus. Wütend stapfte er über das freie Feld und als er endlich am Waldrand ankam, war er ruhiger und schlenderte mit gesenktem Kopf vor sich hin.

Emely

Emely wandte den Blick von der Stadt ab und beschloss, nun ein paar magische Dinge auszuprobieren, um zu sehen, zu was sie alles imstande war. Sie legte eine Hand dicht über den Schnee auf der Bank.

»Zauber des Schnees, ich stehe im Bund mit dir, lass uns einen Schneemann bauen.« Entschlossen kamen ihr die Worte über die Lippen. Sie musste dabei schmunzeln, denn sie liebte Schneemänner immer noch so wie früher. Diesmal lösten sich die Kristalle schneller und flogen zu Tausenden vor ihr in die Luft. Ohne darüber nachzudenken, wusste sie, was sie machen musste. Sie hob ihre Hände vor sich und ließ die Schneekristalle, die nun golden leuchteten, mit Handbewegungen durch die Luft schwirren, bis sie die Form eines Schneemanns angenommen hatten. Dann ließ sie die Hände wieder sinken. Sobald die Figur den Boden berührte, erloschen die Kristalle und vor Emely stand ein wunderschöner Schneemann, der fast so groß war wie sie. Fasziniert betrachtete sie ihn. Er hatte sogar ein Gesicht, das Emely anlächelte.

»Hallo, Herr Schneemann!«, begrüßte sie ihn grinsend und war froh, dass keine Antwort kam, denn sonst hätte sie vor Schreck das Weite gesucht. Wer wusste schon, was noch alles möglich war …

Emely war wahnsinnig warm unter ihrer Jacke und überhaupt empfand sie heute jedes Kleidungsstück als zu viel an ihrem Körper. Sie musste an ihren Traum denken, in dem sie sich nackt im Schnee und nur mit einem Umhang bekleidet von außen betrachtet hatte. Entschlossen darüber, ihre Kleidung loszuwerden, schaute sie sich um. Im Moment war weit und breit niemand zu sehen, jedoch war es ihr zu riskant, sich mitten auf einem Wanderweg auszuziehen. Nachher hätte sich doch jemand entschieden, hier spazieren zu gehen … Ihr Blick fiel ins Dickicht und sie schlich vorsichtig, als hätte sie etwas zu verbergen – was gar nicht so abwegig war – in den verwunschen aussehenden Wald. Darauf bedacht, möglichst wenige Äste platt zu treten, bahnte sie sich einen Weg immer tiefer in den Wald hinein, bis sie den offiziellen Pfad nicht mehr sehen konnte.

Kapitel 8

Sacht legte sie die Finger an einen großen Baumstamm und fühlte die gewohnte tiefe Verbindung, die mit ihrer Berührung entstand. Langsam nahm sie ihre Hand vom Stamm und begann, ein Kleidungsstück nach dem anderen auszuziehen und über einen dicken Ast zu legen. Nach jeder Schicht weniger fühlte sie sich freier. Als sie schlussendlich splitterfasernackt mitten im verschneiten Wald stand, war da etwas, das sie noch nie zuvor empfunden hatte. Sie fühlte sich eins! Eins mit der Natur, mit dem Schnee, frei und groß. Nicht so schüchtern und klein wie sonst … Sie fühlte sich wichtig und vor allem angekommen.

»Zauber des Schnees, ich stehe im Bund mit dir. Lass Schneeflocken auf mich herabfallen.« Leise sprach sie die Worte aus und blieb regungslos stehen. Sie spürte die Magie um sich herum und als sie nach oben in die Baumkronen blickte, sah sie viele

Kristalle herabschweben. Als diese sie erreichten, leuchteten sie golden auf und erloschen, als sie den Boden sacht berührten.

Ergriffen von diesem wundervollen Moment hob Emely ihre Hände vor sich und vergaß alles. Sie war eins mit dem Schnee, sie war die Wächterin! Als keine Schneeflocke mehr auf sie herabfiel, wandte sie ihre Aufmerksamkeit ihren Füßen zu, die bis über die Knöchel im Schnee steckten. Die angenehme Kühle erdete sie. Als sie ein leises Knacken vernahm und aufschaute, sah sie wenige Meter entfernt einen großen Hirsch zwischen zwei Bäumen stehen, der sie wachsam beobachtete. Vorsichtig streckte sie ihre Hand nach ihm aus, doch als sie einen Schritt auf ihn zu machen wollte, schnaubte er und lief durch den hohen Schnee davon.

Sie merkte nicht, wie der Zauber des Schnees sie die Zeit vergessen ließ. So stand sie wie paralysiert mitten im weißen Winterwald, während Tausende Schneeflocken vom Himmel fielen.

Das Gefühlschaos hatte sich gelegt und machte den gewohnt bedrückenden Gedanken Platz. Im Augenwinkel nahm er einen Schatten wahr und im gleichen Moment kroch unnatürliche Kälte in ihm hoch. Eine Gänsehaut überdeckte seinen Körper. Die Leere, das Gefühl, als würde ein Teil in ihm fehlen, überwältigte ihn abermals.

»Ich bin dein Verbündeter.« Kaum hörbar drang die gedehnte Stimme an sein Ohr und setzte sich in seinem Kopf fest.

Dieses Wesen war seine Chance. Begleitet von einem eiskalten Windhauch schwebte der Schatten durch die Bäume davon. Die unnatürliche Kälte schien mit ihm zu verschwinden, doch als Raphael die Schneeflocken wahrnahm, verfinsterte sich seine Mimik. Er wischte sie energisch von seiner Jacke und schüttelte sie aus seinen Haaren. Er stapfte missmutig den Berg hinauf. Als er Stimmen hörte, huschte er schnell tief in den Wald hinein, denn er wollte niemanden sehen oder hören. Er wollte Zeit für sich und einen Plan ausfeilen, wie er am besten an das schwarze Buch käme. Gedankenversunken stakste er zwischen den Bäumen umher und hielt erschrocken inne, als er eine nackte Frau ein paar Meter vor sich stehen sah. Irritiert blickte er sie an und im nächsten Moment wurde ihm klar, dass es Emely war.

Er erkannte sie an ihren wunderschönen Haaren, die ihr über den nackten, makellosen Rücken fielen und sich leicht im Wind bewegten. Sein Herz schlug schneller und obgleich er schon lange draußen war, wurde ihm ziemlich warm. Reglos stand sie da, mitten im Wald, nackt und wunderschön. Er konnte seinen Blick nicht von ihr abwenden und so ungewöhnlich das auch war, dass sie nackt und alleine im Schnee weilte, stellten sich ihm diese Fragen nicht. Er fühlte sich wie in einem Rausch, all die streng eingeforderte Zurückhaltung ihm selbst gegenüber, was Emely betraf, war machtlos gegen dieses Gefühl, das ihn durchflutete.

Er ging in ihre Richtung, bis er ganz dicht hinter ihr stand. Es schien, als würde sie ihn nicht bemerken. Zaghaft berührte er ihre Schulter, woraufhin Emely irritiert herumfuhr.

Emely

Sie blickte in Raphaels klare blaue Augen, doch bevor sie etwas sagen oder peinlich berührt hinter einen Baum springen konnte, war sie wie verzaubert von seinem Blick.

Es fühlte sich an, als würden ihre Seelen verschmelzen. Sanft spürte sie Raphaels raue Hand an ihrer Wange.

Ihre Lippen näherten sich langsam, Emely spürte schon Raphaels Atem im Gesicht und sie nahm seine Zuneigung zu ihr bis in jede Faser ihres Körpers wahr. Zaghaft berührten sich ihre Lippen, ganz vorsichtig, als wären sie aus Glas und könnten zerbrechen, wenn man nicht aufpasste.

Er öffnete seine Jacke, legte eine Hand um Emelys Taille und zog sie an sich heran. Emely seufzte leise auf, als sie sich berührten, und sie spürte die Hitze seines Körpers durch seinen Pulli. *Er muss denken, dass ich friere*, dachte sie sich und schmiegte ihren nackten Körper an ihn. Ihre Lippen ließen nicht voneinander ab und als Raphael über ihre langen Haare strich und seine Hand darin vergrub, verschmolzen ihre Lippen in einem unglaublichen Kuss. Hingebungsvoll standen sie mitten im verschneiten Wald und hielten sich gegenseitig fest. Ihre Zunge strich über seine Lippen und im nächsten Moment traf eine Welle seiner unbändigen Emotionen sie. Sie merkte, dass er sich kaum noch zurückhalten konnte und seine Zunge sich zwischen ihre Lippen schlich, wo sie auf ihre traf.

Schneeflocken, die vom Himmel herabfielen, legten sich auf beide nieder, doch Emely war so fokussiert, dass sie kaum ihr

Umfeld wahrnahm. Sie zog eine Hand unter seiner Jacke hervor und strich durch sein volles schwarzes Haar.

»Emely …«

Ein Kribbeln ging durch ihren Körper, als er ihren Namen hauchte. Fest umschlungen hielten sie sich einfach nur fest. Nach einer gefühlten Ewigkeit löste sie sich aus der Umarmung. Emely strich über seine Wange und schenkte ihm ein Lächeln.

»Ist dir nicht kalt?« Sein Blick glitt an ihrem nackten Körper herab und sein Atem stockte.

Emely schüttelte nur den Kopf und in dem Bruchteil einer Sekunde realisierte sie, dass sie ihm nackt gegenüberstand. Sie war nackt! »Ähm … Ich … Könntest du dich bitte kurz umdrehen?«, bat sie ihn stotternd vor Verlegenheit und griff hastig nach ihren Kleidungsstücken.

»Ja klar«, meinte Raphael verwirrt.

O Gott, ist das peinlich, dachte sie sich und knöpfte ihre Winterjacke zu, nachdem sie den Rest der Kleidung hastig angezogen hatte. *Er muss denken, ich sei verrückt.* Sie betete innerlich, dass er nicht danach fragen würde, warum sie hier nackt mitten im Wald stand. »Fertig, du kannst dich wieder umdrehen.« Als sie in seine Augen blickte, wurden ihre Knie wieder weich.

»Du siehst immer noch wunderschön aus.« Leise drangen die Worte zu ihr und sein Blick blieb an ihren Augen haften.

Emely spürte, dass sie rot wurde und räusperte sich verlegen.

Raphael machte einen Schritt auf sie zu, hielt kurz inne, wie um auf ihre Zustimmung zu warten. Dann spürte sie seinen leidenschaftlichen Kuss, während er seine Hände in ihren Haaren vergrub.

Emely erwiderte seinen Kuss und hielt sich an seiner Jacke fest, denn sie hatte das Gefühl, als würde sie den Boden unter ihren Füßen verlieren und schweben.

Erst als sie beide völlig außer Atem waren, lösten sie sich voneinander. Emely lehnte ihre Stirn an seine muskulöse Brust und hielt sich nach wie vor an seiner Jacke fest. Ihr Kopf war wie leer gefegt, sie spürte nur ihre und seine Emotionen in ihrem Körper. Als sie sich auf ihn konzentrierte, merkte sie, dass er fror. Sie schob ihn von sich und musterte sein Gesicht. »Du frierst, lass uns gehen.«

Er nickte, als hätte man ihn dabei ertappt, fünf Würfel Zucker in seinen Kaffee geworfen zu haben. »Lass uns auf den Wanderweg gehen, da ist es einfacher zu laufen«, schlug er vor und nahm ihre Hand.

Emely spürte seine eiskalte Haut und sie versuchte, ihm insgeheim Wärme in seinen Körper zu schicken. Schweigend stapften sie durch das verschneite Unterholz, bis sie wieder auf den offiziellen Pfad trafen. Unentschlossen blieben sie stehen.

»Vielleicht möchtest du noch mit zu mir kommen?« Verlegen schaute sie dabei auf einen verschneiten Ast. Sie merkte, wie Raphael sich anspannte und dass er unsicher wurde. Zu ihrer Überraschung willigte er ein und Emely war heilfroh, denn eine Ablehnung hätte sie nachdem, was gerade geschehen war, nicht so einfach einstecken können.

Hand in Hand spazierten sie das restliche Stück durch den Wald, bis sie die Felder erreichten. Raphaels Handyklingeln durchbrach die geheimnisvolle Stille. Nach dem dritten Klingeln blieb Emely stehen. »Wieso gehst du nicht ran?«

»Na ja … es wäre unhöflich …«

»Macht nichts, geh ruhig dran, es stört mich nicht.« Sie deutete auf seine Jackentasche, aus der das Klingeln kam.

»Mama, was gibt es denn?« Genervt atmete er tief durch.

Emely sah, dass er seine Stirn krauszog und immer wieder nickte.

»Ja, gut. Bis gleich!« Er legte auf. »Es tut mir wirklich leid, aber ich kann doch nicht mehr mit zu dir kommen. Meine Mutter hat akut Fieber bekommen und hustet, ich muss ihr ein paar Dinge aus der Apotheke holen«, erklärte er ihr entschuldigend.

Obzwar Emely das ganz und gar nachvollziehen konnte, versetzte ihr das einen kleinen Dämpfer. »Natürlich, selbstverständlich. Mein Papa hatte das Gleiche … Es scheint wohl gerade rumzugehen.« Enttäuscht blickte sie zu Boden.

»Hey … wir sehen uns ja wieder. Schau mich an!« Er nahm ihr Gesicht in seine großen Hände. »Wir holen das nach, ja?« Lange und sanft küsste er sie auf den Mund.

Zügig liefen sie weiter, bis sie vor Emelys Haus standen und sich innig umarmten. Nachdem sie sich widerwillig voneinander gelöst hatten, schauten sie sich noch kurz in die Augen, bevor Raphael die Straße herabeilte und Emely ihm nachblickte, bis er am Ende abbog.

Wie hypnotisiert starrte sie noch eine Weile die leere Straße hinunter, bis sie sich umdrehte, zur Haustür lief und aufschloss. Sie zog geistesabwesend ihre Schuhe aus, hing ihre Jacke auf und machte sich einen Ingwertee.

Nach wenigen Minuten saß sie vor einer dampfenden Tasse am Küchentisch und schaute aus dem Fenster. Stück für Stück drang es zu ihr durch, was sie gerade erlebt hatte, und sie konnte es sich nicht verkneifen, übers ganze Gesicht zu grinsen. Sie spürte seine Lippen auf ihren und seine starken Arme, die sie festhielten … als wäre er noch da.

Mit einem Mal war ihr Grinsen jedoch verschwunden. Offiziell hätte sie gar nicht dort alleine und ohne Schiene im Wald stehen können. Senkrecht saß sie auf ihrem Stuhl und eine Befürchtung nach der anderen zwängte sich in ihren Kopf. Ihr Herz schlug schneller und sie war kurz davor, ihre Nerven zu verlieren. Wie sollte sie ihm das bloß erklären, wenn er sie danach fragte? Wobei … ihr selbst war es erst jetzt aufgefallen, vielleicht hatte er es gar nicht realisiert.

»Er war definitiv seinen Emotionen unkontrolliert ausgesetzt gewesen … da bekommt man schon manchmal einiges nicht mit«, murmelte sie vor sich hin und nickte bestätigend. Der Gedanke beruhigte sie ungemein, doch könnte es ihm auch erst später dämmern … so wie ihr. *Wieso läuft er eigentlich mitten am Tag alleine durch das Unterholz*, fragte sie sich und pustete wieder in ihren Tee.

Raphael

Raphael eilte im Stechschritt auf die nächste Apotheke zu und besorgte alles für seine Mutter. Als er die Apotheke wieder verließ, blieb er erschrocken stehen. Da war wieder dieses seltsame Flüstern. »Verschwinde!«, rief er.

Eine Frau, die gerade an ihm vorbeilief, drehte skeptisch den Kopf in seine Richtung. Entschuldigend hob er die Hände. Sein Körper war aufgewühlt und er spürte Emelys Küsse noch immer auf seinen Lippen. Er wollte jetzt nicht mit diesem dunklen Wesen kommunizieren, sondern einfach nur an Emely denken. Wenn sie in seiner Nähe war, fühlte er sich nicht mehr so benebelt durch die Trauer. Der Lichtkegel eines Autos ließ den Schnee vor seinen Füßen aufblitzen. Das Leuchten spiegelte sich in seinen Augen wider. Es war wie in einem Traum gewesen, als er sie nackt mitten im Wald vorgefunden hatte. Eigentlich äußerst seltsam, vor allem bei den Temperaturen. Sie war definitiv einzigartig!

»Hör zu, du respektloser Mensch! So solltest du nicht mit mir umspringen.«

Eine starke Druckwelle warf Raphael zu Boden. Hart fiel er auf den vereisten Schnee.

»Alles in Ordnung mit Ihnen?« Die Frau von vorhin musste seinen Aufprall gehört haben, denn sie drehte sich zu ihm um.

»Ja, danke. Es ist alles in Ordnung.« Er rappelte sich auf und drehte sich um die eigene Achse. Wie hatte das passieren können? Konnte dieses dunkle Wesen so viel Kraft haben, obwohl es nur einem Schatten glich? Es war nicht mehr zu sehen und zu hören. Unsicher scannte er seine Umgebung ab. Passanten unterhielten sich, ein Bus und vereinzelte Autos fuhren vorbei – es war alles normal.

Als er vor dem Mehrfamilienhaus stand und nach dem Schlüssel kramte, schob er das Geschehene beiseite, denn er würde sich nun erst einmal um seine Mutter kümmern.

Nachdem er sie versorgt hatte, stand er durchgefroren in der Küche und beschloss, etwas zu kochen. Da er kein Meisterkoch war, setzte er Wasser für Kartoffeln auf und machte einen Quark mit Eiern, Gurken und Kräutern dazu. Als die Kartoffeln im Topf waren, machte er sich einen Kaffee, denn er brauchte etwas, das ihn umgehend von innen wärmte, und setzte sich an den Küchentisch. Den Vorfall auf dem Heimweg verbannte er in die hinterste Ecke seiner Gedanken, denn er wollte an diesen einmaligen Moment im Wald denken.

Er sah Emelys nackten Körper vor sich und blickte in ihre wunderschönen Augen. Noch nie war er so fasziniert von einer Frau gewesen. Eine Weile schwelgte er in dem Moment, den sie gemeinsam verbracht hatten. Moment mal! Wie konnte es eigentlich sein, dass sie mit ihren Verletzungen ohne Schiene mitten im Wald gewesen war? Der Arzt hatte doch eindeutig gesagt, dass der Mittelfußknochen gebrochen sei … Wie war das dann also möglich? Als er bei Johann geklingelt hatte, war er sich noch sicher gewesen, dass er ihr nicht über den Weg laufen würde. Im Wald war er zu überrascht gewesen, als er Emely nackt gesehen hatte. *Da hat wohl mein Verstand komplett ausgesetzt,* dachte er sich. Er beschloss, sie darauf anzusprechen. Das passte alles nicht zusammen!

Seine Gedanken schwenkten zu den Begegnungen mit dem Schattenwesen. Eine Falte zeichnete sich auf seiner Stirn ab. Auf der einen Seite brauchte er dieses Wesen, doch bei jeder Begegnung wurde sein Schmerz unerträglich. Alles wurde dann hochgespült und er hatte sich eigentlich vorgenommen, ausnahmslos niemanden mehr an sich ranzulassen. Abrupt stand er auf und schlug mit der Faust gegen den Vorratsschrank an der Wand. *Verdammt, so ein Mist, das hätte nicht passieren dürfen*, hallte es durch seinen Kopf. Er hätte Emely nicht so nahekommen dürfen. Vor lauter Wut auf sich und seine Gefühle hätte er am liebsten die Küche zertrümmert. Aufgewühlt lief er auf und ab und warf den Kartoffeln einen bösen Blick zu, denn das dauerte ihm heute zu lange.

Übermorgen würde er jedoch erst einmal seinem Großvater einen Besuch abstatten. Er hoffte inständig, dass ihm Emely bei seiner Mission nicht begegnen und das Wesen ihn nicht noch einmal bedrängen würde. Wer wusste schon, welche Macht es besaß?

Nachdem Emely ein paar Dinge geregelt hatte, nahm sie sich vor, ihr Zimmer auszumisten. Beim Einräumen ihrer Bücher fiel ihr auf, dass die meisten irgendetwas mit Schnee zu tun hatten. Zaghaft strich sie über den Rücken eines ihrer Lieblingsbücher, in dem sie wenige Tage zuvor gelesen hatte.

»Vielleicht hat Johann Bücher über den Zauber des Schnees, die ich mir ausleihen kann«, murmelte sie vor sich hin und beschloss, gleich morgen zu ihm zu gehen, um das in Erfahrung zu bringen. »Das war mal ein Tag …«, sagte sie seufzend vor sich hin und ging in Gedanken noch mal alles durch. Vor ihrem inneren Auge sah sie goldene Schneekristalle umherfliegen, einen lachenden Schneemann. Sie fühlte nach, was sie nackt im Schnee empfunden hatte, dann Raphaels plötzliches Auftauchen, sein Geruch, seine Augen, seine Wärme. Geräuschvoll atmete Emely aus und schaute aus dem Fenster. Es schneite schon wieder! Zufrieden und glücklich streckte sie sich. Sie würde heute früh ins Bett gehen, denn sie wollte morgen wieder den Tag nutzen, um mehr über den Zauber des Schnees herauszufinden, und somit auch über sich selbst.

Schneeflocken wirbelten wild um sie herum, sie versuchte irgendetwas zu beschützen und sie wusste dieses Mal, was es war: Den Zauber des Schnees!

Aussichtslosigkeit und Verzweiflung stiegen in ihr auf, Blut tropfte von ihrem Gesicht und fiel sanft in den Schnee. Statt jedoch rote Flecken zu hinterlassen, war dort nichts, denn ihr Blut verwandelte sich in weiße Schneekristalle, sobald es den schneebedeckten Boden berührte. Sie ging in die Hocke, wie letztes Mal, um es genau zu begutachten, und als sie sich wieder aufrichtete, war der Schnee verschwunden. Um sie herum war plötzlich keine einzige Schneeflocke mehr und sie stand barfuß auf kaltem Waldboden. Sie drehte sich um und schaute in das Gesicht des alten Mannes. Es war Johann. Tränen füllten seine Augen und er schaute sie traurig und voller Angst an. Er brach wieder zusammen und blieb reglos am Boden liegen.

Ein hasserfülltes Lachen zerriss die Stille. »Das ist meine Rache!«, hörte Emely Raphael schreien und als sie sich zu ihm umdrehte, sah sie durch seine Augen hindurch sein hasserfülltes und trauerndes Herz.

Es versetzte ihr einen Stich und ihr Magen krampfte sich zusammen, sodass ihr schlecht wurde. Sie konnte nicht glauben, was er da tat und war starr vor Fassungslosigkeit.

»Nein! Entscheide dich für mich! Du kannst damit leben!«, schrie sie ihn plötzlich mit tränenüberströmtem Gesicht an.

Raphael blickte sie an und als der Hass wich, rollten schwarze Tränen sein Gesicht herab.

»Du kannst das!«, sprach ihm Emely einfühlsam zu und spürte, wie ihr Körper vor Emotionen bebte. Er streckte seine Hand nach ihr aus, doch in dem Moment, als sie nach dieser greifen wollte, brach sie zusammen und fiel in ein schwarzes Nichts.

»Neeeeiiiiin!«, hörte sie Raphael brüllen, sodass sich seine Stimme fast überschlug, doch sie sah schon das Licht, auf das sie langsam zu schwebte.

Kerzengerade saß Emely im Bett und atmete schnell ein und aus. Hektisch tastete sie nach dem Schalter der Lichterkette und als sie ihn endlich berührte, flammte das Licht auf. Fahrig wischte sie sich ein paar Haarsträhnen aus ihrem schweißnassen Gesicht und versuchte, sich zu beruhigen.

»Es war nur ein Traum … Es war nur ein Traum!«, flüsterte sie vor sich hin und stellte die Füße auf den Boden. Doch was, wenn nicht? Ihr Traum, in dem sie ihrem Ebenbild gegenübergestanden hatte, war auch mehr oder weniger wahr geworden. Sie war eine Schneewächterin! Abrupt stand sie auf. »Hoffentlich war an diesem Traum nichts Wahres dran …«, betete sie in die Stille der Nacht und ging in ihrem Zimmer auf und ab. Wenn sie sich den Traum aus ihrer Perspektive als Wächterin anschaute, hatte sie eindeutig versagt. In dem Traum hatte es Raphael anscheinend geschafft, den Zauber des Schnees zu brechen, wodurch der Schnee verschwand und Johann und sie starben, doch was hatte Raphael damit zu tun? Dass sie und Johann darin auftauchten, konnte sie sich noch zusammenreimen, aber Raphael? Sie mochte sich gar nicht vorstellen, dass er so sein konnte … Vielleicht war es wirklich nur ein Traum oder es vermischten sich zukünftige Dinge mit Ängsten und Befürchtungen.

Dieser Gedanke schien für sie am plausibelsten und sie setzte sich auf ihr Bett. Ob sie wohl daran etwas ändern könnte? Ihrer Meinung nach gab es so etwas wie ein Schicksal, gegen das man nichts machen konnte. Doch wenn es auch zum Schicksal gehörte, dass sie die Gabe hatte, um daran etwas zu ändern? Emely schüttelte energisch den Kopf. Sie würde noch ihre Nerven verlieren, wenn sie weiterhin darüber nachdachte. Sie schob den Traum und die Gedanken weit weg, um weiterzuschlafen. Entschlossen zog sie sich ihre Decke bis zur Nasenspitze und schlief wenige Minuten später ein.

Kapitel 9

Am späten Vormittag machte Emely sich auf den Weg zu Johann. Freudig drückte sie auf die Klingel und wartete darauf, dass er die Tür öffnete. Nichts regte sich … Noch nicht einmal nach fünf Minuten! Emely wurde stutzig, denn sie hatte das Gefühl, als spürte sie seine Anwesenheit. Hoffentlich war er nicht im Haus gestürzt und konnte nicht mehr aufstehen. Zögerlich öffnete sie das Gartentürchen und lief zum Eingang.

»Johann?«, rief Emely, als sie vor der schweren Haustür stand, an der sogar ein alter Türklopfer hing, der ihr erst jetzt auffiel. Keine Antwort!

Emely entschied, durch den Garten hinter das Haus zu laufen, vielleicht gab es ja eine Terrassentür, durch die sie ins Haus sehen konnte. Als Emely durch den hohen Schnee stapfte, spürte sie Johanns Anwesenheit immer stärker. Als sie das schmiedeeiserne Tor in der Natursteinmauer öffnete und den hinteren Teil des Gartens betrat, sah sie ihn barfuß im Garten stehen. »Johann?«, sprach sie ihn an und er drehte sich abrupt zu ihr um. Ein Lächeln breitete sich auf seinem Gesicht aus, als er Emely sah.

»Ich habe geklingelt und da du nicht aufgemacht hast, bin ich in deinen Garten gelaufen, um zu sehen, ob alles okay mit dir ist.«

Johann winkte ab. »Ist doch kein Problem! Komm, hier sieht dich niemand. Das ist sozusagen mein Geheimversteck. Durch die Mauer kann niemand in den Garten blicken und ich kann machen, was ich will. Zum Beispiel barfuß und kurzärmelig im Schnee stehen.« Schmunzelnd deutete er auf seine Füße, woraufhin Emely grinsen musste und ihre Schuhe und Socken förmlich von den Füßen riss.

»Ah, tut das gut!« Sie steckte ihre nackten Sohlen in den wohltuenden Schnee.

Johann nickte ihr verständnisvoll zu. »Wie wäre es mit einer Schneeballschlacht?«, schlug er Emely vor und schaute sie herausfordernd an.

»Schneeballschlacht? Würde das der Schnee denn so gut finden?« Skeptisch zog sie ihre Augenbrauen hoch.

»Und ob! Ich rede ja hier von einer magischen Schneeballschlacht und der Zauber des Schnees ist dafür immer zu haben«, erklärte er ihr mit wachen Augen.

Bevor Emely auch nur irgendetwas hätte machen können, traf sie ein Schneeball am rechten Oberschenkel. »Ah! Wie machst du das? Das ging so schnell!« Verblüfft wischte sie vorsichtig den Schnee von ihrer Hose.

»Finde es heraus! Heilen dauert immer etwas länger, aber Spaß kannst du auch schnell haben«, rief er ihr zu und schleuderte ihr einen weiteren Schneeball entgegen, dem Emely jedoch gerade so ausweichen konnte.

»Na warte! Zauber des Schnees, ich stehe im Bund mit dir, hilf mir bei der Schneeballschlacht!« Emely streckte die Hand über den Boden, bis sich mehrere Schneekristalle lösten und nach oben schwebten. Sie fing an, ihre Hand so zu bewegen, als wollte sie die Kristalle zu einer Kugel formen, doch ohne Vorwarnung entwischten sie und flogen ihr mitten ins Gesicht. Als wäre dies nicht genug, lösten sie sich wieder, schwebten zu Boden, und als hätten sie die anderen Schneekristalle um Hilfe gebeten, schossen plötzlich dreifach so viele mit voller Wucht in ihr Gesicht. Verdattert ließ sie das mit sich geschehen und schaute Johann mit großen Fragezeichen in den Augen an.

Er grinste sie an, atmete tief durch und wurde wieder ernster. »Du hast zu viel gemacht. Bei solchen Dingen reicht es, wenn du dir in Gedanken vorstellst, was du willst. Dafür muss man immer ganz bei der Sache sein, doch du brauchst kaum deine Hände dazu. Ach so und es reicht, wenn du innerlich Kontakt zu dem Zauber des Schnees aufnimmst, du musst nichts sagen.«

Ehe Emely sich versah, flog ein weiterer Schneeball auf sie zu. Gekonnt wich sie aus, verband sich diesmal innerlich mit dem Zauber und nachdem sie gedanklich einen Schneeball formte, schoss dieser prompt auf Johann zu und verfehlte ihn nur knapp.

Während Emely einen weiteren heraufbeschwor, schaute sie gerade noch rechtzeitig neben sich auf den Boden, um zu sehen, dass sich blitzschnell Schneekristalle erhoben, sich zu einem Ball formten und dieser durch die Luft sauste. In dem Moment, als Emelys Schneeball Johann erwischte, zersprang er in Tausend einzelne Schneekristalle, die golden aufleuchteten, bis sie den Boden wieder berührten. Fasziniert betrachtete Emely dieses Schauspiel. »Wieso passiert das nur bei meinen Schneebällen und nicht bei deinen?«

»Das ist sozusagen dein Wächterbonus. Ein paar Dinge müssen uns ja unterscheiden, sonst könnte ja jeder von uns den Job machen«, erklärte er ihr, als würde er über das Natürlichste der Welt reden und degradierte Emelys Wächtergabe mal eben so zu einem *Job.*

Emely traf das mehr als erwartet, denn sie fühlte sich, seit sie wusste, was ihre Bestimmung war, irgendwie größer und sinnvoller. Das sollte ihr niemand mehr nehmen! »Na warte!«, rief sie Johann entrüstet zu, der erst jetzt zu merken schien, was er mit seiner Äußerung angerichtet hatte. Doch es war zu spät. Emely schleuderte einen riesigen Schneeball auf ihn, der ihn mitten auf die Brust traf. Johann fiel nach hinten und blieb im Schnee liegen.

Emely starrte entgeistert in seine Richtung. *Ach, er will mich bestimmt nur reinlegen*, dachte sie sich, doch als er sich nach ein paar Sekunden immer noch nicht rührte, wurde sie stutzig. »Johann?« Vorsichtig stapfte zu ihm. »Johann?», sprach sie nun lauter und beugte sich über ihn.

Seine Augen waren geschlossen, er bewegte sich nicht und Emelys Blick fiel auf die Schneekugel, die sie auf ihn abgefeuert hatte. Sie lag unversehrt im Schnee. Seltsam … die anderen waren doch in goldene Schneekristalle zerfallen. Langsam kniete sie sich neben Johann und legte eine Hand dicht über den

Schnee. »Zauber des Schnees, ich stehe im Bund mit dir. Heile den, der vor mir liegt und ebenfalls im Bund mit dir steht.« Sie flüsterte die Worte mit klarer Stimme, woraufhin Schneekristalle um ihn herum schwebten und begannen, golden zu leuchten. Der Schneeball jedoch blieb unverändert liegen.

In dem Moment, als die Schneekristalle wieder zurück auf den Boden schwebten und erloschen, zerfiel die Kugel in seine Einzelteile.

»Johann?! Gott sei Dank! Komm, ich helfe dir hoch!« Erleichtert stützte sie ihn beim Aufstehen. »Es tut mir furchtbar leid, ich weiß auch nicht, normal bin ich nicht so und es war keine Absicht, aber ich habe mich darüber geärgert, wie du über die Aufgabe der Wächterin – also meine Aufgabe – gesprochen hast und dann, na ja dann …«, plapperte Emely drauflos, um sich zu entschuldigen.

Johann schien überhaupt nicht sauer zu sein. »Das war mein Fehler. Verärgere nie eine Wächterin oder einen Wächter. Abgesehen davon hätte ich dir schon längst erklären sollen, dass deine Emotionen nun ganz andere Dimensionen haben.«

»Das kann man so sagen … Aber trotzdem, ich hätte mich besser im Griff haben können«, erwiderte sie und hob entschuldigend die Schultern.

»Nein! Du kannst nicht von dir erwarten, dass du mit alldem gleich mit dem richtigen Maß umgehen kannst. Das braucht Zeit. Selbst eine Schneewächterin, wie du es bist, braucht Übung.« Ernst und als duldete er keinen weiteren Widerspruch, stand er auf. »So, auf den Schreck brauche ich erst mal einen Tee! Wie sieht es bei dir aus?« Er stapfte in Richtung Terrassentür.

»Ja, gerne.« Emely eilte noch etwas durcheinander hinter ihm her. Obwohl sie den Schnee liebte, war sie im Moment froh, in einem Haus zu sein, bis sie genau wüsste, was es mit den Auswirkungen von Emotionen auf den Schnee auf sich hatte. Im Warmen zogen sich Emely und Johann ihre Socken wieder an, denn der Boden war deutlich kühler als der Schnee.

»Kräutermischung des Hauses?«

Emely willigte nickend ein.

»Mach es dir doch ruhig im Wohnzimmer gemütlich, ich mache den Tee.«

Emely setzte sich auf die Couch und blickte in das lodernde Feuer im großen Kamin. Ein paar Minuten später kam er mit einem großen Tablett rein und stellte es auf den Wohnzimmertisch. »So, Kräutertee und ein paar Zitronenkekse.« Gut gelaunt schenkte er in beide Tassen Tee ein, bevor er sich in seinen Sessel niederließ.

»Danke! Geht es dir wirklich gut?« Emely nahm sich einen Keks.

»Ja, du hast mich ja wieder geheilt … mach dir keinen Kopf«, sagte er mit seiner tiefen Stimme und trank einen Schluck Kräutertee, woraufhin er das Gesicht verzog. »Immer das Gleiche, zu heiß!« Brummig stellte er die Tasse wieder ab und angelte sich stattdessen einen Zitronenkeks.

»Die sind echt lecker, wo hast du die her?«, wollte Emely wissen und überlegte ernsthaft, sie zu ihren neuen Frühstückskeksen zu ernennen.

»Selbst gemacht!« Er grinste sie an, als Emely ihn ungläubig anschaute. »Ich kann dir gerne das Rezept geben.«

»Oh … nein danke. Ich kann nicht wirklich backen«, gestand Emely und zuckte mit den Schultern.

»Na, dann packe ich dir nachher ein paar ein.«

Emely nickte dankbar. »Also, *Meister*, erkläre mir doch bitte mal genau, was da vorhin passiert ist«, forderte Emely ihn witzelnd auf.

Johann setzte sich bei dem Wort *Meister* stolz auf und lehnte sich in seinem Sessel zurück. »Emotionen und das Wahrnehmen der Gefühle von anderen Menschen sind bei uns ziemlich stark ausgeprägt, vor allem bei dir als Wächterin. Der Schnee spiegelt deine Absichten, also deine Energie, mit der du ihn um etwas bittest, tausendmal stärker wider, als du es empfindest. Du hast nun beides schon erlebt. Wenn du heilst, ist er zart, vorsichtig und tut Gutes. Wenn du Spaß haben willst, kann er mit dir um die Wette tanzen und lustige Dinge machen. Wenn du verärgert bist oder wütend, dann verhärtet er sich … So wie sich in diesem Moment dein Herz verhärtet. Der Schneeball vorhin hat deinen Ärger in sich gehabt, ist fest wie Eis geworden und hatte mich mit seiner enormen Kraft außer Gefecht gesetzt. Als der Ärger gewichen ist und du mich geheilt hast, konnte die negative Kraft des Schneeballs gebrochen werden und er zerfiel sozusagen wieder in seine neutralen Einzelteile.«

Emely sog alles gespannt in sich auf, was Johann ihr erzählte, und glaubte langsam zu verstehen. »Also könnte man auch sagen, dass der Schnee so eine Art Spiegel meiner Seele ist? Das, was ich fühle, drückt er aus, wenn ich ihn darum bitte?« Interessiert wartete sie auf die Antwort.

Johann nickte bejahend und griff nach seiner Tasse. Emely trank ebenfalls von ihrem Tee und die beiden blickten eine Weile gedankenversunken ins Feuer.

»Wie geht es dir mittlerweile damit?« Johann durchbrach

Emelys Gedanken und wandte den Blick vom Feuer ab.

»Eigentlich ganz unterschiedlich. Manchmal fühlt es sich gut an und manchmal kann ich es immer noch nicht glauben. Gestern zum Beispiel war ich im Wald und habe mich eins mit dem Schnee gefühlt. Es war wie ein kleines Wunder! Diesen Moment werde ich nie vergessen«, erzählte sie und schwelgte in ihrer Erinnerung.

Johann räusperte sich. »Also, wenn du eins sein willst mit dem Schnee … na ja … sei vorsichtig, wenn du das im Wald machst! Nicht jeder kommt damit klar, wenn jemand mitten im Winter nackt im Wald umherläuft und seltsame Dinge macht. Dafür habe ich die Mauer um meinen Garten errichten lassen. Also wenn dir mal wieder danach ist – fühl dich frei!«

Emely war die Sache etwas peinlich, doch schien es für Menschen, die mit dem Zauber des Schnees verbunden waren, normal zu sein, dieses Bedürfnis zu haben.

»Ich mache natürlich die Vorhänge zu, damit du dich nicht beobachtet fühlst«, fügte er schnell hinzu und deutete auf die dicken dunkelroten, mindestens vier Meter langen Vorhänge.

»Danke!« Emely musste schmunzeln, doch fand sie die Idee eigentlich ganz gut, denn es war wirklich gefährlich im Wald. Das hatte sie gestern ja schon feststellen müssen, als Raphael plötzlich hinter ihr gestanden und sie ihn nicht bemerkt hatte, da der Schnee sie mit in seine Welt genommen hatte. Jemand anderes hätte sie vielleicht angezeigt und dann hätte sie ein Problem gehabt.

»Apropos Schnee … gibt es zufällig Bücher über den Zauber des Schnees?«, wollte sie neugierig wissen und zu ihrer Freude bejahte Johann ihre Frage.

»Weißt du was, geh doch einfach hoch und dann die zweite Tür rechts, dann findest du dich in der Bibliothek wieder. Ich brauche mal ein kleines Schläfchen. Du kannst dir ausleihen, was du magst.« Er zog sich gleich darauf die Wolldecke über seine Beine.

»Eine ganze Bibliothek?« Erstaunt erhob Emely sich.

Johann musste lachen, wünschte ihr viel Spaß und schloss die Augen.

Emely lief durch die Eingangshalle die breite Treppe hoch, die etwas knarzte, und blieb vor der zweiten Tür rechts stehen. Leise drückte sie die Klinke herunter und öffnete die Tür. Mit großen Augen betrachtete sie den Raum, den sie betrat. Die Wände waren mit deckenhohen Regalen verkleidet, die mit Tausenden von alten und neuen Büchern gefüllt waren. Ein Buchrücken reihte sich an den anderen und Emely fühlte sich wie im Paradies.

Das war das Paradies! Sie liebte Bücher und das angenehme schwache Licht ließ alles geheimnisvoll wirken. So einen Raum hatte sie sich schon immer gewünscht – ein Raum nur für ihre Bücher und ihre Musik. Es war ein Traum, diesen nutzen zu dürfen, und sie stellte sich insgeheim vor, er würde nur ihr gehören. Sie strich vorsichtig über die Buchrücken und griff, ohne nachzudenken, eines heraus. *Die Emotionen des Schnees,* stand auf dem sehr alten Buch, welches schon vergilbte Seiten hatte. In der Mitte des Raumes standen zwei Sessel mit einem kleinen hölzernen Tisch davor. Emely setzte sich und schlug das Buch vorsichtig auf. Es ging genau um das Thema, worüber sie sich gerade mit Johann unterhalten hatte: Wie sich Emotionen auf den Schnee auswirkten. Alles war ausführlich beschrieben, mit Bildern skizziert und sogar Übungen waren verzeichnet, um alles auszuprobieren, damit man ein Gefühl dafür entwickeln konnte. Emely beschloss deshalb, dieses Buch auf jeden Fall auszuleihen, um sich damit noch intensiver auseinanderzusetzen und zu üben. Fast geräuschlos klappte sie das Buch wieder zu, legte es auf den Tisch, stand auf und widmete sich den anderen Lektüren in den Regalen.

Nach knapp zwei Stunden lagen auf dem Tisch vier gestapelte Bücher, die sie mitnehmen wollte. Darunter *Die Aufgabe der Wächter* und *Die Welt des Zaubers*, welches Emely schon beim Lesen des Titels eine Gänsehaut bescherte. Der Raum wirkte beruhigend und es fühlte sich an, als wäre sie in einer Schatzkammer. Gleichzeitig war alles geheimnisvoll und weckte Emelys Neugierde in jeglicher Hinsicht. Stundenlang könnte sie hier verweilen, doch müsste sie daheim sein, bevor ihre Eltern kämen, damit es so aussah, als hätte sie den ganzen Tag mit Schiene auf dem Sofa gelegen. Wehmütig schnappte sie sich den Stapel Bücher, verließ die kleine Bibliothek und lief vorsichtig die Treppe hinunter.

Johanns leises Schnarchen drang an ihr Ohr, sie zog schmunzelnd ihre Schuhe an und schloss leise die Haustür hinter sich.

Die Sonne schien und sie verwandelte mit ihren Strahlen den Schnee in ein funkelndes Meer aus Diamanten. Tief atmete Emely durch und schlenderte gemütlich zurück nach Hause. Der Efeu war mit Eiskristallen umrandet und hier und da lagen zarte Schneeflocken auf den Blättern.

Nachdem sie die eisigen Blätter eine Weile betrachtet hatte, öffnete sie die Tür und ging hinein. Die Bücher legte sie auf die Treppe, damit sie ihre Schuhe ausziehen konnte. Das Geräusch eines Autos ließ sie innehalten und danach lauschen. Nein, es waren tatsächlich schon ihre Eltern! Sie stürmte hoch in ihr Zimmer, schnappte sich auf dem Weg die Bücher, schob sie unter ihr Bett und griff nach der Schiene. Mit dem Ding in der Hand rannte sie wieder runter, durch den Gang, setzte sich aufs Sofa, schnallte sich die Schiene um, versuchte dann ihren Atem zu beruhigen, damit es so aussah, als würde sie hier schon lange sitzen.

Genau in dem Moment, als die letzte Schnalle fest war, hörte sie den Schlüssel in der Tür. »Hallo, wir sind wieder da!«, hörte sie ihren Vater gutgelaunt rufen und wunderte sich darüber, da er sonst immer müde von der Arbeit heimkam und nicht viel redete. Es schien, als würde es ihm durch die Spontanheilung immer noch ziemlich gut gehen.

»Hallo«, rief Emely zurück.

Wenige Sekunden später stürmte ihre Mutter herein. »Hallo, mein Schatz. Wir bestellen heute Pizza! Was magst du für eine?«, plapperte sie munter.

Emely schaute sie fast schon entsetzt an. Was war denn mit ihrer Mutter los? Sie wollte Pizza bestellen? Doch bevor sich Emely mehr Gedanken machen konnte, kam schon die Antwort.

»Schau mich nicht so an, dein Papa hat heute darauf bestanden, Pizza zu bestellen. Also, was magst du für eine?«

Emely schaute ihren Vater belustigt an, als dieser ebenfalls freudig die Küche betrat. »Salami mit Champignons«, antwortete sie, woraufhin ihre Mutter nickte und sogleich den Pizzaservice anrief.

»Wie fühlst du dich heute?« Gustav setzte sich zu Emely auf das Sofa.

»Viel besser, ich habe kaum noch Schmerzen und langweile mich schon«, meinte sie und gähnte übertrieben, sodass ihr Vater schmunzeln musste.

»Gute Neuigkeiten übrigens! Es soll eine Woche die Sonne bei Minusgraden scheinen, das heißt, dass der Schnee liegen bleibt und dann wird es voraussichtlich sogar wieder schneien, aber das kann ich noch nicht zu hundertprozentiger Sicherheit sagen«, versuchte er Emely aufzumuntern und es funktionierte. »So gefällst du mir schon besser und gleich gibt es Pizza. Ich habe mir gedacht, das haben wir uns verdient.«

Emely nickte zustimmend.

Nachdem sie gemütlich gegessen hatten, humpelte sie die Treppe hinauf, schloss leise die Tür hinter sich, zog eines der Bücher unter dem Bett hervor und begann in *Die Aufgabe der Wächter* zu blättern.

Gemütlich saß sie zwischen ihren Kissen und war fasziniert von der altertümlichen Schrift und der Magie, die dieses Buch beinhaltete. *Es muss unheimlich alt sein*, dachte sich Emely und behandelte es wie ein rohes Ei.

Wie viele es wohl schon in ihren Händen gehalten haben? Stutzig hielt sie inne, als sie einen Satz aus dem Kapitel *Die Lebenszeit der Wächter* las. Da stand, dass ein Wächter bis zu seinem Tod ein Wächter bleibe und die Verantwortung dem Zauber des Schnees gegenüber bis zum Schluss trage. Erst wenn ein Wächter sterbe, werde der Zauber die Aufgabe einem anderen würdigen Menschen, der mit ihm verbunden war, übertragen.

Wenn ein Wächter aus jedweden Gründen, zum Beispiel durch eine Krankheit oder einen Unfall, früher sterbe, werde erst wieder zur Mittsommerwende ein neuer Wächter bestimmt.

Emely blickte ungläubig auf. Das hieß, dass sie ihr ganzes Leben lang eine Wächterin sein würde … für immer also! Das Buch war wirklich sehr aufschlussreich und sie blätterte an den Anfang und begann, es von vorne zu lesen.

Zu Beginn gab es einige Informationen über Johanns Aufgabe. Ein Auserwählter war dazu berufen, einen Wächter auf seine Aufgaben und Pflichten vorzubereiten. Kurz bevor das Leben eines Auserwählten zu Ende ging, musste dieser selbst einen Auserwählten als seinen Nachfolger wählen. Ein Auserwählter zu sein, war eine große Ehre und Bürde zugleich, denn es war nicht immer leicht, jemanden davon zu überzeugen, ein Wächter zu sein. Außerdem war ein Auserwählter jederzeit für den Wächter da, zur Unterstützung, diese enorme Verantwortung zu tragen und diese nicht zu vernachlässigen.

Emely bekam eine Gänsehaut. Gespannt las sie noch ein paar Seiten weiter, doch ihre Augen wurden immer schwerer und irgendwann legte sie im Halbschlaf das Buch zur Seite und schlief ein.

Um sie herum war es dunkel, doch als sie angestrengt versuchte, irgendetwas zu erkennen, sah sie schemenhaft Bücherregale um sich herum. Sie stand in der Bibliothek von Johann. Mit der Erkenntnis wurde es plötzlich hell im Raum. Statt sich jedoch wohlzufühlen und nach interessanten Büchern zu suchen, stieg plötzlich Angst in ihr auf. Verzweifelt fing sie an, jedes einzelne

Regal durchzusehen und berührte dabei fahrig alle Buchrücken.

»Es muss hier irgendwo sein, es darf nicht weg sein«, faselte sie hektisch und hörte ihr Herz laut im Kopf schlagen. »Nein, nein … es darf nicht weg sein!« Sie wiederholte die Worte immer und immer wieder, während sie die Bibliothek auf den Kopf stellte.

Ein Buch nach dem anderen riss sie heraus und ließ es zu Boden fallen. Tränen stiegen ihr in die Augen und sie fühlte sich plötzlich nicht mehr so stark und groß, sondern schwach, klein und verletzlich.

»Möchtest du einen Zitronenkeks?«, hörte sie Johanns Stimme und fuhr herum.

»Was?« Verständnislos starrte sie auf den Keks, den er in seiner Hand hielt. Wie konnte er ihr nur einen Zitronenkeks anbieten? In dieser Situation? »Es ist weg!«, sprach sie mit vor Angst erstickter Stimme.

Johann erstarrte, der Keks fiel ihm aus der Hand und zerbrach laut auf dem Boden. Statt jedoch lauter Krümel zu sehen, lagen da nur ein paar Schneeflocken, die sich sofort in Wasser auflösten, das sich blutrot färbte.

Emely entfuhr ein Schrei.

Eine Sekunde später fand sie sich in ihrem Zimmer wieder. In ihrem Kopf schwankte alles und sie setzte sich vorsichtig auf. »Das wird ja immer besser …«, murmelte sie vor sich hin und schüttelte den Kopf. Sie fühlte sich matschig sowie unausgeglichen und überlegte, ob sie den Zauber des Schnees darum bitten könnte, sich in seine Welt mitnehmen zu lassen, denn sie brauchte dringend Erholung. Diese Träume machten sie fertig.

Sie stand auf, tapste zum Fenster und starrte in die Schneeflocken, die vom Himmel fielen.

»Zauber des Schnees, ich stehe im Bund mit dir, nimm mich bitte mit in deine Welt, bis die Sonne aufgeht.« Leise sprach sie die Worte in die nächtliche Stille und wartete.

Kapitel 10

Emely blinzelte, denn es hatte aufgehört zu schneien; der Zauber des Schnees hatte sie wieder gehen lassen und die ersten Sonnenstrahlen ließen den blauen Himmel leuchten. Glück durchströmte sie – Es hatte funktioniert! Sie fühlte sich entspannt, frisch und kein bisschen müde. »Danke!«, flüsterte sie und sah, wie ein paar Schneeflocken sich vom Boden lösten, schnell um einen verschneiten Strauch flogen und wieder zu Boden sanken, als wollte der Zauber ihr antworten.

Strahlend lief sie zu ihrem Kleiderschrank und kramte nach einer Strumpfhose. Vielleicht würde sie mal bei Raphael vorbeischauen, denn sie musste zugeben, dass sie ihn wahnsinnig vermisste, und sie verstand nicht, dass er sich nicht mehr meldete … Wobei sie im Moment auch schlecht zu erreichen war. Ihr neues Handy, das sie sich letztens bestellt hatte, müsste morgen per Post kommen.

Nachdem sie sich die schwarze Strumpfhose übergezogen hatte, entschied sie sich für ein dunkelblaues Kleid mit engen, dreiviertellangen Ärmeln. Zufrieden betrachtete sie sich in dem großen Spiegel und ging gleich darauf in die Küche, um zu frühstücken.

Ihre Eltern waren schon weg, es war so schön ruhig. Nachdem sie sich einen Tee gemacht hatte, kramte sie nach Keksen und setzte sich an den Küchentisch. Ob Raphael sie überhaupt sehen wollte? Vielleicht fand er sie ja doch so seltsam, dass er nichts mit ihr zu tun haben wollte? Immerhin hatte sie bei ihrem letzten Zusammentreffen nackt im Schnee gestanden – bei Minusgraden im Wald! Seufzend nahm Emely einen Schluck Tee. Wenn sie nur daran dachte, Raphael in wenigen Stunden gegenüberzustehen, wurde ihr heiß und sie hatte das Gefühl, als hätten ihre Füße keine Bodenhaftung mehr. Vielleicht würde sie heute lieber nicht bei ihm vorbeischauen … Vielleicht käme er ja in den nächsten Tagen vorbei? Enttäuscht, dass ihr Mut so schnell verflogen war, biss sie von einem Keks ab.

Raphael

»Raphael, geht es dir gut? Seit wann backst du?« Elli starrte ihren Sohn verblüfft an, als sie die Küche betrat.

Er schnitt gerade die Teigrolle in gleich große Stücke, um diese dann aufs Backblech zu legen. »Ich, ähm … Ja, seit Neuestem backe ich … Ich wollte mal etwas Neues ausprobieren.« Unbeholfen versuchte er sich zu erklären, denn er wollte nicht, dass sie mitbekam, dass er gleich zu Johann gehen würde. »Könntest du mich bitte alleine lassen, damit ich deinen kritischen Blick nicht über mich ergehen lassen muss?«, meinte er witzelnd.

Seine Mutter verließ kopfschüttelnd, aber mit einem Grinsen im Gesicht, die Küche.

Konzentriert backte er die Schokoladenkekse, die er Johann mitbringen wollte, um … nun ja … nett zu sein. Er musste ja schließlich gut bei dem alten Herrn ankommen, damit er ihn gerne um sich hätte und Raphael irgendwann eine Gelegenheit fände, an das Buch zu kommen.

Er schob das Blech in den Ofen, räumte die Küche auf und machte sich nebenbei einen Kaffee. In seinen Gedanken tauchte Emely wieder auf und Raphael überlegte, ob er bei ihr ebenfalls vorbeischauen sollte. Mit zusammengezogenen Augenbrauen beäugte er sein Backwerk.

Eine halbe Stunde später lief er warm angezogen mit den Keksen in der Hand die Treppe herunter. Die Menschen hatten sich an den Schnee gewöhnt und die Straßenräumfahrzeuge kamen nun auch hinterher, sodass der Verkehr wieder ganz normal lief. Raphael entschied sich deshalb, heute mit dem Bus zu fahren, so hätte er wahrscheinlich vorerst Ruhe vor diesem Schattenwesen.

Im Bus war die Hölle los und nach einer Station stieg Raphael schon wieder aus, denn wenn er eines nicht mochte, waren das zu viele Menschen um ihn herum. Man quetschte sich nur hin und her und die Luft war ziemlich schlecht. Abgesehen davon hatte jemand fast seine Kekse zerbröselt.

Dunkles Wesen hin oder her, es wird mich schon nicht umbringen, ging es ihm durch den Kopf.

Raphael lief nun vorsichtig über den teils glatten Boden und hielt seine Kekse, die er in Alufolie gewickelt hatte, schützend in den Händen.

Emely zog sich aus Sicherheitsgründen, falls sie Leuten begegnen würde, ihre Schuhe an und ging zu Johann hinüber. Heute klingelte sie nicht vorne, sondern eilte gleich zur Haustür und schlug mit dem großen alten Türklopfer dreimal dagegen.

»Ja, wer ist da?«, hörte sie Johanns Stimme nach wenigen Sekunden von drinnen rufen und sagte daraufhin laut ihren Namen. Er öffnete schwungvoll die Tür und begrüßte sie mit einem freudigen »Guten Morgen!«

»Guten Morgen!«, erwiderte Emely und zog ihre Schuhe im Eingangsbereich aus.

»Wie geht es dir heute?« Er ging mit ihr ins warme Wohnzimmer.

»Gut, danke! Ich wollte fragen, ob ich deinen Garten nutzen darf …« Sie schaute ihn bedeutsam an.

»Ahhh, ja natürlich, ich ziehe die Vorhänge hinter dir zu, dann kannst du dich ganz frei fühlen.« Verständnisvoll hob er ihr schmunzelnd seinen Frühstücksteller mit ein paar Zitronenkeksen darauf hin.

»Oh, danke schön! Ich hatte zwar heute Morgen auch schon Kekse, aber deine sind wirklich sehr lecker … Einer mehr oder weniger kann nicht schaden. Ich habe mir gestern übrigens ein paar Bücher aus deiner Bibliothek mitgenommen. Ich wollte dich nicht aufwecken, deswegen bin ich einfach gegangen.« Emely biss genüsslich von dem Keks ab.

»Ja, kein Problem. Ach, daran merke ich, dass ich doch schon recht alt bin«, meinte er und öffnete die große Terrassentür.

»Danke. Solange es nur das ist …« Emely trat auf die Terrasse.

Johann hatte sich bereits abgewandt und verschloss die Tür.

Jetzt brauchte sie erst einmal Zeit für sich und zog ein Kleidungsstück nach dem anderen aus. Es war eine Wohltat, nicht vorsichtig sein zu müssen. Hier würde sie absolut keiner sehen und auch kein Wanderer vorbeikommen. Einen Fuß nach dem anderen steckte sie in den Schnee, bis sie vollkommen nackt im tief verschneiten Garten stand. Sie streckte ihre Hände gen Himmel, atmete tief ein und fühlte dem Gefühl der Sonnenstrahlen auf ihrer nackten Haut nach. Von einem Moment auf den nächsten ließ sie sich nach hinten fallen. Ihr Körper sackte tief in den frischen, weichen Schnee. Sie hielt inne und schaute in den blauen Himmel, an dem hier und da ein kleines Wölkchen vorbeizog. Das war besser als alles, was sie bisher erlebt hatte!

Raphael bog in die Zielstraße ein. Hoffentlich begegnete ihm Emely nicht dann, wenn er gerade zu Johanns Anwesen lief. Auf der Höhe ihres Hauses beschleunigte er seine Schritte und klingelte zweimal schnell hintereinander bei Johann, in der Hoffnung, er würde umgehend die Tür öffnen. Er hatte

Glück gehabt. Bis jetzt hatte er diese gruselige Stimme nicht vernommen. Bei Emely würde er vielleicht nach dem Besuch seines Großvaters vorbeischauen.

Als Raphael Johanns verdutztes Gesicht erblickte, als dieser die Haustür öffnete, hatte er das Gefühl, dass er sich nicht wirklich freute, ihn wiederzusehen. Vielleicht hätte er länger warten sollen … Er sah, wie sein Großvater sich umdrehte, als wollte er prüfen, ob jemand hinter ihm stände. Skeptisch nahm Raphael das zur Kenntnis, denn er war Einzelgänger und hatte kaum Besuch.

»Hallo, Raphael! Was führt dich hierher?«, rief er ihm entgegen.

»Ich habe Kekse gebacken und dachte, ich bringe dir welche vorbei!«, rief Raphael zurück und wedelte vorsichtig mit den Plätzchen in seiner Hand.

»Na, dann komm kurz rein!«

Als Raphael über den zugeschneiten Gartenweg lief, verschwand Johann aus seinem Sichtfeld und tauchte kurz darauf wieder auf.

Unruhig räusperte er sich. »Ah, da bist du ja schon, komm rein.«

»Guten Morgen! Ich hoffe, ich störe nicht … Hier, das sind Schokoladenkekse.« Raphael streckte seinem Opa die Kekse entgegen. Dankend nahm Johann sie an und schritt damit ins Wohnzimmer.

»Häng deine Jacke an die Garderobe und komm, ich habe auch gebacken. Magst du Tee oder wieder deinen Kaffee?«, rief er zu Raphael, dem nicht entging, dass sich Johann seltsam verhielt und nervös schien.

»Sehr gerne einen Kaffee, der war gut letztes Mal!« Raphael zog seine Schuhe aus und trat dann ins Wohnzimmer. »Ist dir das nicht zu dunkel? Draußen scheint die Sonne.« Er deutete verblüfft auf die Vorhänge.

»Nein, nein, also doch schon, aber ich bin heute etwas lichtempfindlich. Manchmal habe ich so Tage, da schmerzt das Tageslicht in meinen Augen.«

»Ach so, na dann. Hoffentlich geht es dir morgen wieder besser damit, es soll immer mal wieder die Sonne rauskommen«, gab Raphael zurück und setzte sich auf die große Couch, während Johann aufgekratzt verschwand, um für sein damaliges Lieblingsenkelkind Kaffee zu machen.

Emely hing ihren Gedanken nach, während sie nach wie vor nackt im Schnee lag und in den Himmel schaute. Doch als sie sich aufsetzte und mit den Gedanken zurück ins Jetzt kam, spürte sie plötzlich ganz leicht Raphaels Anwesenheit. Stutzig schaute sie sich um, doch hier war weit und breit niemand zu sehen und das war auch gut so. Wenn er sie wieder nackt im Schnee und dann auch noch bei Johann im Garten vorfände, würde er sie wahrscheinlich doch für eine Irre halten. Eigentlich brauchte sie sich darüber keine Gedanken zu machen, denn Johann hatte seinen Garten perfekt abgeschirmt. Emely stand auf und beschloss, ein paar Übungen zu absolvieren.

»So, hier kommt dein Gebräu.« Johann kam voll beladen durch die große Flügeltür ins Wohnzimmer.

»Vielen Dank! Nächstes Mal kann ich ihn mir auch selbst machen, damit es dir keine großen Umstände macht.« Dankbar nahm Raphael seine Tasse entgegen. Das war genau das Richtige nach dem Weg hierher.

»Was führt dich heute zu mir?«

Raphael musterte ihn, denn so direkt und fast schon genervt Fragen zu stellen, war überhaupt nicht Johanns Art. Ahnte er vielleicht etwas? Raphael fühlte sich ertappt, doch versuchte er, sich nichts anmerken zu lassen. »Ich, nun … Ich war ja lange nicht da … und da gibt es doch einiges nachzuholen.« Verlegen druckste er herum und gab sich in Gedanken einen Tritt in den Hintern, denn dieses Herumgestottere könnte Johanns Misstrauen wecken.

Seine Befürchtungen waren allerdings umsonst, denn Johann nickte zustimmend. Auf Raphael wirkte er, als hätte er sogar einen Anflug von Sentimentalität.

»Was macht eigentlich deine Architektur?«

»Seit mein … Seit … Na ja, ich lebe bei meiner Mutter und versuche, ihr nicht zu arg auf der Tasche zu liegen.« Kleinlaut schaute er auf den Boden und im Inneren fluchte er vor sich hin, denn das Gespräch nahm eine Richtung, auf die er absolut nicht scharf war.

»Hm, es muss hart für dich gewesen sein. Ich vermisse meinen Sohn auch und es war sehr schlimm für mich. Auch heute denke ich oft an den Unfall … und an ihn. Doch eines weiß ich ganz genau: Er hätte nie gewollt, dass du wegen ihm deinen Lebensinhalt aufgibst.« Raphael studierte immer noch den alten Parkettboden, um der Situation auszuweichen. »Architektur war und ist dein Ding! Du bist darin aufgegangen. Nenn mir doch einen Architekten, der es geschafft hat, sich schon mit siebenundzwanzig selbstständig zu machen … Praktisch gleich nach deinem Abschluss. Was ist mit deinem Büro? Hast du es etwa aufgegeben?«

Raphael brauchte eine Weile, bis er seinen Kopf hob und antworten konnte, denn seine Gedanken sprangen zurück in die Zeit, in der er sieben Tage die Woche glücklich in seinem Büro verbracht hatte. Er hatte diese Zeit vergessen!

»I-Ich habe die Zeit vergessen«, kamen die Worte stockend über seine Lippen und innerlich begann ein Kampf zwischen seiner Trauer und den glücklichen Tagen.

»Wenn ich dir einen Rat geben darf als dein Opa. Geh in dein Büro! Ich weiß, es ist nicht immer leicht. Finde wieder zurück aus deiner Trauer, das ist kein Leben für so einen jungen Mann wie dich!« Johann nahm einen Schluck aus Raphaels Tasse. »Was ist das denn?!« Er verzog sein Gesicht, woraufhin Raphael sogar lachen musste.

Opa hat recht, dachte er, *ich habe viel zu lange existiert und nicht gelebt. Mein Architekturbüro war schließlich mein Ein und Alles und ich musste hart arbeiten, um mich selbständig zu machen und Aufträge zu bekommen. Vielleicht ist es wirklich an der Zeit, mein Leben wieder in die Hand zu nehmen.*

»Ist dein Büro nicht hier in der Nähe?«

»Ja, eine Viertelstunde von hier zu Fuß. Weißt du was?« Er

trank seinen Kaffee in einem Zug leer und stand auf. »Ich denke, ich werde jetzt in meinem Büro vorbeischauen. Danke, Opa!«

Johann folgte ihm in den Eingangsbereich. »Das ist ein Schritt in die richtige Richtung!« Raphael spürte, während Johann die Worte aussprach, dessen Hände auf seinen Schultern, die ihn rausschoben.

»Es macht fast den Eindruck, als wolltest du mich loswerden«, meinte Raphael, während er schon den Gartenweg entlangeilte. Er hörte Johann noch protestieren und lief dann die Straße hinunter. Als er an Emelys Haus vorbeikam, blieb er kurz stehen, doch dann hastete er weiter, denn er musste jetzt unbedingt in sein Büro und weg von den Kindheitserinnerungen.

Er fühlte plötzlich wieder etwas, das er schon sehr, sehr lange nicht mehr gefühlt hatte. Er fühlte sich – lebendig! Er nahm Kleinigkeiten um sich herum wahr, die er vorher durch seinen benebelten Zustand und seinen Rachegedanken, die er mit diesem Wesen in die Tat umsetzen wollte, nicht mehr gesehen hatte. Es gab immer nur diese Traurigkeit, die Kälte und die Wut. Er begann sogar – wie früher – beim Vorbeilaufen an einigen Häusern gedanklich Änderungspläne zur Optimierung zu erstellen. Vor seinem Büro angekommen blieb er stehen und betrachtete es lange von außen. Es reihte sich in eine lange Häuserreihe von Altbauten ein. Sein Büro erstreckte sich über das gesamte Erdgeschoss, darüber befanden sich Wohnungen. Auf der Glasfront prangte ein riesiger Werbeaufkleber: *Sandt Architektur*. Was er hier schon alles erlebt hatte, bevor er die Kontrolle über seine Gefühle verloren hatte. Er zog den Schlüssel aus der Jackentasche, den er immer bei sich trug, und schloss mit zittrigen Händen die Tür auf. Obzwar er so lange nicht hier gewesen war, roch es nach

Leim, Karton und Holz. Sein Blick fiel auf den großen, langen Tisch rechts von ihm, auf dem er immer seine Modelle herstellte. An der Wand war ein riesiges Regal mit Hunderten von Schubladen, in denen er Material aufbewahrte, und geradeaus, gegenüber der Ladentür, war sein Schreibtisch, ausgestattet mit dem modernsten Computer, Drucker und sonstigem Zubehör, was man für ein Architektenleben brauchte.

Schritt für Schritt ging er durch sein Büro und setzte sich auf seinen bequemen Schreibtischstuhl. Alle Momente, die er hier erlebt hatte, strömten in seine Gedanken und er war überwältigt von der Flut an guten und freudigen Momenten. Er hatte sie alle verbannt. Er hatte nach dem Tod seines Vaters immer das Gefühl gehabt, dass diese freudigen Momente keine Daseinsberechtigung mehr hatten.

Mit Anspannung drückte er auf den Knopf des PCs, worauf dieser gleich anging. Nachdem er das Passwort eingegeben und seinen Mailaccount geöffnet hatte, starrte er auf den Desktop und hörte sein Herz bis in seinen Kopf schlagen. Da waren vierunddreißig ungeöffnete Mails aus den letzten Jahren. Alles Aufträge, die er nicht entgegengenommen hatte! Genau genommen, die er nicht hatte entgegennehmen können, da er in Trauer gelebt und sich vollkommen zurückgezogen hatte.

Emely klopfte an die Terrassentür. Als Johann die Vorhänge aufzog und ihr öffnete, wirkte er bedrückt.

»Danke schön!« Sie betrat angezogen und entspannt das Wohnzimmer.

»Emely, sei mir nicht böse, aber ich brauche Zeit für mich.« Er setzte sich in seinen gemütlichen Sessel.

»O ja, natürlich … ist alles okay bei dir?« Emely nahm sich einen Schokoladenkeks. »Hm, die sind aber auch gut«, meinte sie und lief in Richtung Eingang.

»Die sind von meinem Enkel. Er ist kurz vorbeigekommen …« Er seufzte.

Emely spürte, dass er sich unwohl fühlte und sogar etwas Trauer mitschwang. »Soll ich nicht lieber hierbleiben?« Sie musterte ihn besorgt.

»Nein, nein, ich brauche einfach ein wenig Ruhe, um über ein paar Dinge nachzudenken.« Müde wünschte er ihr noch einen schönen Tag.

Emely wollte ihre Schuhe anziehen, doch sie konnte diese nirgends finden. »Ich habe sie doch hier hingestellt … Johann, hast du meine Schuhe gesehen?«, rief sie zu ihm und als er ihr antwortete, dass er sie in den Abstellraum gestellt habe, öffnete sie diesen. Mit kritischem Blick sah sie tatsächlich ihre Schuhe neben Besen und Eimer kreuz und quer auf dem Boden liegen. Wahrscheinlich hatte er sie da reingeworfen, damit sein Enkel nicht misstrauisch würde, denn sie hätte ja irgendwo im Haus sein müssen, wenn Schuhe dastanden. Schmunzelnd zog Emely sie an und machte sich auf den Weg.

Es war ein wunderschöner Tag für sie. Vor allem für das Glück, in Johanns Garten sein zu dürfen, in dem sie nicht aufpassen musste, gesehen zu werden, war sie dankbar. Nachdem sie gemütlich gegessen hatte, holte sie sich ein Buch. Sie kuschelte sich in eine Decke auf dem Sofa im Wohnzimmer und begann zu lesen. Das elfte Kapitel interessierte sie besonders: *Warum leuchten die Schneekristalle beim Zaubern?* Nach zehn Minuten hob Emely erstaunt und ehrfurchtsvoll den Kopf.

»Jeder Schneekristall hat eine Seele?!«, sprach sie überrascht in die Stille hinein und las neugierig weiter. In dem Buch stand, dass die Seelen der Kristalle dann zu leuchten begannen, wenn man sich durch den Zauber des Schnees mit ihnen verband. Das würde auch erklären, warum sie manchmal so ein Eigenleben aufwiesen und nicht immer genau das machten, was man wollte. Vor allem, wenn man undeutlich war. Emely stellte sich sofort die Frage, was genau mit ihnen passierte, wenn sie schmolzen … vielleicht war das aber auch nirgends niedergeschrieben und genau so ein Mysterium wie bei den Menschen. Was passierte, wenn man starb? Wirklich wissen konnte man es nicht. Schnell blätterte sie das Buch durch und suchte nach Hinweisen darauf, doch sie fand nichts. Sie würde Johann fragen, vielleicht wusste er etwas darüber. Er war ja immerhin ein Auserwählter. Emely schlug wieder das Kapitel auf und las es zu Ende.

Die Klingel ließ Emely zusammenschrecken und sie legte ihr Buch beiseite. »Wer ist das denn?«, murmelte sie vor sich hin, doch zu dieser Zeit konnte es eigentlich nur Johann sein, obwohl er vorhin seine Ruhe wollte … Die Post war schon da und ihre Eltern kamen erst später. Perfekt, dachte sie sich, dann könnte sie Johann gleich mit Fragen löchern, was die Seelen der Schneekristalle betraf.

Schwungvoll öffnete sie die Haustür und erstarrte, als sie in Raphaels Gesicht schaute.

»Hey, Emely! Ich dachte, ich schaue mal vorbei.« Locker stand er da, lehnte sich an den Türrahmen und strahlte sie mit seinen blauen Augen an.

Emely spürte ihr Herz bis in ihren Kopf schlagen, ihr Mund wurde trocken und sie starrte ihn weiterhin wortlos an.

»Darf ich reinkommen?«

Sie bemerkte, wie sein Blick über ihr Bein streifte. Verdammt, sie hatte natürlich keine Schiene an … Ihre Eltern würden ja auch erst in vier Stunden heimkommen. Sie nickte, trat beiseite und Raphael betrat den warmen Flur. »Hallo«, brachte Emely nun endlich heraus, als sie die Tür hinter sich schloss. Raphael zog seine Schuhe aus und hängte seine Jacke an die Garderobe.

»Magst du was trinken?« Emely räusperte sich verlegen.

»Ja, danke! Wenn ihr Kaffee habt, wäre das super.«

Seine angenehm tiefe Stimme verursachte eine Gänsehaut auf Emelys Armen.

»Wie geht es dir?«

Emely schaltete fahrig die Kaffeemaschine an und versuchte ihre Nervosität zu unterdrücken. *Tief durchatmen.* »Ganz gut, und dir?«

Er setzte sich auf einen der Stühle und schaute sie an, während sie den Kaffee machte. »Ja, auch ganz gut.«

Sie hoffte, dass der Kaffee lange brauchen würde, um in die Tasse zu laufen, damit sie weiterhin darauf starren konnte.

»Was macht dein Bein? Du trägst keine Schiene mehr?«

Emely wäre fast die Tasse aus der Hand gefallen. Mist, Mist, Mist! Er hatte es bemerkt – natürlich hatte er es bemerkt! Was sollte sie ihm nur sagen? »Ja, also … ich … ja, besser!« Stotternd schloss sie die Augen, um sich wieder zu fangen. Etwas zittrig stellte sie ihm die Tasse Kaffee auf den Tisch und nahm Platz.

»Danke! Ja, man sieht es. Ist das nicht etwas früh, so ohne Schiene?«, hakte er nach und nahm die Tasse in seine großen Hände.

»Nun ja, und um ehrlich zu sein, dürfte ich sie auch gar nicht abnehmen, aber ich fühle mich so eingeschränkt mit dem Ding und es nervt mich einfach nur. Da nehme ich lieber eine Schmerztablette mehr und laufe ohne Schiene herum.« Sie fand, dass es sich gar nicht so weit hergeholt anhörte.

Raphael nickte und schaute sie mit hochgezogenen Brauen an. »Du solltest vielleicht trotzdem noch nicht mit dem Fuß durch den Schnee stapfen und im Wald umherwandern.« Mit einem vielsagenden Blick trank er einen Schluck von seinem heißen Kaffee.

Emely erwiderte seinen klaren Blick. Der Wald! Sofort spürte sie seine Lippen auf ihren und fühlte sich in den Moment zurückversetzt.

»Alles okay bei dir?«

Sie starrte ihn gedankenversunken an. »Ja …«. Sie schüttelte den Kopf, um mit ihren Gedanken wieder ins Jetzt zu kommen, und lächelte ihn an.

Er griff nach ihrer Hand, die auf dem Tisch lag. Verlegen fiel ihr Blick auf ihre Hände, die sich berührten. Langsam strich sie über seine Finger und über seinen Handrücken, ebenso wie er es bei ihr tat. Sie spürte seine Zuneigung zu ihr, die sich wie ein Sonnenstrahl über ihre Seele legte.

Sie fühlte, dass sein Verlangen immer größer wurde, als er ihre Haut streichelte. In dem Moment, als ihre Finger sich ineinander verschränkten und sie aufblickte, hielt er sich nicht mehr zurück. Abrupt stand er auf und zog sie in seine Arme.

Sein Geruch stieg ihr in die Nase und sie schmiegte sich an seinen warmen, muskulösen Körper. Er strich mit den Händen über ihren Rücken und sie spürte seinen Atem am Ohr. Langsam zog er seinen Kopf zurück, doch nur so weit, dass seine Lippen kurz vor ihren waren. Er hielt inne und Emely hatte das Gefühl, als würde sie innerlich vor Sehnsucht zergehen. Ihre Lippen berührten sich sacht und sie atmete geräuschvoll ein. Keiner der beiden konnte nun mehr das Verlangen zügeln. Sie küssten sich, als würde es kein Morgen geben.

Raphael wühlte in ihren Haaren, während ihre Hände unter seinen dicken Pullover glitten. Er schob ihr Kleid hoch und strich über ihren Körper. Emely war überwältigt von dem Gefühl, das sie einnahm und an nichts anderes mehr denken ließ. Ihre Beine zitterten leicht und sie hatte das Gefühl, dass sie gleich nachgeben würden. Als hätte Raphael ihre Gedanken gelesen, hob er sie hoch und legte sie vorsichtig aufs Sofa. Sanft berührte er ihr Gesicht und musterte sie von oben bis unten.

»Du bist wunderschön!« Seine Stimme war rauer als sonst. Er schob ihr Kleid wieder hoch und begann, ihren nackten Bauch zu küssen.

Das Buch! Emely streckte ihren Arm danach aus, erwischte es und schob es unter das Sofa, bevor Raphael es bemerken konnte.

»Darf ich dein Kleid ausziehen?« Er schaute ihr in die Augen.

Emely bekam kein Wort heraus und war so überwältigt, dass sie nicht wirklich wusste, ob sie schon so weit war und sie ihm vertrauen konnte.

Raphael wartete nicht auf eine Antwort, zog sie hoch und nahm sie fest in seinen Arm. Er hielt sie einfach nur fest und küsste ihren Hals, roch an ihrem Haar und strich über ihren Körper. Emely fühlte sich etwas unwohl, denn es war ihr peinlich, dass sie nicht Ja gesagt hatte. Hoffentlich dachte er jetzt nicht, dass sie ihn nicht mochte …

»Ich«, begann sie, doch wusste sie nicht wirklich, wie sie es ausdrücken sollte, und seufzte tief.

»Ist schon okay«, sprach er leise in ihr Ohr und drehte ihren Kopf zu sich, damit er ihr in Augen sehen konnte. Eine Weile sahen sie sich einfach nur an, dann küsste er sie sanft und hielt sie weiterhin fest in seinen Armen.

Irgendwann lagen sie ineinander gekuschelt auf dem Sofa. »Das fühlt sich gut an«, nuschelte Emely an seine Brust gelehnt.

»Hm … ja.« Schläfrig ließ er ihr langes Haar durch seine Finger gleiten.

»Was machst du eigentlich so?« Ihr wurde gerade bewusst, dass sie gar nichts über ihn wusste.

»I-Ich bin Architekt und habe mich vor einiger Zeit selbstständig gemacht«, antwortete er zögernd.

»Architekt? Nicht schlecht!«, meinte Emely und musste sich innerlich eingestehen, dass sie ihm das gar nicht zugetraut hätte. Oder besser gesagt, sie hätte ihm nie diesen Beruf zugeordnet. Er wirkte auf sie immer so cool und eher na ja … irgendwie nicht so, wie sie sich einen Architekten vorgestellt hatte.

»Und du?«

»Ich habe noch einiges vor mir. Ich war, bevor ich mein Abitur gemacht habe, zwei Jahre im Ausland und habe dort gearbeitet. Um ehrlich zu sein, möchte ich noch mal gerne weg und nach Alaska, bevor ich studiere.« Sie setzte sich auf und streckte sich.

»Hört sich spannend an. Was willst du dann studieren?«

Emely war enttäuscht, dass er gar nichts dazu sagte, dass sie für eine Zeit weggehen würde – weit weg! »Entweder gehe ich an die Musikakademie oder studiere Literaturwissenschaften oder Meteorologie wie mein Vater.« Sie versuchte, sich von ihrer Enttäuschung nichts anmerken zu lassen.

»Wow, was spielst du denn für ein Instrument?«

»Cello.«

Bewundernd schaute er sie an.

»Was?« Verwirrt erwiderte sie seinen Blick.

Er grinste und meinte: »Ich kann kein Instrument spielen, ich bewundere die Menschen, die das können … Du faszinierst mich.« Er nahm ihre Hand in seine.

»Ach, so besonders ist das gar nicht.« Sie schüttelte abwehrend den Kopf, woraufhin er sie kritisch beäugte. »Ja gut, es kann nicht jeder, aber ich fühle mich deswegen nicht besonders«, druckste sie herum, denn sie fand – abgesehen von ihrem neuen Wächterdasein – sich eigentlich ganz normal und eher langweilig.

Raphael seufzte, nahm ihren Kopf in seine Hände und gab ihr einen Kuss.

»Darf ich mal dein Büro sehen?« Sie schaute ihn neugierig an, als er sich von ihr löste. Sie wollte am liebsten alles von ihm wissen und zwar jetzt gleich.

»Hm, ja. Übermorgen ginge es, wenn es für dich passt«, meinte er, doch er schien sich unwohl zu fühlen.

Emely verstand nicht, warum ihre Frage das bei ihm auslöste. »Soll ich lieber nicht kommen? Oder erst in ein paar Wochen?«, schlug sie einfühlsam vor, doch Raphael verneinte und meinte, dass das kein Problem sei. Still spielten ihre Hände miteinander, bis Raphael sich räusperte und Emely ihn fragend anschaute.

»Ich werde dann mal gehen, ich möchte noch einiges im Büro erledigen.« Er schaute an Emely vorbei in den Garten und stand auf.

Sie begleitete ihn zur Tür und Raphael zog schweigend seine Schuhe und Jacke an.

»Holst du mich übermorgen ab? Ich weiß nicht, wo dein Büro ist«, wollte sie wissen und gab ihm einen Kuss, als er fertig angezogen vor ihr stand.

»Ja, mache ich.« Kurz strich er über ihre Wange und öffnete dann die Tür. »Übrigens, das mit deinem Fuß kaufe ich dir nicht ab«, rief er ihr über die Schulter hinweg zu und lief die verschneite Straße entlang.

Mist, dachte sich Emely. Sie hatte ernsthaft gedacht, dass er ihr geglaubt hätte. Bis er in die nächste Straße abbog, blickte sie ihm hinterher und spürte seine Lippen immer noch auf ihren.

Was tue ich da eigentlich?, ging es Raphael durch den Kopf. Er wollte doch Abstand zu ihr, er wollte sie sogar vergessen und jetzt ist genau das passiert, was er nicht wollte: Er hatte sie an sich rangelassen! Niemals wollte er wieder einem Menschen so nahe sein, dass er Angst haben müsste, denjenigen zu verlieren, das hatte er sich geschworen. Das würde er nicht noch einmal aushalten. Alleine der Gedanke, Emely zu verlieren, obwohl er sie kaum kannte, schnürte ihm die Brust zu.

Die vielen Anfragen hatten ihn überrascht und ihm bewusst gemacht, wie lange er nicht mehr gearbeitet hatte. Eigentlich hatte er bei einem Spaziergang nur einen klaren Kopf bekommen und nicht bei Emely landen wollen.

Wütend schloss er die Tür zu seinem Büro auf und trat fest gegen das Tischbein. Die paar Holzstücke, die noch auf dem Tisch lagen, fegte er mit einer Handbewegung weg und schlug mit der Faust auf die Platte, woraufhin eine Staubwolke emporstieg. Schwer atmend setzte er sich an seinen Schreibtisch, öffnete die Mail und beantwortete die Anfrage von letzter Woche. Entschlossen bestätigte er diese, denn er musste arbeiten, um auf andere Gedanken zu kommen – da half sonst nichts! Abgesehen davon würde es seine Mutter sehr freuen.

Ohne dass es ihm im Moment wirklich bewusst war, hatte er einen großen Schritt zurück ins Leben gemacht.

Emely saß verträumt auf dem Sofa und starrte in den verschneiten Garten. Sie konnte nicht fassen, dass sie die letzten Stunden mit Raphael auf dem Sofa verbracht hatte.

Allmählich wurde es dunkel und der Schnee leuchtete nur noch im Schein des Lichtes der Häuser. Erst als ihre Eltern in die Küche stürmten, riss sich Emely von ihren Gedanken los.

»Hallo, meine Liebe! Heute gibt es Kohlrouladen mit Kartoffeln. Ich lege gleich los. Alles okay bei d-« Wilhelmina brach ihren Redeschwall ab und starrte auf Emelys Bein. »Wieso hast du deine Schiene nicht an? Darfst du die denn einfach so abnehmen?« Kritisch beäugte sie Emely.

Emely stockte der Atem und sie suchte fieberhaft nach einer Erklärung. Der Blick ihres Vaters ruhte ebenfalls auf ihr und sie hatte keine Wahl, sie musste ihre Eltern anlügen, sosehr das gegen ihre Prinzipien stieß. »Na ja, der Fuß hat sich die letzten Tage schon ganz gut angefühlt, und da mich diese Schiene einfach nur nervt, habe ich sie für eine Weile ausgezogen.« Räuspernd dachte sie über ihre Worte nach und fand das gar nicht so abwegig.

Ihr Vater grinste sie kopfschüttelnd an und ihre Mutter zog ihre Augenbrauen hoch. »Ich denke nicht, dass das so eine gute Idee ist –«, begann sie ernst, doch Gustav unterbrach sie.

»Wir können ja morgen mal zu einem Arzt fahren und sehen, was der dazu meint. Vielleicht reicht ja eine normale Bandage aus«, schlug er vor.

Emely sah in Gedanken schon den Arzt rätselnd vor ihrem geheilten Fuß stehen. Doch wieso eigentlich nicht, dann dürfte sie vielleicht offiziell ohne Schiene laufen. »Gut, gehen wir zum Arzt. Kannst du mich fahren?«

Ihr Vater nickte bestätigend. »Du machst am besten gleich einen Termin aus, dass ich mir dann morgen zu dem Zeitpunkt freinehmen kann. Wir bräuchten dann nur das Auto …«

»Ja, kein Problem. Ich werde morgen mit dem Bus fahren und du kannst das Auto nehmen. Hauptsache, ein Arzt schaut sich das an, nicht dass Emely zu früh ohne Schiene läuft und der Knochen nicht richtig verwächst.« Wilhelmina begann in der Küche zu hantieren.

»Wo ist deine Schiene? Bevor der Arzt nicht grünes Licht gegeben hat, möchte ich dich nicht noch einmal ohne das Ding erwischen.« Streng deutete Gustav auf ihr Bein.

Doch Emely merkte an seinem Gesichtsausdruck, dass er sie gut verstand und ihr nicht wirklich böse war. »Sie liegt neben meinem Bett«, gestand sie kleinlaut und war heilfroh, dass ihre Eltern nicht so misstrauisch wie Raphael waren. Was ihn betraf, musste sie sich wohl noch ihre Gedanken machen, denn er hatte es ihr nicht abgekauft und er würde bestimmt nicht lockerlassen, bis er eine Antwort hören würde, die er nachvollziehen konnte.

Kapitel 11

Der Abend verlief ruhig. Emely schloss nach dem Essen die Tür ab, was sie fast nie machte, doch sie wollte schnellstmöglich dieses Ding abschnallen. Ohne den Zauber des Schnees müsste sie die Schiene immer tragen, ging es ihr durch den Kopf, und sie war sehr dankbar, dass das nicht der Fall war. Müde zog sie sich aus, warf sich ein kurzes Nachthemd über und kuschelte sich in ihre Kissen.

Seufzend strich sie Raphael durch sein Haar und zog seinen Pullover aus. Sie fuhr über seinen muskulösen Oberkörper, doch plötzlich schlug er ihre Hand weg und funkelte sie böse an. »Verschwinde!«, rief er ihr zornig ins Gesicht.

Emely wich verstört zurück, um seiner negativen Energie auszuweichen. Was war nur mit ihm los?

»Ich werde mich rächen!«, schrie Raphael mit vor Wut verzogenem Gesicht in den Himmel.

Emely sah sich plötzlich tot im schmelzenden Schnee liegen. Johann stand da und schaute Raphael enttäuscht an. »Du hast sie umgebracht! Du hast uns umgebracht …«, sprach er mit schwacher Stimme.

Raphael atmete schwer und starrte auf Emely, die regungslos im Schnee lag. »Neeeeeiiiin!!!« Verzweifelt sank er über ihr zusammen.

»Ich will nicht sterben!«, keuchte Emely und saß kerzengerade mit weit aufgerissenen Augen im Bett. »Nicht schon wieder so ein Albtraum«, murmelte sie und versuchte sich zu beruhigen. Sie schlug die Decke beiseite und stand wackelig auf. Mit zittrigen Händen fuhr sie sich durchs Gesicht und setzte sich auf ihren Schreibtischstuhl. Die Träume veränderten sich, doch eines war immer gleich: Es ging um den Zauber des Schnees, der gebrochen wurde und somit alle, die damit verbunden waren, starben. Und sie als Wächterin hatte somit versagt, sie hatte den Zauber des Schnees nicht beschützen können.

Es war zwar *nur* ein Traum, doch beschloss sie, ab morgen mehr zu üben und die Bücher schneller zu lesen, um auf alles vorbereitet zu sein und sich stärker zu fühlen, um ihrer Aufgabe als Schneewächterin gerecht zu werden. Am besten, sie fing gleich damit an. Sie zog eines der Bücher von Johann unter dem Bett hervor.

»Mist!«, entfuhr es ihr, sie hatte noch eines unter dem Sofa versteckt. Sie überlegte, ob sie es wagen sollte, ohne Schiene runter zu schleichen, um das Buch zu holen. Es war schließlich mitten in der Nacht und ihre Eltern schliefen tief und fest. Wenige Sekunden später huschte sie die Treppe hinunter ins Wohnzimmer und stellte erleichtert fest, dass das Buch noch genau da war, wo sie es heute hingeschoben hatte. Schnell schlich sie wieder zurück in ihr Zimmer und schloss die Tür hinter sich ab.

Aus der Puste setzte sie sich auf ihren Schreibtischstuhl und schlug das Buch mit folgendem Kapitel auf: *Was muss ein Wächter für Kräfte beherrschen, um den Zauber des Schnees beschützen zu können?* Emely verschlang jedes Wort und speicherte gedanklich alles Wichtige ab. Zwischendurch hob sie immer wieder ihren Kopf, seufzte und hoffte, dass sie das alles schaffen würde. Gleich morgen nach dem Arztbesuch würde sie zu Johann gehen und ihn um Hilfe bitten.

Irgendwann wurde sie so müde und ihr Schädel brummte vor lauter Informationen, dass die Buchstaben vor ihren Augen verschwammen. Sich streckend stand sie auf und legte sich wieder in ihr Bett, in dem sie kurz darauf einschlief. Das Einzige, wovon sie den Rest der Nacht träumte, waren tanzende Buchstaben und Bücher, die umherflatterten und herumwirbelten.

Erschöpft und alles andere als munter wachte sie am späten Morgen auf. Da sie von ihren Eltern nichts hörte und es schon neun Uhr war, stand sie mit verstrubbelten Haaren auf und lief ins Bad. Eine lange Dusche würde sie wieder fit machen.

Als sie fertig gemacht die Treppe hinunterstakste, die Küchentür öffnete und ihrem Vater verdattert ins Gesicht schaute, war sie froh, dass sie instinktiv ihre Schiene nach dem Duschen angezogen hatte.

»Wir wollten heute zum Arzt gehen, hast du das schon vergessen?«, erinnerte er sie schmunzelnd auf ihren Gesichtsausdruck hin.

»Oh, ja der Arzt. Das habe ich tatsächlich vergessen«, gab sie zu und war enttäuscht, dass sie erst später zu Johann konnte.

»Ich war so frei und habe vorhin angerufen, um uns einen Termin zu sichern. Da jemand abgesprungen ist, sollen wir um zehn Uhr dreißig dort sein.« Er nahm einen Schluck von seinem Kaffee.

Emely nickte, machte sich ihren Tee und legte sich ein paar Kekse auf einen Teller. »Jetzt erzähle mir doch mal in Ruhe, was du schon alles für Alaska geplant hast.« Gustav legte die Zeitung beiseite. Emely berichtete, dass sie gerade mit einer potenziellen Gastfamilie in Kontakt war und auf deren Antwort wartete. Sie hatte verschiedene Touren genauer unter die Lupe genommen und eine dreistündige Schneeschuhwanderung ins Auge gefasst.

»Das hört sich gut an! Da bekomme ich gerade Lust, ebenfalls nach Alaska zu reisen. Du solltest deinen Flug langsam, aber sicher buchen. Hast du schon einen bestimmten Tag in Aussicht, an dem du deine Reise starten willst?«

Emely war begeistert, dass ihr Vater so locker damit umging, doch hätte es sie gewundert, wenn nicht. Er war immer der Ruhige und Verständnisvolle im Gegensatz zu ihrer Mutter.

»Ich habe mir gedacht, ich fliege ein paar Tage nach meinem Geburtstag im Januar und komme Anfang April wieder zurück.«

»Wie wäre es dann mit einem Gutschein für eine Hundeschlittenfahrt zum Geburtstag? Ich kann mich noch gut daran erinnern, wie du als Kind darum gebettelt hast, mal in den

Winterurlaub statt in warme Regionen zu verreisen, damit du das mal ausprobieren könntest.«

»Stimmt! Aber Mama hasst die Kälte nun mal … Was den Gutschein betrifft, der ist eine sehr gute Idee!« Strahlend bedankte sie sich und Vorfreude breitete sich in ihr aus. Es würde einfach perfekt werden – Alaska! Moment mal! Durfte sie überhaupt hier weg? War ihr Wächterdasein an diesen Ort gebunden? Sie würde Johann später fragen.

»Oh, wir müssen los, sonst kommen wir zu spät. Los, zieh dich schnell an.«

Emely hätte lieber mit ihrem Vater weiterhin über Alaska geredet, als gleich in einer Arztpraxis zu sitzen. Was der Arzt wohl dazu sagen würde, dass ihr Band und der Knochen wieder geheilt waren?

Die Fahrt war kurz, da der morgendliche Arbeitsverkehr schon vorüber war. Emelys Anspannung wuchs, als sie die Arztpraxis betraten. Mal abgesehen davon, dass sie diese Orte nicht mochte, war sie sich nicht sicher, was sie dem Arzt erzählen sollte. Im Wartezimmer war die Hölle los und es roch nach Krankheit. Die meisten der Patienten hatten starke Erkältungen und sahen halbtot aus. Emely versuchte, nur durch ihre Nase zu atmen, und hoffte inständig, dass sie schnell drankämen.

»Keine Sorge! Ich habe denen gesagt, dass ich gleich noch einen wichtigen Geschäftstermin habe … Ich denke, wir werden vorgezogen«, flüsterte Gustav ihr ins Ohr und zwinkerte verschwörerisch.

»Gut, hoffen wir es mal.« In dem Moment, als sie sich gerade ein Heft zum Lesen holen wollte, ging die Wartezimmertür auf und sie wurde aufgerufen. Ihr Vater nickte ihr bedeutungsvoll zu und Emely folgte der Arzthelferin in einen der großen und hellen Behandlungsräume.

Ein etwas älterer Arzt stürmte kurz darauf hinein, schüttelte Emely die Hand und schaute sie dann fragend an.

»Ähm, also … ich bin vor ein paar Tagen gestürzt und im Krankenhaus hatte man mir gesagt, dass ein Band gerissen und einer der Mittelfußknochen gebrochen sei. Seit zwei Tagen kann ich aber wieder laufen und habe kaum noch Schmerzen.«

»Aha, komisch. Darf ich es mir mal ansehen? Schnallen Sie bitte Ihre Schiene ab«, forderte er sie auf.

Emely löste die Riemen. Mit ein paar Handgriffen untersuchte der Arzt ihren Fuß und wies sie an, ein paar bestimmte Bewegungen zu machen.

»Also gebrochen oder gerissen ist da definitiv nichts. Natürlich kann ich eine starke Prellung und eine Stauchung nicht ausschließen, aber die Schiene brauchen Sie nicht mehr tragen. Seien Sie einfach noch etwas vorsichtig und machen Sie noch keinen Sport.« Er setzte sich wieder an seinen Schreibtisch und tippte wild auf der Tastatur seines Computers herum.

Emely traute sich fast nicht zu fragen, wie es denn zu so einem *Missverständnis* kommen konnte, doch das brauchte sie nicht, denn der Arzt meinte entschuldigend: »Da wurden wohl die Röntgenbilder vertauscht. Das ist bitter, aber kommt leider manchmal vor. Kann ich sonst noch etwas für Sie tun?«

Ihr fiel ein riesiger Stein vom Herzen und sie bedankte sich überschwänglich bei dem Arzt. Auf die Idee hätte sie auch selbst kommen können.

»Die Schiene können Sie hierlassen. Bleiben Sie gesund!« Er schüttelte Emely nochmals die Hand und verschwand dann mit wehendem Arztkittel im nächsten Zimmer.

»Ich habe mir definitiv umsonst Gedanken gemacht«, murmelte sie vor sich hin und lief ohne Schiene ins Wartezimmer zurück, um ihrem Vater Bescheid zu geben, dass sie nun wieder gehen könnten.

Auf dem Weg zum Auto berichtete Emely ihrem Vater, was der Arzt gesagt hatte.

Der schüttelte ungläubig den Kopf. »Sachen gibt es …« Er klopfte seiner Tochter freudig auf die Schulter. »Da hast du ja noch mal Glück gehabt«, fügte er hinzu und fuhr los.

Auf dem Heimweg zogen sie lachend über dieses Missgeschick her und als Gustav den Wagen vor dem Haus zum Stehen brachte, verabschiedete Emely sich und sprang raus.

»Bis heute Abend!«, rief sie noch, bevor ihr Vater den Wagen wendete und davonfuhr.

Sie machte auf dem Absatz kehrt und lief direkt zu Johanns Anwesen, um mit dem Türklopfer ihren Besuch anzukündigen. Nichts! Eine ganze Weile stand sie da, doch es rührte sich nichts. Der einzige Ort, wo Emely Johann noch in Erwägung zog, war der Garten. Sie sprang die Treppe herab und stapfte in den Garten, in dem Johann splitterfasernackt stand und irgendwelche seltsamen Übungen durchführte, die Emely ein bisschen an Tai Chi erinnerten. Peinlich berührt hob sie sich schnell die Hand vor die Augen und rief Johann »Guten Morgen!« zu, damit er sie wahrnahm.

»Guten Morgen! Einen Moment, ich ziehe mir schnell etwas

an.« Sie hörte ihn ein paar Schritte durch den Schnee laufen. »Gut, du kannst wieder hingucken«, meinte er.

Als er gerade das T-Shirt herunterzog, sah Emely noch seinen durchtrainierten Bauch, bevor der Stoff diesen vollständig bedeckte. Das hätte sie dem alten Mann nicht zugetraut. Sie kannte niemanden, der in diesem Alter noch so fit und durchtrainiert war – trotz der Leidenschaft, die sie miteinander teilten: Kekse! Automatisch blickte sie an sich herab und stellte wie immer ernüchtert fest, dass sie zwar sehr schlank, aber von Muskeln nicht viel zu sehen war.

»Was führt dich so früh schon zu mir?« Johann bedeutete ihr, reinzukommen.

»Früh? Ich war gerade schon beim Arzt … meine Eltern haben mich gestern ohne Schiene erwischt und ich kam nicht darum herum. Zum Glück ist der Arzt davon ausgegangen, dass die Röntgenbilder vertauscht wurden.« Plappernd lief Emely hinter Johann ins Wohnzimmer. »Doch eigentlich bin ich hier, da ich deine Hilfe brauche! Ich habe heute Nacht in einem der Bücher gelesen und da stand, was ein Wächter alles beherrschen muss, um den Zauber des Schnees beschützen zu können. Na ja, hier ist eine Liste, was ich alles noch lernen muss. Abgesehen davon müsste ich unbedingt wissen, ob ich als Wächterin verreisen darf.« Emely streckte ihm ein Blatt Papier entgegen, auf dem fein säuberlich alles aufgelistet war.

»Natürlich darfst du das. Der Zauber des Schnees ist allgegenwärtig, es spielt keine Rolle, wo du dich aufhältst.«

»Gut, sonst hätte ich Alaska canceln müssen.«

»Alaska – eine perfekte Wahl für eine Schneewächterin.« Johann schmunzelte und las dann die Punkte mit hochgezogenen Augenbrauen.

»Kannst du mir dabei helfen?«, hakte Emely nach und beobachtete genau, mit welchem Gesichtsausdruck er die Liste durchging.

Johann blickte nach gefühlten zehn Minuten auf und schaute Emely ernst in die Augen. »Das wird nicht leicht … Wieso möchtest du das alles so schnell können? Ich meine, du hättest das schon alles über die Jahre hinweg gelernt, denn ein paar Zauber davon sind alles andere als leicht zu beherrschen – jedoch unabdingbar.«

»Na ja, was, wenn der Zauber des Schnees in Gefahr ist und ich noch nicht alles kann. Ich meine, ich sollte doch als Wächterin immer auf alles vorbereitet sein – nicht erst in ein paar Jahren. Was, wenn schon morgen etwas passiert, oder –«

Johann hob beschwichtigend seine Hand. »Schon gut, schon gut, langsam! Ich habe ja verstanden, was du meinst.« Ruhig nahm er in seinem Sessel Platz. Emely setzte sich kerzengerade auf das Sofa. Sie merkte, dass Johann darüber nachdachte. Sie konnte kaum still sitzen, da es sie innerlich fast zerfraß vor Wissensdurst. Unruhig rutschte sie hin und her.

Johann beobachtete sie belustigt. »Abgesehen von der Magie, solltest du übrigens auch lernen, deine Emotionen und deinen Körper besser kontrollieren zu können«, meinte er ernst.

Emely nickte bestätigend und fiel Johann dankend um den Hals, woraufhin er überrascht ihren Rücken tätschelte und sie sich etwas peinlich berührt zurück auf das Sofa setzte. Seine Gesichtszüge veränderten sich.

»Alles in Ordnung?«

»Nun es ist so, dass Wächter … Sie handeln eigentlich nie ohne …« Er kratzte sich nervös an der Stirn.

»Ja?«

»Vergiss, was ich sagen wollte, ich will dich nicht unnötig beängstigen. Ich werde mir jetzt erst einmal einen Tee machen, denn ich habe noch nicht gefrühstückt, und du suchst dir in der Zwischenzeit schon mal einen Punkt aus, mit dem du anfangen magst.« Er stand auf und lief in die Küche.

Emely hatte sein Unbehagen gespürt und als hätte sie es übernommen, machte es sich in ihr breit. Sie griff nach der Liste, die er auf dem Tisch liegen gelassen hatte, und ging sie konzentriert durch.

Voll beladen mit Tee, zwei Tassen und natürlich Keksen kam Johann ins Wohnzimmer zurück. »Und? Für was hast du dich entschieden?«

»Für den zweiten Punkt: Konzentration. Ein Wächter muss es schaffen, sich auf gewisse Dinge zu konzentrieren, damit er nichts mehr um sich herum wahrnimmt«, eröffnete sie ihm und legte die Liste zurück auf den Tisch.

»Das ist eine kluge Entscheidung! Es ist das Wichtigste, sich konzentrieren zu können. Denn falls es mal zu einem Kampf oder Treffen mit einer negativen Energie kommen sollte, musst du dich trotz allem, egal was um dich herum passiert, konzentrieren können, sonst kannst du keinen Zauber ausüben. Du brauchst immer einen klaren Geist und Angst, Bedenken oder Emotionen würden dich daran hindern oder zumindest diesen beeinflussen.« Er schenkte Tee in beide Tassen ein.

Für Emely klang das einleuchtend und sie war gespannt, was Johann alles mit ihr vorhatte, um das zu erreichen. »Johann, was wolltest du vorhin eigentlich sagen?«

»Wir fangen gleich mal mit einer leichten Übung an. Schau eine Minute lang auf eine Stelle, während ich frühstücken werde«, forderte er sie auf.

Emely schaute ihn bloß fragend an. *Es ist wohl zwecklos, das zu erfahren. Er tut einfach so, als hätte ich nicht danach gefragt*, ging es ihr fassungslos durch den Kopf.

»Was? Denkst du, wir fangen gleich mit etwas Spektakulärem an? Immer von unten nach oben. Oder hast du dein Abitur vor der Grundschule gemacht?«

Emely konnte nichts entgegensetzen, da er recht hatte und sie lernen musste zu akzeptieren, wenn sie Dinge nicht gleich in voller Vollendung beherrschte. Sie gab sich also geschlagen und schaute auf eines der Bilder. Sekunde um Sekunde verstrich und sie hatte das Gefühl, als würde Johann sie testen und sie absichtlich länger auf einen Punkt starren lassen, doch als er sie erlöste, war genau eine Minute vergangen.

»Was hast du wahrgenommen?«

»Das knisternde Feuer, das Knuspern, als du einmal von deinem Keks abgebissen hast und du hast öfter aus deiner Tasse getrunken.« Stolz nahm sie sich einen Keks.

»Und was hast du von dir selbst wahrgenommen?«, hakte er nach.

Emely dachte nach, doch sie erinnerte sich an nichts. »Nun, ich –«

Johann unterbrach sie. »Das habe ich mir schon gedacht –

nichts! Du hast dich nur auf äußerliche Störfaktoren konzentriert. Versuche es gleich noch mal.« Auffordernd nickte er ihr zu.

Emely verstand langsam, worauf es ankam. Wieder suchte sie sich eine Stelle und verweilte mit ihrem Blick auf dieser. Sie spürte ihre warmen Füße, hörte, wie Johann die Teetasse abstellte, das Knistern des Feuers und sie fühlte ihren Herzschlag in ihrer Brust.

»Fertig. Und, wie war es jetzt?« Er beobachtete sie wieder, als sie ihm antwortete.

»Ich würde sagen, besser! Ich habe zwar wieder alle Geräusche um mich herum wahrgenommen, aber auch meine Füße und meinen Herzschlag gespürt.«

»Gut, dann mach es noch mal und konzentriere dich mehr auf den Boden unter deinen Füßen, das hilft oft«, schlug er vor.

Emely fokussierte wieder einen Punkt. Erst nahm sie alles um sich herum intensiver wahr, doch schon nach wenigen Sekunden spürte sie die Wärme ihrer Füße, den Boden, der sie trug. Keinerlei Nebengeräusche drangen mehr zu ihr durch.

»Emely? Emely, du kannst wieder zurückkommen!«

Sie hörte Johanns Stimme von weit weg an ihr Ohr dringen und als diese lauter wurde, wandte sie sich von dem Punkt ab und sah ihn an.

»Herzlichen Glückwunsch, du hast es geschafft.« Ein Lächeln umspielte seine Mundwinkel.

Emely war stolz auf sich, dass sie es nach so wenigen Versuchen hinbekommen hatte. »Und jetzt der nächste Punkt.« Enthusiastisch griff sie nach ihrer Liste.

»Nicht so voreilig, junge Dame. Dass du das hier drinnen geschafft hast, beweist gar nichts«, begann Johann und schaute sie ernst über seine Tasse hinweg an. »Nun … mal sehen, ob du das draußen bewerkstelligst und vor allem, ob du es auch schaffst, wenn du angegriffen wirst.« Er stand auf.

Emely schaute ihn entgeistert an. »Angegriffen? Von wem denn?« Unsicher rutschte sie auf der Couch hin und her. Ihr Hals wurde trocken.

»Das ist im Moment noch unwichtig. Damit kannst du dich nach deinen ersten Trainingseinheiten beschäftigen, ich möchte nicht, dass dir die Angst im Weg steht. Wir werden erst deine Basis trainieren.«

»Angst?«

»Ich bin dein Auserwählter. Ich muss dir alles beibringen und ich habe dir ja gesagt, dass das nicht leicht wird und vor allem – kein Spaziergang.« Anscheinend entschlossen, sie auf ausnahmslos alles vorzubereiten, öffnete er die Terrassentür.

Emely bekam weiche Knie bei dem Gedanken, jemand würde sie direkt angreifen. Doch war hier überhaupt die Rede von *jemand?* Vielleicht gab es ja magische Wesen, vor denen sie den Zauber beschützen musste oder sogar sich selbst. Ihr wurde ganz anders. Tief atmete sie durch. Sie war schließlich eine Wächterin! Etwas schwankend, doch mutig stand sie auf und lief an Johann vorbei in den Garten, der ihr daraufhin folgte.

»Keine Sorge, wir fangen langsam an«, meinte er auf Emelys Gesichtsausdruck hin, denn er schien bemerkt zu haben, dass sie sich unwohl fühlte. »Also, erst machst du die gleiche Übung wie drinnen. Fokussiere einen Punkt, doch diesmal versuche ihn länger zu halten. Erst wenn ich es dir sage, ist die Übung beendet. Also, los!«

Emely schaute auf eine Stelle und nach wenigen Sekunden

stellte sie ernüchtert fest, dass es hier draußen viel mehr Ablenkung gab und sie das Gefühl hatte, sie würde mit der Übung von vorne beginnen. Aus der Ferne hörte sie den Straßenlärm, die ein oder andere Stimme der Nachbarn drang an ihr Ohr. Sie vernahm Johanns Atem und der Geruch des Schnees stieg ihr wohltuend in die Nase. Tief atmete Emely ein und langsam wieder aus. Sie versuchte, sich mehr auf ihre Füße zu konzentrieren, denn das hatte ihr vorhin im Haus geholfen. Dann schaffte sie es endlich, ein Geräusch nach dem anderen auszublenden, bis sie nur noch ihren eigenen Körper wahrnahm. Ihre Gedanken waren wie leer gefegt und sie war vollkommen im Hier und Jetzt.

Johann versetzte ihr einen Stoß und sie fiel in den Schnee. Vorwurfsvoll schaute sie Johann an.

»Anders hätte ich nicht zu dir durchdringen können … das war sehr gut«, lobte er sie und streckte ihr seine Hand entgegen, um ihr wieder aufzuhelfen.

»Danke!« Emely klopfte sich sachte etwas Schnee von ihrer Hose.

»Die nächste Übung läuft folgendermaßen ab: Ich werde dich mit magischen Schneebällen unter Beschuss nehmen. Du darfst dich von keinem erwischen lassen und musst gleichzeitig versuchen, dich zu konzentrieren und eine Verbindung zum Zauber des Schnees aufzubauen. Hast du das geschafft, lass einfach ein paar Schneekristalle gen Himmel schweben, dann höre ich sofort auf.« Johann stapfte einige Schritte von ihr weg. »Bereit?« Konzentriert musterte er sie.

Bevor Emely wirklich wusste, ob sie bereit war, flog ihr der erste Schneeball entgegen und sie sprang gerade noch zur Seite. Ehe sie sich jedoch fokussieren konnte, schwirrten mehrere Schneebälle gleichzeitig auf sie zu und sie hatte Mühe, allen auszuweichen. »Mist!«, entfuhr es ihr ärgerlich, als sie einer am Bauch traf, doch statt sich mit dem Zauber zu verbinden, hüpfte sie hin und her, um nicht noch mal getroffen zu werden.

»Konzentriere dich!«, rief Johann.

Emely nahm schon völlig außer Atem Kontakt mit dem Zauber des Schnees auf. »Zauber des Schnees, ich stehe im Bund mit dir, lass Schneekristalle in den Himmel steigen.« Keuchend duckte sie sich, als ein weiterer Schneeball knapp über ihren Kopf hinwegflog. Mit einem Mal traf sie eine heftige Schneewehe und schmiss sie zu Boden. Wütend schlug Emely die Faust in den Schnee.

»Alles okay?« Johann hielt kurz inne.

»Ja, geht schon!«, rief Emely verzweifelt zurück und bevor sie aufstehen konnte, ließ Johann weitere Schneebälle auf sie zufliegen. *Der spinnt doch*, dachte sich Emely und wich in der Hocke einem weiteren Schneeball aus. »Konzentration!«, flüsterte sie vor sich hin und spürte, wie sie für einen Moment alles um sich herum ausblendete. Das war genau wie beim Cellospielen. Da blendete sie ebenfalls alles aus und hörte nur die Töne. Jetzt nahm sie nur noch die fliegenden Schneebälle wahr. »Zauber des Schnees, ich stehe im Bund mit dir. Lass Schneekristalle in den Himmel fliegen!« Im Bruchteil einer Sekunde lösten sich Hunderte Schneekristalle und flogen leuchtend dem Himmel entgegen. Sie hatte es geschafft.

Johann hörte auf und schaute sie anerkennend an. »Sehr

gut gemacht!« Sein Blick folgte den Kristallen, die gen Himmel tanzten. Emely stand auf und als sie sich in Gedanken vom Zauber löste, sank der Schnee langsam herab.

»Du hast es mir nicht leicht gemacht!« Etwas grantig funkelte sie ihn an.

Er nickte. »Ja, das stimmt! Ein Angreifer würde jedoch auch keine Rücksicht nehmen und du wolltest es lernen … Es geht hier ja schließlich nicht nur um ein paar Fitnessübungen.«

Emely verstand sofort, was er meinte, nickte und ließ sich rücklings in den Schnee fallen.

»Alles okay bei dir?« Besorgt ging er in ihre Richtung.

»Ich brauche eine Pause.« Erschöpft streckte sie sich.

Johann stimmte ihr zu und verschwand im Haus. Kurz darauf kam er mit einer Schüssel Kekse wieder raus.

»Danke!« Sie setzte sich auf und nahm sich einen Keks.

»Ich muss sagen, ich hätte nicht gedacht, dass du das so schnell hinbekommst. Wahrscheinlich, weil du einfach den Wächterbonus hast.« Schmunzelnd setzte er sich Emely gegenüber in den Schnee.

»Das war reines Können … nichts Wächterbonus!«, erwiderte sie gespielt ernst und beide mussten daraufhin laut lachen. »Ich habe übrigens etwas herausgefunden«, meinte Emely, nachdem sie mindestens fünf Minuten gelacht hatte und dann entspannt im Schnee lag. »Es geht um den Zauber des Schnees, wenn er einen mit in seine Welt nimmt … Nun man kommt da zwar nicht durch den eigenen Willen heraus, aber man kann ihn darum bitten, dass er einen bis zu einem gewissen Zeitpunkt dorthin mitnimmt.«

Johann schaute nachdenklich in den Himmel. »Wie hast du das herausgefunden?«

»Na ja, ich hatte wieder mal eine unruhige Nacht und war total fertig, und da man, nachdem der Zauber des Schnees einen in seine Welt mitgenommen hat, topfit und ausgeruht ist, habe ich ihn darum gebeten. Bis zum Morgengrauen war ich in seiner Welt und er hat mich dann wie gewünscht zurückgelassen.« Mit strahlenden Augen schaute sie ihn an.

»Das war ganz schön riskant, aber auch mutig.« Tief atmete Johann durch. »Es gibt eine Geschichte, in der es um einen jungen Mann geht, der mit dem Zauber des Schnees ebenfalls verbunden war. Er ist nie wieder aus der Welt des Zaubers zurückgekommen.«

Emelys Brustkorb zog sich bei dieser Vorstellung zusammen. »Vielleicht hat er darum gebeten, nie wieder zurückzukommen …«, schlug sie als für sie logische Antwort vor, um eine beruhigende Erklärung zu finden.

»Wieso sollte jemand so etwas tun?«

Beide versanken in ihre Gedanken.

»Johann, ich muss gestehen, die Kekse reichen mir nicht, ich habe Hunger!« Sie setzte sich mit knurrendem Magen auf.

»Na dann, lass uns reingehen und eine Kleinigkeit kochen.« Er stand ohne große Mühe auf.

Emely hob ihre Augenbrauen, denn im Gegensatz zu Johann war sie immer noch völlig fertig und erhob sich schwerfällig. Gemeinsam schlenderten sie in die Küche und Johann holte ein paar Zutaten aus dem Kühlschrank.

»Wie wäre es mit Schinkennudeln? Die gehen recht schnell.«

Ohne eine Antwort abzuwarten, begann er sogleich Wasser in einen Topf zu füllen.

»Gut, dann schneide ich mal den Schinken.« Hungrig schnappte Emely sich das Päckchen und kramte nach einem scharfen Messer in einer der vielen Schubladen.

»War Eleonore eigentlich auch mit dem Zauber des Schnees verbunden?«

»Ja, das war sie. Ich war heilfroh darüber, denn so konnten wir dieses Geheimnis teilen. Sie war ein wunderbarer Mensch.«

»Seit wann ist sie eigentlich … Also, darf ich fragen, seit wann sie nicht mehr da ist?«

Johann hielt inne. »Natürlich darfst du das. Es ist noch nicht so lange her. Knapp zwei Jahre lebe ich nun alleine.«

Emely machte das traurig. Sie stellte sich das schrecklich vor, jemanden zu verlieren, mit dem man so lange sein Leben geteilt hatte.

»Mach dir keine Gedanken. Es war anfangs alles andere als leicht für mich, doch sie war ja mit dem Zauber des Schnees verbunden. Ihre Seele wird sicherlich gut aufgehoben sein in der Welt des Zaubers.«

Überrascht legte Emely das Messer beiseite. »Heißt das –«

»Ja, die Seelen derer, die mit dem Zauber verbunden sind, werden in seine Welt geholt, für immer.«

Fasziniert sog sie jedes Wort in sich auf. »Kann das auch mit den Seelen der Menschen geschehen, die nicht mit ihm im Bund stehen?«

»Es gibt Ausnahmen, doch bleibt das Ganze ein Mysterium. Es steht einiges darüber geschrieben, doch ist noch kein Toter zurückgekehrt und hat berichtet.«

Emely musste trotz des ernsten Themas schmunzeln. Sie deutete auf die Nudeln, woraufhin Johann nickte und das Wasser abgoss.

Hungrig betraten sie mit den vollen Tellern das Wohnzimmer, setzten sich auf das Sofa und begannen, gierig zu essen. »Danach machen wir weiter, du musst unbedingt lernen, dein Umfeld auch dann wahrzunehmen, wenn du gerade mit etwas beschäftigt bist«, meinte Johann.

Emely willigte kopfnickend ein.

Kapitel 12

Emelys Gedanken flogen von dem Training zu Raphael, den sie morgen endlich wiedersehen würde. Bei der Vorstellung wurde ihr warm und als Johann sich abrupt erhob und die zweite Trainingseinheit ankündigte, zuckte Emely zusammen und stand ebenfalls auf.

»Bereit?« Enthusiastisch stand er vor ihr und auf Emelys entschlossenes Kopfnicken hin öffnete er die Terrassentür. Sie zogen sich ihre Schuhe und Socken aus und spazierten in die Mitte des Gartens. »Also, du erschaffst mithilfe des Zaubers eine Schneeskulptur und ich werde dich während deiner Arbeit angreifen …«

Emely schaute ihn mit hochgezogenen Augenbrauen an.

»Keine Sorge, ich werde nur Schneewehen oder kleine Schneebälle auf dich jagen. Ziel ist es, dass du dein Umfeld wahrnimmst und dich verteidigen kannst, obwohl du dich auf etwas konzentrierst.« Er entfernte sich einige Meter.

Emely ging in Position, fokussierte sich und begann, eine große Schneeskulptur zu formen. Sie musste sich deutlich mehr konzentrieren als bei dem Schneemann letztens, da sie einen filigranen Engel kreieren wollte. Ein Schneeball traf sie am Bein. Sie zuckte zusammen, drehte sich zu Johann und die begonnene Skulptur zerfiel in ihre Einzelteile. Enttäuscht schaute Emely auf die Stelle, auf der nur noch ein undefinierbarer weißer Haufen lag.

»Versuch es gleich noch mal!«, rief ihr Johann zu.

Emely widmete sich wieder ihrem magischen Engel. Diesmal traf sie wieder ein Schneeball, doch sie wandte den Blick nicht von ihrer Arbeit ab und machte weiter. Das wäre doch gelacht, schließlich konnte sie sich sogar beim Spielen eines Präludiums von Bach konzentrieren, während ihre Mutter um sie herumwuselte. Sie formte gerade die Flügel, da rauschte eine kleine Schneewehe mitten in ihr Gesicht. Wieder schaffte sie es, die Verbindung zum Zauber des Schnees nicht abbrechen zu lassen und vollendete ihre Skulptur. Johann hörte auf, sie unter Beschuss zu nehmen und Emely betrachtete ehrfürchtig ihr Werk. Vor ihr stand ein überlebensgroßer Engel mit einem langen Kleid und filigranen Flügeln, die aussahen, als wären sie aus dünnem Eis.

Johann stellte sich neben sie und studierte ihr Werk. »Wunderschön! Du hast wirklich ein Händchen dafür.« Anerkennend lobte er sie und ging wieder auf seinen vorherigen Platz. »Lass uns weitermachen. Das war schon besser, aber du solltest es noch schaffen, auszuweichen und später sogar währenddessen meine Angriffe mit Magie abzuwehren.« Auffordernd nickte er ihr zu.

Nach einer Stunde war Johanns Garten voll von Skulpturen aller Art. Weitere Engel, Fabelwesen, ein Hirsch und ein Baum zierten nun seinen Garten. Emely war völlig außer Atem, sie schaffte es immerhin schon, einen Schneeball während ihrer Arbeit abzuwehren, den anderen wich sie nach wie vor aus. Wichtig für sie war nur, dass sie Fortschritte machte, sonst würde sie nämlich völlig frustriert das Handtuch werfen.

»Gut, Schluss für heute! Ruh dich lieber aus, das Training kostet Kraft.«

Sie willigte, ohne zu murren, ein. Ihr Blick wanderte über ihre Skulpturen und als ihr Augenmerk an dem Hirsch hängen blieb, musste sie an den Hirsch im Wald denken. Er war groß und wunderschön gewesen.

»Die Sonne steht schon ziemlich tief, es wird gleich dunkel werden«, durchbrach Johann Emelys Gedanken.

»Ja, ich werde dann mal gehen. Meine Eltern müssen ja nicht wissen, dass ich hier bin.« Sie machte sich auf den Weg Richtung Gartentor.

»Deine Mutter hatte einen ganz netten Eindruck gemacht«, rief er ihr noch hinterher, woraufhin sich Emely umdrehte und übertrieben mit den Augen rollte, sodass Johann lachen musste.

Emely schlenderte zufrieden mit sich selbst und müde nach Hause. Vor der Haustür angekommen sah sie ein kleines Paket neben dem Eingang liegen. Erst als sie ihren Namen darauf las, fiel ihr wieder ein, dass sie sich ja ein neues Handy bestellt hatte, nachdem sie ihr altes plattgemacht hatte. Sie schloss die Haustür auf und genau in dem Augenblick, als sie diese wieder schloss, fuhren ihre Eltern in die Einfahrt.

Erschrocken stellte sie das Paket ab. Die Schiene! Sie hatte die Schiene nicht an. Sie nahm drei Stufen auf einmal und als sie ihr Zimmer betrat, musste sie laut loslachen. Was war sie nur manchmal für ein Schussel? Ihr Bein war ja mittlerweile offiziell voll einsatzfähig. »O Mann! Vielleicht sollte ich mich wirklich ausruhen, es war wohl doch zu viel.« Seufzend ließ sie sich aufs Bett fallen und sprang gleich darauf wieder auf. Das Paket stand noch mitten auf der Treppe. Sie eilte hinunter, damit ihre Mutter sich nicht beschweren konnte, dass es im Weg stand. *Das Paket steht hier aber gefährlich, so stolpert bestimmt jemand darüber*, würde sie tadelnd sagen.

Neugierig riss Emely ihr Paket auf, um ihr neues Prachtstück zu begutachten. Die Haustür öffnete sich und ihre Mutter strahlte sie an. »Da hast du ja noch mal Glück gehabt mit deinem Fuß. Zur Feier des Tages kannst du dich schon mal auf Alaska einstimmen. Ich habe Lachs gekauft.« Wilhelmina zerquetschte Emely fast, als sie ihre Tochter umarmte.

»Ja, stimmt … O lecker!« Sie liebte Lachs in allen Varianten.

»Ah, dein neues Handy ist angekommen«, stellte ihr Vater fest, als sein Blick auf Emelys aufgerissenes Paket fiel.

Sie nickte und lief in die Küche, um es auszupacken und die Folie abzuziehen.

»Wenn du Hilfe bei der Einstellung brauchst, gib mir Bescheid«, bot ihr Vater an.

»Ja, mache ich. Ich versuche es erst einmal alleine.« Sie betrachtete das schwarz glänzende Handy freudig.

»Wow, das war bestimmt teuer«, mutmaßte ihr Vater, als er sich zu ihr an den Tisch setzte.

»Ja, aber ich wollte unbedingt ein wasserdichtes Handy

haben, das auch noch halbwegs gut aussieht.« Emely schloss es an die Steckdose, um es zu laden.

»Ihr zwei könntet schon mal den Tisch decken, während ich die Lachsnudeln mache.« Wilhelmina war wieder ganz in ihrem Element und setzte sogleich die Nudeln auf, um sich dann in Ruhe dem Lachs widmen zu können.

»Wie war dein erster Tag ohne Schiene?« Gustav nahm das Handy und inspizierte es genauer.

»Sehr gut! Ich habe einen langen Spaziergang durch den Schnee gemacht und dann draußen noch den Nachbar getroffen, der letztens hier war und mir geholfen hat«, berichtete Emely und hatte ein gutes Gefühl dabei, denn nichts davon war gelogen.

Später saßen alle drei über die Maßen gesättigt am Tisch und starrten in den leeren Topf, der bis gerade eben noch voll mit Nudeln, Lachs und Sahne gewesen war.

»Ich glaube, ich habe es übertrieben«, murmelte Gustav vor sich hin. Wilhelmina und Emely mussten daraufhin lachen, wobei sie sich die Bäuche halten mussten, damit diese nicht platzten. Schwerfällig erhoben sich die drei und räumten den Tisch ab.

»Ich gehe mal in mein Zimmer, um den Lachs zu verdauen«, meinte Emely, verließ die Küche und legte sich auf ihr Bett.

Morgen würde sie Raphael endlich wiedersehen und zum Glück hatte sie nun eine einfache und klare Antwort für ihn, was die Schiene betraf. Ein Grinsen breitete sich auf ihrem Gesicht aus, denn sonst hätte sie Johann fragen müssen, ob man auch die Gedanken von jemandem löschen oder verändern konnte. Raphael hätte nie lockergelassen und da Emely kein Risiko eingehen wollte, hätte sie tatsächlich seine Gedanken manipuliert. Sie war zwar erstaunt über ihre Entscheidung, dies zu tun, doch sie musste schließlich ihr Wächterdasein und den Zauber des Schnees schützen. Das hatte oberste Priorität!

Völlig erschöpft setzte sie sich auf und beschloss, schon Zähne zu putzen, um gleich ins Bett zu gehen. Sie war so erledigt von dem Training, dass sie im Stehen einschlafen könnte. Während sie ihre Zahnbürste über ihre Zähne kreisen ließ, schaute sie sich im Spiegel an. Ihr Blick hatte sich irgendwie verändert, stellte sie fest und versuchte herauszufinden, was anders war. Nach einer gefühlten Viertelstunde spuckte sie die Zahnpasta aus und kehrte in ihr Zimmer zurück. Vielleicht hatte sich ihr Blick genauso wie ihr Leben verändert. Grübelnd zog sie die Decke über sich und obzwar es erst acht Uhr war, schlief sie umgehend ein.

Alle Träume der letzten Zeit vermischten sich und es gab ein heilloses Durcheinander in ihrer Traumwelt. Zuerst stand sie alleine barfuß im Schnee, dann tropfte ihr Blut vom Gesicht, woraufhin sie von Verzweiflung und Angst getrieben nackt eine verschneite Straße entlangrannte. Plötzlich fand sie sich in der Bibliothek von Johann wieder, aß einen Zitronenkeks nach dem anderen und suchte verwirrt nach dem fehlenden Buch. Johanns Gesicht tauchte überlebensgroß vor ihr auf und seine Augen füllten sich mit Tränen. Emely streckte helfend eine Hand nach ihm aus, doch ihre Beine versagten und sie fiel in ein tiefes schwarzes Nichts. Sie hörte nur noch Raphaels grausames und gefühlloses Lachen. Diesmal jedoch wachte sie nicht auf, sondern stand Minuten später auf einer riesigen Lichtung, die von verschneiten Bäumen umsäumt war. Schritt für Schritt lief sie barfuß durch den tiefen Schnee und jedes Mal, wenn ihre Sohle im Schnee versank, hörte sie dieses knirschende Geräusch, das sie so liebte. Entspannt sog sie die klare Luft ein und betrachtete das Glitzern des Schnees in der Sonne. Der Himmel war strahlend blau und das Sonnenlicht fast etwas zu hell. Unerwartet sprang plötzlich der große Hirsch vor Emely, den sie letztens im Wald gesehen hatte. Würdevoll schnaubte er und schaute sie wachsam an. Emely wagte sich kaum zu bewegen, doch als der Hirsch einen kleinen Schritt auf sie zumachte, hob sie ihm langsam ihre Hand entgegen. Sein dunkles Fell schien trocken und Emely spürte seine Seele. Berührt von seiner Aufrichtigkeit und Reinheit musterte sie ihn ehrfürchtig. Und dann passierte etwas Magisches. In dem Moment, als sie die zarten Nüstern des Hirsches berührte, breitete sich ein grelles, strahlendes Licht zwischen dieser Berührung aus und hüllte alles um sie herum ein, sodass Emely nichts mehr sah. Sie fühlte eine unglaubliche Energie und eine tiefe Verbundenheit zu dem kraftvollen Tier. Wenige Sekunden später erlosch das Licht und der Hirsch war verschwunden. Sprachlos stand Emely auf der Lichtung und starrte ins Leere. Dann ließ sie sich mit geschlossenen Augen nach hinten fallen.

Sie öffnete die Augen und fand sich in ihrem Bett wieder – mitten in der Nacht.

Fasziniert von dem, was im Traum passiert war, dachte sie an den Hirsch. Ob das nur ein Traum war oder er ihr etwas mitteilen wollte? Schläfrig drehte sie sich auf die Seite und schlief mit dem Gedanken an diese wahnsinnige Energie, die von dem Tier ausgegangen war, wieder ein.

Raphael

Am Morgen biss Raphael gedankenverloren in sein Butterbrot und trank immer wieder einen Schluck Kaffee. Seine Gedanken sprangen zwischen seinem Büro, Emely, Johann und dem Schattenwesen hin und her. Nachdem das eine Weile so ging, blieben sie jedoch bei Emely hängen. Er hatte ihr versprochen, dass er sie heute abholen würde, um ihr sein Reich zu zeigen.

Das war keine gute Idee gewesen, doch hatte er ihr vorgestern einfach nichts abschlagen können. Statt Vorfreude breitete sich jedoch ein beklemmendes Gefühl in ihm aus, denn er konnte sich immer noch nicht wirklich damit anfreunden, dass sie ihm so nahegekommen war. Damit meinte er nicht das Körperliche, sondern die seelische Verbindung. Er hatte sich in diese tolle, wundersame junge Frau verliebt und das durfte er nicht zulassen. Nachher würde ihr etwas zustoßen und er würde sie verlieren so wie seinen Vater, der viel zu früh hatte gehen müssen. Er raufte sich die Haare. »Ich kann nicht ewig so leben.«

Seufzend trank er seinen letzten Schluck Kaffee aus. Er wollte dem Leben wieder mehr Vertrauen schenken – ihr zuliebe. Einen Versuch war es wert.

Als er nach draußen trat, traf ihn ein Sonnenstrahl im Gesicht und er atmete die frische, kalte Luft ein. Er musste zugeben, dass es trotz Schnee ein wundervoller Tag war.

Emely schrak zusammen, als es an der Tür klingelte. Sie setzte sich gerade mit ihrem neuen Handy auseinander, nachdem sie sich für Raphael schick gemacht hatte. Sie fuhr schnell durch ihre Haare, die sie eine halbe Stunde lang gestylt hatte, und lief zur Tür. *Vielleicht ist es schon Raphael*, ging es ihr durch den Kopf und sie öffnete die Tür. Tatsache! Raphael stand direkt vor ihr und hatte eine Hand an den Türrahmen gestützt.

»Guten Morgen«, brachte er heraus und schien nicht so recht zu wissen, ob er sie zur Begrüßung küssen sollte.

Emely nickte bloß, denn sie bekam mal wieder kein Wort heraus. Nach ein paar schweigsamen Sekunden mussten beide lachen und umarmten sich fest. »Sollen wir gleich los?«

»Ja, wenn es für dich passt und du schon gefrühstückt hast?«

»Ich ziehe mir nur schnell Schuhe an.«

Mit hochgezogenen Augenbrauen musterte Raphael sie von oben bis unten.

»Was?« Verwundert schaute sie an sich runter. Schwarze Jeans und Top, nichts Spektakuläres.

»Na ja, das könnte kalt werden, wir haben minus fünf Grad«, erklärte er ihr und Emely hätte sich am liebsten selbst einen Tritt in den Hintern verpasst.

Es war ja offiziell kalt, es konnte und durfte niemand wissen, dass sie im Winter draußen eine wandelnde Sauna war, sobald sie eine Jacke trug. Schnell zog sie sich ihren Mantel und einen Schal an und schloss die Tür hinter sich ab.

»Keine Mütze?«, hakte Raphael nach.

Emely graute es nur bei dem Gedanken. »Das geht schon, ich bin nicht so verfroren.«

Gemeinsam schlenderten sie die Straße entlang. Ihre Hände waren ganz dicht beieinander. Emely spürte die Spannung zwischen ihr und Raphael, doch ansonsten gab er heute nicht viel von seinen Emotionen preis.

Als sich ihre Finger aus Versehen berührten, griff Emely nach seiner Hand und war froh, dass Raphael seine nicht wegzog. Kurze Zeit später standen sie vor seinem Büro und er schloss die Tür auf. »Bitte, komm rein!« Er deutete in den großen, hellen Raum.

»Danke!« Es roch nach Holz und Leim, stellte sie fest, und ihr Blick glitt über den langen Tisch, auf dem ein Modell stand, an dem Raphael wohl aktuell arbeitete, und über den Schreibtisch, auf dem ein großer Bildschirm und ein Drucker standen. An den Wänden hingen verschiedene Zeichnungen und ausgedruckte Modelle von ehemaligen Aufträgen.

Raphael beobachtete sie dabei, wie sie nun Schritt für Schritt durch den Raum ging und sich alles genau anschaute. Ihre Bewegung war grazil und sie trat leise auf. Ihm kam es vor, als würde sie diesen Raum mit Licht füllen. Das machte sie für ihn so besonders. Ihre Ausstrahlung, ihr Leuchten in den Augen, ihre Wärme … Er hätte nie gedacht, dass er so einer Frau je begegnen würde. Unweigerlich empfand er wieder ein unbändiges Verlangen, ihr näher zu sein.

Abrupt drehte sie sich zu ihm um. »Es gefällt mir hier. Du hast echt ein tolles Büro!« Begeistert schaute sie in seine Augen.

Statt sich zu bedanken, nickte er nur und erwiderte ihren Blick. Er ging einen Schritt auf sie zu und stand nun ganz dicht vor ihr, sodass er ihr dezentes Rosenduschgel riechen konnte.

Langsam hob er seine Hand und strich ihr sanft eine Haarsträhne nach hinten. »Ich bin froh, dass wir uns begegnet sind.« Er beugte sich zu ihr hinunter, bis seine Lippen ihre berührten, und küsste sie vorsichtig. Raphael merkte, wie sie sich an ihm festhielt, und genoss ihre zarten Küsse. Hitze stieg in ihm auf, er zog ihr den Mantel aus und ließ ihn zu Boden fallen. Sie schien ihr Verlangen nicht mehr zügeln zu können, denn sie küsste ihn immer stürmischer. Etwas überrascht ging Raphael darauf ein und spürte ihre Zunge in seinem Mund. Er würde sie am liebsten hier und jetzt ausziehen und jeden Zentimeter ihres Körpers fühlen, doch er hatte nicht vergessen, dass fast die gesamte Front seines Büros verglast war. Er hielt inne.

»Was?«, hauchte Emely mit kratziger Stimme.

Sein Blick wanderte zu der verglasten Wand und Emely folgte seinem Blick. Grinsend ließ sie ihren Kopf gegen seine starke Brust fallen und hielt sich an ihm fest.

»Weißt du, was unfair ist?« Mit leuchtenden Augen blickte sie zu ihm auf.

Fragend sah Raphael zurück.

»Du hast mich schon nackt gesehen … ich dich noch nicht.«

Sie stellte sich auf die Zehenspitzen und gab ihm einen kurzen Kuss.

»Das könnten wir ändern …«, flüsterte er in ihr Ohr.

»Also bei mir zu Hause ist niemand …« Sie konnte ihren Satz nicht vollenden, da Raphael ihre Hand nahm und sie aus dem Büro zog.

Als sie Schuhe und Jacken ausgezogen hatten, nahm sie seine Hand und lief mit ihm in ihr Zimmer.

»Du hast es schön hier und den Raum optimal genutzt.« Fachmännisch analysierte er Emelys Zimmer und schaute sich um.

»Soso … ich habe den Raum optimal genutzt.« Schmunzelnd beobachtete sie ihn. Obwohl er einen Pullover trug, zeichnete sich sein muskulöser Körper unter dem Stoff ab.

»Spätestens, wenn man deine Bücher sieht, fliegst du auf.«

Emely schaute ihn fragend an. Wusste er etwa von ihrem Geheimnis? Sie hätte besser aufpassen müssen!

»Du bist definitiv eine Schneefanatikerin!«

Emely fiel ein Stein – nein, ein Felsbrocken – vom Herzen, dass er nur das gemeint hatte.

»Was übrigens mein Bein betrifft …«, begann Emely, um vom Thema abzulenken, »… ich war gestern beim Arzt und da kam raus, dass die Röntgenbilder vertauscht worden sind. Mein Fuß ist nicht gebrochen und es ist auch kein Band gerissen. Er ist lediglich stark geprellt und verstaucht – sonst nichts.« Gespannt wartete sie auf seine Reaktion.

»Dafür sah dein Fuß aber ganz schön schlimm aus. Na ja, da hast du echt Glück gehabt. Komm her!« Er zog sie in seine Arme. Seine Hände strichen über ihren Rücken bis zu ihrem Hintern, woraufhin Emely sich aus seiner Umarmung löste.

»Entschuldige, ich dachte –«, begann er.

Doch Emely küsste ihn daraufhin leidenschaftlich, schob ihre Hände unter seinen Pullover und fühlte seine warme Haut.

Ein Kleidungsstück nach dem anderen zogen sie sich gegenseitig aus, bis sie sich nackt gegenüberstanden. Emely ließ ihre Hand über seinen Oberkörper gleiten und ohne Vorwarnung hob Raphael sie hoch und legte sie aufs Bett, in die vielen Kissen hinein. Sanft strich er ihre Haare zurück, bevor er begann, jeden Zentimeter ihres Körpers mit Küssen zu bedecken. Emely vergrub ihre Hände in seinen Haaren und war völlig benebelt von dem Verlangen, das sich in ihrem Körper immer stärker ausbreitete. Sie strich über seinen muskulösen Rücken bis über seinen knackigen Hintern, von dem sie nur träumen konnte. Raphael raunte in ihr Ohr und ließ seine Hand zwischen ihre Beine gleiten. Emely wollte ihm körperlich so nah sein, wie es nur irgendwie ging. Er hielt inne und schaute ihr in die Augen. Für Emely war es, als tauchte sie in einen tiefen Eissee. Raphaels Körper schmiegte sich an ihren und er umfasste ihre Brust. Als Emely das Gefühl hatte, sie könnte die Emotionen nicht mehr aushalten, vergrub sie ihre Nägel in seinem Rücken und streckte sich ihm entgegen. Raphael stöhnte auf und ließ seinen Kopf auf ihre Schulter sinken.

Stück für Stück nahm Emely wieder mehr wahr. Er roch nach

Vanille und Holz. Sie spürte seinen schnellen Herzschlag an ihrem Körper. Zaghaft strich sie über seinen Rücken und fühlte etwas Feuchtes. Sie zog ihre Hand zurück und erkannte erschrocken, dass es etwas Blut war.

»Oh, das tut mir leid, ich wollte nicht, ich meine …«, begann sie entschuldigend und schob ihn von sich weg.

Raphael blickte sie fragend an und als sein Blick auf ihre Finger fiel und er verstand, musste er zu Emelys Verwunderung sogar lächeln. »Komm her, meine ungezähmte Wilde. Ich hatte mir ja schon gedacht, dass du einen Hang dazu hast.« Grinsend zog er sie in seine Arme. »Ist nicht schlimm«, raunte er in ihr Ohr und küsste sie auf ihre Wange, woraufhin Emely sich wieder eng an ihn schmiegte.

»Wohnst du eigentlich alleine?« Sanft fuhr sie mit ihren Fingern über seinen Arm.

»Hm … im Moment nicht. Ich wohne, seit mein Vater tot ist, bei meiner Mutter«, antwortete er ruhig und strich immer wieder durch ihr langes Haar.

»Oh, das tut mir leid!« Sie drehte sich zu ihm, damit sie in seine Augen blicken konnte. *Deswegen all diese Trauer in ihm*, ging es ihr durch den Kopf. Sie hätte es wissen müssen! Voller Mitgefühl gab sie ihm einen langen Kuss auf seine Wange und strich durch sein Haar.

Er seufzte, schob sie vorsichtig von sich weg und stand auf. Emely schaute ihn fragend an. »Ich werde dann mal gehen.« Ohne sie anzusehen, zog er seine Klamotten an.

»Habe ich irgendetwas Falsches gesagt?« Verwirrt stand sie ebenfalls auf und legte ihre Hand auf seine Schulter. Er drehte sich zu ihr um und schaute ihr tief in die Augen.

»Pass gut auf dich auf.« Ernst gab er ihr einen Kuss. Dann drehte er sich um, ließ Emely einfach stehen und verließ das Haus.

Emely stand völlig ahnungslos mitten im Zimmer und verstand die Welt nicht mehr. Was war denn bloß mit ihm los? Resigniert lief sie ein paar Schritte rückwärts, bis sie die Bettkante an ihren Beinen spürte und sich setzte. Gedankenverloren starrte sie ins Leere.

Kapitel 13

Sein Aufbruch war nicht gerade die feine Art gewesen, doch er hatte es nicht mehr ausgehalten. Als er kurz über seinen Vater gesprochen hatte, war es anders gewesen als sonst. Die Trauer hatte ihn nicht mehr komplett vereinnahmt. Eine Art Leichtigkeit hatte sich in ihm ausgebreitet. Verwirrt vor lauter Glücksgefühlen stapfte Raphael Richtung Wald. Die frische Luft klärte seine Gedanken. Er hielt inne. Es war absolut still. Die Atmosphäre war so friedlich. Er erinnerte sich an die Begegnung mit Emely im Wald, als sie nackt mit ein paar Flocken auf der Haut einfach so dagestanden hatte. Sein Herz schlug schneller. Er musste unweigerlich grinsen und ging in die Hocke. Sacht tauchte er eine Hand in den Schnee und fühlte, wie dieser auf seiner Haut zu Wasser wurde. Es fühlte sich gut an. Vor seinem inneren Auge sah er sich mit seinem Vater und seinem Opa einen Schneemann bauen. Er hatte den

Schnee geliebt, bevor sein Vater diesen tödlichen Unfall gehabt hatte. »Vielleicht kann ich ihn wieder lieben lernen«, sprach er leise zu sich selbst und erhob sich. Ein dünner Sonnenstrahl brach sich einen Weg durch die weißen Baumkronen. Der Schnee begann zu funkeln. Tief atmete er ein, streckte die Arme gen Himmel und fühlte sich mit jeder Faser seines Körpers frei und losgelöst.

»Raphael, es ist nicht mehr viel Zeit. Hole das Buch, damit der Schnee in der Nacht der Wintersonnenwende vernichtet werden kann. Dein Vater hätte es so gewollt.« Die seltsam gedehnte Stimme, die Raphael nun schon gut kannte, drang an sein Ohr. Ein Schatten streifte ihn, woraufhin er das Gefühl hatte, sein Blut würde gefrieren. Schützend schlang er die Arme vor seinen Oberkörper. »Vergiss nie, was dir der Zauber des Schnees angetan hat … Er hat dir deinen Vater genommen.« Ein feuerrotes Augenpaar blitzte zwischen den Bäumen auf.

Raphael keuchte auf, doch dann war er wieder alleine. »Nein!« Entschieden schüttelte er den Kopf. *Ich schaffe das, ich möchte dem Leben wieder mehr Vertrauen schenken.* Vielleicht sollte er sich noch mal in Ruhe überlegen, ob er sich an diesem Zauber des Schnees rächen möchte … Es würde ihm seinen Vater nicht zurückbringen. Er wünschte, er wäre noch da, dann würde er sich sicherlich sehr für ihn freuen, dass er sich wieder öffnete und so jemand Besonderen wie Emely gefunden hatte.

Emely

Emely hatte sich Sorgen gemacht. Während sie geduscht hatte, war sie das Treffen mit Raphael wiederholt durchgegangen und immer wieder an der Stelle hängen geblieben, als Raphaels Emotionen gekippt waren. Erst der Klingelton ihres Handys hatte sie aus dem Bad in ihr Zimmer stürzen lassen. Es war eine Nachricht von Raphael gewesen. Zum Glück hatte sie daran gedacht, ihm noch ihre Nummer zu geben, als er letztens bei ihr gewesen war. Als sie gelesen hatte, dass er sich für sein Verhalten entschuldigte und alles in Ordnung war, hatte sie erleichtert geseufzt und sich auf ihr Bett fallen lassen.

Aufgewühlt zog sie nun ihre Kleidungsstücke aus und kuschelte sich in ihre Decke. Trotz des wunderschönen Tages breitete sich ein schlechtes Gewissen in ihr aus, denn sie hatte heute keine Übungen gemacht. Bevor sie morgen mit gutem Gewissen zu Johann gehen könnte, würde sie den ganzen Vormittag üben – und zwar alleine im Wald! Nach diesem Entschluss huschten ihre Gedanken wieder zu Raphael und Emely spürte seine starken, zärtlichen Hände auf ihrem Körper.

Sie rannte keuchend durch einen verschneiten Wald. Etwas Dunkles verfolgte sie, doch sie konnte nicht erkennen, was es war. Ein Ast streifte ihre Wange und schnitt ihre Haut ein. Blut tropfte zu Boden und Emely hielt kurz inne, um zu sehen, wie es sich in weiße Schneekristalle verwandelte, sobald es den schneebedeckten Boden berührte.

Es kam immer näher, sie konnte es spüren. Getrieben von der Angst riss sie ihren Blick vom Boden los und hetzte weiter durchs Unterholz. Verzweifelt schrie sie innerlich um Hilfe, denn sie würde nicht mehr lange durchhalten. Ihre Beine fühlten sich schwer an, doch wer sollte hier draußen in dem verlassenen Wald schon sein, der ihr helfen könnte? Ihr Fuß blieb unter der dicken Schneedecke an einer Wurzel hängen und sie fiel mit weit aufgerissenen Augen in den schienbeinhohen Schnee. Panisch drehte sie sich um und starrte auf eine Art schwarze, wabernde Masse, die ein paar Meter vor ihr dicht über dem Boden schwebte. Sie vernahm Stimmen und schaute fahrig umher, doch nirgends war jemand zu sehen. Sie waren in ihrem Kopf! Als sie das registrierte, verlor sie fast den Verstand und presste ihre Hände auf die Ohren.

»Nein!« Emely schrie so laut sie konnte und in dem Moment, als ihr Schrei versiegte, sprang der große Hirsch vor sie. Alles, was sie dann noch wahrnahm, war ein helles Leuchten, das von seinem Geweih ausging und nach wenigen Minuten so stark war, dass Emely vom gleißenden Licht geblendet wurde. Die Stimmen in ihrem Kopf verschwanden.

Unendlich dankbar wachte sie in ihren vielen Kissen auf.

Erleichtert, dass sie nun wach war, zog sie ihre Hände unter der Decke hervor und wischte sich den Angstschweiß vom Gesicht. »Ich muss das Johann erzählen, das ist nicht mehr normal!« Keuchend machte sie ein paar Atemübungen, um ihren Herzschlag zu beruhigen. »Vielleicht brauche ich ein Beruhigungsmittel oder Schlaftabletten«, murmelte sie noch und schlief erschöpft ein.

Um sieben Uhr wurde sie wach und blieb liegen, bis ihre Eltern aus dem Haus waren. Als die Tür ins Schloss fiel, streckte sie sich ausgiebig und stakste ins Bad.

»Kleine Planänderung: Üben wird auf später verschoben, ich muss erst mit Johann sprechen«, sprach sie erklärend zu ihrem Spiegelbild und huschte dann schnell unter die Dusche.

Nachdem sie sich diese Nacht von der Seele gewaschen hatte, lief sie, ohne gefrühstückt zu haben, direkt zu Johann und schlug mit dem Türklopfer dreimal gegen das schwere Holz. Keine Minute später wurde die Tür von einem strahlendem Johann geöffnet. »Guten Morgen, komm rein!« Freudig ging er zur Seite, damit Emely eintreten konnte.

»Guten Morgen. Ich muss unbedingt mit dir reden, ich halte das langsam nicht mehr aus. Könnte ich Kekse haben? Ich habe noch nicht gefrühstückt.« Emely redete ohne Punkt und Komma und betrat den Wohnraum, um sich auf die große Couch fallen zu lassen.

»Äh, ja natürlich.« Verwundert eilte er in die Küche. »Ist alles in Ordnung mit dir?« Mit fragendem Blick stellte er das Tablett auf den Tisch.

Emely atmete tief durch und erzählte Johann von ihren angsteinflößenden, seltsamen Träumen, wobei sie Raphael verschwieg. Aufmerksam hörte Johann zu. »Was sagst du dazu?« Emely nahm sich einen Keks.

Stille!

Johann strich sich nachdenklich über den Kopf. »Noch ist nichts von deinen Träumen wirklich passiert, oder?«

Emely schüttelte bestätigend den Kopf. »Nur dass mir über einen Traum mitgeteilt wurde, dass ich eine Wächterin des Zaubers des Schnees sei. Ansonsten vermischen sich Dinge und Menschen aus der Realität mit Dingen, die nicht passiert sind«, fasste Emely zusammen und nahm sich einen weiteren Keks.

»Dann können wir nur hoffen, dass das so bleibt und deine Träume nur Träume sind.« Ernst lehnte er sich in seinem Sessel zurück.

»Wäre es denn möglich … Also, dass … dass die Träume so eine Art Vorwarnung oder Vorhersage sind? Dass das alles noch auf mich zukommt?« Anspannung breitete sich in ihrem Körper aus.

Johann atmete geräuschvoll ein und aus. Nachdenklich starrte er nun auf eines seiner Bilder.

»Johann? Jetzt sag doch bitte etwas dazu, das macht mich wahnsinnig … Überleg mal, ich werde das alles erleben müssen …« In Emelys Stimme schwang zunehmende Verzweiflung mit und sie vergaß sogar, ihren Keks zu essen.

Langsam wandte Johann den Blick wieder zu ihr. »Nun, Träume sind nicht immer nur Träume.« Seine tiefe Stimme füllte die angespannte Atmosphäre.

»Das heißt?« Ungeduldig rutschte sie hin und her und hätte es am liebsten aus ihm herausgeschüttelt.

»Das heißt, dass es leider durchaus möglich ist, dass dir die Träume etwas sagen oder zeigen wollen, was passieren wird, beziehungsweise passieren kann.«

Emely ließ sich zurückfallen und wünschte sich, dass Johann ihr etwas anderes erzählt hätte.

»Der Vorteil daran ist allerdings«, begann er und Emely schaute ihn nun erwartungsvoll an, denn vielleicht gab es einen Ausweg, »wenn man etwas weiß, kann man es ändern«, vollendete Johann seinen in Emelys Augen rettenden Satz.

Nach dieser Aussage fühlte sie sich ein klein wenig besser. Sie griff nach der Tasse Tee.

»Nach deinen Träumen zu urteilen, müssen wir uns vor einem jungen Mann in Acht nehmen, der den Zauber des Schnees brechen will, und vor einer dunklen Magie. Das Gute ist, dass die einzige Möglichkeit, den Zauber des Schnees zu brechen, in einem Buch geschrieben steht, das sich bei mir in der Bibliothek befindet.« Johann tigerte nun nachdenklich vor dem Kamin auf und ab.

»Wobei das Buch in meinen Träumen verschwunden war, beziehungsweise geklaut wurde«, entgegnete Emely.

Johann hielt abrupt inne. »In die Bibliothek!« Ohne Umschweife stürmte er an Emely vorbei aus dem Wohnraum und die Treppen hinauf.

Als Emely verstand, rannte sie ihm hinterher und kam etwas außer Atem in der Bibliothek an.

»Es ist noch da!« Erleichtert deutete er auf ein Buch mit schwarzem Einband, das ganz unten im Regal stand.

»Gott sei Dank!« Sie ließ sich seufzend in einen der zwei Stühle fallen. Johann setzte sich geradewegs auf den Boden und lehnte sich an das Bücherregal. »Ich sollte vielleicht ab jetzt in meiner Bibliothek schlafen, um das Buch besser im Blick zu haben und alle anderen auch.«

Emely schmunzelte, doch eigentlich wäre das gar keine so schlechte Idee. »Sag mal, diese dunkle Magie, was hat es damit auf sich?«

Johann griff nach einem Buch, das ebenfalls ganz unten stand, und streckte es Emely entgegen, die daraufhin aufstand und es dankend entgegennahm. *Schwarze Magie* stand auf dem Umschlag des Buches geschrieben.

»Da steht alles drin. Lies das, damit du weißt, mit was du es zu tun hast, falls das aus deinem Traum eintrifft. Hoffen wir mal, dass es nie eintreffen wird.« Eine tiefe Falte zog sich über Johanns Stirn und für Emely schien es, als wäre das Buch in ihren Händen schwer wie Blei.

»Gut, aber bevor ich das lese, muss ich an die frische Luft. Ich werde einen kleinen Spaziergang machen«, entgegnete Emely und stand auf.

Sie musste nun erst mal ihre Gedanken ordnen und alles Gehörte verdauen. Ihre Schuhe ließ sie links liegen und stapfte, ohne es zu merken, mit Socken an den Füßen Richtung Wald. Unterwegs musste sie laut lachen, als ihr das auffiel. Sie zog ihre Socken aus und stopfte sie in ihre Hosentasche. Tief atmete sie die angenehme Luft ein und manchmal schien der ein oder andere Sonnenstrahl durch die verschneiten Bäume.

Ansonsten war es ziemlich bewölkt. Erschrocken fuhr sie zusammen, als sie Stimmen und Schritte hörte, die näher kamen. Schnell hüpfte sie ins Unterholz, tiefer in den Wald, denn sie hatte weder Schuhe noch eine Jacke angezogen – eigentlich riskant.

Als sie durch das Dickicht stapfte, fühlte sie sich immer unwohler und hatte das Gefühl, als würde sie beobachtet. Langsam drehte sie sich um, doch sie konnte nichts und niemanden sehen. Plötzlich fühlte sie sich immer mehr an ihren Traum erinnert und Angst stieg in ihr auf.

»Hier ist nichts, du hast keinen Grund dafür …«, begann sie beruhigend vor sich hin zu sprechen, wobei sie immer schneller lief. Es war nur ein Traum, es war nur ein Traum, ging ihr durch den Kopf, doch unerklärlicherweise stieg nun sogar Panik in ihr auf. Sie musste zurück auf den Weg!

Entschlossen drehte sie sich um. Als sie die dunkle Magie aus ihrem Traum ein paar Meter vor sich schweben sah, blieb ihr fast das Herz stehen. Sie erstarrte in der Bewegung. Es sah aus wie dichter schwarzer Rauch und bewegte sich langsam auf sie zu. Eine ungeheure Kraft ging von diesem Wesen aus, die sie tief im Inneren spürte. Die Angst ließ sie schneller atmen, doch sie konnte sich nicht bewegen.

»Nein!«, entfuhr es ihr leise. *Ich muss wegrennen, ich muss hier weg!* Die Schockstarre löste sich. Sie drehte sich um und rannte um ihr Leben. Mehrere Äste hingen ihr im Weg, doch anstatt sie beiseite zu schieben, rannte sie einfach hindurch. Sie blieb mit ihrem Fuß an einer Wurzel hängen und fiel in den Schnee.

»Nein, nein, nein … es ist wie in meinem Traum!«, nuschelte sie fahrig vor sich hin und begann, rückwärts über den Boden zu rutschen, um mehr Abstand zwischen sich und dieses Ding zu bringen.

»Emely!«, hörte sie eine Stimme in ihrem Kopf.

Erschrocken hob sie die Hände über sich. »Nein, ich will das nicht! Ich will das nicht! HILFE!!« Mit aller Kraft, die sie nicht durch ihre Angst verloren hatte, schrie sie in den Wald und Hunderte Schneekristalle lösten sich daraufhin vor ihr aus der Schneedecke. Gebannt blickte sie zwischen den Kristallen und dieser dunklen Masse hin und her.

Immer noch schloss sich diese dunkle Energie, die das Wesen ausstrahlte, wie eine Faust um ihre Seele.

»Emely!« Sie hörte jemanden rufen und als sie nach links blickte, sah sie Johann durchs Unterholz auf sie zu rennen. Er schwang seine Arme durch die Luft. Die sacht schwebenden Schneekristalle verwandelten sich in spitze Pfeile und sausten unaufhaltsam auf dieses dunkle Wesen zu. Johann stellte sich vor Emely. »Geh dahin zurück, wo du hergekommen bist!« Ohne dass sich Johann bewegte, tat sich ein kleiner Schneesturm auf und trieb das Wesen davon. »Komm hoch!« Johann streckte Emely seine Hand entgegen.

Tränen der Erleichterung rannen ihr übers Gesicht und Johann nahm sie fest in seine Arme. »Danke!« Ihre Tränen versiegten nach wenigen Minuten.

»Zu Ihren Diensten, meine Wächterin!« Er verbeugte sich hochachtungsvoll vor Emely. Wenn die Sache nicht so gefährlich gewesen wäre, hätte Emely laut losgelacht, doch sie merkte, dass Johann es ernst meinte.

»Lass uns gehen!« Johann ging voraus und Emely folgte ihm durchs Unterholz.

Ohne zu sprechen, eilten sie zurück zu Johanns Villa. Sie setzten sich beide erst einmal in den Wohnraum, um sich auszuruhen.

»Ich werde das Buch wohl gleich lesen.« Emelys Stimme wirkte nüchtern in der Stille, woraufhin Johann zustimmend nickte.

»Hast du Hunger?«

Emely wunderte sich, dass er jetzt ans Essen denken konnte, doch als sie ihre Aufmerksamkeit ihrem Magen schenkte, antwortete dieser mit einem leisen Knurren. »Ja, etwas.«

»Dann ruh dich aus und ich koche uns in der Zeit eine Kleinigkeit. Danach kannst du dich der schwarzen Magie widmen.« Seine Hände ruhten auf seinen Schenkeln, bevor er sich gemächlich erhob und den Raum verließ. *Seine Körperhaltung spiegelt absolut nicht seine Emotionen wider*, dachte Emely. *Er hat sich wirklich gut unter Kontrolle.* Innere Unruhe war fast untertrieben für das, was Emely in ihm wahrnahm. Ob er wohl genauso Angst hatte wie sie und mehr wusste? Er wusste doch, wer ihre Gegner waren, was es für dunkle Wesen gab und wie man sie bekämpfte. Oder war genau das das Problem? Sie musste sich definitiv schnellstmöglich so viel Wissen aneignen wie nur irgendwie ging. Sie würde jede freie Minute in den Büchern lesen und mit ihm darüber sprechen.

Kapitel 14

»Ich kann nicht mehr, das war sehr lecker!« Emely lehnte sich mit einer Hand auf dem vollen Bauch zurück.

Johann nickte und stellte seinen leeren Teller ebenfalls auf das Tablett. »Ich werde mir heute einen kleinen Mittagsschlaf im Schnee gönnen, wenn du also magst, kannst du gerne hier in Ruhe lesen«, schlug er vor und griff nach dem Tablett.

»Lass nur, ich trage es in die Küche und räume das weg.« Emely wollte unbedingt helfen, denn Johann hatte schon gekocht und sie noch gar nichts beigetragen. Sie wollte sich nicht von vorne bis hinten bedienen lassen.

»Gut, danke! Ich gehe dann mal in den Garten.« Er verschwand durch die Terrassentür, während sie schon mit dem Tablett Richtung Küche unterwegs war.

Nachdem sie alles abgespült und weggeräumt hatte, ging sie wieder in den Wohnraum, schnappte sich das Buch und begann zu lesen. Statt jedoch von vorne zu beginnen, stolperte sie über ein Wort und las ein Kapitel über Kerans. Geschockt darüber, dass es solche Wesen gab, las sie angespannt Seite für Seite. Als sie mit dem Kapitel fertig war, war sie heilfroh, dass sie die Begegnung mit einem dieser Kerans am Vormittag so gut überstanden hatte. Der Text ging noch weiter, doch sie musste erst einmal etwas für ihre Nerven finden.

»Da muss doch irgendwo ein Kapitel über Abwehrzauber stehen«, flüsterte sie nachdenklich und begann dann hastig, im Buch zu blättern. »Gott sei Dank!« Als sie die dicke Überschrift *Wie wehre ich den Angriff eines Kerans ab?* entdeckte, legte sich ihre Übelkeit.

»Wenn die Angst einen nicht beherrscht, ist es leicht, einen Keran in die Flucht zu schlagen. Am effektivsten sind Schneestürme, denn Kerans fürchten sich vor dem Zauber des Schnees. Sobald der Zauber aktiviert wird, flüchten sie. Bei Schneestürmen fliegen die Schneekristalle unkontrolliert durcheinander, jedoch hilft jede Art und Weise, sich mit dem Zauber des Schnees zu verbinden.« Emely las den Text flüsternd durch und entspannte sich immer mehr. Laut pustete sie die Luft heraus.

»Das ist machbar, das schaffe ich.« Sie fühlte sich schon viel besser, da sie so ein Ding nun mit Leichtigkeit davonjagen konnte – man musste eben nur wissen, wie!

Ihre Gedanken flogen zu der Begegnung am Vormittag und sie erinnerte sich, dass sich aus dem Boden Schneekristalle gelöst hatten, obwohl sie den Zauber des Schnees nicht darum gebeten hatte und Johann noch nicht da gewesen war. Seltsam!

Normalerweise half der Zauber einem nur, wenn man sich mit ihm verband und ihn darum bat. Nachdenklich starrte sie ins Kaminfeuer.

»Und, weißt du nun mehr?« Johann durchbrach Emelys Gedanken, sie schrak zusammen und drehte sich um. »Alles okay mit dir?« Johann schien verblüfft über die Reaktion und schaute sie mit hochgezogenen Augenbrauen an.

»Ja … Nein … Ach, diese Kerans sind ganz schön übel.«

»Na dann, lass uns üben!« Herausfordernd schaute er Emely an, die mit ihm in den Garten ging.

»Stell dir vor, ich wäre ein Keran und wenn ich *jetzt* rufe, dann reagiere so schnell du kannst und greif mich an.«

Stille.

»Jetzt!«, rief Johann abrupt.

Emely schaffte es sogar, ohne sich zu bewegen, einen Pfeil aus Schneekristallen auf Johann zufliegen zu lassen. Ebenfalls ohne jegliche Bewegung ließ Johann den Pfeil in seine Einzelteile zerfallen, die sacht zu Boden schwebten.

»Gut! Nun stelle dir die Situation von heute Vormittag vor und denke dich so gut du kannst in den Moment hinein.« Johann ließ Emely nicht aus den Augen.

Emelys Herz pochte schneller und sie spürte sogar die Angst, die sie heute Vormittag im Griff gehabt hatte.

»Jetzt!«

Emely hob erschrocken eine Hand und ließ einen Schneeball auf Johann zu sausen.

Er wich gekonnt aus und schmunzelte sie an. »Ja gut, ein Schneeball ist vielleicht nicht das Passendste …«

Emely musste ebenfalls lächeln.

»Was stand in dem Buch, was am effektivsten ist, um diese Kreaturen zu verscheuchen?« Er schien sie zu prüfen.

Sie nickte nur als Antwort.

»Okay, noch mal!«

Sie versetzte sich wieder in die Situation.

»Jetzt!«, rief Johann nach geschlagenen Minuten.

Emely ließ daraufhin einen erbarmungslosen Schneesturm auf ihn zurasen. Überrascht hob Johann seine Arme, verwandelte den Schneesturm in einen Vogel, der dann gen Himmel flog und weit oben in seine Einzelteile zerfiel. Tausende Schneekristalle rieselten zu Boden.

»Wow!« Berührt folgte Emely den Kristallen mit ihrem Blick.

»Angriff!«, rief Johann plötzlich und feuerte mehrere Schneekugeln auf Emely ab. Mit aufgerissenen Augen warf sie sich entsetzt auf den Boden, um keine Zielscheibe abzugeben und ließ eine Wand aus Schnee entstehen, an der die Schneebälle abprallten. Fragend schaute sie Johann an.

»Sehr gut! So langsam kannst du es!«

Emely verstand, dass er sie auf die Probe gestellt hatte, und schüttelte den Kopf. »Meine Nerven!« Sie stand wieder auf.

»Entschuldige, aber auch das musst du können und so etwas kann ich ja schlecht vorher mit dir absprechen … wo bleibt denn da das Überraschungsmoment?« Er zuckte mit den Schultern.

»Schon okay, ich wollte es ja lernen und nachdem, was passiert ist, und vielleicht auch noch passieren wird, ist das wichtig.« Sie ließ heimlich hinter Johann viele Schneekristalle in die Luft schweben, die sie dann auf ihn niederprasseln ließ.

»Das war dann wohl die Rache«, witzelte Johann und stand da wie ein begossener Pudel mit Schneehaube. Emely konnte nicht anders und lachte hemmungslos. »Wie wäre es mit einem kleinen Duell? Wer als Erstes auf dem Boden liegt, hat verloren«, schlug Johann herausfordernd vor.

Emely nahm die Herausforderung lachend an. Ein paar Sekunden später flogen Schneekugeln, Pfeile, Windstöße kreuz und quer durcheinander, bis es dunkel wurde und beide immer noch im Schnee standen.

»Ich würde sagen, es ist unentschieden«, rief Emely zu Johann und als er nickte, beendeten sie ihr kleines Duell.

»Gar nicht so schlecht, hast du geübt?« Johann lief in Richtung Terrassentür.

»Um ehrlich zu sein, nicht so viel, aber ich habe viel darüber nachgedacht«, entgegnete Emely peinlich berührt, denn sie fühlte sich, als hätte sie schon wieder die Hausaufgaben für die Schule vergessen.

»Ich denke, es liegt eher daran, dass du eine Wächterin bist«, meinte Johann daraufhin und schloss die Tür hinter Emely.

»Mag sein, ich werde mal nach Hause gehen. Ich habe meinen Eltern keinen Zettel hingelegt und sie sind es nicht gewohnt, dass ich abends nicht da bin.« Emely verabschiedete sich von Johann und verließ sein Anwesen, in dem sie sich immer mehr zu Hause fühlte.

Raphael saß müde an seinem Schreibtisch im Büro und erstellte Vorschläge für seinen aktuellen Auftrag. Je müder er wurde, desto mehr schweifte er ab. Seine Gedanken wanderten immer wieder zu Emely.

Er schaltete den Computer aus und warf den leeren Pizzakarton in den Mülleimer. Bevor er ging, vergewisserte er sich, ob er alles ausgeschaltet hatte, und schloss die Tür hinter sich zu.

Kaum war er ein paar Schritte gegangen, zerriss ein lauter Knall die Abendluft. Entsetzt blieb er stehen und starrte einige Meter entfernt auf ein Auto, das in eine Häuserfront gekracht war. Die Szene zog wie ein Film an ihm vorbei. Passanten rannten zu der Unfallstelle und kurz darauf ertönten Sirenen. »Das Auto muss auf dem festgefrorenen Schnee ins Schleudern geraten sein, ich war gerade …«

Kinderschreie übertönten immer wieder die Worte der Erwachsenen. Jegliches Glitzern, das sich durch die Lichtkegel auf dem Schnee spiegelte und diesen grauenvollen Augenblick zierte, stach Raphael unangenehm ins Auge.

»Hoffentlich überlebt sie das!«

Einzelne Sätze wehte der Wind zu Raphael. Sein Herz schlug hart gegen die Brust, während sein Atem stoßweise ging. Die Schreie der Kinder erschütterten ihn bis ins Mark und es war, als hörte er sich selbst schreien. Er riss sich den Schal vom Hals, da er das Gefühl hatte, ihm würde die Luft zum Atmen genommen.

Seine Beine wurden schwach und er setzte sich mitten auf den Bürgersteig. Es war, als würde er selbst in dem Auto sitzen – wie damals bei seinem Vater. Erinnerungsfetzen prasselten auf ihn ein. Die Wucht des Schleuderns, die ihn fest in den Gurt gedrückt hatte, der Schrei seines Vaters, bevor alles ganz still geworden war, und die Sirenen, die ihn nach einer gefühlten Ewigkeit aus der Schockstarre gerissen hatten. Ihm selbst war nichts passiert, doch der Totalschaden zog sich über die komplette Fahrerseite. Da hatte selbst der Airbag seinem Vater nicht mehr helfen können. Die Schreie aus seiner Erinnerung mischten sich mit denen der umherstehenden Kinder wenige Meter vor ihm. Tief atmete er durch und presste seine Finger gegen die Stirn. Wut stieg in ihm auf und er blickte hasserfüllt auf den weißen Boden, der mit Kieselsteinen gespickt war.

»Hole endlich das Buch, damit wir dem ein Ende bereiten können!« Laut hallte die gedehnte Stimme von den Fassaden der Häuser wider. Niemand nahm davon Notiz, denn der Unfall zog jegliche Aufmerksamkeit auf sich. Raphael nickte heftig, denn der Hass verschloss ihm die Kehle. Schwer atmend erhob er sich. Das Licht der Sirenen flackerte blau in seinen Augen. Hart schlug er gegen eine Straßenlaterne, die daraufhin ausging. Er spürte den Aufprall nicht, denn der innere Schmerz überlagerte alles.

»Ich bin dein Verbündeter, ich bin für dich da … Stell dir vor, es gäbe eine Welt ohne Schnee.« Ganz leise nahm er die Stimme des Wesens in seinem Kopf wahr. Ein eiskalter Windhauch streifte wohltuend sein Gesicht, doch dann schien das Wesen verschwunden zu sein.

Nach einer Weile, in der Raphael zitternd dastand, verklangen die Sirenen und er klopfte sich den Rollsplitt von der Hose. Schritt für Schritt machte er sich auf den Heimweg.

Er musste kreidebleich sein, denn er wurde von zwei Passanten angesprochen, ob es ihm gut gehe.

Er hätte Emely nicht anrufen sollen. Er hätte ihre Nummer einfach löschen und sie vergessen sollen. Was, wenn ihr ebenfalls so etwas zustoßen würde? Das würde er nicht verkraften.

Wütend trat er gegen einen kleinen Eisklumpen, der sich jedoch keinen Millimeter bewegte. Sein Zeh schmerzte unangenehm.

Seine Augen füllten sich mit Tränen und er hielt sein Gesicht gesenkt. Gleich morgen würde er seinem Großvater einen Besuch abstatten.

Er würde seinen Plan wieder aufnehmen. Er würde seinen Vater rächen. Der Schnee verursachte nur Leid und Schmerz. Niemand sollte seinetwegen das fühlen, was ihn zerfraß. Der Schnee war schuld! Sollte es diesen Zauber wirklich geben, würde er ihn brechen. Koste es, was es wolle.

Emelys Eltern waren schon da und als sie in die Küche huschte, in der sich ihre Eltern aufhielten, war ihre Mutter schon fast mit dem Kochen fertig. »Hallo!« Emely setzte sich an den Esstisch neben ihren Vater, der einen Artikel in einer Fachzeitschrift für Meteorologen las.

»Hallo, Emely.« Lächelnd schaute er sie über die Zeitschrift hinweg an und versank wieder in dem Artikel.

»Hallo, Schatz! Wie war dein Tag? Ich habe mich schon gewundert, dass du nicht da warst, als wir von der Arbeit zurückkamen«, plapperte Wilhelmina drauflos und schaute ihre Tochter prüfend an, während sie Eier und Schmand verrührte.

»Ganz gut.« Vorsichtig, damit es ihre Mutter nicht sah, zog sie ihr Handy aus der Hosentasche und entsperrte es. Er hatte sie angerufen! Grinsend schob sie ihr Handy in die Hosentasche und beschloss, ihm gleich nach dem Abendessen zu schreiben. Vielleicht könnten sie sich ja morgen treffen, überlegte sie. Emely bekam erst wieder etwas von ihrer Umgebung mit, als das Gratin dampfend auf dem Tisch stand.

»Alles okay mit dir? Du wirkst wieder so abwesend.« Kurz betrachtete ihre Mutter sie und holte dann einen großen Schöpflöffel.

»Ja, alles gut, ich war nur in Gedanken.«

Gustav legte seine Zeitschrift weg und zwinkerte seiner Tochter zu. Ein Schlag gegen die Scheibe der Terrassentür durchbrach die Stille. Emely zuckte erschrocken zusammen. »Was war das?« Sie versuchte, sich ihre Angst nicht anmerken zu lassen. *Bitte lass es nichts Magisches sein … bitte kein Keran!*

»Ich gehe mal nachschauen.« Gustav, die Ruhe selbst, öffnete die Terrassentür, während Emely in Habachtstellung war und sich innerlich schon auf einen Gegenangriff vorbereitete.

»Ein Vogel ist wohl gegen die Scheibe geflogen. Hm, das sieht nicht so gut aus. Er kann nicht weiterfliegen«, rief er von draußen.

Emely stand erleichtert auf, um sich den Vogel anzusehen. Sie hatte mit allem gerechnet, aber nicht mit einem harmlosen Vogel, der gegen die Scheibe krachte. »Oh, der Arme! Ich lege ihn in eine Schachtel und kümmere mich um ihn, bis er wieder fliegen kann.«

»Ja, mach das. An der Eingangstür liegt noch Vogelfutter.« Gustav setzte sich wieder an den Tisch, während Emely in den Keller rannte und kurz darauf mit einer Kiste und Futter zurückkam.

»So, da legen wir dich erst mal rein und wenn alle schlafen, komme ich wieder zu dir und werde dich heilen, damit du gleich wieder zu den anderen fliegen kannst«, flüsterte sie ganz leise und legte das Tier in die Kiste, die sie dann dicht an die Hauswand stellte.

Das Abendessen verlief wie gewohnt und Emely war froh, als es endlich vorbei war, denn sie wollte nun unbedingt Raphael schreiben. Schnell half sie, den Tisch abzudecken, und eilte ungeduldig in ihr Zimmer. Sie ließ die Tür hinter sich zufallen, setzte sich auf ihren Schreibtischstuhl und kramte ihr Handy heraus.

Emely

Lieber Raphael! Wie ...

Sie überlegte und zwei Sekunden später löschte sie es wieder.

Emely

Hey, Raphael! Hast du morgen Zeit, um etwas zu unternehmen? Ich würde mich freuen ... ganz liebe Grüße, Emely ☺

Immer wieder las sie sich die Nachricht durch, bis sie nervös auf *Senden* drückte. *Vielleicht hat er sein Handy ja aus und er liest die Nachricht erst morgen*, grübelte sie. Ein kurzer Klingelton ließ sie zusammenzucken. Das ging aber schnell. Angespannt drückte sie auf eine Taste, um die Nachricht anzusehen. »Lisa!« Enttäuscht verschwanden die Anspannung und das Kribbeln.

Lisa

Hey, Emely, wie geht es dir? Sollen wir uns in den nächsten Tagen mal treffen? Bei mir ist alles super ... ;-) VlG deine Lisa!

»Ach Lisa, wenn du wüsstest ...«, seufzte Emely und schrieb ihr, dass sie erst nächste Woche wieder für sie Zeit hätte. Am liebsten würde sie Lisa den ganzen Winter über nicht treffen, da sie nicht wollte, dass Lisa in irgendetwas mit reingezogen würde oder ihr irgendeine Veränderung an Emely auffiele. Eigentlich konnte sie mit ihrer Freundin über alles reden, doch dass sie nun eine Wächterin war, das musste sie für sich behalten.

Nach zwei Stunden saß Emely immer noch auf ihrem Schreibtischstuhl und fühlte sich schlecht. Raphael schrieb nicht zurück und ihrer Freundin musste sie das Wichtigste auf der Welt verschweigen. Mal abgesehen davon hatte sie auch überhaupt keine Lust zu schlafen, denn sie würde wahrscheinlich wieder so gruselige Dinge träumen.

Genervt stand sie auf und schaute aus dem Fenster.

»Zauber des Schnees, hole mich für diese Nacht in deine Welt.« Entschlossen sprach sie die Worte aus und merkte noch, wie sie ihr Umfeld nicht mehr wahrnahm, während ihre Seele in die Welt des Schnees hinüberging. Diesmal jedoch war etwas anders. Es war nicht so still wie sonst und sie nahm bewusst die Anwesenheit von jemandem wahr. Komisch, normalerweise war dieser Zustand wie schlafen, nur besser. Man bekam erst wieder etwas mit, wenn der Zauber einen zurückließ.

Erschrocken hielt sie die Luft an, denn sie erkannte schemenhaft einen großen Mann, der im weißen Nichts vor ihr zu stehen schien. »Wer bist du?« Vorsichtshalber wandte sie den Blick nicht ab.

Der Unbekannte kam näher, doch als seine Gestalt klarer wurde, fand sich Emely prompt in ihrem Zimmer wieder.

Hellwach und ausgeruht schaute sie sogleich auf ihren Wecker. Acht Uhr morgens! Es hatte geklappt, doch wer war dieser Unbekannte gewesen? Als ihr Blick auf das Handy flog, griff sie schnell danach und schaute, ob es eine Nachricht anzeigte. Lisa hatte ihr geantwortet, doch Raphael immer noch nicht. Vielleicht sollte sie einfach mal bei ihm im Büro vorbeischauen … Vielleicht ging es ihm nicht so gut wegen seines verstorbenen Vaters. Sie hörte, wie die Tür unten ins Schloss fiel und der Motor des Autos anging.

Der Vogel! Sie hatte den Vogel ganz vergessen! Sie eilte aus dem Zimmer, die Treppe nach unten und kniete sich neben die Schachtel auf der Terrasse. Zusammengekauert saß er aufgeplustert mit seinen braunen Federn in der Ecke der Kiste. »Zauber des Schnees, ich stehe im Bund mit dir. Heile diesen Vogel!« Nachdem leuchtende Schneekristalle um das Tier geschwirrt waren, flog dieser zwitschernd um Emelys Kopf und dann hoch in den Himmel. Es waren heute keine Wolken zu sehen und der Tag sollte laut Wettervorhersage kalt, jedoch sonnig werden.

Emely ging in die Küche, schloss die Tür hinter sich und machte sich ihren Tee. Nachdem sie ein paar Kekse verspeist und ihre Tasse leer getrunken hatte, holte sie sich zwei von Johanns Büchern, die sie in ihrem Zimmer unterm Bett liegen hatte, und setzte sich auf die Terrasse, um zu lesen. Nach einem Kapitel über Abwehrzauber und wie man sie ohne Hilfe von

Bewegungen ausführte, dachte sie über den schemenhaften Unbekannten in der Welt des Zaubers des Schnees nach. Was Johann wohl dazu sagen würde, wenn sie ihm das erzählte? Doch bevor sie zu Johann gehen würde, wollte sie unbedingt Raphael sehen.

Entschlossen zog sie sich alibimäßig ihre Winterjacke sowie warme Schuhe an und machte sich auf den Weg. Kurz flog ihr Blick zu Johanns Villa, doch sie lief nach links die Straße entlang, Richtung Raphaels Büro.

Je näher sie dem Büro kam, desto nervöser wurde sie. Sie überlegte angespannt, wie sie ihn begrüßen sollte.

»Mann, ist das heiß«, fluchte sie vor sich hin und machte den Reißverschluss ihrer dicken Jacke auf.

Als sie vor der Tür stand, klopfte sie laut dagegen. Keine Reaktion! Prüfend schaute Emely durch die verglaste Front seines Büros, doch sie konnte ihn nirgends sehen. Er war nicht da. Enttäuscht ließ sie ihre Schultern hängen und überlegte, ob sie zu ihm nach Hause laufen sollte. Sie entschied, gemütlich durch die Straßen zu schlendern. In den Straßen außerhalb des Stadtkerns gab es zwar nicht viele Läden, aber hier und da waren doch interessante Schaufenster. Emely kannte die Läden alle, da sie hier aufgewachsen war. So schaute sie gerne ab und zu, was sich verändert hatte. Ein bisschen würde sie schon alles vermissen, wenn sie für ein paar Monate in Alaska sein würde. Doch nach den Monaten im Schneeparadies hätte sie diese Umgebung ja wieder und Raphael auch.

Raphael bog gerade in die Straße ein, in der Emely wohnte, ließ das Haus jedoch außer Acht und klingelte bei Johann.

»Du bist auf dem richtigen Weg!«

Er spürte eine innere Kälte und wusste, dass das dunkle Wesen wieder ganz nah war. Es war seine Chance, seine Rache in die Tat umzusetzen.

»Hallo, Raphael, komm doch rein«, hörte er nun die Stimme von Johann. »Alles gut mit dir? Du wirkst ein wenig blass. Magst du eine Tasse von deinem Gebräu?« Johann musterte ihn prüfend.

Die Kälte verschwand. »Ja, das kann ich jetzt gut gebrauchen, danke!« Er folgte Johann in die Küche. »Ich kann mir den Kaffee auch selbst machen«, bot Raphael an, doch er verneinte.

»Du bist hier der Gast, wie geht es dir?« Johann begann etwas von dem *Gebräu*, wie er es immer nannte, zuzubereiten.

»Ganz gut, danke. Ich arbeite nun wieder, dank dir! Und ich habe sogar gerade einen Auftrag«, berichtete Raphael und lehnte sich an die Küchenanrichte.

»Das freut mich für dich, Junge! Dein Vater wäre sehr stolz auf dich gewesen und Eleonore ebenfalls. Manchmal denke ich an die Zeit, als du noch klein warst. Da habe ich dir immer Geschichten vorgelesen und du hattest sogar damals schon ein Faible für Kaffee. Immer wenn deine Mutter weggeschaut hat, hast du einen Schluck aus ihrer Kaffeetasse genommen.« Johann schwelgte in Erinnerungen und Raphael nickte nachdenklich.

»Ich fand deine Bibliothek immer sehr beeindruckend«, gestand Raphael und nahm die heiße Tasse Kaffee von Johann entgegen.

»Weißt du was? Wir setzen uns einfach in die Bibliothek und du kannst dort dieses Gebräu trinken. Magst du noch einen Keks?« Raphael willigte ein und folgte Johann die Treppen hinauf.

Das war seine Chance, auf so einen Moment hatte er gewartet! Ohne Probleme war er dem Buch plötzlich so nahe … Er musste es also nur noch unbemerkt aus der Villa schaffen.

In der Bibliothek angekommen ließ Raphael seinen Blick über die vielen Buchrücken gleiten und hoffte inständig, dass er das Buch mit dem schwarzen Einband finden würde. Noch bevor er sich setzte, blieb sein Blick daran hängen. Da war es! Er war der Chance, seinen Vater zu rächen, ganz nah.

»Du wirkst tatsächlich etwas aufgekratzt heute, bist du sicher, dass alles okay ist?« Johann setzte sich auf einen Stuhl.

»Ja, ja, mir ist nur schlecht.« Raphael rieb sich, um dem Ganzen Nachdruck zu verleihen, seinen Magen.

»Da habe ich etwas für dich, was hilft. Warte einen Moment, ich hole es eben aus der Küche.« Schnell verließ Johann die Bibliothek.

In dem Moment, als Raphael die erste Stufe knarzen hörte, griff er nach dem schwarzen Buch und steckte es unter seinen Pullover. Er hatte das Gefühl, als würde er einen Schatz in seinen Händen halten, und setzte sich schnell wieder auf seinen Stuhl. Sein Blick glitt über die anderen Bücher, die säuberlich aufgereiht in den Regalen standen. Immer wieder las er *Der Zauber des Schnees*, wodurch er wieder an das Gespräch zwischen Eleonore und Johann nach der Beerdigung denken musste. Was beide wohl damit zu tun hatten? Egal, er würde das jetzt durchziehen und das Buch danach wieder an seinen Platz stellen, bevor Johann es merken würde. Fest drückte er das Buch gegen seine Brust, sodass Johann denken musste, er würde seine Hand auf den Magen pressen – wegen seiner angeblichen Übelkeit.

»So, hier. Das sind ein paar Kräuter, die ich im Sommer getrocknet habe. Gieße sie dir einfach mit heißem Wasser daheim auf und trinke es dann«, erklärte ihm Johann und übergab ihm das kleine Büschel.

»Ich denke, ich werde wohl gleich gehen, es wird eher schlimmer«, presste Raphael vorgebeugt hervor und erhob sich von seinem Stuhl.

»Oh, ja natürlich. Kommst du klar, oder soll ich dich begleiten?« Fürsorglich brachte er Raphael zur Tür.

»Nein, das schaffe ich schon und sobald ich zu Hause bin, mache ich mir den Tee und lege mich etwas hin.« Raphael hörte vor Aufregung sein Herz bis in den Kopf schlagen, denn beim Schuheanziehen wäre ihm fast das Buch unter seinem Pullover hervor gerutscht. Er drehte sich nochmals kurz um und winkte mit der freien Hand, bevor er das Gartentürchen hinter sich schloss und ein eiskalter Hauch ihn in Empfang nahm.

Als er außer Sichtweite war, kramte er sein Handy heraus und las Emelys Nachricht. Statt zu antworten, steckte er es einfach wieder zurück in seine Jackentasche.

»Hallo!«

Erschrocken schaute er in das überraschte Gesicht von Emely. Sie stand direkt vor ihm. Er hatte sie nicht kommen sehen.

»Hey.« Nüchtern nickte er kurz.

Sie stellte sich auf die Zehenspitzen und gab ihm einen Kuss. Die unnatürliche Kälte wich für einen Augenblick. Immer noch verdattert starrte er sie an und presste eine Hand auf das Buch.

»Alles okay mit dir?« Kritisch musterte sie ihn.

»Ja … ähm nein! Ich … Mir ist nicht gut, ich bin auf dem Weg nach Hause«, druckste er herum und versuchte, einen schwachen Eindruck zu machen.

»Ich habe dir geschrieben … hast du meine Nachricht bekommen?«

»Ja … ja, ich hatte gerade bei dir geklingelt, aber da mir so plötzlich schlecht geworden ist, wollte ich nicht warten.« Er schaute an ihr vorbei auf den Boden.

»Ah, dann haben wir uns verpasst. Ich war gerade bei deinem Büro.«

»Ich muss dann auch weiter – ins Büro.« Er gab Emely einen flüchtigen Kuss.

»Ins Büro? Ist dir nicht schlecht?« Verwirrt deutete sie auf seinen Magen, auf den Raphael immer noch das Buch presste.

»Ja … Ich meine, ich gehe dann mal nach Hause und lege mich hin«, stammelte er und eilte schnell weiter, ohne sich von Emely richtig zu verabschieden.

Sie schaute ihm mit fragender Miene und hochgezogenen Augenbrauen hinterher. Seine innere Anspannung war ihr nicht entgangen. »Wie ist der denn drauf?«, entfuhr es ihr und nachdem er aus ihrem Sichtfeld verschwunden war, machte sie sich auf den Weg zu Johann.

Sie wusste nicht so recht, ob sie das persönlich nehmen sollte, aber er hatte sich nicht gerade gefreut, als er sie gesehen hatte. Seufzend grübelte sie über die Situation und klopfte wenig später an Johanns Tür.

»Hast du was vergessen?« Mit diesen Worten öffnete Johann die Tür und schaute verdutzt in Emelys Gesicht.

»Vergessen?« Verwundert trat sie ein.

»Ach, du bist es. Mein Enkel war gerade da, ich dachte, er kommt zurück«, erklärte Johann und schloss die Tür, sobald Emely im Haus war.

»Ach so. Passt es dir gerade? Ansonsten kann ich auch später noch mal vorbeischauen.«

Johann schüttelte den Kopf. »Ich werde doch keine Wächterin wegschicken, für die ich auch noch verantwortlich bin.« Er grinste und ging mit Emely in die Küche. »Tee, wie immer?« Wasser floss gleich darauf in den Kocher.

»Ja, danke. Ich muss dir unbedingt etwas erzählen.«

Johann nickte und gab Kräuter in ein kleines Säckchen. »Um was geht es denn?« Nachdem er den Tee aufgegossen und Emely die volle Tasse in die Hand gedrückt hatte, lag seine ganze Aufmerksamkeit bei ihr.

»Ich weiß nicht, wie ich anfangen soll. Mir ist jemand begegnet. Eigentlich sollte mir dort niemand begegnen, wo ich war …«, begann sie nachdenklich zu erzählen.

»Weißt du was, lass uns in die Bibliothek gehen, mein Tee steht noch oben, da ich vorhin mit meinem Enkel dort war und über alte Zeiten geredet hatte. Leider musste er gehen, da ihm schlecht geworden ist.« Johann lief mit Emely im Schlepptau die Treppen hinauf zur Bibliothek.

»Scheint wohl umzugehen, ich habe vorhin auch jemanden getroffen, dem schlecht war. Hoffentlich bleiben wir von diesem Infekt verschont.«

Oben angekommen stellte sie den Tee auf dem kleinen Tisch ab und ließ sich auf den Stuhl fallen. »Seit wann trinkst du Kaffee?« Emely tippte erstaunt auf die halb volle Tasse.

»Gott bewahre, ich und dieses Gebräu. Die ist noch von meinem Enkel.« Er schob die Tasse beiseite und griff dann nach seinem Tee. »Zurück zu deiner Begegnung mit dem Unbekannten. Wo ist er dir begegnet?«

Emely erzählte ihm von ihrer Nacht, die ihre Seele in der Welt des Zaubers verbracht hatte.

Als sie geendet hatte, schaute Johann sie mit ungläubigen Augen an. »Das kann ich mir nicht erklären«, meinte er dann trocken und verfiel in tiefes, grüblerisches Schweigen.

Mehrmals drehte er den Schlüssel im Schloss. Nachdem er sich vergewissert hatte, dass die Tür auch wirklich zu war und das Schild so hing, dass »*Geschlossen*« darauf stand, setzte er sich wieder und zog das schwarze Buch hervor.

In Gedanken sah er sich als kleines Kind mit dem Buch auf dem Boden sitzen. Er hörte das Lachen seiner Eltern und Johann, der ihm das schwarze Buch wegnahm und ihm dafür ein anderes gab. Oma Eleonore hatte ihm später immer ein Stück Kuchen zum Lesen gebracht. Eigentlich war er nie alleine in der Bibliothek gewesen, fiel ihm auf. Immer war einer von beiden bei ihm gewesen. Seine Kindheitserinnerungen wurden durch einen lauten Knall durchbrochen und Raphael sah, diesmal als Beobachter von außen, wie sein Vater von der Straße abkam und mit dem Auto gegen einen Baum raste. Es musste so ähnlich ausgesehen haben wie bei dem Unfall gestern. *Er ist tot*, hallten verschiedene Stimmen durch seinen Kopf und er spürte plötzlich diese Leere, die sich über die Jahre hinweg in Wut und Hass verwandelt hatte. Mit purer Entschlossenheit schlug er das Buch auf.

Emely

»Und du bist dir sicher, dass du in der Welt des Zaubers des Schnees warst und nicht irgendwo dazwischen?«

»Ja, ich habe den Zauber darum gebeten genau wie letztes Mal.« Emely zuckte mit den Schultern und keuchte plötzlich auf.

»Was ist?« Johann musterte sie besorgt, denn sie krümmte sich nach vorne.

»Ich weiß es nicht, ich fühle mich plötzlich ganz seltsam.« Sie versuchte ruhig zu atmen. *Komisch, es ist doch alles gut,* dachte sie sich.

»Vielleicht hast du auch diesen Infekt?«, überlegte Johann laut.

Als er den Satz zu Ende gesprochen hatte, fühlte sich Emely von jetzt auf nachher besser. Sie saß wieder munter auf ihrem Stuhl. »Was war das denn?« Verwirrt blickte sie Johann an.

»Das war auf jeden Fall nicht normal«, stellte er ernst fest und atmete tief durch.

»Was meinst du mit nicht normal? Magisch? Stimmt irgendetwas nicht?« Emely schaute Johann erklärungssuchend an.

»Es erinnert mich an Eleonore. Sie war zwar keine Wächterin, aber immer, wenn dunkle Mächte aufkeimten, warnte ihr Inneres sie durch solche körperlichen Reaktionen.«

Statt ruhiger zu werden, da das eine mögliche Erklärung wäre, fühlte Emely ein unangenehmes Engegefühl in ihrer Brust. »Aber wenn das so wäre … dann würde das in meinem Fall heißen, dass der Zauber des Schnees in Gefahr ist«, schlussfolgerte Emely.

»Hm, solange das schwarze Buch noch da ist, mache ich mir da nicht allzu große Sorgen. Mit dem Rest werden wir schon fertig und –« Johann brach ab und wurde kreideweiß.

»Johann?« Emely sprach mit lauter Stimme zu ihm, doch als er nicht antwortete und seine Hände zu zittern begannen, folgte sie seinem Blick. Die Angst, die nun in ihr aufstieg, lähmte sie. Sie hörte ihr Herz laut in ihrem Kopf schlagen.

Das Buch war weg! Wie konnte das passieren? Johann hatte doch immer darauf aufgepasst! Er würde es mit seinem Leben beschützen!

»Nein!«, hauchte sie, als die Lähmung der Angst wieder aus ihrem Körper wich. »Nein!«, rief sie nun laut, stand auf, rannte den Tisch um und stürzte vor die Bücherwand. Fahrig riss sie ein Buch nach dem anderen heraus, doch das schwarze Buch war tatsächlich weg. Das Buch, an dem ihr aller Leben hing! Blut rann über ihr Handgelenk und tropfte auf den Boden. Sie hatte sich wohl an der Tasse verletzt, die zu Bruch gegangen war, als sie aufgesprungen war.

»Es ist fast wie in meinem Traum«, flüsterte sie entgeistert und schaute starr auf den Blutfleck auf dem Boden. »Johann! Johann, es ist fast so wie in meinem Traum. Wir müssen etwas tun, ich will nicht sterben, ich will nicht, dass du stirbst … Ich …« Emely stieß aufgelöst die Worte hervor und die Tränen erstickten ihre Stimme. Zitternd und nach Luft schnappend rollte sie sich auf dem Boden zusammen. Das Nächste, was sie kurz darauf wahrnahm, waren zwei starke Hände, die sie hochzogen und die Treppe hinuntertrugen.

Kapitel 15

Entfernt hörte sie Johanns Stimme, doch alles schien so weit weg. Der Tränenschleier nahm ihr die Sicht und sie konnte in dem Moment nur fühlen. Sie nahm Angst und Verzweiflung und eine Last wahr, die sie fast erdrückte.

Johann ließ sie in den tiefen Schnee fallen. Er riss ihren Pulli von ihrem Oberkörper und ließ mit einer kurzen Handbewegung Schnee auf ihre nackte Haut fallen.

»Atme ruhig, Emely. Du brauchst deinen Verstand!« Seine feste, klare Stimme drang zu ihr durch. »Schließe deine Augen«, fügte er hinzu und setzte sich dann neben sie in den beruhigenden Schnee.

Schneekristalle fielen vor Emelys Augen sanft herab und sie spürte, wie sie wieder langsam zu sich kam. Ihre Atmung ebenso wie ihr Herzschlag beruhigten sich und nach einer gefühlten

Stunde öffnete sie ihre Augen und schaute in den sternenübersäten Himmel.

Angenehm spürte sie den Schnee auf ihrer nackten Haut und drehte ihren Kopf zu Johann. »Danke.«

Er antwortete ihr mit einem kleinen Lächeln.

Eine geschlagene Stunde verharrten sie so im Schnee und Emely war dankbar, dass sie einen Meister hatte, der bei ihr war, auf sie aufpasste und sie alles lehrte, was sie wissen musste. Um genau zu sein, fühlte es sich für Emely wie Freundschaft an.

Raphael las das Buch in wenigen Stunden durch, schaute mit glasigen Augen auf und starrte ins Leere. Tief atmete er durch und schlug es zu. Es gab tatsächlich eine Möglichkeit, seinen Vater zu rächen.

Der Preis ist allerdings ziemlich hoch, ging es ihm durch den Kopf und er dachte über das nach, was er machen musste, um den Zauber des Schnees zu brechen. Es war schon spät und er beschloss, nach Hause zu gehen, damit seine Mutter keine unangenehmen Fragen stellen würde. Das schwarze Buch schob er wieder unter seinen Pulli, presste seinen linken Arm darüber und verließ sein Büro.

»Raphael!«

Ruhig blieb er stehen und schaute in die verlassene Dunkelheit. »Zeig dich!«

Kurz darauf manifestierte sich das schattenartige Wesen ein paar Schritte von ihm entfernt.

So ein Ding wird also von mir Besitz ergreifen, dachte er und wandte seinen Blick nicht von dem Keran ab. Er sah vor seinem inneren Auge, wie er das Ritual durchführte, um den Zauber des Schnees zu brechen und somit den Tod seines Vaters zu rächen.

»Hast du nun verstanden?«, hörte er die gedehnte Stimme des Kerans zu ihm sprechen.

Er nickte. »Ich rufe dich, sobald ich dich brauche.«

Anstatt sich zu verflüchtigen, kam der Keran langsam näher. »Denkst du, du kannst einem Keran Befehle erteilen?« Das Wesen blieb nur wenige Zentimeter vor ihm schweben.

»Ich brauche noch etwas Zeit, ich muss vorher noch ein paar Dinge klären und mir über etwas Gedanken machen.« Die Situation wuchs ihm über den Kopf und er versuchte, ruhig zu bleiben. Natürlich hatte er in dem schwarzen Buch einiges über Kerans gelesen, doch er hätte sie für fügsamer gehalten und sich gedacht, dass er diese Wesen schon im Griff haben würde. Die Erinnerung, als der Keran ihn durch Magie zu Boden stürzen ließ, blitzte auf.

»Du willst doch unbedingt den Zauber des Schnees brechen?« Die schwarze Masse waberte langsam um Raphael herum. »Dann habe auch den Mut dazu«, sprach der Keran weiter.

»Aber ich … Was ist mit Emely, sie … Und mit meiner Mutter …«, stammelte Raphael und Angst schnürte ihm die Kehle zu.

»Ich werde mich schon um sie kümmern …« Einmal noch flog er wie ein Raubtier, das seine Beute einkreiste, um Raphael und drang daraufhin erbarmungslos in seinen Körper ein. Es ging alles zu schnell, er konnte sich nicht wehren.

Ein unvorstellbarer Schmerz durchzuckte Raphael. Er ging in die Knie. Ein langer qualvoller Schrei entfuhr ihm. In dem Moment, in dem der Keran sich in ihm ausbreitete und seine Seele keinen Platz mehr hatte, sah er das erlösende Licht. Ihm wurde bewusst, dass ihn die Rache blind gemacht hatte. Er hatte doch tatsächlich gedacht, er könnte einen Keran kontrollieren und danach ganz normal weiterleben! Doch jetzt? Jetzt starb er genau in diesem Moment und es würde kein Zurück mehr geben.

Wärme umhüllte Raphael und statt des Schmerzes, der Wut und Trauer fühlte er sich frei und angekommen. Er hatte sogar das Gefühl, seinem Vater ganz nah zu sein. Plötzlich überlagerten Schuldgefühle seinen Seelenfrieden. Wie hatte er seiner Mutter und Emely das antun können? Er konnte sie mit dem Verlust doch nicht einfach alleine lassen! Völlig unerwartet verschwand das Licht. Irgendetwas hielt ihn zurück, ließ ihn nicht auf die andere Seite treten.

Emely

»Hast du den Schrei gehört?«

Johann brummte bejahend. »Das hat sich nicht gut angehört …«, meinte er dann. Beide saßen noch immer im beruhigenden Schnee.

»Es ist etwas Schreckliches passiert, ich kann das fühlen«, flüsterte sie ernst und setzte sich auf. »Johann, kann ich heute bei dir übernachten? Ich möchte nicht nach Hause.« Sie sah ihn bittend an, während ihr Herzschlag wieder Fahrt aufnahm.

Johann willigte, ohne zu überlegen, ein.

»Ich rufe kurz meine Eltern an und sage, dass ich bei einer Freundin übernachten werde.« Emely griff nach ihrem Pulli und lief in das Wohnzimmer. Schon nach dem zweiten Klingeln ging ihre Mutter ans Telefon. Als Emely ihr sagte, dass sie bei einer Freundin über Nacht bleiben würde, freute sie sich so darüber, dass sie nicht weiter nachfragte und ihrer Tochter viel Spaß wünschte. Erleichtert, dass ihre Mutter nicht stutzig geworden war oder komische Fragen gestellt hatte, legte Emely auf.

»Das war einfacher, als ich dachte.« Sie drehte sich zu Johann, als dieser ebenfalls ins Wohnzimmer kam und die Terrassentür fest hinter sich schloss.

»Ich kann nicht fassen, dass das schwarze Buch weg ist. Ich war fast die ganze Zeit zu Hause. Fast die ganze Zeit … Ich hätte nicht rausgehen dürfen.« Niedergeschlagen ließ er sich auf den Sessel fallen.

Emely setzte sich auf die Couch, doch kuschelte sie sich nicht gemütlich in die Decke, sondern saß angespannt auf der Kante. »Du hättest aber nicht die ganze Zeit hier herumsitzen können.«

»Das Buch ist weg. Wegen meiner Unachtsamkeit kann der Zauber gebrochen werden und wir sind somit in Lebensgefahr. Ich bin eigentlich dazu da, um auf dich achtzugeben.«

»Hör auf, dir Vorwürfe zu machen. Wer weiß, wer das Buch genommen hat. Vielleicht hättest du noch nicht einmal eine Chance gehabt, wenn du da gewesen wärst.«

Johann schnaubte. »Gegen mich hätte nur jemand eine Chance, wenn die Gesetzmäßigkeiten außer Kraft treten würden. Ich habe jeden Tag seit meiner Jugend trainiert, mich setzt so schnell keiner schachmatt. Es tut mir leid.«

»Du hast mal gesagt, dass es von Vorteil ist zu wissen, was passieren wird. Vielleicht muss ich nur genauer wahrnehmen, was mir für Träume geschickt werden, oder intensiver auf meine Intuition hören.« Emely war über diese diplomatischen Worte überrascht. In solchen Situationen verlor sie eigentlich die Nerven – wie vorhin.

Sie rutschte mit ihren Gedanken zu dem Moment, in dem sie dem Unbekannten in der Welt des Zaubers des Schnees begegnet war. Zu blöd, dass sie genau dann ins Jetzt zurückgekommen war, in dem es so schien, als würde sie ihn klarer sehen können. »Vielleicht hat er etwas damit zu tun?«

Johann schaute sie fragend an.

»Der Unbekannte aus der Welt des Zaubers«, fügte sie erklärend hinzu.

Beide versanken in ihren Gedanken.

»Wir könnten uns gleichzeitig in die Welt holen lassen, dann siehst du ihn vielleicht auch?!«

»Hm, hältst du das für sinnvoll? Dann ist keiner von uns beiden hier in dieser Welt. Das ist momentan etwas riskant, meinst du nicht?«

»Ja, vielleicht hast du recht. Ich könnte ja auch alleine gehen und du passt so lange auf mich auf …«

Johann streckte sich. »Damit wäre ich einverstanden, lass uns das später ausprobieren … Ich hole uns einen Snack aus der Küche, ich könnte dringend eine kleine Stärkung vertragen.«

Emely lehnte sich zurück und versuchte, die Anspannung aus ihrem Körper zu bekommen. *Okay, wir sind in Lebensgefahr, aber ich bin immerhin eine Wächterin des Zaubers, also werde ich das schaffen und wen auch immer aufhalten können.*

Johann kam mit einem großen Teller belegter Brote zurück. Natürlich meldete sich Emelys Magen sofort und sie schnappte sich eines. »Wie sieht es bei dir eigentlich mit einem Freund aus? Hast du jemanden?« Johann schaute sie ohne Umschweife an.

Mit hochgezogenen Augenbrauen hielt Emely inne. Wie kam er denn jetzt auf so ein Thema?

»Ich frage ja nur, weil es manchmal sehr schwierig sein kann, so ein Geheimnis für sich zu behalten, gerade wenn die Nerven so überstrapaziert werden«, fügte er schnell hinzu.

»Nun … ja, ich habe tatsächlich jemanden kennengelernt. Er hat mir geholfen, als ich im Wald gestürzt bin.« Sie fasste sich schnell wieder und aß weiter.

»Aha, also kennt ihr euch noch nicht so lange?«

Emely schüttelte den Kopf. »Nein, erst seit wenigen Wochen.«

»Dann fällt es dir wahrscheinlich gar nicht so schwer, ihm nichts über dein Wächterdasein zu erzählen …« Sein Blick fiel auf das Bild mit Eleonore. »Ich hatte da ja Glück.« Seufzend wandte er sich wieder ab.

»Mir fällt es nur schwer, meiner besten Freundin nichts zu sagen, denn wir haben uns eigentlich immer alles erzählt.« Emelys Blick wanderte niedergeschlagen zu Boden, woraufhin Johann verständnisvoll nickte.

»Wäre sie denn vertrauenswürdig?« Er schien genau zu wissen, wie Emely sich fühlte.

»Ja, sie hat nie irgendetwas herumerzählt. Sie redet zwar viel und gerne, aber kann Dinge für sich behalten.«

»Vielleicht solltest du zu ihr Abstand halten, bis wir wissen, was sich da zusammenbraut. Nicht, dass sie da irgendwie mit reingezogen wird, wenn sie mit dir unterwegs ist.«

Mit hochgezogenen Augenbrauen schaute sie Johann an, als dieser mit ernster Stimme zu Ende gesprochen hatte. Sie sollte sich nicht mehr mit ihrer besten Freundin treffen? Emely lehnte sich zurück und dachte über Johanns Aussage nach. Vielleicht hatte er recht, wenn sie vielleicht angegriffen würde und Lisa wäre in dem Moment bei ihr, dann würde das nicht nur ihr Geheimnis offenbaren, sondern Lisa in Gefahr bringen. Oder sie könnten unterwegs sein und ein Keran würde sie angreifen, dann müsste Emely sich auch offenbaren, damit sie heil aus der Sache rauskommen würden.

Ein tiefer Seufzer entfuhr ihr und sie lehnte sich nach vorne, um sich mit den Armen auf ihren Knien abzustützen. »Das wäre wohl besser so. Ich kann ja mit ihr telefonieren, aber Verabredungen sollte ich wohl zurzeit vermeiden.« Schwermut legte sich über Emely, doch sie war einsichtig.

Erschöpft von den letzten Stunden blickten beide versunken ins Kaminfeuer.

»Ich hätte nie gedacht, dass ich mal bei meinem Nachbar sitze, der mir offenbart, dass ich eine Wächterin des Zaubers des Schnees bin und er selbst mit dem Zauber verbunden und mein Meister ist.« Emely füllte leicht kopfschüttelnd die Stille mit ihren Worten.

Johann schmunzelte. »Das hätte ich bis vor ein paar Wochen auch nicht gedacht. Du glaubst gar nicht, was ich Bammel hatte. Zum einen wurde mir plötzlich eine ziemlich wichtige Aufgabe zuteil, und zum anderen hattest du überhaupt keine Ahnung.

Ich wusste nicht, wie ich es dir übermitteln sollte. Ich hatte solche Angst, dem nicht gerecht zu werden und alles aufs Spiel zu setzen.«

Emely hörte ihm aufmerksam zu. Als sie an die Zeit dachte, in der Johann versucht hatte, Kontakt zu ihr aufzunehmen, und sie mehrmals vor ihm geflüchtet war, konnte sie das nun sehr gut nachvollziehen. »Entschuldige bitte, aber das war am Anfang, als ich dich noch nicht kannte, sehr komisch für mich und na ja, wer will schon von jetzt auf nachher so eine Verantwortung tragen?!« Kleinlaut zog sie die Schultern bis zu ihren Ohren hoch.

Johann schüttelte den Kopf. »Dafür brauchst du dich doch nicht zu entschuldigen! Was glaubst du? Denkst du, alle vorherigen Wächter haben Luftsprünge gemacht, als ihnen diese Ehre zuteilwurde? Es gibt sogar eine Geschichte, in der es um einen Wächter geht, der sich jahrelang davor gedrückt hatte, sein Amt ernst zu nehmen. Am Anfang hatte ich schon gedacht, mir widerfährt mit dir das Gleiche, aber du bist stark! Du hast dich dem Ganzen gestellt, obwohl du zu Beginn Angst hattest. Du kannst stolz auf dich sein! Und stell das nie wieder infrage.« Ernst redete er auf sie ein, bis Emely beschwichtigend ihre Hände hob. »So, nun lass uns mal den Test machen. Du gehst für wenige Minuten in die Welt des Zaubers des Schnees und schaust, ob sich dieser Unbekannte wieder zeigt.«

Emely bat sogleich den Zauber, sie für kurze Zeit in seine Welt zu holen. Mittlerweile konnte sie das ziemlich gut, auch ohne den Blick auf die Schneeflocken zu richten – dank des Konzentrationstrainings, das sie letztens absolviert hatte.

Von jetzt auf gleich stand sie im weißen Nichts. Sie sah

wieder eine große Gestalt auf sich zukommen. Angestrengt versuchte sie, sich zu konzentrieren, und hoffte, dass sie diese Person erkennen konnte. In dem Moment, als die Umrisse klarer wurden, fand sie sich in Johanns Wohnzimmer wieder. Erwartungsvoll sah dieser sie an.

»Es war genau wie letztes Mal. Sobald es so scheint, als würden die Umrisse klarer, komme ich zurück.« Sie atmete enttäuscht aus.

»Das heißt, du hast ihn wieder gesehen – das ist wirklich seltsam!« Johann schaute Emely an. »Weißt du was? Ich habe das zwar noch nie gemacht, aber ich werde mich jetzt auch mal bewusst in die Welt des Zaubers des Schnees holen lassen. Meinst du, du kommst fünf Minuten ohne mich aus?« Eine kleine Sorgenfalte zeichnete sich auf seiner Stirn ab.

»Ja, kein Problem«, meinte Emely daraufhin.

Kurz darauf war Johanns Seele in der anderen Welt.

Emely sah das erste Mal jemanden von außen, der in der Welt des Zaubers weilte, und beobachtete Johann sehr genau. Irgendwie war das wirklich gruselig, da er seine Augen geöffnet hatte, jedoch nicht anwesend war. Jetzt wurde ihr auch klar, warum sich ihre Mutter Sorgen um sie gemacht hatte, als sie sie vor einiger Zeit so gesehen hatte.

Plötzlich fühlte Emely sich seltsam. Wenn jetzt etwas passieren würde, könnte Johann nichts machen. Ihr Blick glitt durch den Raum und blieb an der Klinke der Terrassentür hängen. Sie war unten und somit verschlossen.

»Jetzt mach dir nicht in die Hose, du bist eine Wächterin!« Sie konnte lediglich sich selbst fühlen, da Johanns Seele in der Welt des Zaubers war. Um keine Angst zu bekommen, redete sie auf sich ein und war froh, dass es keiner mitbekam, denn ihre Ängstlichkeit war ihr peinlich. Immerhin, früher hätte sie schon längst das Weite gesucht.

In dem Moment, als sie Johanns Anwesenheit wieder spürte, bewegten sich seine Augen und er war zurück. »Alles ruhig hier gewesen, als ich weg war?« Er nahm einen Schluck Tee.

»Ja, alles gut. Und, hast du ihn gesehen?«

»Nein, da war nichts. Es war so, wie es sein sollte … Ich habe nichts mitbekommen und fühle mich angenehm erholt, trotz, dass es nur fünf Minuten waren.« Kopfschüttelnd griff er nach einem Keks.

»Komisch, das habe ich nicht erwartet.« Ernüchtert trank sie ebenfalls einen Schluck Tee.

»Nun, du bist eine Wächterin«, sagte er bedeutungsvoll, als würde dies alles erklären, doch Emely war damit nicht wirklich zufrieden.

Hoffentlich bilde ich mir das alles nicht ein, dachte sie bei sich und nahm sich noch einen Keks.

»Vielleicht sollte ich noch mal in die Welt des Zaubers … länger«, überlegte sie laut, denn sie wollte unbedingt wissen, was, beziehungsweise wer, dahintersteckte.

»Okay, aber nicht mehr heute. Es war schon so viel und abgesehen davon, dass ich müde bin, solltest du dich ausruhen und Kraft tanken … in dieser Welt.« Johann stellte entschieden die Tassen auf das Tablett und stand auf.

»Wo soll ich eigentlich schlafen?«

»Das Haus ist groß, du kannst es dir aussuchen. Es gibt oben im Moment drei Zimmer, die bezugsfertig sind. Du kannst eines auswählen.«

Emely starrte ins Kaminfeuer und fühlte sich unwohl, denn sie mochte keine großen Häuser, in denen wenig los war und die sie nicht richtig kannte. »Könnte ich auch hier unten auf der Couch schlafen?«

Johann sah sie daraufhin überrascht an. »Ähm, ja natürlich, wenn du magst. Ich hole dir eine Decke und ein Kissen von oben.« Eilig verließ er den Raum.

Komisch, nun war sie so oft hier gewesen und kannte nur diesen Raum, die Küche, den Garten und die Bibliothek. Bei dem Gedanken an einen alten, großen, dunklen Keller fröstelte es sie und sie schob den Gedanken schnell beiseite.

»So, hier, da hast du alles, was du brauchst. Das große Bad ist oben rechts und eine Toilette findest du hier unten gegenüber vom Hauseingang. Handtücher nimmst du dir einfach aus den Badezimmerschränken«, informierte Johann sie und ließ den großen Stapel, bestehend aus einer dicken Daunendecke und einem großen Kissen, auf die Couch fallen.

»Danke!« Sie richtete es sich auf der Couch gemütlich ein.

»Ich werde noch in meinem Sessel lesen, wenn es dich nicht stört und dann nach oben gehen.«

Emely nickte, denn sie war nicht so erpicht darauf, in diesem großen Raum alleine zu sein.

Der Keran fühlte sich in Raphaels Körper wohl und füllte ihn mit seiner Kälte aus. Er öffnete die Haustür, um die Treppen nach oben zu steigen. Er genoss das Gefühl, ein Haus zu betreten. Denn nur in einer menschlichen Hülle war ihm dies möglich, ansonsten war er dazu verdammt, draußen umherzustreifen.

Er würde das Leben des schwachen Menschen, den er so lange beobachtet hatte, gehörig durcheinanderbringen, aber zuerst würde er sich so verhalten, wie es Raphael getan hätte, damit er sich einen Überblick verschaffen und somit die Schwachstellen ausnutzen konnte. Wenn Raphael gewusst hätte, wer seine Emely wirklich war … Ein hohles Lachen entfuhr ihm, woraufhin er sich sofort dazu zwang, nichts von sich preiszugeben.

»Hallo!«, rief Raphaels Stimme in die Wohnung hinein. Er betrat kurz darauf die Küche.

»Hallo, mein Schatz. Du hast aber heute lange gearbeitet! Magst du etwas zum Abendessen? Es ist noch Auflauf im Ofen.«

»Ja, danke. Es läuft gerade ganz gut und ich wollte noch etwas fertig machen.« Raphaels Stimme verließ unverändert seinen Mund. Der Keran weidete sich an dem Gefühl, diesen Körper kontrollieren zu können.

Er zwang sich, langsam zu essen und mit dieser Frau zu reden, denn er wollte nicht, dass sie stutzig würde. Eigentlich wäre er gerne sofort in Raphaels Zimmer gegangen, um sich mit dem Ritual im schwarzen Buch auseinanderzusetzen. So oft hatten er und seinesgleichen in den letzten Jahrhunderten versucht, den Zauber zu brechen, doch keiner hatte es je geschafft.

»Du hast schon lange nicht mehr so viel mit mir geredet.« Raphaels Mutter schaute ihn glücklich an.

Der Keran jedoch ärgerte sich, dass er sich nicht genau wie dieser erbärmliche, einst von Trauer und Hass zerfressene Mensch verhielt.

»Alles gut bei dir, mein Schatz?«

»Ja, ich bin müde … ich werde in mein Zimmer gehen.« Er zog sich abrupt zurück.

Die Menschenfrau rief ihm noch eine gute Nacht hinterher.

Im Zimmer angekommen verschloss er die Tür hinter sich und zog das Buch hervor. »Nun wird der Zauber des Schnees bald gebrochen sein«, sprach er mit gedehnter Stimme, die endlich wieder seine eigene war. Mit glanzlosen Augen öffnete er das Buch.

»Das ist einfacher, als ich annahm.« Der Keran las den Text Triumph heischend vor sich hin. Er würde ein Fest des Grauens veranstalten. Was waren diese schicksalhaften Zusammenhänge nur für eine einzigartige Begebenheit. Nie hätte er sich erträumt, dass er den Körper eines Menschen besitzen würde, der mit einer Wächterin liiert war. Sein Glück, dass ausgerechnet dieser Mensch so zerstört durch seine Trauer gewesen war, sonst hätte er seine Seele niemals aus seinem Körper vertreiben können. Da hatte er definitiv die richtige Entscheidung getroffen. Doch es wäre beinahe schiefgegangen. Sein Schachzug, den Unfall vor Raphaels Augen zu verursachen, hatte diesen gerade noch davon abgehalten, sich dem Hass und der Wut zu entsagen. Sonst wäre all die Vorbereitung umsonst gewesen … Sonst wären all die negativen Gedanken, die er dem Menschen seit dem Tod seines Vaters eingehaucht hatte, für nichts und wieder nichts gewesen. Es war perfekt geplant gewesen.

Emely lag, nachdem sie im Bad gewesen war, mit einer inneren Unruhe auf der Couch und beschloss, doch noch ein wenig zu lesen. Sie musste mehr über Kerans in Erfahrung bringen.

Ein Keran war in der Lage, in den Geist eines Menschen einzudringen und von ihm Besitz zu ergreifen. Sie pflanzten sich schmerzhaft in den Körper ein. Das, was vom Menschen übrig blieb, war sein Körper, der vom Keran genutzt wurde. Die Seele war tot. Selbst wenn es jemandem gelänge, einen Keran zu vertreiben, kehrte die Seele nicht zurück. Ein Keran in einem menschlichen Körper war schwer erkennbar, da das Wesen es so aussehen lassen konnte, als hätte sich an dem Menschen nichts verändert. Sie waren demnach die gefährlichsten Kreaturen der dunklen Magie.

Emely schob zittrig das Buch weg und legte ihre Hand auf ihren Magen, denn bei dieser Vorstellung wurde ihr schlecht.

Johann blickte von seinem Buch auf. »Ist dir nicht gut?«

Emely berichtete ihm, was sie gerade gelesen hatte.

Wissend nickte er. »Diese Kreaturen greifen leider auch Menschen an, die nicht mit dem Zauber des Schnees verbunden und somit wehrlos sind. Sie haben mir vor vielen Jahren, als ich noch jung war, einen guten Freund genommen. Das werde ich nie vergessen.« Trauer schwang in seiner Stimme mit, doch bevor er in die Erinnerung abschweifte, schüttelte er den Kopf.

»Das tut mir leid!« Ergriffen starrte sie auf das Buch, das aufgeschlagen auf dem Tisch lag.

»Wir haben damals den Keran aus seinem Körper bekommen, es war uns wichtig, dass er das nicht weiter mit ansehen musste.«

»Mit ansehen? Er war doch …«, begann Emely fragend.

Johann nickte. »Ja, er war tot, aber seine Seele … Ich glaube daran, dass die Menschen, die tot sind, nicht so weit weg von uns sind und alles mitbekommen.« Nachdenklich fiel sein Blick auf ein Bild von ihm, auf dem Eleonore würdevoll und mit leuchtenden Augen im Schnee stand.

»Das glaube ich auch …«, sagte Emely leise und musste unweigerlich an ihre zwei Omas und Opas denken, die alle schon gegangen waren. Nicht oft, aber ab und zu hatte sie das Gefühl, als wäre einer von ihnen ganz nah bei ihr.

»So, Schluss mit der Sentimentalität! Du solltest schlafen, um ausgeruht zu sein. Schiebe die Gedanken weit weg.«

Kapitel 16

Schneeflocken wirbelten um sie herum und das Lachen des Kerans verschwand aus ihrem Kopf. Erleichtert saß sie auf dem Boden und die Schneeflocken sanken sacht herab. Raphael stand vor ihr und streckte ihr seine Hand entgegen, um ihr aufzuhelfen. Als Emely vor ihm stand, verschwand der Glanz aus seinen Augen und er schaute sie gefühllos an.

»Raphael?« Sie konnte sich nicht erklären, was mit ihm los war, bis aus ihm ein seltsames Lachen kam.

Emely wich zurück, bis sie mit dem Rücken an einen Baum stieß.

»Dein Raphael ist schon lange tot.«

Die Worte des Kerans trafen sie hart, als hätte sie einen Schlag in die Magengrube bekommen. »Nein!« Sie keuchte auf und presste ihre Hand auf den Bauch. »Geh aus seinem

Körper!«, schrie sie den Keran an, wobei sich ihre Stimme vor Trauer und Wut überschlug.

»Aus seinem Körper? Na, wie soll ich denn dann das Ritual durchführen, damit der Zauber des Schnees gebrochen wird?« Der Keran sprach mit hoher, gedehnter Stimme und drückte sie mit einer Hand fest gegen den Baum. Emely stiegen Tränen in die Augen. *Es ist nur noch sein Körper, der da vor mir steht*, ging es ihr schmerzhaft durch den Kopf und sie fühlte sich verloren und dem Tod sehr, sehr nahe.

»Stirb!«, flüsterte der Keran dicht an ihrem Ohr und holte mit der Hand aus.

»Nein!«

Emely schrie und saß kurz darauf senkrecht und schweißgebadet auf der Couch in Johanns Wohnzimmer. »Was mache ich hier?« Keuchend sah sie sich um.

Johann schreckte auf und schaute sie mit großen Augen an. »Was ist passiert?« Ernst stand er auf und musterte sie besorgt.

»Es war ein Keran im Körper meines Freund und er … er wollte den Zauber des Schnees brechen … Er wusste wie!«, brachte Emely laut hervor und versuchte, sich wieder zu beruhigen.

»Atme ruhig, im Moment war es nur ein Traum, ich hole dir ein Glas Wasser.«

Nur ein Traum, ging es Emely durch den Kopf. »Na hoffentlich!«, seufzte sie immer noch zittrig und stellte die Füße auf den kühlen Boden.

»Mach, dass es nur ein Traum war«, flüsterte Johann vor sich hin, als er mit dem Glas Wasser zurück ins Wohnzimmer lief. »Hier, trink das, dann fühlst du dich gleich besser.« Er hielt Emely das volle Glas entgegen.

Emely nickte als Dank und trank es in einem Zug leer. »Ist schon okay, ich habe das seit einer Woche jede Nacht, so langsam gewöhne ich mich daran. Ich habe bestimmt nur das verarbeitet, was ich vorhin gelesen habe, oder denkst du, dass das nicht *nur* ein Traum war? Himmel, wie soll ich das eigentlich auseinanderhalten?« Auf seinen besorgten Blick hin stellte sie das leere Glas auf den Tisch.

»Ich will dich ja nicht beunruhigen, aber vielleicht will der Traum dir wirklich etwas mitteilen oder dich vorwarnen, wenn das so häufig vorkommt.«

»Na ja, das mit dem verschwundenen Buch habe ich so ähnlich vorher ebenfalls geträumt, und dass ich eine Wächterin bin, wurde mir auch durch einen Traum mitgeteilt.« Das machte es allerdings nicht besser, denn das würde heißen, dass Raphael in Schwierigkeiten wäre und noch viel schlimmer … der Zauber des Schnees wäre wirklich in ernsthafter Gefahr und somit ihr Leben! Sie schluckte und dachte an die vergangenen Träume. Fast in jedem war Raphael böse und Johann und sie starben, da der Zauber gebrochen wurde.

Sie konnte sich jedoch beim besten Willen nicht vorstellen, dass Raphael solche Absichten hegte. Er kann doch nicht wollen, dass sie starb! Rache hin oder her.

»Lass uns morgen mit klarem Kopf darüber nachdenken«, schlug Johann vor.

Emely nickte daraufhin einverstanden und kuschelte sich wieder unter ihre Decke. Nach wenigen Minuten war sie unter der Last ihrer Gedanken eingeschlafen.

»Guten Morgen!«, sagte Emely trotz der Begebenheiten munter und streckte sich ausgiebig.

»Guten Morgen, ich gehe mal ins Bad und dann mache ich uns Frühstück.« Johann stand auf und ging nach oben. Als Emely hörte, wie er die Tür hinter sich schloss, huschte sie in die Küche, denn wenn sie schon hier schlafen durfte, wollte sie wenigstens das Frühstück vorbereiten.

Nachdem sie alle Schubladen und Schränke mehrfach geöffnet hatte, um das zu finden, was sie brauchte, kochte endlich das Teewasser, das Brot war geschnitten, die Butter lag schon auf dem Tablett und das Wichtigste legte Emely zum Schluss in eine kleine Schale – Kekse!

Zufrieden betrachtete sie ihr Werk und beschloss, nach dem Frühstück gleich eine Nachricht an Raphael zu schicken, um zu fragen, ob es ihm heute besser ginge.

»Oh, du hast schon Frühstück gemacht.« Johann wirkte überrascht, als Emely gerade mit dem Tablett aus der Küche kam, während er die Eingangshalle frisch geduscht betrat.

»Ja, ich habe gedacht, ich mache mich mal nützlich.« Schwungvoll trug sie das Tablett in das Wohnzimmer und stellte es dort ab.

»Danke! Sehr aufmerksam. Ich möchte dir ja nicht den Morgen verderben, aber weißt du eigentlich, wie genau das Ritual abläuft, um den Zauber des Schnees brechen zu können?« Johann ließ sich in seinen Sessel fallen und biss von seinem Butterbrot ab, das er sich sogleich geschmiert hatte, noch bevor Emely sich entschieden hatte, mit was sie anfangen sollte.

»Nein, nicht wirklich, außer dass man dazu einen Keran braucht.«

»Genau! Ein Keran muss einen Menschen töten und den Platz seiner Seele in dessen Körper einnehmen, um das Ritual durchzuführen. In der Nacht der Wintersonnenwende muss der Keran im menschlichen Körper es schaffen, die Wächterin zu verletzen. Das Blut, das durch diese Verletzung zu Boden fällt, und mit dem Schnee verschmilzt, bricht den Zauber des Schnees und wir werden … na ja, das weißt du ja«, klärte er Emely mit schwerer Stimme auf und atmete tief durch.

Emely schaute ihn mit großen Augen an. »Ich bin die Wächterin – also mein Blut?!« Stockend verließen die Worte ihren Mund und als Johann zustimmend nickte, legte Emely den angebissenen Keks zurück in die Schale und schaute ihn abwesend an. *Mein Blut* … hallte es in ihrem Kopf wider und in Gedanken tauchte ein Bild aus einem ihrer Träume auf, auf dem ihr Blut übers Gesicht lief und zu Boden fiel. Abgesehen von ihrem Leben hingen alle Leben der Menschen, die ebenfalls mit dem Zauber verbunden waren, in ihren Händen. Außerdem würde nie wieder auch nur eine einzige Flocke die Erde berühren und Gott weiß, wie das Klima sich dadurch verändern und das Gleichgewicht massiv gestört würde. Eine Verantwortung, die schwer wog. Zu schwer.

»Emely? Emely!« Johanns Stimme drang zu ihr durch und riss sie aus den Gedanken. »Glaub bloß nicht, dass ich jemanden an dich ranlasse. Du brauchst dir keine Gedanken machen!«

Trotz Johanns Worten konnte Emely sich nicht wirklich entspannen. »Das, was du über das Ritual gesagt hast, das habe ich genauso schon mehrmals geträumt«, gestand Emely, betonte dabei das Wort *mehrmals* und drückte ihre leicht zittrigen Hände auf ihre Oberschenkel. Sie spürte, dass Johann das Herz in die

Hose rutschte. Er saß einfach nur da und starrte resigniert ins Leere.

Eine kaum aushaltbare Stille breitete sich im Raum aus.

»Das heißt nicht, dass es genauso passiert und wir haben die Möglichkeit, etwas daran zu ändern, da wir somit darauf vorbereitet sind«, warf er mit fester Stimme in den Raum.

»Ja, das ist mir bewusst.« Emely lehnte sich zurück. Das sagte er ihr nicht zum ersten Mal, doch hatte sie das Gefühl, er wollte sie einfach nur beruhigen, damit sie nicht völlig verzweifelte und vor Angst den Verstand verlor. »Es sind ja auch noch sechs Tage bis zur Wintersonnenwende.«

Johann stimmte ihr zu.

»Aber ich kann doch nicht bis dahin hier drinnen bleiben … meine Eltern würden stutzig und ich würde mich gerne mit meinem Freund treffen.« Seufzend aß sie ihren angebissenen Keks weiter.

»Hm ja, das stimmt … kann ich verstehen. Du kannst mich ja über den Zauber des Schnees rufen, wenn du in Gefahr bist.« Johanns Vorschlag klang gut und Emely war froh darüber, denn sosehr sie sich hier wohlfühlte, war sie gerne draußen.

Nachdem sie beide gefrühstückt hatten, räumte Johann das Geschirr weg und Emely schrieb eine Nachricht an Raphael. Alle zehn Sekunden schaute sie danach auf ihr Handy, ob schon eine Antwort gekommen war. *Hoffentlich geht es ihm heute wieder besser*, dachte sie sich. *Gestern ist er ja sehr seltsam drauf gewesen. Lass ihn nichts mit der Sache zu tun haben.*

»So, ich werde jetzt meinen Morgensport machen«, sagte Johann, als er wieder aus der Küche kam. Er öffnete die Terrassentür. Emely schaute ihn überrascht an, denn damit hätte sie nicht gerechnet, obwohl das erklären würde, warum er so durchtrainiert und fit war. »Und was hast du vor?«, fragte er Emely, bevor er nach draußen in den bewölkten Tag trat.

»Ähm, ich werde noch etwas lesen, mich informieren und vielleicht treffe ich mich heute noch mit meinem Freund.« Emely fand ihr Programm im Gegensatz zu Johanns ziemlich unsportlich und ihr Blick fiel auf ihren schlanken, jedoch untrainierten Bauch.

Johann schmunzelte.

»Ähm, dürfte ich in die Bibliothek?«

»Ja, natürlich, fühl dich wie zu Hause!«, rief er ihr über seine Schulter hinweg zu und verschwand in seinem eingemauerten Garten.

Emely stopfte ihr Handy in die Hosentasche und joggte die Treppe hinauf in die Bibliothek. Wenigstens ein bisschen Sport … Ein komisches Gefühl breitete sich in ihr aus, als sie den Raum voller Bücher betrat. Der Tisch lag immer noch auf dem Boden genauso wie die kaputte Tasse, an der sie sich verletzt hatte. Ihr Blick fiel auf die leere Stelle, an der das schwarze Buch stehen sollte. Sie stellte geknickt den Tisch wieder auf und sammelte die Scherben ein.

Emely saß mittlerweile mit einem Buch in der Hand auf dem Stuhl und las Kapitel für Kapitel Erfahrungsberichte von vergangenen Wächtern über den Zauber des Schnees. Sie hoffte, dass sie etwas fand, womit sie sich die Gestalt in der Welt des Zaubers erklären konnte, doch bis jetzt hatte sie nichts gefunden. Blöd, dass Johann diese schemenhafte Gestalt nicht gesehen hatte!

Nach einigen Stunden brannten ihr die Augen und sie las immer wieder Sätze doppelt, da sie sich nicht mehr konzentrieren konnte. Seufzend räumte sie das Buch wieder in das Regal, zog ihr Handy aus der Hosentasche und schaute auf den Bildschirm. Eine neue Nachricht – von Raphael! Schnell las sie die Nachricht, in der Raphael ihr für heute Nachmittag zusagte. Freudig schaute sie auf die Uhr.

»Schon so spät!«, murmelte sie, schaltete das Licht aus und eilte die Treppe hinunter, um Johann Bescheid zu geben.

Lange suchen musste sie zum Glück nicht, denn Johann wuselte gerade in der Küche herum.

»Johann, ich werde mich nachher mit meinem Freund treffen. Ich geh mal rüber, weil ich vorher noch duschen möchte«, plapperte Emely drauflos, woraufhin Johann sie grinsend ansah.

»Gut, melde dich, wenn irgendetwas Außergewöhnliches ist. Bis morgen!« Er winkte Emely zum Abschied zu.

»Ja, mache ich. Bis dann!« Sie hatte nur eine Stunde, dann würde Raphael vor der Tür stehen.

Als es klingelte, raste Emely zurechtgemacht die Treppe hinunter, öffnete die Tür und fiel Raphael um den Hals. »Schön, dich zu sehen! Geht es dir wieder besser?«, fragte Emely freudig.

»Ja, danke!« Raphael ging mit ihr ins Haus.

Emely liebte es, die Anwesenheit Raphaels zu spüren, denn so hatte sie das Gefühl, ihm innerlich nah zu sein. Nachdem Raphael seine Schuhe ausgezogen hatte, umarmte sie ihn noch mal. Während sie ihn festhielt, kam es ihr vor, als würde Raphael hinter ihr stehen, doch das konnte nicht sein. Eine Welle von Schuldgefühlen durchspülte plötzlich ihren Körper. Verwundert nahm sie das wahr, doch konnte sie es in keinen Zusammenhang bringen. »Lass uns hochgehen oder magst du noch etwas trinken?« Sie blickte fragend in seine Augen.

»Nein, danke.« Er folgte ihr die Treppe hinauf.

Beide standen kurz verloren in Emelys Zimmer. Doch ungestüm und ohne Umschweife fing er an, Emely zu küssen, die überrascht zurückwich und ihn irritiert anschaute.

»Entschuldige … ich war einfach zu lange ohne dich«, gestand Raphael, woraufhin Emely nickte. Er fühlte sich anders an. Sonst spürte sie immer seine Trauer und seine Hingabe zu ihr. Heute war er … leblos. Das Einzige, was sie wahrnahm, war Kälte. Eine Kälte, die ihr bekannt vorkam. Und dann waren da noch diese undefinierbaren Schuldgefühle, die jedoch nicht von ihm ausgingen, sondern von einer Ecke ihres Zimmers.

»Willst du nicht?«

»Was? Doch, ich war nur –«

Er begann erneut, sie leidenschaftlich zu küssen, und sie verbannte ihren absurden Gedanken. Emely vergrub ihre Hände in seinen Haaren und kurze Zeit später genoss sie seine nackte Haut auf ihrer. Sie spürte ihn nun genau dort, wo er war – über ihr. Doch irgendetwas störte sie weiterhin. Raphaels starke Hände umfassten ihre Brust. Da war immer noch diese unnatürliche Kälte. Entschieden schob sie ihn von sich runter. Sie nahm seinen fragenden Blick wahr. »I-Ich möchte heute nicht mit dir schlafen. Irgendwie fühle ich mich nicht wohl.« Sie setzte sich auf und sah Raphaels unschlüssigen Gesichtsausdruck. »Lass uns einfach reden«, schlug Emely vor. Sie lehnten sich beide gegen die Wand. Während sie ein paar Worte wechselten, versuchte Emely, sich innerlich einen Reim darauf zu machen, was sie spürte. Müde hatte sie die Lippen an seinen Hals gelegt.

»Ich muss gehen. Ich muss noch ziemlich viel Arbeit nachholen, da es mir ja nicht so gut ging«, sagte er unerwartet.

»Wie? Jetzt schon?« Ungläubig schaute sie ihn an und fühlte sich wie eine Packung Kekse, die kurz angeschaut und dann wieder zurück ins Regal gestellt wurde.

»Ja, es tut mir leid, aber wenn du magst, komme ich morgen oder übermorgen noch mal vorbei.« Er rollte sich vom Bett runter, stand auf und zog seine Klamotten an.

Emely wusste nicht so recht, was sie davon halten sollte, denn in dem Fall war er nur gekommen, um mit ihr zu schlafen und dann wieder zu verschwinden. Zum Glück hatte sie ihn ausgebremst, denn sie wollte sich nicht benutzen lassen. Eigentlich passte das gar nicht zu ihm. Andererseits war es klar, dass er sich bei dem Auftrag ranhalten musste. Sie setzte sich in ihrem Bett auf und schlang die Arme um ihre Beine.

»Mach's gut, bis dann.« Raphael gab ihr noch einen Kuss und verließ das Haus.

Kurz wunderte sie sich, dass sie noch Raphaels Anwesenheit spürte, obwohl er schon weg war, doch dachte sie sich, dass es einfach ein Nachklang war. Emely musste zugeben, dass sie sich gerade nicht gut fühlte. *Eigentlich ist das nicht Raphaels Art*, ging es ihr bedrückt durch den Kopf. Plötzlich hatte sie das Gefühl, jemand würde ihr übers Haar streichen. Erschrocken fasste sie an die Stelle. Da war diese vertraute Traurigkeit, die sie von Raphael kannte und wieder dieses Schuldgefühl. *Wieso spüre ich die Traurigkeit jetzt, nachdem er weg ist, wenn vorher gar nichts da war?* Ein unangenehmer Schauer wanderte über ihren Körper. Ob das gerade real war oder sie sich alles einbildete?

Mindestens eine Stunde saß sie so da und zermürbte sich den Kopf über Raphaels Verhalten.

Die Haustür fiel laut ins Schloss und ließ sie zusammenzucken. Ihre Eltern waren vom samstäglichen Einkaufsbummel zurück! Schnell hüpfte sie vom Bett und zog sich ihre Sachen an.

»Hallo, Schatz, bist du wieder zu Hause?«, rief ihre Mutter laut hoch.

»Ja, ich komme gleich mal runter.« Sie zog sich gerade den zweiten Socken an und schaute sich unschlüssig in ihrem Zimmer um.

»Hallo, geht es dir gut, mein Schatz?« Ihre Mutter stellte gerade ein paar große Papiertüten in der Küche ab.

»Ja, ich bin nur total müde.«

Gustav drückte kurz ihre Schulter. »Wir haben heute zur Abwechslung das Abendessen aus der Stadt mitgebracht. Vielleicht möchtest du dir einen Snack mit ins Zimmer nehmen, da hast du deine Ruhe«, schlug er einfühlsam vor und Emely nickte dankbar.

»Na gut, ausnahmsweise.« Ihre Mutter gab ihr eine Schachtel in die Hand. Emely wünschte beiden schon mal eine gute Nacht und verschwand wieder in ihrem Zimmer.

Irgendwie war gerade alles etwas verkorkst. Sie öffnete die Schachtel und fand ein Sandwich vor. Obwohl es aus ihrer italienischen Lieblingsbäckerei war, schaute sie es erst seufzend an, bevor sie hineinbiss. Gleich, beschloss sie, würde sie erst mal Lisa anrufen. Sie brauchte dringend jemanden zum Reden. *Aber über was soll ich mit ihr sprechen?*, fragte sich Emely und war das erste Mal genervt von ihrem Wächterdasein. Obwohl … sie kann ihr von Raphael erzählen, das ist kein großes Geheimnis.

Bei dem Rest musste sie nur aufpassen, dass sie sich nicht verplapperte. Abgesehen davon durfte sie vor lauter Raphael nicht ihre Pflichten als Wächterin vernachlässigen …

Wenn alles vorbei wäre, dann würde sie ihrer Freundin alles erzählen. Abrupt blieb sie in ihrem Zimmer stehen. »Es wird nie vorbei sein!«, entfuhr es ihr leise und sie überlegte gleich darauf, ob sie Lisa ihr Geheimnis vielleicht doch anvertrauen sollte. Seufzend setzte sie sich wieder auf den Bettrand und starrte ins Leere. Obwohl sie Menschen um sich hatte, fühlte sie sich plötzlich so alleine, isoliert.

Sie griff nach einem der Kissen und drückte es fest umschlungen an ihren Körper. Gedanken kamen und gingen, wobei sie sich kaum regte und still dasaß. Aus den Augenwinkeln bemerkte sie nach einer gefühlten Ewigkeit einige Schneeflocken, die vor dem Fenster tanzten, obwohl es im Moment nicht schneite. Verwundert legte sie das Kissen weg und ging zögerlich ans Fenster. *Vielleicht ist es Johann*, ging es ihr durch den Kopf, doch niemand stand draußen, der dafür verantwortlich sein könnte. Ein paar der tanzenden Schneeflocken verfärbten sich golden und fielen dann sacht auf den schneebedeckten Boden, der sich von der dunklen Nacht hell hervorhob. Seltsam! Das war nun schon das zweite Mal … Schulterzuckend wandte sie den Blick ab, drehte sich um und atmete tief ein, als ihr Blick auf ihr Bett fiel. Ihr war definitiv nicht nach ihren gruseligen Träumen … Sie wollte nicht schlafen. Kurz entschlossen löschte sie das Licht, schloss ihre Zimmertür leise von innen ab und setzte sich auf ihren Schreibtischstuhl.

»Zauber des Schnees, ich stehe im Bund mit dir. Nehme mich bis zum Morgengrauen mit in deine Welt.« Im nächsten

Moment verschwamm alles vor ihren Augen und sie war in der Welt des Schnees angekommen. Statt jedoch nichts mehr wahrzunehmen, sah sie wieder diese schemenhafte Gestalt von sehr weit weg in ihre Richtung gehen. Mit zusammengekniffenen Augen versuchte sie mehr zu erkennen, doch je mehr sie sich bemühte, desto weniger konnte sie sehen.

»Hallo?«, sprach sie in die friedliche Stille hinein und stellte erschrocken fest, dass sie sich nicht hören konnte. Es war, als würde jemand Stummes versuchen zu sprechen. Das machte ihr Angst und sie wäre am liebsten in ihre Welt zurückgekehrt, doch das war unmöglich. Sie musste bis zum Morgengrauen warten.

Die Gestalt kam näher. Goldene Schneekristalle lösten sich von dieser und schwebten auf Emely zu. Fasziniert betrachtete Emely sie und vergaß ihre Angst. Als sie keine Furcht mehr hatte, flogen die Kristalle wieder zurück zu der schemenhaften Gestalt.

»Wächterin des Zaubers des Schnees«, hörte sie die tiefe männliche Stimme sprechen und starrte gebannt auf die Gestalt, die nun klare Umrisse annahm. Emely war noch eine Armeslänge entfernt. In dem Moment, als sie langsam ihre Hand nach ihm ausstreckte, fand sie sich in ihrem Zimmer wieder.

Verwirrt schaute sie sich um und ließ ihre Hand sinken. Das dunkle Schwarz der Nacht war gebrochen, denn die Morgendämmerung hatte begonnen. Wie abgemacht hatte der Zauber sie zum gewünschten Zeitpunkt zurückgebracht.

Noch schienen Emelys Eltern zu schlafen und sie horchte in die Stille hinein. Vieles ging ihr durch den Kopf. Wer war dieser Fremde in der Welt des Zaubers des Schnees? Wieso konnte sie seine Stimme hören, und sie selbst ihre nicht? Was wollte er von ihr? Und wieso war das überhaupt möglich?

Sie erhob sich und öffnete das Fenster, sodass klare Morgenluft getränkt mit dem Geruch des Schnees in ihr Zimmer wehte. Was, wenn dieser Fremde eine Gefahr für sie und den Zauber war? Eigentlich wirkte er auf Emely nicht bedrohlich, doch konnte sie das momentan nicht beurteilen, denn sie kannte ihn nicht, geschweige denn hatte sie ihn richtig gesehen. Sie fuhr mit den Fingern durch ihre langen Haare und stützte den Kopf auf die Hände.

Seufzend rieb sie sich die Augen, denn sie stellte fest, dass sie gar nicht so ausgeruht wie sonst aus der Welt des Zaubers des Schnees zurückgekommen war. Das musste wohl daran liegen, dass da nun einiges anders war … Emely stand auf und ließ sich ins Bett fallen.

Sie fand sich in einem verschneiten Wald wieder.

»Ich habe dein Herz getötet!«, hallte es plötzlich in Emelys Kopf und als sie verwirrt umherblickte, sah sie nichts außer verschneite Bäume.

»Hahaha, du wirst alles verlieren und dich selbst dazu.«

Wieder diese Stimme, doch diesmal war sie nicht in ihrem Kopf. Emely fuhr erschrocken herum. Mit angsterfüllten Augen starrte sie auf den Keran, der gerade mal zwei Meter von ihr entfernt schwebte. Doch noch jemand musste hier sein, denn sie spürte die Anwesenheit einer Person – Raphael! Wieso konnte sie ihn nicht sehen, er musste doch hier sein! Fieberhaft ratterten ihre Gedanken. Plötzlich schloss sich eine unsichtbare Faust um ihren Brustkorb und sie keuchte auf.

»Was meinst du damit, du hast mein Herz getötet?«, schrie sie den Keran an, denn im Inneren ahnte sie auf einmal, was er damit meinte.

Als Antwort hallte das grauenerregende Lachen des Kerans zwischen den Bäumen wider.

Sie spürte, dass er Raphael meinte. Ihr Herz setzte wie zur Bestätigung einige Schläge aus. Emely wollte schreien, den Keran vernichten, das alles rückgängig machen, doch sie stand einfach nur wie angewurzelt da. Goldene Schneekristalle schwebten plötzlich zwischen dem Keran und ihr empor, woraufhin der Keran mit einem seltsamen Schrei das Weite suchte. Emely blickte starr auf die schwebenden Kristalle, die nun sachte um sie herum flogen.

Als sich ihr die Frage in den Kopf drängte, wer den Zauber des Schnees um Hilfe gebeten hatte, schwirrten die goldenen Kristalle weg von ihr. Emely folgte ihnen mit dem Blick und traute ihren Augen kaum, als sie nun um einen riesigen Hirsch kreisten. Es war der Hirsch aus einem ihrer Träume. Gebannt schaute sie ihm in die klaren dunkelbraunen Augen und spürte eine tiefe Bindung.

Dann wurde es plötzlich hell.

Nachdem sie wieder bewusst im Hier und Jetzt war, fiel ihr Blick auf den Wecker. Sie hatte zwei Stunden geschlafen! Aufgewühlt von dem Traum stand sie auf und torkelte verwirrt ins Bad. Es war still im Haus. Ihre Eltern mussten schon zu ihrer Winterwanderung aufgebrochen sein, worüber sie froh war, denn sie wollte einfach nur ihre Ruhe.

Als sie jedoch den Wasserhahn in der Dusche aufdrehte,

drehte sie ihn schnell wieder zu und lief hinunter in die Küche. Sie brauchte erst einmal Kekse! Hungrig und unausgeglichen wühlte sie nach der Packung, doch es war keine mehr da. Das führte unweigerlich dazu, dass sie jetzt auch noch schlecht gelaunt war.

Ohne ihre Schuhe oder Jacke anzuziehen, lief sie in ihren Klamotten von gestern zu Johanns Haustür und klopfte mehrmals dagegen.

Johann öffnete kurz darauf und als sein Blick auf Emely fiel, zog er fragend seine Augenbrauen hoch.

»Hast du Kekse?«, fragte sie mürrisch, woraufhin Johann nickte und sie einließ.

»Geh ruhig ins Wohnzimmer, ich hole sie dir«, rief er ihr über die Schulter hinweg entgegen, da er zügigen Schrittes in die Küche eilte. »Hier.« Er stellte ihr die Keksdose vor die Nase, setzte sich in seinen Sessel und musterte sie eindringlich. Emely aß mechanisch einen Keks nach dem anderen, während Johann sie still anschaute.

Nach dem zehnten machte Emely eine Pause und schaute Johann an. »Ich war heute Nacht in der Welt des Zaubers des Schnees … diese Gestalt war wieder da. Sie hat sogar zu mir gesprochen, doch in dem Moment, in dem sie langsam klare Umrisse annahm, kam ich wieder zurück«, erzählte Emely genervt. »Und dann habe ich mich in den Morgenstunden schlafen gelegt, da ich überhaupt nicht so fit war wie sonst. Es wurde nicht besser … Ich hatte wieder so einen grauenvollen Traum. Ich bete, dass er keine Warnung war, denn das würde ich nicht verkraften. Abgesehen davon war das Treffen mit meinem Freund gestern auch nicht so der Hit«, sagte sie seufzend, wobei Johann ihr aufmerksam zuhörte und verständnisvoll nickte.

»Erzähl mir mehr über deinen Traum und diese Gestalt. Was hat sie zu dir gesagt?« Ruhig trank er von seinem Tee.

»Na ja, die Gestalt hat zu mir nur *Wächterin des Zaubers des Schnees* gesagt. Komisch war, dass ich diese Stimme hören konnte, denn als ich etwas sagte, war es, als hätte ich keine.«

»Hm, das ist schon seltsam! Ich kann mir keinen Reim darauf machen. Und was war mit dem Traum?«

Emely berichtete von dem Keran und dass dieser ihren Freund getötet hatte, von den goldenen Schneekristallen und dem großen Hirsch.

Ernst atmete Johann ein. »Weißt du was? Ruh du dich aus und gönne dir mal einen Tag nur für dich, ich werde in die Bibliothek gehen und schauen, ob ich irgendetwas Nützliches finde, das uns weiterbringt oder das Ganze erklärt.«

Emely nahm seinen Vorschlag dankbar an. »Ich denke, ich werde hier noch eine Weile sitzen und dann einen Spaziergang im Wald machen«, meinte sie, während Johann sich von seinem Sessel erhob.

»Ja, mach das. Wenn etwas ist oder du Hilfe brauchst, melde dich!« Johann machte sich auf den Weg nach oben in die Bibliothek.

Kapitel 17

Emely starrte ins Kaminfeuer und versuchte, an nichts zu denken. Das war jedoch gar nicht so leicht, musste sie feststellen! Ihre Gedanken switchten hin und her und sie war irgendwann genervt, keine innere Ruhe zu finden. Sie beschloss daraufhin, einen langen Spaziergang zu machen.

Obzwar sie immer noch etwas müde war, wanderte sie kurz darauf im Stechschritt Richtung Wald. Nachdem sie endlich die Häuser und das freie Feld hinter sich gelassen hatte, schlenderte sie gemütlich durchs Unterholz. Die Sonne strahlte am Himmel und schickte ihre Strahlen durch die verschneiten Baumkronen. Überall, wo die Sonne auf den Schnee traf, funkelte dieser wie Diamanten.

Emely bot sich ein zauberhaftes Bild und sie hielt inne, um diesen perfekten Moment des Lichtspiels zu genießen und in

Gedanken festzuhalten. Langsam drehte sie sich um ihre eigene Achse. Unerwartet blickte sie in das Gesicht von Raphael, zuckte zusammen und schrak zurück. Sie hatte seine Anwesenheit nicht bemerkt … *Das ist komisch*, dachte sie sich, denn auch jetzt, obwohl sie ihm direkt gegenüberstand, konnte sie ihn nicht fühlen. »Was machst du hier?« Entgeistert starrte sie ihn an, doch sie erholte sich allmählich von dem Schreck.

»Das Gleiche wie du … ich gehe spazieren«, sagte er daraufhin.

Sie nahm seine Anwesenheit immer noch nicht wahr und wich instinktiv einen Schritt zurück. Da war wieder nur diese undefinierbare Kälte. Hoffentlich lag das nur an ihrem Gemütszustand, dass sie ihn nicht spüren konnte.

»Ich will dich, Emely, jetzt!«, sagte er mit fester Stimme.

Sie schaute ihn mit großen Augen an. »Wie meinst du das?«

Raphael ging einen Schritt auf sie zu, riss sie an sich und leckte über ihre Lippen.

Statt aufkommendes Verlangen zu spüren, fühlte sich Emely immer unbehaglicher. »Raphael, ich möchte nicht, lass mich bitte los.« Sie presste die Worte unter seinen fordernden Lippen hervor.

Er löste sich daraufhin von ihr. »Aber wir fangen doch gerade erst an.« Seine Stimme klang hart und gefühllos.

Bevor Emely ausweichen konnte, hatte er sie fest umschlungen und ließ die Hände unter ihren dünnen Pullover gleiten.

»Lass mich los! Was ist bloß los mit dir?«, schrie sie ihn an und versuchte aus den Armen, die sie immer fester an seinen Körper drückten, zu entkommen.

»Halt endlich still!« Ungeduldig stieß Raphael sie auf den schneebedeckten Boden. Er starrte Emely mit stumpfen Augen an.

»Was …?« Angst stieg in ihr auf, als Raphaels harter Blick sie fixierte. Bilder ihres Traumes kamen explosionsartig in ihren Kopf und sie war gelähmt von der Erkenntnis, was mit Raphael geschehen war. »Du hast ihn umgebracht?!«, entfuhr es ihr keuchend und Tränen füllten ihre weit aufgerissenen Augen.

»Ihr Menschen seid so primitiv«, hörte sie den Keran verächtlich zischen. Nun war es nicht mehr Raphaels Stimme, die zu ihr sprach, sondern eine seltsam harte Stimme. »Du wirst vergessen, was passiert ist!« Er warf ihr diese Worte abgehackt entgegen und verschwand im Wald.

Emely spürte, wie ihre Glieder schwer wurden und sie langsam das Bewusstsein verlor. Im Augenwinkel sah sie noch ein paar goldene Schneekristalle umherfliegen, doch dann nahm sie nichts mehr wahr.

»Emely? Öffne deine Augen!« Sie hörte immer wieder Johanns Stimme leise an ihr Ohr dringen. Da waren wieder diese Schuldgefühle, die sie nun schon öfter gefühlt hatte. Dann spürte sie eine Hand auf ihrem Brustkorb, wodurch sie ihren eigenen Herzschlag deutlicher wahrnahm. Nach wenigen Sekunden öffnete sie die Augen und schaute in sein Gesicht.

»Gott sei Dank!«, stieß Johann erleichtert aus und zog sie in seine Arme.

»Johann, ich bekomme kaum noch Luft«, nuschelte sie an seiner Schulter.

Er ließ sie entschuldigend los. »Ich dachte schon, ich bin zu spät.« Mit feuchten Augen klopfte er ihr auf die Schulter. »Was ist passiert? Wie fühlst du dich?« Er half ihr aufzustehen.

»Passiert? I-Ich weiß nicht. Ich kann mich nur noch daran erinnern, dass mir schwarz vor Augen geworden ist.«

»Wie, du weißt nichts mehr? Du konntest mich doch noch informieren, dass du in Gefahr bist.«

Verwundert schüttelte sie ihren Kopf. »Nein, das habe ich nicht. Ich weiß nicht warum, aber das ging nicht mehr.«

»Aber wer war es dann? Vor meinem Fenster tauchten etliche Schneekristalle auf, die mich zu dir führten.« Er musterte Emely eindringlich. »Und du kannst dich an nichts erinnern? Auch nicht an den Hirsch?«

Emely verneinte und schaute Johann mit hochgezogenen Augenbrauen an. »Vielleicht will ich gar nicht wissen, was mit mir passiert ist«, meinte sie und atmete hörbar die Luft aus.

»Vielleicht ja, aber vielleicht ist es auch wichtig, das herauszufinden … Komm, du siehst ziemlich mitgenommen aus, lass uns gehen.« Emely tapste hinter Johann her, der sich einen Weg zurück durchs Unterholz bahnte. Die Schuldgefühle begleiteten Emely noch ein wenig und verschwanden dann abrupt. Nun nahm sie nur noch ihre und Johanns Gefühlswelten wahr.

Emely ging zielstrebig ins Wohnzimmer und ließ sich auf die Couch fallen, während Johann in der Küche den Tee machte. Sie hatte sich in eine Decke gewickelt. »Johann, du sagtest doch, dass da ein Hirsch war«, begann sie, als er mit einem beladenen Tablett das Zimmer betrat.

Er stimmte ihr nickend zu.

»In meinem letzten Traum war ich auch im Wald und mir hat dieser Hirsch geholfen. In meinem Traum allerdings wurde ich von einem Keran angegriffen.«

Johann nickte.

»Meinst du …« Emely traute sich kaum, das auszusprechen, was sie gerade dachte.

»Nun, es ist durchaus möglich, dass du von einem Keran angegriffen worden bist. Mir ist allerdings neu, dass Kerans einen vergessen lassen können. Es sei denn –« Johann brach mitten im Satz ab und versank in Gedanken.

»An was denkst du?«

»Mir ist gerade etwas eingefallen. Kerans können dich, wenn sie in dem Körper eines Menschen leben, Geschehenes vergessen lassen. Mit dem Freund, von dem ich dir erzählt habe … Da haben wir auch so etwas erlebt.« Er schenkte Emely einen mitfühlenden Blick.

»Kann man irgendwie das Geschehene wieder ins Bewusstsein rufen?«

Als Johann verneinte, verflog Emelys Hoffnung wie Sand im Wind. »Johann, das Ritual … Ein Keran hat einen Menschen getötet und den Platz seiner Seele eingenommen … nur durch ihn kann das Ritual durchgeführt werden, heißt es. Das bedeutet, es wurde bereits ein Mensch getötet und der Keran hat uns im Visier.«

Johanns Augen wurden immer größer.

»Vielleicht ist das sozusagen die Kernaussage meines Traumes gewesen. Es muss gar nicht meinen Freund getroffen haben

… Bei den vorigen Träumen ist auch nicht alles genauso eingetroffen.« Eine Mischung aus Erleichterung und Beklemmung machte sich in ihr breit.

Johann sagte nichts, stand auf und blickte hinaus in den Garten.

»Johann?«

»Hm?«

»Könnte es sogar sein, dass er schon länger seine Spielchen mit uns treibt und er uns das alles hat vergessen lassen?« Sie drückte ihre Hand auf den Bauch. Ihr war schlecht bei dem Gedanken. *Jetzt bloß nicht die Nerven verlieren.*

»Ich wünschte, ich könnte das verneinen.«

Emely stiegen Tränen in die Augen. »Ich will nicht wissen, was er mit mir gemacht hat, wenn er mich wirklich aufgesucht hat«, presste sie hervor und musste um ihre Beherrschung ringen. Tief atmete sie durch und fokussierte einen Punkt im Raum.

»Ich denke, solange du hier unversehrt sitzt, ist es nicht schlimm gewesen. Wahrscheinlich hast du dich sogar gewehrt und er konnte dir nichts Grausames antun.«

Emely nickte andächtig. Das klang plausibel und führte tatsächlich dazu, dass ihre Angst wieder abflachte.

Emely machte es sich auf Johanns Couch bequem, zog ihr Handy heraus und rief bei ihren Eltern an.

»Winterholm?!«, hörte sie die Stimme ihrer Mutter und war gespannt, wie sie reagieren würde.

»Ich bin's, Mama! Ich wollte nur kurz Bescheid geben, dass ich heute noch mal bei einer Freundin schlafe.«

»Okay … Emely, wenn du bei Raphael bist, kannst du uns das ruhig sagen.«

Emely verneinte und behauptete, dass es ihrer Freundin zurzeit nicht so gut gehe und sie deswegen wahrscheinlich öfter bei ihr übernachten werde.

Verwundert, dass ihre Mutter das einfach so schluckte, legte sie kurz darauf auf und rollte sich auf die Seite.

»Ich hoffe, es ist okay für dich, wenn ich hier schlafe?« Johann ließ sich müde in den Sessel fallen, woraufhin Emely zustimmend nickte. »Emely?«

»Hm?«

»Es tut mir leid.«

Sie sah ihn fragend an.

»Du konntest dich gar nicht richtig in dein Wächterdasein einleben … Es passiert gerade so viel, ich hoffe, ich kann immer für dich da sein.«

Emely setzte sich auf und sah ihn ernst an. »Du bist doch für mich da! Außerdem kannst du doch gar nichts dafür, dass das gerade alles passiert.«

»Nun, ich bin ja nicht mehr der Jüngste.«

Sie zuckte mit den Schultern. »Nein, das bist du nicht, aber ich habe noch nie jemanden gesehen, der in deinem Alter so fit und klar ist. Du wirst ganz sicher noch lange hier sein!« Emely versuchte ihn aufzubauen, denn sie konnte Johanns Bedenken verstehen, doch gab es keine Anzeichen von Schwäche bei ihm, die sie beunruhigen würden.

Johann lächelte und wünschte Emely dann eine gute Nacht. Sie schloss die Augen und war froh über den beruhigenden Blick auf die Schneekristalle, die vor ihrem inneren Auge umher schwebten. Ohne sie hätte sie nach diesen erschütternden Erkenntnissen eine schlaflose Nacht gehabt.

Fordernd und rücksichtslos spürte sie Raphaels Lippen auf ihren, doch sie versank in der Lust, die sie packte, und riss die Jacke von seinen Schultern. Er umfasste fest ihre Brüste und drückte sie an einen der schneebedeckten Bäume im Wald.

Die Abenddämmerung hatte alles in gedämpftes, geheimnisvolles Licht getaucht. Emely spürte seinen kalten Atem in ihrem glühenden Gesicht. Ein leuchtender Schneekristall flog aus dem Nichts auf Raphael zu, der erschrocken zurückwich. Emely schaute kurz den Kristall und dann Raphael an. Er schwirrte Raphael weiterhin vor dem Gesicht herum, woraufhin er immer weiter zurückwich. Die stumpfen Augen ließen den Keran erkennen.

»Du hast Raphael getötet«, entfuhr es ihr monoton und sie wandte den Blick nicht von seinen leeren Augen ab. »Du hast ihn umgebracht«, sprach sie ruhig zu ihm. Sie ging Schritt für Schritt auf den Keran zu. Plötzlich fiel Raphaels Körper schlaff zu Boden und blieb reglos liegen, während schwarze, wabernde Masse aus seinem Körper emporstieg.

Ein seltsames Lachen war zu hören. Statt Angst zu empfinden, spürte Emely gar nichts. In diesem Moment war ihr alles egal – Raphael lag tot vor ihr! Der Keran griff sie an, doch bevor die dunkle Magie sie erreichte, peitschte eine Schneewehe zwischen sie beide und ließ Emelys Haare in alle Richtungen wehen.

Der Keran zog sich zurück und verschwand im Nichts. Verwundert drehte Emely sich um, denn sie war eigentlich mit ihm alleine gewesen – dachte sie zumindest. Resigniert starrte sie auf den riesigen Hirsch und auf eine Gestalt, die neben dem Tier stand, die ihr sehr bekannt vorkam. Es war der Mann aus der Welt des Zaubers des Schnees.

Der Hirsch schnaubte und stampfte mit dem vorderen Huf in den Schnee, woraufhin sich einige Schneekristalle leuchtend erhoben. Fasziniert betrachtete Emely dies, doch dann huschte ihr Blick wieder zu diesem Fremden. Genau wie in der Welt des Zaubers konnte sie ihn nicht richtig erkennen. Sie ging ein paar Schritte auf ihn zu, doch seine Gestalt wurde nicht klarer. Als sie nur noch eine Armeslänge von ihm entfernt war, streckte sie ihre Hand langsam nach ihm aus. In dem Moment, als sie ihn berührte, sah sie nur helles Licht.

Sie wachte auf. Verwirrt blickte sie im Raum umher. Im Kamin glomm nur noch die Glut, wodurch es ziemlich dunkel war. Emely setzte sich auf und schlug die Decke beiseite.

»Johann?«, flüsterte sie in die Dunkelheit hinein, denn sie wollte mit ihm über ihren Traum sprechen.

Immer noch mitgenommen von dem Anblick ihres toten Raphaels tastete sie nach der Armlehne des Sessels, auf der Johann immer seinen Arm liegen hatte. Doch unter Emelys Fingern war nur Stoff, woraufhin sie fahrig zum Lichtschalter tapste und ihn erleichtert drückte.

Das helle Licht der Kronleuchter schmerzte in den Augen, doch sie war froh, dass es nun hell war. Johanns Sessel war leer! »Johann?« Als sie festgestellt hatte, dass er nicht in diesem Raum und die Terrassentür verschlossen war, lief sie in den dunklen Eingangsbereich. Ein wenig Licht schien die Treppe hinab und Emely stieg Stufe für Stufe hinauf, bis sie vor der weit geöffneten Tür der Bibliothek stand.

»Da bist du ja!»

Johann zuckte erschrocken zusammen und sah von seinem Buch auf. »Alles gut bei dir?«

»Hm, ich hatte wieder so einen komischen Traum«, sagte sie seufzend, setzte sich auf den Boden und lehnte sich mit dem Rücken gegen das Bücherregal.

Johann schaute sie mitfühlend an und zog seine Augenbrauen zusammen. »Was genau hast du geträumt?« Er lauschte Emelys Worten, die die Stille der Nacht füllten. »Wenn wir nur wüssten, wer dieser Fremde ist …« Er rieb sich seine Stirn.

Emely nickte und legte ihr Kinn auf ihren angewinkelten Knien ab. »Was machst du hier eigentlich«, sie musste laut gähnen, »mitten in der Nacht?«

»Ach, ich konnte gerade mal gefühlte fünf Minuten schlafen, dann habe ich beschlossen, wenigstens etwas Nützliches zu machen, bevor ich Stunden in einem dunklen Raum herumsitze.« Er deutete auf das aufgeschlagene Buch.

»Soll ich uns einen heißen Kakao machen?«, schlug Emely vor und stand vom Boden auf.

»Lass nur, ich mache das und du kannst dich solange wieder in deine Decken wickeln.« Johann erhob sich vom Stuhl und löschte das Licht. Von jetzt auf nachher standen sie beide im Dunkeln, woraufhin Emely sich beobachtet und unwohl fühlte. Bilder aus ihren Träumen stiegen auf und dann sah sie Textstellen aus dem Kapitel über Kerans vor ihrem inneren Auge.

Ein Keran tötet die Seele eines Menschen und lebt in dessen Körper weiter … keiner merkt das, außer der

Keran selbst offenbart sich, wodurch die Augen stumpf werden …

Wie hatte Johann wissen können, dass sie im Wald von einem Keran angegriffen worden war, obwohl sie keine Hilfe hatte holen können? Stimmte die Geschichte mit seinem Freund wirklich und dass Kerans Dinge vergessen lassen konnten, sobald sie den Platz der Seele in einem menschlichen Körper eingenommen hatten?

Hitze stieg in ihr auf und sie stand starr im Dunkeln vor der Treppe, die in den Eingangsbereich führte, während sich ihre Gedanken überschlugen.

»Emely? Warum gehst du nicht weiter?«, hörte sie Johanns Stimme an ihr Ohr dringen.

Sie fuhr herum. »Bleib, wo du bist!« Emely spürte kurz darauf Johanns Hand auf ihrer Schulter, doch sie schlug sie fast schon panisch weg.

»Was ist mit dir los, Emely?« Als das Licht den Treppenaufgang erhellte, sah Emely Johanns irritierte Mimik.

»Zeig dich!«, rief sie ihm entgegen, wobei sie schwer atmete.

Mit hochgezogenen Augenbrauen musterte Johann sie.

»Ich weiß, dass du in ihm drin bist … zeig dich, Keran!«, forderte sie den Keran in Johanns Körper mit lauter Stimme auf.

Johann schien zu verstehen. »In mir ist kein Keran, ich bin ich«, begann er, vorsichtig zu erklären.

»Ja klar, wer es glaubt! Du hast Johann umgebracht!« Mit zittriger Stimme wischte sie sich fahrig eine Haarsträhne aus dem Gesicht.

»In mir ist kein Keran. Emely, das musst du mir glauben!« Er redete beruhigend auf sie ein.

»Ich muss gar nichts! Das Einzige, was ich muss, ist den

Zauber des Schnees beschützen!« Sie fixierte Johann mit ihrem Blick.

»Ich kann es dir beweisen … lass uns rausgehen und bitte den Zauber des Schnees um Hilfe. Du wirst sehen, ich werde nicht flüchten, da in mir kein Keran ist.«

Emely nickte zur Bestätigung. »Du gehst vor, damit ich dich im Blick habe!«, befahl sie ihm kühl und lief angespannt hinter Johann die Treppe hinunter.

Wenn der Keran flüchtete, dann würde sie ihn verfolgen, bis sie ihn ausgelöscht hätte. Sie schob die Trauer um den Verlust von Johann bewusst beiseite, um nicht auch Opfer des Kerans zu werden.

Johann öffnete die Terrassentür und schritt in den Garten. Der Schnee knirschte unter ihren Füßen und nur die Sterne und der Mond spendeten ihnen Licht. Ungefähr fünf Meter schneebedeckter Boden lag zwischen ihnen, als sie sich gegenüberstanden.

»Zauber des Schnees, ich stehe im Bund mit dir, vertreibe den Keran aus Johanns Körper.« Emelys klare Stimme prallte auf die Nachtluft, doch nichts geschah. Beide standen reglos da und ließen sich nicht aus den Augen. »Warum passiert nichts?« Fragend blickte sie auf das Weiß.

»Weil in mir kein Keran ist!« Johann rührte sich nach wie vor nicht von der Stelle.

Emely ließ mit einer kleinen Handbewegung ein paar leuchtende Schneekristalle auf Johann zufliegen, doch er blieb, anders als von ihr erwartet, einfach stehen. Verdutzt ließ sie die Schneekristalle sinken, die gleich darauf erloschen. Stille! Sie rührten sich beide nicht und schauten sich ernst in die Augen.

Emelys Herz fing plötzlich an, schnell und fest zu schlagen, und jede Menge Emotionen prasselten auf sie ein. Erleichterung, dass es nicht so war, wie sie dachte. Scham, dass sie Johann für tot geglaubt hatte. Wut, dass sie so leichtgläubig war, und Enttäuschung über sich selbst.

Es war Johann! Lebendig und ohne Keran in seinem Körper stand er vor ihr. Tränen rannen über ihr Gesicht und sie stolperte die paar Schritte zu Johann und fiel in seine Arme, die sie festhielten. »Es tut mir leid! Es war wohl doch alles zu viel.« Emely klammerte sich schluchzend an Johanns Hemd fest.

»Ist schon gut.« Leise hörte sie seine beruhigenden Worte an ihrem Ohr und sie spürte eine tiefe Verbundenheit.

»Es ist vielleicht besser, wir schlafen den Rest der Nacht draußen, das erdet und entspannt. Genau das brauchst du jetzt und ich auch.« Zaghaft schob er Emely von sich weg. »Ich mache noch schnell das Licht drinnen aus.« Johann stapfte schweren Schrittes hinein.

Emely fühlte sich immer noch schrecklich und hatte vom Weinen einen Kloß im Hals. Sie zog ihren Pullover aus, ließ ihren BH an und legte sich in den hohen Schnee. Es hatte die letzte Zeit immer wieder geschneit, wodurch mindestens ein halber Meter Schnee lag. Ihr Blick fiel auf die Sterne am dunklen Himmel und ihr Herzschlag wurde wieder ruhiger. Kurz darauf hörte sie Johann durch den Schnee gehen. Müde legte er sich ebenfalls mit nacktem Oberkörper in den Schnee. Sie liebte diese angenehme Kühle, die ihren Körper umgab. Es fühlte sich an wie ein Schutzmantel.

Tausende Kristalle lösten sich aus der Schneedecke und taten sich über ihnen zusammen. Wie eine zarte Decke aus Schneeflocken schwebten sie herab, bis sie Johann und Emely sanft berührten.

»Eine Decke aus Schnee … Danke, Johann!«, flüsterte sie fasziniert und schloss erschöpft die Augen.

Kapitel 18

Als der Himmel langsam hell wurde und das Dunkel der Dämmerung wich, drehte sich Emely noch müde auf die Seite und schlief wohlig und geschützt unter der zarten Schneedecke weiter. Erst als die ersten Sonnenstrahlen ihr Gesicht kitzelten, öffnete sie langsam die Augen.

Der Himmel war strahlend blau, keine einzige Wolke war zu sehen und das Licht der Sonne ließ den Schnee funkeln. Emely drehte ihren Kopf zu Johann, der tief und fest weiterschlief.

Sie stand leise auf und ging hinein, um Frühstück zu machen. Froh darüber, dass diese Nacht vorüber war und sie wieder einen klaren Kopf hatte, machte sie erst einmal Tee, damit dieser ziehen konnte, während sie das Frühstück vorbereitete. Es war ihr immer noch ein Rätsel, wer Hilfe geholt hatte, als sie vermutlich von einem Keran angegriffen worden war. Seufzend schnitt sie ein paar Brotscheiben ab und holte Butter und Marmelade aus dem Kühlschrank.

Als sie gedankenversunken alles auf das große Tablett gestapelt hatte, legte sie noch ein paar Kekse auf einen Teller.

»Guten Morgen!«, hörte sie Johanns klare Stimme, als sie gerade das Tablett anhob.

»Guten –«, wollte sie erwidern, doch sie war irritiert von dem Anblick, da Johann immer noch ohne Hemd vor ihr stand. Verlegen riss sie ihren Blick los und starrte auf das Brot. »Ich habe schon mal Frühstück gemacht.« Wieder gefasst lächelte sie Johann an.

Wie kann man in diesem Alter nur so durchtrainiert sein und gut aussehen? Johann machte ihr Platz, damit sie mit dem Tablett an ihm vorbeikam. Irgendetwas musste ihn erheitert haben, denn er schmunzelte.

»Wo sollen wir denn frühstücken?«, rief Emely über ihre Schulter. Ihr Blick fiel in den Garten. Als sie Raphael dort stehen sah, ließ sie das Tablett fallen, das mit lautem Klirren auf den Boden krachte. Erstarrt schaute sie ihn an und als sie kurz das Augenmerk auf den Scherbenhaufen richtete und dann wieder zurück auf Raphael, war er verschwunden. Emely eilte zur Terrassentür, doch er war nicht mehr zu sehen. Hatte sie sich das bloß eingebildet?

»Emely?« Johanns Stimme hallte durch die große Eingangshalle und gleich darauf stand er mit blauem Hemd in der Tür.

»Ich … Ähm … Also …«, stammelte sie und deutete unbeholfen zwischen Tablett und Garten hin und her.

Johann zog die Augenbrauen hoch und sah sie fragend an.

»Da stand gerade mein Freund … in deinem Garten … Aber

er war gleich wieder weg«, versuchte sie zu erklären, woraufhin Johann einen Blick in den Garten warf und dann auf die Scherben. »Entschuldige bitte, ich habe es vor Schreck fallen lassen.« Emely sammelte mit Johann die Scherben auf.

»Du erschrickst vor deinem Freund?«

Sie zuckte mit den Schultern. »Ich hatte einfach nicht mit ihm gerechnet … Was macht er auch in deinem Garten?!« Sie fand das äußerst seltsam. Was hatte Raphael hier zu suchen, warum war er gleich weggerannt und wieso hatte sie sich nicht gefreut?

»Stimmt, schon ein bisschen komisch … Aber was ist zurzeit nicht komisch?« Johann schaute Emely bedeutungsvoll in die Augen. Sie nickte zustimmend und Johann trug das Tablett mit Emely im Schlepptau wieder in die Küche.

Nachdem beide in Ruhe gefrühstückt hatten, saßen sie mit vollen Bäuchen auf dem Sofa vor dem prasselnden Kaminfeuer. Obwohl draußen ein wunderschöner Tag war, musste das Haus warm gehalten werden. Drinnen ging es ihr wie normalen Menschen auch, die nicht mit dem Zauber verbunden waren – ihr konnte kalt werden.

»Hast du heute etwas Bestimmtes vor?«

»Ja, ich möchte in die Welt des Zaubers, um hoffentlich herauszufinden, was es mit diesem Fremden auf sich hat.« Emely wandte den Blick vom wärmenden Kaminfeuer ab. »O und ich gehe nachher kurz rüber, um mir frische Kleidung zu holen«, fügte sie noch schnell hinzu, woraufhin Johann nickte.

»Dann lasse ich dich mal alleine und gehe in die Bibliothek. Ruf mich einfach, wenn etwas ist oder du etwas herausgefunden hast.« Er erhob sich.

Emely machte es sich bequem und bat kurz darauf den Zauber des Schnees, sie für eine Viertelstunde in seine Welt zu holen. Erst nahm sie nichts wahr, doch dann wurde das Bild klarer. Alles war endlos weiß und Schneekristalle tanzten grazil durch die Luft.

»Hallo? Ist da jemand?«, rief sie vorsichtig, doch wieder hörte sie ihre Stimme nicht.

»Du bist die Wächterin des Zaubers des Schnees«, vernahm sie eine Stimme in ihrem Kopf. Angestrengt blickte sie umher, doch sie sah niemanden. Sie wollte ein paar Schritte laufen, doch sie konnte ihre Beine nicht bewegen. Als sie von ihren Füßen, die an Ort und Stelle blieben, wieder aufsah, erblickte sie den Fremden.

Einige Meter stand er verschwommen vor ihr. Er kam auf sie zu und blieb dicht vor ihr stehen. Klare grüne Augen schauten nun in ihre. Sie nahm nichts anderes wahr … nur diese leuchtenden Iris, die in ihr eine angenehme Wärme auslösten. Eine gefühlte Ewigkeit tauchte sie in diesen Blick ein und plötzlich wurde es hell, sodass sie vom grellen Licht geblendet wurde. Die wundervollen grünen Augen des geheimnisvollen Fremden waren verschwunden, doch sie spürte seine Anwesenheit noch.

»Du bist in Gefahr!« Seine Stimme hallte laut in ihrem Kopf wider und mit dem nächsten Wimpernschlag saß sie im Wohnraum auf der Couch.

Der Geruch des Feuers im Kamin stieg ihr in die Nase und sie versuchte, die Gedanken an diesen Moment in der Welt des Zaubers festzuhalten.

»Ich bin in Gefahr«, murmelte sie vor sich hin und erhob sich abrupt vom Sofa. »Wenn ich in Gefahr bin, dann ist es auch der Zauber des Schnees!«, sagte sie nun laut und eilte im Stechschritt durch den Eingangsbereich und die Treppen hoch.

»Johann, ich bin in Gefahr!«, stieß sie hervor, sobald sie die Bibliothek betrat.

»Nun, das ist ja nichts wirklich Neues.«

Emely hielt inne und stimmte ihm schulterzuckend zu. »Ja, aber das hat mir dieser Fremde gesagt«, informierte sie ihn umgehend und setzte sich auf den freien Stuhl.

»Das hat er gesagt? Aha …« Johann blickte Emely nachdenklich an. »Hat er sonst noch irgendetwas gesagt?« Er legte das Buch auf den kleinen Tisch.

»Nur dass ich die Wächterin des Zaubers des Schnees bin, aber das hat er auch schon letztes Mal gemeint. Was soll ich denn mit dieser Information anfangen? Ich meine, dass etwas im Gange ist, wissen wir doch schon.« Emely begann, sich aufzuregen, und lief im Zimmer auf und ab.

»Ja, das wissen wir schon … hoffentlich meint er nicht noch etwas anderes, das wir übersehen haben«, grübelte Johann laut.

»Ach, das nervt mich jetzt! Wieso kann dieser Fremde nicht deutlich sagen, was er meint? Ich gehe mal rüber und ziehe mich um.« Genervt verließ sie die Bibliothek.

»Pass auf dich auf!«, rief Johann ihr hinterher.

Emily schmunzelte, denn Johann klang schon wie ein besorgter Vater, der seiner Tochter am liebsten überallhin folgen wollte.

Sie lief in Socken über die schneeglatte Straße bis zu dem kleinen Häuschen. Es war schon spät am Vormittag, weshalb sie davon ausging, dass ihre Eltern auf der Arbeit waren.

Als sie die Haustür aufschloss und hinter sich zuzog, huschte sie sogleich in ihr Zimmer. Sie fühlte sich fast schon fremd in ihrem eigenen Zuhause. Nachdem sie sich neue Sachen angezogen hatte, setzte sie sich mit ihrem Cello auf einen Stuhl und begann zu spielen.

Tiefe Töne erfüllten ihr Zimmer und ihre Seele. Im Moment wog alles, was sie erlebt hatte, sehr schwer. Sie schloss die Augen. Schneekristalle blitzten sogleich auf. Der Bogen glitt sanft und gleichmäßig über die Saiten ihres Cellos. Nach einer Weile ging ihr Atem ruhig.

Als die laute Klingel durchs Haus schrillte, riss sie vor Schreck die Augen auf und hob den Bogen von den Saiten. Verärgert erhob sie sich, um zu sehen, wer vor der Tür stand. »Ausgerechnet jetzt«, grummelte sie genervt vor sich hin und öffnete schwungvoll die Tür. »Oh … Raphael!« Sie machte einen Schritt zur Seite. »Komm rein!« Emely schloss die Tür wieder, sobald er im Flur stand.

»Hallo, Emely«, sagte er nur und schritt in die Küche.

»Schön, dich zu sehen … wie geht es dir eigentlich? Ich finde, du bist in letzter Zeit echt komisch.« Ohne Umschweife sprach sie ihn auf sein seltsames Verhalten an, denn Emely machte sich Gedanken um ihn. Abgesehen davon spürte sie seine Anwesenheit nicht, obwohl er fast neben ihr stand. Das war nicht das erste Mal der Fall und sie zweifelte langsam, aber sicher daran, dass das an ihr lag.

»Es ist viel für mich zurzeit, ich komme gerade aus meinem Büro. Und das mit meinem Vater beschäftigt mich im Moment auch mehr, als ich dachte.«

Emely nickte verständnisvoll, doch blieb sie innerlich in Habachtstellung.

»Könnte ich eine Kleinigkeit zu essen bekommen? Ich habe noch nicht gefrühstückt.«

»Ja, klar. Ich mache dir ein Brot.« Sogleich hantierte Emely in der Küche herum, bis sie ihm einen Teller mit Käsebrot vor die Nase stellte. »Sag mal, was hast du vorhin eigentlich in Johanns Garten gemacht?« Gespannt wartete sie seine Antwort ab.

»Garten? Ich war heute nirgends als in meinem Büro.« Hungrig biss er in das Käsebrot.

»Sicher?«, hakte Emely ungläubig nach und versuchte, sich in ihn hinein zu fühlen, doch es klappte nicht. Da war wieder nur diese Kälte, die sie schon gespürt hatte, als sie das letzte Mal miteinander Zeit verbracht hatten.

»Sicher, dass es dir gut geht?«, fragte er nun.

Sie schüttelte nur den Kopf. »Ja, ja … ich habe es mir wahrscheinlich nur eingebildet.« Sie zweifelte schon wieder an ihrem Verstand, obwohl sie ein komisches Gefühl hatte und diesem eigentlich trauen konnte.

»Ich habe dich vermisst.«

»Ich dich auch«, erwiderte Emely, doch wenn sie ehrlich zu sich selbst war, dann hatte sie nicht so oft wie sonst an Raphael gedacht. Es gab gerade andere sehr wichtige Dinge – lebenswichtige Dinge –, um die sie sich zusammen mit Johann kümmern musste. Abgesehen davon ließen ihre Träume Raphael immer schlechter dastehen. In diesen war er böse.

Er griff nach ihrer Hand und hielt sie fest in seiner. »Wie geht es dir gerade so?«, fragte er jetzt einfühlsam.

»Ach, mir geht es eigentlich ganz gut.« Sie wich seinem Blick aus, damit er nicht bemerkte, dass sie ihm nicht die Wahrheit sagte. Konzentriert nahm sie die Berührung seiner Hand wahr, doch auch jetzt spürte sie immer noch kein Gefühl der Zuneigung, die er eigentlich für sie übrig hatte.

»Ich will dich nackt sehen!« Raphael stand auf und sah sie fordernd an.

Emely fiel bei dieser Aussage fast vom Stuhl und riss entgeistert ihre Augen auf. Irgendwie kam ihr das bekannt vor, doch bevor sie weiter darüber nachdenken konnte, ergriff er wieder das Wort. »Willst du nicht? Och … dann erzähl mir doch ein bisschen was über«, begann Raphael provokant, »den Zauber des Schnees.«

Ihr Herz setzte kurz aus und schlug mit einem Mal kräftig gegen ihre Brust. »Woher …?«, sagte sie geschockt, doch weiter kam sie nicht, denn es verschlug ihr regelrecht die Sprache. Wie hatte Raphael das herausgefunden? Obwohl sie in dieser Schockstarre war, konnte sie Raphaels Anwesenheit plötzlich wieder spüren. Da war wieder die vertraute Traurigkeit und seine Zuneigung zu ihr und … Sie nahm definitiv auch Reue und Betroffenheit wahr.

»Du bist mit dem Zauber des Schnees verbunden.«

»Wie hast du das herausgefunden?« Sie fühlte sich ertappt, denn sie hatte ihn deswegen die ganze Zeit über anlügen müssen.

»Tja, ich weiß noch ganz andere Dinge. Du bist die Wächterin des Zaubers des Schnees.«

Emely erhob sich abrupt vom Stuhl. Ein enorm starkes Gefühl von Schuld nahm sie tief in sich wahr, das gleich darauf wieder verschwand. In dem Augenblick, als Emely plötzlich nur noch eine gefühllose Kälte spürte, bahnte sich eine Erkenntnis unaufhaltsam in ihr Bewusstsein.

»Woher weißt du das alles?« So beiläufig wie möglich schlich sie zur Terrassentür und tat so, als wollte sie nur hinausschauen.

»Ach … eigentlich habe ich es durch Zufall herausbekommen, aber danke, dass du mir das noch mal bestätigt hast.«

Konnte es sein, dass Raphael gar nicht mehr Raphael war? Er war schon länger anders und redete sehr ungewohnt. *Der Keran hat von ihm Besitz ergriffen*, schoss es ihr durch den Kopf und Hitze stieg in ihr auf. So machten ihre Träume mit Raphael plötzlich Sinn. Ihre ganzen Vermutungen und Überlegungen waren offensichtlich Realität geworden. Es gab nur eine Möglichkeit, das herauszufinden. Mit einem Ruck öffnete sie die Terrassentür und ließ mit einer schnellen Handbewegung ein paar Schneekristalle auf ihn zufliegen. Erschrocken duckte er sich.

»Ich wusste es! Du bist nicht Raphael!«

Nun starrten ihr zwei stumpfe Augen entgegen. Ein seltsames Lachen kam aus Raphaels Körper und Emely rannte hinaus in den Garten. Der Keran stapfte Schritt für Schritt hinterher und im nächsten Moment schleuderte Emely ihm einen harten Schneeball entgegen, der mit all ihrem Hass auf diese Kreatur genährt war. »Du hast ihn umgebracht! VERSCHWINDE von hier … für immer!«

Der Keran wich aus, doch der Schneeball traf ihn am Arm und ließ ihn aufschreien. Er drückte seine Hand auf die verletzte Stelle. »Du sollst vergessen, was die letzte halbe Stunde passiert ist! Das macht mir so keinen Spaß!«, schrie er mit verzerrter Stimme und rannte davon, während Emely rücklings in den Schnee fiel.

»Nein …« Dunkelheit umhüllte sie und wieder hatte sie es nicht geschafft, Hilfe zu holen.

»Emely! Emely?«

Schwerfällig öffnete sie ihre Augen und als sie irritiert erkannte, dass ihr Vater neben ihr saß, flog ihr Blick in alle Richtungen, in der Hoffnung, es würde nichts Magisches erkennbar sein.

»Emely? Gott sei Dank, was ist denn passiert?«, rief er erleichtert. Vorsichtig half er ihr auf.

»Was machst du hier?«

»Ich, also ich hatte etwas vergessen, aber … du glaubst nicht, was ich gerade gesehen habe«, hauchte er fassungslos und deutete auf den schneebedeckten Boden.

»Was denn?«, fragte Emely vorsichtig.

»Schneekristalle! Leuchtende Schneekristalle, die um dich herum geflogen sind.« Flüsternd berichtete er und fuchtelte wild mit den Händen.

O nein. Er hatte sie leuchten gesehen! Tief atmete sie durch und schaute ihn ernst an. »Versprichst du mir etwas?«

»Ja, natürlich, was denn?«

»Erzähl das niemandem! Vertraust du mir?«

»Heißt das, das ist gerade wirklich passiert und du weißt, wovon ich rede?« Ungläubig blickte er seine Tochter an.

»Ich … ja, ich weiß, wovon du redest, aber ich kann und darf es dir nicht sagen. Es ist nichts Schlimmes – im Gegenteil! Bitte vertraue mir, du darfst es keinem sagen. Vielleicht kann ich es dir nach der Wintersonnenwende erzählen, im Moment ist es aber zu gefährlich«, erklärte sie im Flüsterton und schaute ihm dabei bedeutungsvoll in die Augen.

»Hast du nicht gerade gesagt, es sei nichts Schlimmes?« Er schien sich Sorgen zu machen.

»Ja, normalerweise nicht … ich kann dir das im Moment nicht sagen. Bitte, vertrau mir einfach.«

Gustav nickte zustimmend und drückte kurz ihre Schultern, dann half er ihr hoch.

»Ich hole mir ein paar Sachen, da ich jetzt öfter weg sein werde. Sag Mama einfach, ich bin bei einer Freundin«, rief sie ihm über die Schulter hinweg entgegen, nachdem er die Terrassentür wieder geschlossen hatte und sie nach oben in ihr Zimmer lief.

Gustav eilte ihr hinterher und blieb an ihrer offenen Zimmertür stehen. »Heißt das, du bist gar nicht bei einer Freundin?« Schockiert verfolgte er jede Bewegung seiner Tochter, während sie ein paar Klamotten zusammenpackte.

»Ich … ähm … Nein, bin ich nicht. Aber da, wo ich bin, bin ich am sichersten.« Emely wollte ihren Vater beruhigen, doch sie erreichte damit genau das Gegenteil.

»Sicher? Bist du in Gefahr? Sollen wir die Polizei rufen?«

Emely lächelte schwach und hielt inne. »Nein, die Polizei kann da nicht helfen. Oder denkst du, sie glauben an Magie und sozusagen an lebendigen Schnee?«

Ihr Vater schüttelte verneinend seinen Kopf und hob hilflos die Schultern.

»Vertrau mir, es wird alles wieder gut werden!« Dann ging sie mit einer großen Tasche voller Kleidung die Treppe hinunter. »Hast du eigentlich jemanden gesehen, als du mich gefunden hast?«, fragte sie noch, denn ihr kam diese Situation sehr bekannt vor.

»Nein, nur du warst da.«

Emely seufzte. »Das hatte ich befürchtet. Pass auf dich auf!« Sie öffnete die Haustür.

»Pass du lieber gut auf dich auf! Du kannst dich auf mich verlassen!«

Emely zog die Haustür hinter sich zu. Ihr fiel es schwer, ihren Vater so zurückzulassen, doch es ging nicht anders. Sie vergewisserte sich, dass er nicht aus einem der Fenster sah, und huschte schnell über die Straße. Tränen füllten ihre Augen und sie klopfte mindestens fünfmal mit dem schweren Türklopfer gegen Johanns Tür. Nach kurzer Zeit öffnete er schwungvoll und hielt abrupt inne, als er Emely mit Tränen im Gesicht sah.

»Was ist passiert?«

Sie schüttelte nur den Kopf, lief an ihm vorbei ins Wohnzimmer und schmiss ihre volle Tasche aufs Sofa.

»Kannst du bitte den Vorhang hinter mir zuziehen?« Emely ging schluchzend in den Garten. Johann nickte nur.

Emely riss sich förmlich ihre Kleidungsstücke vom Körper und ließ sich mit ausgestreckten Armen nackt in den angenehm kühlen, wohltuenden Schnee fallen. Sie schloss die Augen und spürte die Sonne auf ihrem Gesicht. Es war schlimm für sie, ihrem Vater nichts erzählen zu können, obwohl er ziemlich sicher alles für sich behalten hätte. Alles drehte sich. Sie war angegriffen worden, das wurde ihr bewusst, doch sie wusste wieder nicht von wem. Dass es ein Keran war, war am wahrscheinlichsten, genauso wie beim letzten Mal. Das jagte ihr Angst ein und diese Ahnungslosigkeit machte sie wütend.

Tief atmete sie ein und wieder aus. Die Luft war zum Glück klar und es herrschten immer noch Minusgrade, wodurch der

Schnee trotz Sonne nicht schmolz. Sie ließ ihren Tränen freien Lauf und weinte ihre Ahnungslosigkeit, diesen Druck und diese Ungewissheit, ob sie die Nacht der Wintersonnenwende überleben würde, heraus. Nie hätte sie vor einigen Wochen gedacht, dass sie völlig aufgewühlt als Wächterin im Schnee liegen würde.

Mit geschlossenen Augen schlug sie mit der Faust neben sich in die Schneedecke. Unbewusst kamen ihr wieder diese geheimnisvollen grünen Augen des Fremden in den Kopf. Sie entspannte langsam ihre Hände.

»Zauber des Schnees, hole mich für einige Minuten in deine Welt«, sagte sie leise, aber bestimmt und fand sich kurz darauf in dieser einzigartigen magischen Welt wieder.

Diesmal musste sie nicht lange warten, bis sie die Stimme des Fremden hörte: »Du solltest doch auf dich aufpassen, das war knapp!«

Emely drehte sich einmal um die eigene Achse, um nach ihm Ausschau zu halten, doch sie sah ihn nirgends. Nur endlos weißer Schnee um sie herum. »Weißt du, was mit mir passiert ist?«, rief sie ins Nichts, obwohl ihr bewusst war, dass ihre Stimme ihr hier nicht viel brachte.

»Was Wirklichkeit ist, ist es nicht, und Vertrauen auf dein Inneres ist besser, als auf das zu vertrauen, was du siehst.« Die Stimme des fremden Mannes hallte durch die Welt des Zaubers.

Emely zog fragend ihre Augenbrauen zusammen, doch bevor sie nachhaken konnte, befand sie sich wieder in Johanns Garten. »Was Wirklichkeit ist, ist es nicht, und Vertrauen auf dein Inneres ist besser, als auf das zu vertrauen, was du siehst.« Sie flüsterte nachdenklich vor sich hin und setzte sich auf. Was er damit genau meinte, war ihr nicht klar. Langsam stand sie auf, wischte sich den Schnee von ihrer Haut und sammelte ihre Kleidungsstücke ein, die sie sogleich anzog.

»Johann?!« Emely rief schon nach ihm, bevor sie die Terrassentür aufstieß.

Sie brach mit ihrer Erzählung von der Begegnung mit dem Fremden, dem Vorfall in ihrem Zuhause und dass ihr Vater etwas wusste ab und spürte warme Tränen über ihr Gesicht laufen. Johann stand ergriffen auf, setzte sich neben sie auf die Couch und nahm sie in seine starken Arme.

Emely hörte seinen Herzschlag, da ihr Kopf auf seiner Brust lag. Seine Wärme beruhigte sie.

»Vielleicht kannst du es ihm ja mal erzählen.« Johann sprach leise in die Stille.

Emely nickte. »Ja, wenn wir die Wintersonnenwende überleben … Mein Vater würde es für sich behalten können.« Langsam löste sie sich aus Johanns Armen. »Danke!« Aufrichtig blickte sie ihm entgegen.

»Bitte, dafür bin ich da! Du bist schließlich meine Wächterin … und gute Freundin!«

Emely schenkte ihm daraufhin ein Lächeln und er erwiderte es. Seufzend wandte sie den Blick ab und starrte ins Leere.

»Über was denkst du nach?«

»Ich frage mich, wer mir da immer hilft … Mein Vater hat niemanden gesehen. Irgendjemand muss ja Kontakt mit dem Zauber des Schnees aufgenommen haben, um mir zu helfen …«

»Ja stimmt, normalerweise schon … mir ist auch nicht bekannt, dass der Zauber des Schnees ohne Aufforderung einem Menschen hilft, selbst wenn dieser mit dem Zauber verbunden ist … Außer natürlich, er holt einen Verbündeten für ungewisse Zeit in seine Welt, wodurch er sozusagen handeln könnte.» Er schien alles andere als erpicht über seine Ratlosigkeit. Schließlich war er ihr Meister, er sollte alles wissen! Eigentlich wusste er auch alles, doch es schien, als würde sich gerade einiges verändern und neu ordnen.

»Johann? Wir werden es doch schaffen, oder?« Emely schaute ihn mit großen Augen an.

Stille.

»Ja, ja wir werden es schaffen – wir müssen!« Seine Worte wurden nur vom Knistern des Kaminfeuers durchbrochen. Er legte stärkend eine Hand auf ihre Schulter.

»Wir verlassen in der Nacht der Wintersonnenwende einfach nicht das Haus«, meinte Emely, als wäre es die eindeutigste und leichteste Lösung, um das Schlimmste zu verhindern.

Johann lächelte über ihren Vorschlag.

Emely dachte über die Worte des fremden Mannes nach. *Er weiß mehr … wieso sagt er nicht direkt, was er genau meint?*

»Johann, er bestätigt doch eindeutig unsere Vermutung, dass ein Keran von jemandem Besitz ergriffen hat«, begann Emely. »Es macht doch nur Sinn, wenn der Keran das mit jemandem getan hat, der regelmäßig Kontakt zu uns hat.«

»Theoretisch schon, doch da ein Keran vergessen lassen kann und manipulative Kräfte hat, könnte es auch jemand x-Beliebiges sein, wobei es natürlich Sinn machen würde, wenn es jemand wäre, den wir gut kennen oder dem wir nahestehen.«

»Aber wer, Johann? Wen hat er umgebracht? Ich meine, die Vorstellung, dass ich schon lange jemanden verloren habe, ohne es zu wissen, macht mich wahnsinnig … und dann kann es auch noch sein, dass ich dieser eigentlich toten Person gegenüberstand, ohne es zu merken und –«, sie stockte mitten im Satz und sah Johann entgeistert an. »Was, wenn er meinen Vater umgebracht und den Platz seiner Seele eingenommen hat?« Angst stieg in ihr auf und ließ sie schwanken.

Johann atmete tief durch und legte seine Hände auf Emelys Schultern. »Versuch einen klaren Kopf zu behalten! Kerans wollen Menschen verwirren, doch das ist genau das, wodurch wir uns angreifbar machen. Wenn unsere Emotionen uns überfordern, können wir nicht mehr klar denken. Der Keran will es doch nur schaffen, uns kampfunfähig zu machen, um das Ritual in Ruhe durchführen zu können.« Eindringlich schaute er ihr in die Augen. »Beten wir, dass es niemanden von deinen Eltern oder Freunden getroffen hat«, fügte er mitfühlend hinzu und schien in Gedanken bei seinem damaligen Freund zu sein.

Emely spürte seinen Schmerz, der sich mit ihrer Angst und dem Durcheinander in ihr vermischte. »Lass uns nachher draußen im Schnee essen und schlafen, ich denke, wir sollten uns beide wieder erden.«

Johann nickte zustimmend.

Kapitel 19

»Das ist mit das Beste, was ich in meinem Leben je gemacht habe.« Emely sprach leise in die Nacht hinein und spürte den Schnee auf ihrer nackten Haut, auf dem sie lag und der sie zudeckte. Die Sterne leuchteten hell am nachtblauen Himmel.

»Wirst du versuchen zu schlafen oder lässt du dich in die Welt des Zaubers holen?«, fragte Johann.

»Hm … ich denke, ich werde in die Welt des Zaubers gehen, wenn du nichts dagegen hast. Dann bin ich morgen erholt und finde vielleicht noch irgendetwas heraus.«

Johann stimmte zu und Emely überließ ihre Seele dem Zauber des Schnees.

Schneekristalle flogen kreuz und quer durch die Welt des Zaubers und der Geruch von Schnee stieg Emely in die Nase. Sie schaute sich um. Diese magische Welt faszinierte sie, denn sie sah vor lauter Schnee nicht weit und doch hatte sie das Gefühl, dass diese Welt kein Ende hatte. Obwohl an diesem Ort nur die Seelen der Menschen, die mit dem Zauber verbunden waren, sein konnten, schien Emely körperlich anwesend zu sein, denn sie sah unverändert aus.

Vorsichtig streckte sie ihren Arm aus und fing mit der geöffneten Hand einen Schneekristall auf, der, sobald er ihre Haut berührte, golden leuchtete. Ergriffen betrachtete sie ihn und verlor sich in seinem Anblick.

»Du solltest nicht so oft hierherkommen«, ertönte die Stimme des fremden Mannes.

Emely schreckte zusammen. Der Schneekristall flog weiter und erlosch. »Warum?« Sie hörte ihre Stimme in dieser Welt immer noch nicht, doch der Fremde schien sie zu verstehen.

»Wer zu oft hier ist, wird irgendwann bleiben.«

Sie schaute auf die schemenhafte Gestalt, die immer näher kam. Emely konnte sich einfach nicht erklären, wieso er sie verstand.

»Ich kann deine Gedanken hören«, kam die Antwort auf ihren unausgesprochenen Gedanken. Emely war zwar im ersten Moment beeindruckt davon, doch im nächsten war es ihr peinlich. Sie sollte darauf achten, was sie dachte …

Ein kurzes, leises Auflachen war zu vernehmen.

Sich räuspernd schaute sie auf den schneebedeckten Boden. »Weißt du, ob wir die Nacht der Wintersonnenwende überleben werden?« Sie sprach die Frage nur in Gedanken aus und spürte dabei Angst und Ungewissheit.

»Ich weiß nicht, was die Zukunft bringt. Ich kann nur das Jetzt sehen und das, was war – genau wie du.«

Emely war enttäuscht, denn sie hatte sich mehr erhofft. Natürlich musste jeder irgendwann gehen, doch für sie und Johann und alle, die mit dem Zauber verbunden waren, würde es schon sehr bald so sein, wenn sie in der Nacht der Wintersonnenwende nicht gut genug auf sich aufpasste. Tränen rannen ihr übers Gesicht, sie ging in die Knie und schlang die Arme um ihre angewinkelten Beine. Es war im Moment alles zu viel für sie.

Trotz des emotionalen Ausbruchs nahm sie den Fremden viel näher wahr und spürte plötzlich seinen Arm, der sich um sie legte und Trost spendete. »Ich bin für dich da, Wächterin. Wann immer du mich brauchst.«

Sie hörte seine Stimme tief in ihrem Inneren. Die Angst, die sie herausgeweint hatte, machte nun Platz für die Dankbarkeit und sie wischte sich die letzten Tränen aus dem Gesicht.

Als Emely in seine grünen Augen sah, hatte sie das Gefühl, als würde sie in die Baumkronen schauen, deren frische Blätter von der Sonne angestrahlt und in ein märchenhaftes Licht getaucht wurden. Verzaubert von seinem Blick vergaß Emely alle Last und versank in dem strahlenden Grün. Ihm schien es genauso zu gehen, denn er wandte seinen Blick nicht ab und tauchte in Emelys blaue Augen ein.

Helles Licht blendete sie plötzlich und sie fand sich liegend im Schnee in Johanns Garten wieder. Sie fühlte sich das erste Mal seit Tagen richtig gut und so unbeschwert.

Johann schlief noch neben ihr und sie genoss diesen stillen Moment – ihren Moment! Diese grünen Augen des Fremden würde sie wohl nie wieder aus ihrem Kopf bekommen. Raphael! Der plötzliche Gedanke an ihn versetzte ihr einen Stich des schlechten Gewissens. Sie hatte kaum noch an ihn gedacht und sich nicht bei ihm gemeldet. Er allerdings auch nicht … Sie setzte sich auf und hob sich die dünne Decke aus Schneekristallen vor ihre Brust. Und schon war ihr friedlicher Moment vorbei und ihre Gedanken sprangen zwischen Raphael, dem Fremden, der Wintersonnenwende, ihrem verwirrten Vater, ihrer besten Freundin und ihrem Meister hin und her.

Um ihren Kopf wieder frei zu bekommen, beschloss sie, nachher auf jeden Fall Cello zu spielen. Das hatte bisher immer geholfen.

Geräuschlos streckte sie sich und griff nach ihren Kleidungsstücken, die neben ihr im Schnee lagen. Leise stand sie auf und stapfte so lautlos, wie nur möglich, durch den Schnee hinein in die Villa. Die Wintersonne schien durch die großen Fenster und ließ die Räume hell und freundlich wirken. In dem Licht der Sonne sah man die winzigen Staubteilchen, wie sie in der Luft vor sich hin schwebten.

Ihre Eltern mussten schon zur Arbeit gefahren sein. Sie wollte gleich nach drüben gehen, um ihr Cello zu holen. Zügig lief sie barfuß über die Straße und machte die Tür auf. Sie war nicht abgeschlossen! Zögernd betrat Emely das Haus und rief: »Hallo?« Nachdem keine Antwort kam, lief sie die Treppen hinauf in ihr Zimmer und schloss wie gewohnt die Tür hinter sich.

Es war ein komisches Gefühl für Emely, denn sie fühlte sich wie eine Fremde in ihrem eigenen Zimmer. Seufzend ließ sie sich auf ihr Bett sinken und fuhr mit den Händen über die Decke, auf der sie saß.

»Wer hätte das gedacht«, murmelte sie vor sich hin, stand wieder auf und begann, ihr Cello einzupacken.

Als sie mit ihrem Cello in den Armen dastand, wurden ihre Augen feucht von den Tränen. *Wer weiß, ob ich je wieder hier sein werde*, ging es ihr durch den Kopf und der Gedanke an die Nacht der Wintersonnenwende und die tödliche Gefahr, die dann auf sie wartete, ließ sie schwer atmen. Nur noch drei Tage! Ihr Brustkorb zog sich unangenehm zusammen. Ein Geräusch, das von unten an ihr Ohr drang, ließ sie zusammenzucken. *Es muss doch jemand im Haus sein!* Leise schlich sie die Treppe hinunter und stellte ihr Cello im Gang ab. Die Küchentür war nur angelehnt, doch sie konnte nichts erkennen, als sie durch den schmalen Spalt lugte. Angespannt legte sie eine Hand auf den Türgriff und drückte sie vorsichtig und langsam auf. Der Geruch von Schnee und klarer Luft stieg ihr in die Nase, was sie kurz stutzen ließ, doch dann bemerkte sie, dass die Terrassentür sperrangelweit offen stand. Unweigerlich musste sie an ihren letzten Besuch denken, bei dem sie sich – ohne zu wissen, was vorher passiert war – im Garten wiedergefunden hatte. Ihre Anspannung wuchs, doch sie lief Schritt für Schritt auf die offene Terrassentür zu, wobei das Geräusch immer lauter wurde. Erschrocken hielt sie inne, denn es war plötzlich ganz still.

In Gedanken verband sich Emely mit dem Zauber des Schnees und bemerkte im Augenwinkel, wie sich ein paar Schneekristalle vom Boden lösten und langsam emporstiegen.

»Was tust du hier?«, rief sie laut und als sie in das Gesicht ihres verdatterten Vaters sah, brach sie schnell den Kontakt zum Zauber ab, woraufhin die Kristalle wieder sanken.

»Ähm … ich wohne hier …« Ihr Vater schaute sie verwirrt an.

»O entschuldige, ich dachte … Na ja, ich wusste nicht, dass du da bist. Wieso bist du nicht bei der Arbeit?«

»Ich repariere das Vogelhaus … ich … habe mir ein paar Tage freigenommen«, erklärte er und sah Emely betroffen an.

»Geht es dir nicht gut?« Das war total atypisch für ihren Vater, sich einfach freizunehmen. Misstrauisch fühlte sie sich in ihn hinein. Da war nichts, was darauf hindeutete, dass seine Seele nicht mehr da war. Keine Kälte. Erleichtert nahm sie seine Gefühle wahr – Besorgnis, Mitgefühl, ein wenig Verwirrtheit, Zuneigung.

»Na ja, nachdem ich gestern diese schwebenden Schneekristalle gesehen und dich bewusstlos im Schnee gefunden habe, dachte ich mir, ich nehme mir mal eine Auszeit. Falls du meine Hilfe brauchst, kann ich für dich da sein.«

Diese Worte trafen Emely tief im Herzen. »Was hast du zu Mama gesagt?« Sie spürte, dass sich ihr Vater gerade ratlos und traurig fühlte.

»Dass du bei einer Freundin bist, wie besprochen. Sie hat auch gar nicht weiter nachgefragt, da sie sich gefreut hat, dass du mal … na ja, du weißt schon … dass du mal mehr raus kommst.«

Emely schmunzelte. Eine kurze Zeit schauten sie sich einfach nur an.

»Steckst du arg in Schwierigkeiten?«

»Nun, wie soll ich es sagen … Im Moment ist es etwas schwierig, ja. Wenn die Wintersonnenwende vorbei ist, dann erzähle ich dir alles«, meinte sie ernst.

»Ich kann nicht helfen?«

Emely schüttelte den Kopf. »Nein, leider nicht, ich sollte darüber auch nicht sprechen. Ich möchte dich nicht in Gefahr bringen. Aber ich bin gut aufgehoben! Ich habe jemanden, der auf mich aufpasst.« Sie versuchte die Worte so beruhigend wie möglich auszusprechen.

»Wieso brauchst du jemanden, der auf dich aufpasst? Hat es etwas mit diesem Raphael zu tun?«

»Nein, es … Du hast es ja letztens gesehen. Es gibt mehr, als wir manchmal denken oder sehen können. Was glaubst du, wie blöd ich geschaut habe, als ich das alles rausgefunden habe und Jo- … jemanden kennengelernt habe, der …« Sie versuchte ihm etwas mehr zu sagen, doch es war schwer für sie, Worte zu finden, die alles erklärten und doch das Geheimnis verbargen. Entschuldigend zuckte sie mit den Schultern.

»Das heißt, es gibt wirklich Magie?« Ungläubig, jedoch interessiert musterte er seine Tochter.

Emely nickte als Bestätigung und wendete sich ab, um zu gehen.

»Ich bin da, wenn du mich brauchst«, hörte sie ihren Vater sagen.

Sie bedankte sich, ging durch die Küche und in den Gang, in dem ihr Cello stand.

»Emely, warte mal kurz.« Er kam auf sie zugeeilt. »Mir ist gerade etwas eingefallen. Meine Uroma, also … Wie soll ich das sagen? Sie war seltsam. Ich fand sie manchmal sogar gruselig, denn es konnte sein, dass sie mit offenen Augen dastand und einen nicht mehr wahrnahm. Einmal war ich mit ihr spazieren und sie stand – das mussten mindestens zwanzig Minuten gewesen sein – wie paralysiert einfach nur da. Das war im Winter. Sie wurde jeden Winter stets komisch und tat so geheimnisvoll. Denkst du, sie hatte auch etwas mit Magie zu tun?«

Gespannt hörte Emely ihm zu. »Hm, das kann alles nur Zufall gewesen sein. Mach dich bitte nicht verrückt.«

»Ich werde das herausfinden.«

Erstaunt folgte Emely ihm mit ihrem Blick. Hoffentlich verrannte er sich da nicht. Das wäre jedoch echt eine Nummer, wenn ihre Ururoma mit dem Zauber des Schnees verbunden gewesen war. Theoretisch könnte sie ihrem Vater auch die ganze Wahrheit erzählen. Er konnte ein Geheimnis sicher verwahren. Kurz darauf schüttelte sie jedoch den Kopf, denn ihr Vater würde versuchen zu helfen, und das würde ihn in Gefahr bringen.

Emely saß mittlerweile im Wohnzimmer der Villa und hatte die Glut genutzt, um ein Feuer zu machen, damit der Raum nicht auskühlte. Zufrieden betrachtete sie ihr Werk und schmierte sich eine Scheibe Brot mit Butter, in die sie hungrig hineinbiss. Kauend zog sie ihr Handy aus der Hosentasche und beschloss, Raphael eine Nachricht zu schreiben. Nach vier Versuchen ließ sie ihr Handy jedoch verärgert auf den Tisch fallen. *Er hat sich nicht gemeldet … wieso soll ich es also tun? Wobei … ich habe mich ja auch nicht gemeldet* – ein Konflikt brach in ihren Gedanken aus und zwischendurch blitzten immer wieder diese leuchtend grünen Augen des Fremden aus der Welt des Zaubers auf.

Automatisch dachte sie über das nach, was der Fremde bei ihrem vorletzten Besuch zu ihr gesagt hatte: *Was Wirklichkeit ist, ist es nicht, und Vertrauen auf dein Inneres ist besser, als auf das zu vertrauen, was du siehst …* Unweigerlich musste sie an Raphael denken, woraufhin sich ein beklemmendes Gefühl in ihr ausbreitete. Eigentlich sollte sie doch vor Sehnsucht nach ihm vergehen und sehen, ob es ihm überhaupt gut ging, wenn er so lange nichts von sich hören ließ. Hin- und hergerissen stand sie auf und lief im Wohnraum auf und ab.

Irgendwie hatte sie das Gefühl, als hätte sie ihn erst vor Kurzem gesehen, doch das letzte Mal hatte sie Zeit mit ihm im Bett verbracht. Das Treffen hing ihr immer noch nach und sie wollte nicht weiter daran denken, vor allem, als sie gemeint hatte, ihn in Johanns Garten gesehen zu haben. Ihr Augenmerk fiel auf das Cello, wodurch ihr rastloser Blick zur Ruhe kam.

Automatisch griff sie danach und sie öffnete den schweren Koffer, um ihr Instrument herauszuholen. Sacht ließ sie ihre Hand über den Korpus streichen, der aus dunklem Holz gefertigt war.

Dann stand sie auf, setzte sich auf das Sofa und stimmte die Saiten, während sie immer wieder auf das kleine Feuer schaute, das sich von dem Holz im Kamin nährte.

Bevor sie den Bogen aufsetzte, atmete sie tief durch und begann zu spielen. Nach dem ersten tiefen Ton, der den Raum erfüllte, schloss sie ihre Augen und betrachtete dabei die Schneekristalle, die langsam umher schwebten. All ihre Emotionen ließ sie in ihr Spielen gleiten und lauschte den Tönen, die dabei entstanden. Emotion für Emotion bahnte sich den Weg in die Freiheit. Alles, was sich die letzten Wochen angesammelt hatte, floss nun in ihre Musik und ließ die Töne immer schneller aufeinanderfolgen, bis sie irgendwann schwer atmend den Bogen von den Saiten riss und die Musik verklang. Ihren Herzschlag spürte sie stark in ihrem Körper und ein Gefühl von Freiheit, von Loslassen durchflutete sie.

Mit dem Sinken des Bogens öffnete sie langsam ihre Augen. Ihr Blick fiel auf Johann, der sie über eine Tasse Tee hinweg ansah und es sich dann in seinem Sessel gemütlich machte. Sie hatte ihn nicht kommen gehört oder gespürt, da sie so sehr auf ihre Gefühle und die Musik fokussiert gewesen war.

Emely erwiderte seinen Blick und so saßen sie eine Weile nur da und fühlten jeweils das, was der andere fühlte. Sie waren sich sehr nah. Er war ergriffen von ihrer Musik gewesen, das war immer noch das deutlichste Gefühl von allen anderen in ihm, bemerkte Emely. Johanns Blick löste sich von ihr und er nahm einen großen Schluck Tee. »Hast du schon etwas gefrühstückt?«, durchbrach er die bedeutsame Stille mit seiner tiefen klaren Stimme, woraufhin Emely bejahend nickte und dann ihren Kopf an ihr Cello lehnte.

»Aber ich hatte noch keine Kekse.«

Johann schmunzelte. »Du bist wirklich etwas Besonderes. Der Zauber des Schnees hätte es nicht besser treffen können.«

»Das Gleiche könnte ich auch zu dir sagen … Meister.« Sie lächelte Johann an. »Ich habe den Fremden getroffen, als ich diese Nacht wieder in der Welt des Zaubers war.«

Johann schaute sie interessiert an und bedeutete ihr fortzufahren.

»Er hat gesagt, dass er immer für mich da sei, aber dass er auch nicht wisse, was kommen werde. Ich habe ihn nämlich gefragt, ob wir die Wintersonnenwende überleben werden … Er weiß es nicht.« Ihre Angst davor verdrängte wieder jedes gute Gefühl und die Last dieser Ungewissheit, ob ihr Leben, das von Johann und ein paar anderen zu Ende gehen würde und der ganze Planet aus dem Gleichgewicht käme, wog sehr schwer.

»Wir haben zwar diese Gabe und den Zauber des Schnees, aber ein Blick in die Zukunft ist nur bedingt möglich. Du kannst das Glück haben, dass dir Träume geschickt werden, die dich warnen, oder du hörst auf deine Intuition. Die ist bei dir als Wächterin stärker als bei irgendjemand anderem. Wenn du tief in dich hineinhörst, bekommst du vielleicht eine Antwort. Was die Träume betrifft … Wie du weißt, ist es nicht leicht, diese zu differenzieren.«

Emely konzentrierte sich, doch musste sie erst durch das Gefühls-Wirrwarr hindurch. Vorbei an Raphael, ihrem Vater, ihrer besten Freundin und der Angst, um tief bei sich anzukommen. »Es ist noch nicht entschieden!« Mit fester Stimme sprach sie die Worte aus und hob den Kopf.

Diese Antwort auf ihre Ungewissheit und Angst kam aus ihrem tiefsten Inneren – aus ihrer Seele. Sie wusste nicht, ob sie das beruhigen oder verunsichern sollte.

»Emely! Egal, wie es kommt, wir dürfen die Hoffnung nie aufgeben und müssen bis zum Schluss versuchen, unser Bestes zu geben, um den Zauber des Schnees zu schützen … Komme, was wolle!« Er schien ihre Unsicherheit gefühlt zu haben.

»Ja, du hast recht.« Emely lehnte sich auf der Couch zurück.

»Ich werde jetzt Zimtkekse backen, die Dose ist fast leer.« Johann stand auf und ließ Emely im Wohnraum vor dem prasselnden Feuer alleine.

Emely war nach einer Weile dem Geruch gefolgt. Noch bevor sie die Küche erreichte, traf Johanns Gefühlschaos sie. Gerade war er doch noch so gefestigt gewesen, als er sie aufgemuntert hatte. Verschwieg er ihr etwas? Sie hielt inne.

»Ach, Eleonore, es kann sein, dass ich viel schneller bei dir bin als geplant … dabei kann ich das Leben endlich wieder genießen.«

Als sie Johann das sagen hörte, musste sie fest schlucken. *Es liegt ganz alleine bei mir, ob wir die Nacht der Wintersonnenwende überleben werden*, wurde ihr bewusst, auch wenn Johann ihr immer sagte, dass sie nicht alleine war. Letztendlich war sie alleine mit der stärksten Macht, die ihr als Wächterin innewohnte, dafür verantwortlich.

Johann schien sie noch nicht bemerkt zu haben. Emely machte auf dem Absatz kehrt und schritt zielstrebig hinaus in die verschneite Welt. »Ich kann ihm das nicht antun! Ich ganz alleine bin dafür verantwortlich, ob wir die Nacht überleben werden … und ich lasse mich gehen … Ich muss viel mehr üben!« Mit fester Stimme schimpfte sie vor sich hin und schnellen Schrittes näherte sie sich dem Wald.

Die Schönheit der verschneiten Bäume und die magische, stille Atmosphäre beachtete sie nicht. Als sie tief in den Wald hineingelaufen war, blieb sie außer Atem zwischen all den Bäumen und dem Gestrüpp stehen, durch das sie sich gekämpft hatte – um weit weg von den offiziellen Wegen zu sein.

Ohne zu warten, bis ihr Atem sich beruhigt hätte, verband sie sich mit dem Zauber des Schnees und ließ durch eine bloße Armbewegung eine Windhose aus Schnee gegen den nächsten Baum fegen, die daraufhin wieder in ihre Einzelteile zerfiel. Weder betrachtete sie dies genau, noch analysierte sie ihre Attacke. Pfeile aus Eis, Schneewände, große Schneekugeln, kleine Schneekugeln und riesige Speere aus hartem Schnee beschwor sie herauf und feuerte sie im Wechsel ab, ohne auch nur eine Sekunde zu zögern oder Pause zu machen. Ihr Herz schlug schnell und ihr Atem erwärmte die Luft. Vielleicht gab es doch eine Möglichkeit, dass der Keran nicht wieder in der Lage wäre, ihr Gedächtnis zu löschen. Eigentlich müsste sie ihn vorher nur außer Gefecht setzen. *Ich war wohl jedes Mal zu langsam oder zu ängstlich, um mich rechtzeitig zu wehren.* Die nächsten Abwehrzauber schmetterte sie mit einem lauten Schrei von sich weg.

Plötzlich sprang ein Hirsch vor sie und bäumte sich auf. Es war der Hirsch, den sie schon öfter gesehen hatte – in ihren Träumen und in der Realität. Keuchend schaute sie in seine dunkelbraunen Augen. Der Hirsch schnaubte und erst jetzt merkte Emely, dass sie sich völlig verausgabt hatte. Ihre Arme zitterten und ihr pochendes Herz hörte sie laut in ihrem Kopf. Völlig blind vor Angst und vor dieser schwerwiegenden Verantwortung hatte sie nicht mehr realisiert, was sie tat. Völlig ausgelaugt ließ sie sich in den Schnee fallen, schlang die Arme um ihre angewinkelten Knie und schloss die Augen. Tränen bahnten sich den Weg aus ihren geschlossenen Lidern und als sie einen sanften Stupser an ihrem Arm spürte, schaute sie auf und blickte mit großen Augen den Hirsch an. *Von unten betrachtet wirkt er noch größer*, dachte sie sich, als er majestätisch vor ihr stand. Wieder schnaubte er. Sie konnte seinen gefrierenden Atem in der klaren Luft sehen.

Sanft, aber bestimmt trat er mit dem vorderen Huf in den Schnee, woraufhin sich einige Schneeflocken lösten und emporstiegen. Ungläubig folgte Emely den Kristallen mit ihrem Blick. Tanzend flogen sie um das Geweih des Hirsches und dann um sie herum, bis sie sich wieder besser fühlte.

Sie schwebten zum Hirsch zurück und dann wieder auf den Boden, um kurz darauf das Leuchten ihrer Seelen einzustellen.

»Danke!«, brachte Emely heraus, woraufhin der Hirsch seinen Kopf senkte, als wollte er »gern Geschehen!« sagen. Dann galoppierte er los und verschwand im Unterholz.

Emely blieb sitzen und sah dem Hirsch nach, auch als er schon nicht mehr zu sehen war.

Sie stand auf und stapfte mit den Gedanken an den Hirsch und der tiefen Dankbarkeit, die sie für ihn empfand, zurück zu Johanns Villa. Nachdenklich darüber, dass sie die Kontrolle über sich verloren hatte und es wohl auch Tiere mit magischen Fähigkeiten gab, schlug sie zweimal mit dem Türklopfer gegen die Tür.

Johann riss diese auf. Erleichterung zeichnete sich auf seinen Zügen ab, als er Emely an einem Stück und gesund vor sich stehen sah. Er nahm sie fest in seine Arme.

Emely hatte das Gefühl, als würde sie kaum noch atmen können. »Du zerquetschst mich«, nuschelte sie kaum hörbar in Johanns Hemd, der sie gleich darauf losließ und ins Haus zog.

»Wo warst du?« Er hatte seine Hände auf ihre Schultern gelegt und musterte sie immer wieder eindringlich.

»Ich bin mir nicht sicher, ob du das wissen willst«, begann sie und schüttelte leicht den Kopf.

»Natürlich will ich das!« Entrüstet schob Johann sie ins Wohnzimmer, wo sie sich auf die Couch fallen ließ. »Du siehst blass aus, ich hole mal die Zimtkekse, dann fühlst du dich bestimmt gleich wieder besser.« Emely nickte und Johann verschwand zügig aus dem Wohnraum.

Wieder zurückgekehrt setzte er sich neben Emely und hob ihr die Schale unter die Nase. Nickend nahm sie einen Keks und biss ab. Das Aroma des Zimts breitete sich wohltuend in ihrem

Mund aus und sie atmete tief durch. Johann sah sie erwartungsvoll an.

»Mit mir sind mal wieder die Nerven durchgegangen«, eröffnete sie ihre Erklärung. »Mir ist bewusst geworden, dass ich dafür verantwortlich bin, ob wir die Wintersonnenwende überleben werden, oder nicht. Wer weiß, ob ich kämpfen muss und wie lange … deshalb bin ich in den Wald und habe einen Abwehrzauber nach dem anderen ins Leere geschmettert. Ich war völlig blind vor Angst. Ich wollte nur noch üben und das, so lange ich kann, denn wer weiß, was passieren wird. Ich habe gar nicht gemerkt, dass ich schon völlig zittrig und am Ende war. Plötzlich war dieser Hirsch da. Er stand direkt vor mir und hielt mich davon ab, mich weiter zu verausgaben. Er hat mir geholfen … Ich meine, er hat mir durch den Zauber des Schnees wieder Kraft und einen klaren Verstand gegeben.«

Aufmerksam hörte Johann ihr zu und als Emely geendet hatte, nahm er sich ebenfalls einen Keks, biss ab und legte einen Arm um sie. Lange Zeit saßen sie nur da. »Emely … du machst alles richtig und du bist gut so, wie du bist. Ich denke, ich brauche dazu nichts zu sagen, denn du hast schon verstanden. Nur eines … denke bitte nicht immer, du bist alleine. Ich bin als dein Meister immer an deiner Seite, der Zauber des Schnees hat dich nicht umsonst ausgewählt und der Hirsch, der immer wieder auftaucht, scheint auch ein wachsames, helfendes Auge auf dich geworfen zu haben. Und dann ist da noch dieser Fremde in der Welt des Zaubers … Du stehst dem Dunklen und Bösen nicht alleine gegenüber … Auch nicht in der Nacht der Wintersonnenwende. Du hast zwar die stärkste Macht von allen, doch das heißt nicht, dass ich nichts ausrichten kann und du alles alleine tragen musst.« Als er geendet hatte, nahm er seinen Arm wieder von Emelys Schultern. »Du solltest nun jeden Tag deinen Geist vom Zauber des Schnees klären lassen, damit du nicht so schnell die Nerven verlierst. Es ist wichtig, jetzt einen klaren Kopf zu behalten … zumindest bis die Wintersonnenwende vorüber ist.« Er erhob sich und streckte seine Arme aus.

»Danke für deine Worte!« Emely nahm die Schale mit den Keksen.

»Ich werde einkaufen gehen, wir brauchen ein paar Sachen.«

»Soll ich mit und dir helfen?«

Johann verneinte und schlug vor, dass sie sich erst einmal ausruhen sollte.

Kapitel 20

Als Johann die Villa verlassen hatte, saß Emely eine ganze Weile auf der Couch und starrte in den Kamin. Zwei große braune Augen schauten sie in Gedanken an und goldene Schneekristalle flogen um das riesige Geweih des Hirsches. Entschlossen stand sie auf und lief in die Bibliothek. Sie wollte unbedingt eine Antwort auf ihre Frage, die sie seit einigen Tagen im Kopf hatte, finden. Konnten Tiere ebenfalls mit dem Zauber des Schnees verbunden sein? Bis jetzt hatte sie nichts darüber gelesen, doch das, was sie heute erlebt hatte, ließ eigentlich gar keinen Zweifel zu.

Sorgfältig glitt ihr Blick über die vielen Buchrücken. Obwohl der Titel des Buches nicht wirklich auf das schließen ließ, was sie suchte, folgte sie ihrer Intuition und zog *Der Bund mit dem Zauber des Schnees und seine Auserwählten* heraus. Sie setzte sich auf einen der Stühle an den Tisch und schlug das Buch auf.

Tatsächlich stand schon im Verzeichnis das, was sie suchte: *Der Bund zwischen einem Tierwesen und dem Zauber des Schnees.*

Gespannt las sie das Kapitel in einem Zug durch. *Mit den Tieren war es ebenso wie mit den Menschen, nur dass von ihnen keiner ein Wächter werden konnte. Sie haben jedoch ähnliche Fähigkeiten wie die Menschen, die mit dem Zauber verbunden sind. Ihre Fähigkeit, die Gefühle anderer wahrzunehmen, oder die Gabe, manchmal zu wissen, was passiert, oder wo sie gebraucht wurden, kommt den Fähigkeiten eines Wächters gleich.*

Wenn ein Tier, das mit dem Zauber des Schnees verbunden ist, einem Wächter hilft, verbindet die beiden dies auf eine magische Art und Weise. Wenn einer der beiden in Gefahr ist, spürt das der jeweils andere und ist zur Hilfe verpflichtet.

Emely klappte das Buch zu. Wer würde schon nicht jemandem helfen wollen, der mit dem Zauber des Schnees verbunden war? Sie überlegte daraufhin, was wohl passieren würde, wenn man keine Hilfe leistete. In dem Kapitel stand nichts Genaueres darüber geschrieben.

Sie erhob sich, stellte das Buch zurück und suchte nach einem weiteren Buch, das ihr darauf eine Antwort geben konnte.

»Hallo, ich bin wieder da«, hörte sie Johann rufen.

Sie lief hinunter, um ihm mit dem Einkauf zu helfen. »Hey! Hast du alles bekommen? Ich muss dich gleich mal etwas fragen.« Emely plapperte drauflos und nahm Johann ein paar Dinge ab, die unter seinem Arm klemmten. »Ich habe gerade etwas über den Bund des Zaubers bei Tierwesen gelesen und was passiert, wenn diese einem Wächter helfen.«

Johann nickte wissend.

»Weißt du, was passieren würde, wenn man der Hilfe nicht nachkäme, zu der man magisch verpflichtet ist?«

»Ich habe ein kleines Buch, in dem du deine Antwort finden wirst. Es ist irgendwo unten im Regal in der Bibliothek. Ich fand es nicht wirklich wichtig, da Menschen, die der Zauber des Schnees mit sich verbündet, immer sehr herzlich und hilfsbereit sind und aufrichtige Gedanken haben – eine reine Seele sozusagen.«

»Stimmt, das klingt logisch. Man würde also gegen Grundprinzipien verstoßen … ob das wohl schon mal jemand gemacht hat?« Sie half Johann, den Rest der Lebensmittel und Gewürze zu verstauen.

»Kann ich mir nicht vorstellen … ich suche dir gleich das Buch heraus. Oder weißt du was? Ich fange schon mal an, etwas zu kochen, während du liest. Das Buch müsste im zweiten Regal ganz unten rechts stehen. Es hat einen dunkelroten Einband und ist recht dünn.«

Emely nickte und verließ die Küche. Wieder in der Bibliothek fand sie das Büchlein sofort und sah den Titel des Buches auf der ersten Seite, die sie aufgeschlagen hatte, stehen: *Verstöße gegen die Gesetze des Zaubers des Schnees.*

Emely lief ein kleiner Schauer über den Rücken. Als sie anfing zu lesen und auf ihre Frage eine Antwort fand, musste sie sich erst einmal setzen. *Der Bund wird aufgelöst und ein Wächter seines Amtes enthoben, wenn Hilfe verweigert wird.* Dieser Satz hallte in Emelys Gedanken laut wider. Sie würde alles verlieren … Alles, was ihr Leben ausmachte und dem Ganzen einen Sinn gab.

»Mach dir keine Gedanken darüber, das würdest du sowieso nie tun!« Beruhigend sagte sie die Worte zu sich selbst und schüttelte heftig den Kopf. Wer würde schon – vor allem, wenn er solche Fähigkeiten hatte – einen Hilferuf ignorieren? Entschlossen stellte sie das Buch wieder zurück, um sich nicht noch mehr Gedanken zu machen, denn Johann meinte, dass das definitiv nicht nötig sei. Menschen oder Tiere, die mit dem Zauber verbunden waren, waren sowieso von Natur aus besondere, hilfsbereite und aufrichtige Wesen.

Als Emely die Treppe herablief, klingelte ihr Handy. Als sie sah, dass es ihr Vater war, zögerte sie kurz, bevor sie abnahm. »Ja?«

»Ich bin's … Ich muss dir etwas Wichtiges zeigen. Könntest du kommen?« Emely hörte die Aufregung in seiner Stimme. »Deine Mutter ist nicht da, ich bin alleine«, fügte er daraufhin hinzu.

»Um was geht es denn?« Sie lehnte sich an den Türrahmen der Küche, damit Johann das Gespräch mitbekam.

»Du wirst es mir wahrscheinlich nicht glauben, wenn ich es dir sage … Es hat mit meiner Uroma zu tun, du erinnerst dich?«

Emely überlegte, doch ihr Vater würde sie nie um etwas bitten, wenn es nicht wirklich wichtig wäre, vor allem im Moment nicht. »Okay, ich komme vorbei, bis gleich!«

Johann schaute Emely fragend an, als er gerade das geschnittene Gemüse in einen großen Topf warf.

»Das war mein Vater, ich soll vorbeikommen. Es ist irgendetwas Wichtiges, das er mir zeigen möchte. Ich gehe kurz rüber.« Emely zuckte mit den Schultern, drehte sich um und eilte Richtung Haustür.

»Moment! Du gehst nirgendwo mehr alleine hin. Jedes Mal

passiert irgendetwas. Ich gehe mit!«, rief Johann ihr aus der Küche hinterher. »Abgesehen davon solltest du dir Schuhe anziehen und dir etwas Zeit lassen. Offiziell bist du nämlich nicht bei mir«, riet er ihr und zog sich selbst seine Winterschuhe an.

»Ja, da hast du wahrscheinlich recht.« Emely schlüpfte ebenfalls in ihre Schuhe und lief dann wenige Minuten später mit Johann quer über die Straße.

»Du wartest hier, sonst weiß mein Vater gleich, wo ich eigentlich bin.« Sie legte eine Hand auf seine Brust und schob ihn hinter einen großen Busch neben der Haustür. Er nickte bloß und Emely drückte auf die Klingel, da sie den Schlüssel auf dem Tisch in Johanns Wohnraum liegen gelassen hatte.

Emely schaute ihren aufgebrachten Vater fragend an, als er die Tür aufgerissen hatte. »Komm rein, komm rein«, flüsterte er hastig und nachdem er die Haustür hinter Emely geschlossen hatte, zog er sie ins Wohnzimmer.

»Was gibt es denn so … Oh, wie sieht es denn hier aus?« Ihr Blick wanderte über die vielen Fotoalben, die kreuz und quer im Wohnzimmer verteilt und teilweise aufgeschlagen waren. Wenn das ihre Mutter sehen würde!

»Du glaubst nicht, was ich entdeckt habe …« Gustav wedelte mit einem vergilbten Schwarz-Weiß-Foto vor ihrer Nase herum. Emely zog den Kopf zurück und die Augenbrauen hoch.

»So kann ich nichts erkennen, gib mal her!« Genervt riss sie ihm das Foto aus der Hand. Ihr Blick schweifte über Gustavs Uroma. »Was soll daran so besonders sein? Das ist doch deine Uroma, oder?« Sie konnte sich nicht wirklich einen Reim darauf machen, warum ihr Vater sie deswegen so dringend sehen musste.

»Schau mal genauer hin.« Nervös tippte er mit einem Finger auf die leuchtenden Schneekristalle im Hintergrund. Emely starrte auf das Foto, als hätte sie darauf einen Zeitreisenden entdeckt.

»Deine Uroma …«, hauchte sie fassungslos, doch weiter kam sie nicht, da sie nicht wirklich glauben konnte, was sie da sah.

»… war so wie du. Also das denke ich zumindest. Als ich dich letztens bewusstlos im Schnee fand, da habe ich das erste Mal leuchtende Schneekristalle gesehen. Mir ist das auf dem Bild nie aufgefallen! Weißt du, was das bedeutet?« Gustav sprühte vor Euphorie und schaffte es doch gleichzeitig, ernst zu sein.

»Sie war mit dem Zauber des Schnees verbunden.« Emely starrte immer noch auf das Foto. »Genau wie ich!«, fügte sie flüsternd und fassungslos hinzu.

»Mit dem Zauber des Schnees?« Gustavs Augen leuchteten neugierig.

»Ich brauche erst mal ein Glas Wasser, bitte«, hauchte Emely und setzte sich zwischen die vielen Fotoalben auf das Sofa. Das war unglaublich!

Gustav brachte Emely ein Glas Wasser aus der Küche. Er stapelte ein paar der Alben, damit er sich neben seine Tochter setzen konnte. »Was bedeutet es, mit dem Zauber des Schnees verbunden zu sein?« Er betrachtete seine Tochter ruhig von der Seite.

Emely drehte sich zu ihm. »Ich, also … Du musst versprechen, es niemandem zu sagen … nicht einmal Mama.«

Nachdenklich schaute er auf den Boden.

»Zumindest im Moment ist das wichtig. Außerdem würden dich alle für verrückt halten und der Zauber des Schnees könnte dadurch noch mehr in Gefahr geraten als ohnehin schon.« Emely war sehr ernst und nahm noch einen Schluck Wasser.

»Ich werde nichts sagen! Ich möchte schließlich nicht, dass meine Tochter im Labor als Versuchskaninchen endet.« Entschlossen nickte er, woraufhin Emely lächelte.

»Ich selbst weiß auch noch nicht so lange, dass ich mit dem Zauber des Schnees verbunden bin, und dass es das überhaupt gibt.« Sie seufzte tief.

»Seit wann weißt du es denn?«

»Seit wenigen Wochen erst. Das war ein richtiger Schock! Am Anfang konnte ich das alles gar nicht glauben – dass es Magie gibt und so. Doch mein Leben und die Dinge, die mir, wenn Schnee liegt, immer passieren, ergaben endlich einen Sinn. Und als ich dann noch erfahren habe, dass ich vom Zauber des Schnees als Wächterin auserwählt wurde, ist mir mein Herz in die Hose gerutscht.«

»Wie meinst du das … Wächterin?«

»Ich bin die Wächterin des Zaubers des Schnees!«

»Aha, und wie viele Wächter gibt es?«

»Nur einen Wächter für eine Zeit. Erst wenn ich sterbe, wird ein neuer Wächter auserwählt. Ich bin für den Schutz des Zaubers verantwortlich und habe die größte Macht. Ich bin tiefer als andere mit dem Zauber verbunden – meine Güte, das hört sich ziemlich abgedreht an …«

Gustav schaute sie ehrfürchtig an. »Du bist die Wächterin? Oh, Verzeihung … muss ich mich irgendwie verbeugen, oder so?« Abrupt stand er auf und schien nicht so wirklich zu wissen, wie er damit umgehen sollte.

»Nein, nein, um Gottes willen, bloß nicht! Ich bin immer

noch ich! Vor mir hat sich noch niemand verbeugt. Noch nicht einmal mein Meister … obwohl, doch einmal glaube ich.« Emely winkte schnell ab und lachte, als sich ihr Vater wieder setzte und geräuschvoll ausatmete.

»Meister?« Er wollte alles wissen, denn er schien ihr jedes Wort zu glauben.

»Ja, Johann ist mein Meister. Er passt auf mich auf, hilft mir mit der Verantwortung klarzukommen, ist immer für mich da und lehrt mich auf magische Art zu kämpfen und mich zu verteidigen«, berichtete sie nun euphorisch, denn sie war sehr froh, dass ihr Vater so reagierte und nicht völlig ausrastete oder sie aus dem Haus jagte.

»Du kämpfst? Daran muss ich mich erst gewöhnen …«

»Ich bin so froh, endlich mit dir darüber sprechen zu können. Das ist mir in der letzten Zeit nicht leichtgefallen.« Bedrückt seufzte sie.

Gustav nahm sie fest in den Arm. »Ich habe mir Sorgen gemacht. Du warst anders, das ist mir schon aufgefallen, aber ich habe mir gedacht, dass du schon mit mir sprechen würdest, wenn du Hilfe bräuchtest. Dass es allerdings so eine große Nummer ist, hätte ich nie im Leben gedacht! Magie gibt es also wirklich … Magst du mir alles erzählen? Hast du Zeit?«

»Ja, gerne. Ich muss nur Johann Bescheid geben, damit er sich keine Sorgen macht, er wartet vor der Haustür auf mich. In letzter Zeit wurde ich öfter angegriffen, deswegen bleibt er lieber in meiner Nähe.« Mit großen Schritten ging sie zur Haustür. »Johann? Das glaubst du nicht … die Uroma von meinem Vater war auch mit dem Zauber des Schnees verbunden!«

»Das freut mich für dich! Irgendwie hätte es mich auch gewundert, wenn du die Einzige in der Familie gewesen wärst.« Johann trat lächelnd aus seinem Versteck hervor.

»Ich würde gerne noch länger mit meinem Vater sprechen. Er wird dichthalten, ganz sicher!« Sie schaute ihn bittend an.

»Natürlich … er weiß ja schon ziemlich viel und wenn er Versprechen halten kann, so wie du sagst, ist das kein Problem.«

»Möchtest du mit reinkommen?«

»Vielleicht kurz und wenn ich keinen Haken an der Sache sehe und du sicher bist, warte ich draußen.« Pflichtbewusst folgte Johann Emely ins Haus. »Guten Tag, ich bin Johann Kalter!« Er schüttelte Gustav die Hand.

»Sie?!«, entfuhr es Emelys Vater überrascht. »Aber Sie wohnen doch gleich schräg gegenüber?« Gustav schaute zwischen Johann und seiner Tochter hin und her. »Heißt das, du warst die ganze Zeit nur ein paar Häuser weit entfernt?« Verdattert blickte er auf Emely, die ihm schmunzelnd zunickte.

»Ich werde Sie gleich in Ruhe lassen, damit Sie sich austauschen können. Ich wollte nur sehen, ob alles sicher ist.« Johann war freundlich, doch merkte Emely bei genauerem Hinsehen, dass seine Augen ernst waren und er innerlich angespannt war.

»Natürlich, selbstverständlich.«

»Ich warte auf der Terrasse, okay?«, wendete Johann sich an Emely, die daraufhin nickte.

»Wenn Ihnen das nicht zu kalt ist?« Gustav deutete auf die Balkontür.

»Uns ist draußen nicht kalt, sobald Schnee im Spiel ist.« Emely öffnete Johann die Tür.

Als er die verschneite Terrasse betrat, drehte er sich abrupt um, hob seine Hand und ließ ein paar Schneekristalle in die Höhe fliegen. Sie rasten an Emely vorbei, dreimal um Gustav herum und kehrten wieder zurück. Fasziniert starrte Gustav auf die Schneekristalle, während Emely Johann mit hochgezogenen Augenbrauen ansah. »Musste das sein?«

Johann setzte sich daraufhin in den Schnee und lehnte sich an einen riesigen Blumentopf. »Ich wollte nur sichergehen, dass es auch wirklich dein Vater ist und kein Keran«, erklärte er, woraufhin Emely verständnisvoll nickte, obwohl sie die Aktion übertrieben fand. Sie schenkte ihrem Meister ein dankbares Lächeln und schloss dann die Terrassentür hinter sich.

»Ich kann das gar nicht fassen, du warst die ganze Zeit um die Ecke … deine Mutter ist übrigens ganz glücklich, dass du so viel bei einer Freundin übernachtest und unterwegs bist.« Er schüttelte den Kopf und setzte sich wieder mit Emely auf das Sofa.

»Das glaube ich dir sofort …« Beide mussten lachen.

Minute um Minute verging und Emely erklärte ihrem Vater alles, was er wissen wollte. Allerdings verschwieg sie Genaueres über das Thema Kerans und die Nacht der Wintersonnenwende, denn sie wollte wirklich nicht, dass ihr Vater Albträume bekam.

Es schien viel für seine Nerven zu sein. Immer wieder schüttelte er ungläubig den Kopf und als Emely ihm davon erzählte, dass man sogar mit dieser Magie heilen konnte, war er völlig von den Socken.

»Was glaubst du, wieso ich so Bammel vor dem Arzt hatte?! Johann hatte damals mein Bein geheilt, um mich davon zu überzeugen, dass es Magie wirklich gibt.«

Gustav deutete mit großen Augen auf ihr Bein. »Dann wurde das Röntgenbild gar nicht vertauscht … aha! Weißt du eigentlich, wie viele Menschen du gesund machen könntest?«, stellte er bedeutsam fest und fuhr sich durch die Haare.

»Ja, aber wie willst du denen erklären, wie das funktioniert? Außerdem kostet das auch viel Kraft und das Geheimnis des Zaubers muss bewahrt werden! Abgesehen davon möchte ich nicht in einem Versuchslabor landen.«

»Moment mal … heißt das vielleicht … Heißt das, dass du mich auch schon geheilt hast? Als ich diesen grippalen Infekt hatte? Am nächsten Morgen war ich topfit, obwohl ich in der Nacht noch hohes Fieber gehabt hatte.«

Emely zuckte mit den Schultern und beantwortete seine Vermutung mit einem bestätigenden Kopfnicken.

»Aha …«, sagte Gustav nur und schaute sie anerkennend an.

»So, nun weißt du alles.« Emely fügte in Gedanken noch *fast alles* hinzu, denn es war niemandem geholfen, wenn ihr Papa vor Sorge durchdrehen würde. Es reichte, wenn sie das übernahm.

»Kann ich dir irgendwie helfen?« Ernst richtete er sich auf.

»Am besten ist es, wenn du mich bis zur Wintersonnenwende nicht mehr siehst, das ist sicherer für uns beide. Du hilfst mir schon sehr, wenn du das für dich behältst.«

Beide nahmen sich fest in den Arm. Dann öffnete Emely die Terrassentür und bedeutete Johann, dass sie fertig war. Er erhob sich vom Boden, klopfte zaghaft den Schnee von seiner Hose und kam ins Wohnzimmer.

»Vielen Dank für Ihr Vertrauen!« Gustav schüttelte Johann zum Zeichen des Dankes und zur Verabschiedung die Hand.

»Emely wird schon wissen, wem sie vertrauen kann. Sie können stolz auf Ihre Tochter sein, schönen Abend noch!«

Schweigend liefen sie quer über die Straße. Tief sog Emely die kalte Luft der klaren Winternacht ein und überlegte, ob sie heute Nacht in die Welt des Zaubers gehen sollte. Sie wollte unbedingt diesen Fremden wiedersehen und endlich wissen, wie sein Name war. Ein kleiner Gewissensbiss machte sich in ihr breit, was Raphael betraf. Obwohl … waren sie überhaupt noch zusammen? Er meldete sich nicht mehr, sie hatte sich auch nicht mehr gemeldet und so wirklich schlimm vermisste sie ihn nicht. Gut, das konnte auch daran liegen, dass so viel passiert war, dass sie keine Zeit dazu gehabt hatte und ihre Gefühle zu ihm gerade keinen Platz hatten. *Vielleicht sollte ich mich bei ihm melden … mal sehen, vielleicht auch erst, wenn die Nacht der Wintersonnenwende vorüber ist.*

»Ich weiß nicht, wie es dir geht, aber ich habe einen riesigen Hunger«, meinte Johann, nachdem er aufgeschlossen hatte und beide ihre Schuhe im Eingangsbereich auszogen.

»Jetzt, wo du es sagst … mein Magen meldet sich auch schon zu Wort.« Beide eilten in die Küche, die mittlerweile eine Art Entspannungszentrum geworden war. Kochen und Gedanken ausschalten war die Devise.

Ihr Handy klingelte. Hastig zog sie es aus der Hosentasche und nahm sofort ab, als sie sah, dass es ihr Vater war – schon wieder! »Ja?«

»Ich bin es noch mal. Ich weiß nicht, ob es wichtig ist, aber da du die Wintersonnenwende öfter erwähnt hast, dachte ich mir, dass es vielleicht von Belang sein könnte«, begann ihr Vater ohne Umschweife. »Meine Uroma ist in der Nacht einer Wintersonnenwende gestorben.«

»Was? Bist du dir sicher?«

»Ja, ganz sicher! Ich muss Schluss machen, deine Mutter kommt. Tschüss, Manfred, bis morgen dann«, sprach er noch laut in den Hörer und legte auf.

Emely hatte sich nachdenklich mit ihrem Handy in der Hand auf die Couch gesetzt. Natürlich könnte die Uroma von ihrem Vater auch zufällig in der Nacht der Wintersonnenwende gestorben sein, doch da sie mit dem Zauber des Schnees verbunden gewesen war, konnte sich Emely das nicht wirklich vorstellen. Vielleicht war sie angegriffen worden oder hatte den Zauber des Schnees in dieser Nacht verteidigen oder sogar den Wächter dieser Zeit beschützen wollen?!

»Alles in Ordnung mit dir? Emely?« Johann riss sie aus ihren Gedanken.

»Die Uroma meines Vaters, also meine Ururoma, ist in einer Nacht der Wintersonnenwende gestorben …« Bedeutungsvoll blickte sie Johann an.

»Das ist ja interessant … Wie hieß seine Uroma eigentlich?«

»Ich meine, sie hatte einen Doppelnamen – Theresia-Sophia glaube ich.«

»Theresia-Sophia?« So wie er den Namen wiederholte, schien er ihm bekannt vorzukommen.

Emely bestätigte seine Frage nickend.

»Ich werde nach dem Essen in der Bibliothek nachsehen, bevor ich dazu etwas sage«, war seine Antwort.

Mit einem Stück Brot wischte Emely die Reste der Gemüsesuppe aus ihrem Teller, bevor sie sich satt zurücklehnte und wie immer nach dem Essen über ihren Bauch strich. »Das war sehr lecker, danke! Was willst du denn in der Bibliothek nachsehen?«

»Ach, ich habe da so einen Verdacht …«, meinte Johann nur und schmunzelte. Unerwartet klatschte er auf seine Schenkel und erhob sich.

»Warte, ich komme mit!« Sie eilte hinter ihm her.

In der Bibliothek angekommen stellte sich Johann vor das zweite Regal, um wohl ein bestimmtes Buch zu suchen, während Emely auf und ab ging.

»Könntest du bitte zur Ruhe kommen, du machst mich ganz nervös.« Johann warf ihr einen vorwurfsvollen Blick zu.

»Entschuldige.« Emely setzte sich unruhig auf einen der zwei Stühle. Immerhin ging es um ihre Familie!

»Ah, da ist es ja.« Er zog ein dünnes, jedoch großes Buch heraus, das er sogleich aufklappte. Sein Finger fuhr über etliche, handschriftlich eingetragene Namen, bis er bei einem innehielt.

»Was ist das für ein Buch?« Am liebsten wäre sie aufgestanden und hätte es Johann aus den Händen gerissen.

»Das ist die Liste der Meister und Wächter über all die Jahrhunderte hinweg. In diesem Buch sind alle eingetragen, zu welcher Zeit sie die ehrenvolle Aufgabe hatten, den Zauber des Schnees zu schützen«, erklärte ihr Johann und hielt ihr das aufgeschlagene Buch unter die Nase. »Hier!« Er tippte mit dem Finger auf einen Namen. »Theresia-Sophia war eine Meisterin zu der Zeit des damaligen Wächters.«

Ehrfurchtsvoll betrachtete Emely die niedergeschriebenen Namen auf dem vergilbten Papier. »Theresia-Sophia!«, las sie den Namen laut und schaute dann zu Johann auf. »Ich bin also doch nicht die Einzige in dieser Familie, die mit dem Zauber des Schnees verbunden ist. Schade, dass ich das nicht gewusst habe.« Emely hätte es schön gefunden, von vornherein eine Erklärung für die einst unerklärlichen Dinge gehabt zu haben.

»Ihr Geheimnis war wohl sicher bewahrt.« Johann nahm das Buch und stellte es wieder zurück in das Regal.

»Das heißt, es ist wahrscheinlich, dass sie den Wächter, für den sie Sorge tragen musste, in der Nacht der Wintersonnenwende verteidigte und dabei umkam«, mutmaßte Emely, woraufhin Johann zögernd nickte.

»Das könnte sein. Bevor wir uns jedoch festlegen, sollten wir sehen, ob wir etwas darüber in einem der Bücher finden. Wenn es zum Kampf in dieser bedeutsamen Nacht kam, dann ist das sicherlich irgendwo niedergeschrieben.«

Enthusiastisch stand Emely auf und durchforstete mit Johann die Bücherregale. »Sag mal, ist die Nacht der Wintersonnenwende jedes Jahr so gefährlich für uns?«

Johann zog zwei Bücher aus dem Regal und legte diese auf den kleinen Tisch. »Ja, jedes Jahr. Die Aufgabe des Wächters ist es, den Zauber des Schnees immer zu schützen und alles über das Jahr hinweg im Blick zu behalten. In der Nacht der Wintersonnenwende ist die Gefahr am größten. Durch die Magie der Wintersonnenwende ist es – wie du ja weißt – möglich, durch ein Ritual den Zauber des Schnees zu brechen. Die Auswirkungen kennst du …«

»Ja, die Auswirkungen kenne ich.« Sie seufzte und setzte sich auf den anderen Stuhl neben Johann.

»In einem dieser Bücher müsste etwas über die Wintersonnenwende, bei der Theresia-Sophia umgekommen ist, stehen. Vorausgesetzt, es bestand eine Verbindung zwischen dem Zauber des Schnees und ihrem Tod.«

»Johann, was genau hat es eigentlich mit der Magie der

Wintersonnenwende auf sich?« Sie sah von dem Buch auf, in dem sie angefangen hatte, Seite für Seite nach Theresia-Sophia abzusuchen.

»Stimmt, das habe ich dir noch gar nicht gesagt. Eigentlich hätte ich dir das gleich zu Beginn erzählen müssen, aber nachdem du wusstest, dass du die Wächterin dieser Zeit bist, gab es so viel anderes, das in dem Moment wichtiger war«, entschuldigte er sich. Er legte das Buch auf den Tisch, stand auf und zog aus einem der Bücherregale ein kleineres Buch. Es wirkte ziemlich alt und der Einband war an den Rändern in Mitleidenschaft gezogen. »Falls du nicht bis morgen warten möchtest, hier steht alles über die Magie der Wintersonnenwende drin.« Bedeutsam überreichte er es ihr.

Emely spürte eine angenehme Energie von dem Buch ausgehen und sie hatte das Gefühl, als würde es sie förmlich dazu auffordern, es zu lesen. »Danke, ich denke, ich werde nachher gleich mal reinschauen.« Sie legte es auf den Tisch.

»Ich habe übrigens gerade etwas über die besagte Nacht gefunden. Hier drin steht, dass es in der Nacht zum Kampf kam. Der damalige Wächter wurde von einem Remord angegriffen, der von einem Keran unterstützt worden war. Theresia-Sophia hatte den Wächter beschützen wollen und wurde dabei von der dunklen Macht des Remordes umgebracht. Der Wächter hatte es dann allerdings geschafft, den Keran dort hinzubringen, wo er hergekommen war – in die Dunkelheit.«

Emely hörte aufmerksam zu. »Ist es nicht einfach, einen Keran zu vertreiben?« Sie war verwundert, dass der damalige Wächter mit dem Keran auf Leben und Tod gekämpft hatte.

»Nun, in der Nacht der Wintersonnenwende kann man einen Keran nicht einfach mit etwas Schnee davonjagen, wie es sonst der Fall ist. In der Nacht der Wintersonnenwende sind die magischen Verhältnisse anders. Lies das Buch, ich bin schon ziemlich müde und werde morgen deine Fragen – falls dann noch welche übrig bleiben – beantworten.« Johann streckte sich ausgiebig.

»Eine Frage noch, bevor du gehst. Was ist ein Remord?«

Er hielt im Türrahmen inne. »Remorde sind eigentlich recht harmlose dunkle Gestalten, jedoch haben sie in der Nacht der Wintersonnenwende eine deutlich stärkere dunkle Macht, die sie ausüben können. Sie entstehen aus gewöhnlichen Schatten, an Stellen, an denen über lange Zeit kein Licht gelangte. Wenn ein Blitz eines Gewitters in solch eine Stelle einschlägt, dann wird ein Remord geboren. Bei jeder Geburt eines Remordes entsteht ein weiterer Blitz, der auf die Erde einschlägt. Sie sehen aus wie kleine dunkle verzerrte Menschen mit leuchtenden gelben Augen. Fiese Kreaturen der Dunkelheit sind das! In der Nacht der Wintersonnenwende ist mit ihnen nicht zu spaßen.«

Emely blickte ihn mit großen Augen an. »Es hat oft gewittert dieses Jahr und von meinem Vater weiß ich, dass es auch sehr viele Blitzeinschläge gab …« Ein mulmiges Gefühl breitete sich in ihr aus, das sich in Übelkeit verwandelte.

»Na dann sollte ich dir ab morgen alles über diese Wesen der Schatten beibringen, damit du weißt, wie sie ticken«, sagte Johann daraufhin sachlich.

Emely fühlte seine Unruhe und ahnte, dass er etwas verschwieg. »Das wird ja immer besser.« Tief atmete sie durch und seufzte.

Johann ging zu ihr und legte aufmunternd eine Hand auf ihre Schulter. »Wir werden das schaffen! Du bist eine gute Wächterin.« Er versuchte sie aufzubauen, woraufhin Emely nickte und ihm eine gute Nacht wünschte.

Kapitel 21

Emely blieb noch lange in der Bibliothek und las in dem Buch über die Magie der Wintersonnenwende. Seite für Seite wurde sie immer unsicherer, was sie davon halten sollte. In der Nacht der Wintersonnenwende galten andere Gesetzmäßigkeiten. Das Böse war stärker als zuvor und Kerans konnten zum Beispiel nicht mehr mit ein bisschen magischem Schnee vertrieben werden. Remorde, die sonst so unbedeutend waren, entwickelten mörderische Fähigkeiten. Blickte man einem Remord länger als dreißig Sekunden in die gelb leuchtenden Augen, so starb man – unwiderruflich.

Emelys Herz klopfte schneller, als sie das las. In ihr sträubte sich alles und wenn sie könnte, würde sie die Zeit anhalten, um diese Nacht nicht erleben zu müssen.

Die nächste Seite beruhigte sie allerdings, denn es hieß, dass die Macht einer Wächterin ins Unermessliche steigen konnte.

Das hieße, sie würde sich dem Ganzen stellen können und wäre nicht diesen dunklen Kreaturen hilflos ausgeliefert. Allerdings stand in dem Text »konnte« und nicht, dass es auf jeden Fall so sein würde … Im nächsten Kapitel ging es um die Nacht der Wintersonnenwende im Allgemeinen.

Es stand geschrieben, dass die Geburtsstunde des Zaubers des Schnees vor Tausenden von Jahren in einer solchen Nacht gewesen war. Das war auch der Grund, warum er in einer solchen Nacht gebrochen werden konnte.

»Das Geheimnis der Geburtsstunde des Zaubers des Schnees bleibt jedoch unergründlich und ein Mysterium – bis heute. Es gibt keinerlei Überlieferungen.« Sie las im Flüsterton vor sich hin und war enttäuscht, denn darüber machte sie sich oft Gedanken oder suchte eine Erklärung.

Es verging Minute um Minute und zwei Stunden später las sie den letzten Satz: »Die Bitte einer Wächterin in dieser Nacht trägt deren Magie in sich und der Zauber des Schnees wird sie erfüllen.«

Emely las diesen Satz öfter und klappte dann irgendwann das Buch zu. Eine Weile blieb sie so sitzen und dachte darüber nach. Das würde heißen, dass sie sich alles wünschen könnte, außer Tote wieder lebendig zu machen. Der Schnee konnte zwar trösten, heilen, verrückte Dinge tun, jedoch niemandem seine Seele wieder zurückgeben. Der Tod blieb trotz dieser Magie unausweichlich.

Gähnend streckte sie sich und beschloss, sich draußen in den Schnee zu legen, um zu entspannen und sich dann in die Welt des Zaubers holen zu lassen.

Als sie das Wohnzimmer betrat, schlich sie sich an Johann

vorbei, öffnete die Terrassentür und atmete die wohltuende kalte Luft ein. Sie stapfte ein paar Schritte durch den tiefen Schnee und ließ sich dann rücklings fallen, um in den Sternenhimmel zu sehen. Es war eine wunderschöne Nacht und nur kleine Wölkchen bedeckten hier und da ein paar Sterne.

Die Stille der Nacht war friedlich, doch es würde nicht mehr lange dauern, dann würden die Menschen wach werden und die ersten Autos fahren, denn es war bereits ein Uhr morgens.

»Zauber des Schnees, ich stehe im Bund mit dir. Hole mich, bis die Sonne über mir scheint, in deine Welt.«

Schneeflocken tanzten um sie herum und sie fand sich stehend in der weißen Welt des Zaubers wieder. Da sie nun schon wusste, dass dieser Fremde ihre Gedanken hören konnte und ihre Stimme hier nichts nutzte, rief sie gedanklich ein »Hallo«. Eine Hand berührte sie an ihrer rechten Schulter und sie fuhr erschrocken herum. Zwei grüne Augen schauten sie an – der Fremde stand direkt hinter ihr!

Verdattert erwiderte sie seinen Blick.

»Was führt dich hierher?« Er nahm seine Hand von ihrer Schulter.

»Wie heißt du?«

Er schaute sie überrascht an. »Justus«, sagte er schlicht, »ich weiß«, fügte er noch hinzu, bevor Emely überhaupt ihren Namen zu Ende gedacht hatte.

Sie hatte Mühe, ihren Blick von seinen geheimnisvollen Augen abzuwenden, und versuchte krampfhaft, ihre Gedanken unter Kontrolle zu halten. Keine Chance! Er hielt ihrem Blick stand und so schauten sie sich an, ohne zu merken, wie die Zeit verging.

»Du bist eine besondere Wächterin.« Er hob die Hand und ließ einen Baum aus Schnee vor ihr aus dem Boden wachsen. »Setz dich«, bedeutete er ihr.

Sie ließ sich in den Schnee nieder und lehnte sich an den angenehm kühlen Baumstamm. Er setzte sich neben sie.

Emely fiel auf, dass sie ihn diesmal noch klarer sehen konnte als sonst. So unauffällig wie möglich versuchte sie sein Gesicht von der Seite zu betrachten. Er hatte ein recht kantiges Gesicht, sein Nasenbein war leicht gewölbt, das gab ihm einen starken Ausdruck. Seine grünen Augen waren von dunklen Wimpern gesäumt und seine Augenbrauen waren dicht und hellbraun, obgleich seine Haare dunkelblond waren. Sie hingen ihm verwegen über seine Stirn, doch sie waren nicht so lang, dass sie die Ohren überdeckten. Ihr Blick blieb an seinem Mund hängen und ein Bart zog sich leicht über sein Kinn und um seinen Mund.

Abrupt wandte sie sich ab, um ihren Gedanken keine Möglichkeit zu geben, ihm zu sagen, an was sie dabei denken könnte. Als sie jedoch wieder hinschaute, waren seine Konturen nicht mehr so klar und je mehr sie versuchte, ihn wieder klarer zu sehen, verschwamm sein Äußeres.

»Frag mich nicht, warum das so ist … Ich habe hier die Erfahrung gemacht, dass alles, was man sehen und ergründen will, verschwimmt und unklar wird. Nur der Zufall, das Ungewollte zeigt die Wahrheit«, erklärte er ihr.

»Kannst du mich denn klar sehen?«

»Ja, du bist schließlich nicht aus dieser Welt, auch wenn du mit ihr tief verbunden bist.« Justus schien sie eingehend zu mustern.

Obwohl sie körperlich in Johanns Garten lag und nur ihre Seele in dieser Welt war, fühlte sie sich ganz normal.

»Du hast hier zwar deinen Körper, den man sehen und berühren kann, jedoch funktioniert er hier nicht. Du wirst hier keinen körperlichen Schmerz oder Hunger spüren. Du kannst nur die tiefen Emotionen, die Empfindungen deiner Seele wahrnehmen.«

Emely verstand sofort, was er meinte.

Abrupt wandte er seinen Blick von ihr ab, stand auf und wandte sich zum Gehen.

»Wieso gehst du schon?« Verwundert schaute sie zu ihm auf.

»Vergiss nicht, was ich dir sagte … Wer hier zu oft ist, kann irgendwann nicht mehr zurück …« Ernst fuhr er sich durchs Haar.

»Ich habe den Zauber gebeten, mich erst zurückzubringen, wenn die Sonne über mir scheint.« Emely stand ebenfalls auf. Ihre Blicke trafen sich und sie spürte, dass ihn etwas beschäftigte, doch konnte sie seine Gefühle, je mehr sie sich darauf konzentrierte, kaum nachempfinden.

Unerwartet kam er einen Schritt auf sie zu und zog sie in seine Arme. Emely erwiderte seine Umarmung. Kurz lösten sie sich. Sie las in seinen Augen die gleiche Überraschung, die sie empfand. Es war kein gewohntes Gefühl, die Umarmung fühlte sich in dieser Welt anders an.

Sie spürte ihren Körper auf eine gewisse Art und Weise, doch unermesslich stark war das Empfinden der Gefühle tief in der Seele. Emely hatte sich seelisch noch nie einem Menschen so nah gefühlt. Ja, sie hatte für Raphael viel empfunden, doch das hier war anders.

Beide fühlten sich in dieser tiefen Verbundenheit wohl und blieben reglos stehen. Schneeflocken begannen, golden zu leuchten und um sie herum zu tanzen. Nichts außer diesen Gefühlen hatte in diesem Moment Platz. In der nächsten Sekunde öffnete Emely die Augen und wurde von der Sonne geblendet. Ein unglaubliches Glücksgefühl breitete sich in ihr aus und sie strahlte der Sonne mit geschlossenen Lidern entgegen. Seine grünen Augen, vor denen zarte Flocken herabfielen, blickten sie in Gedanken immer noch an und dieses unbeschreibliche Gefühl, das sie beide empfunden hatten, war hier in dieser Welt immer noch da.

»Guten Morgen!« Freudig eilte Emely in die Küche und holte sich ein paar Kekse. Bevor sie abbiss, roch sie daran und genoss den Zimtgeschmack in ihrem Mund.

»Guten Morgen! Scheint, als hättest du eine gute Nacht gehabt«, stellte Johann fest und streckte sich.

»Eine sehr gute und erholsame Nacht!« Sie füllte etwas Wasser in den Wasserkocher, um sich einen Tee zu machen.

»Ich denke, dann weiß ich, wo du heute Nacht warst.« Johann schmunzelte, woraufhin Emely bestätigend nickte.

»Wie war deine Nacht? Du wirkst ziemlich müde …« Sie hatte ihn morgens noch nie so müde und langsam erlebt.

»Meine Nacht war nicht gut. Ich habe alles aus den Büchern verarbeitet und bin gegen Morgen immer wieder wach geworden. Ich werde mal meinen Morgensport machen. Vielleicht fühle ich mich dann wieder besser und dann können wir uns über Remorde und die Magie der Wintersonnenwende unterhalten.« Er schlich nach draußen in den Garten.

»Okay«, rief sie ihm hinterher, goss das kochende Wasser in eine große Tasse mit Kräutern und ging ins Wohnzimmer, um sich auf die Couch zu setzen. Nach drei Keksen und einer halben Tasse Tee kramte sie ihr Handy aus der Hosentasche und rief Raphael an.

Nach dem dritten Klingeln ging er ran. »Ja?«

»Hey, hier ist Emely.« Sie hoffte, dass er etwas Zeit haben würde und nicht an einem Auftrag saß.

»Emely! Schön, dass du dich meldest. Ich vermisse dich.«

Emely spürte, wie sich ein Kribbeln in ihrem Bauch ausbreitete. »Ich vermisse dich auch!« Gerade, als sie die Worte ausgesprochen hatte, überlegte sie, ob sie das auch wirklich tat.

»Können wir uns sehen?«

»Hm, lieber erst in ein paar Tagen, es ist gerade ziemlich viel los bei mir.« Er musste gerade draußen unterwegs sein, denn Emely hörte gedämpfte, knirschende Schritte.

»Schade! Ich hätte gerne mit dir über meinen Vater gesprochen.«

»Es geht gerade wirklich nicht, aber falls es dir schlecht geht … ich bin gerade nicht zu Hause, sondern schräg gegenüber bei einem Freund. Wenn du es nicht mehr aushältst, dann klingle einfach bei J. Kalter.« Nervös nestelte sie an ihrem Pulli herum.

»Okay, danke! Gebe gut auf dich acht, meine Liebe!«

Bevor Emely hätte antworten können, legte er auf. Er redete irgendwie immer geschwollener. Sie saß gedankenverloren da und erinnerte sich an die Zweisamkeit mit Raphael, an seine Berührungen, doch es schien ihr alles so weit weg. Es fühlte sich an, als wäre das zwischen ihnen eine Ewigkeit her gewesen.

Auf der einen Seite vermisste sie ihn, doch auf der anderen fühlte er sich so fremd an. Er war ihr erster Freund seit Langem gewesen und sie vertraute ihm. Letztes Mal, als er bei ihr gewesen war, war er allerdings sehr komisch gewesen. Genervt von ihrer Unschlüssigkeit seufzte Emely und dachte unweigerlich wieder an Justus. Das verärgerte sie jedoch noch mehr, da sie eigentlich mit Raphael zusammen war, sich jedoch bei Justus viel wohler fühlte und auch öfter an ihn denken musste. Genervt über ihr Emotionschaos stand sie auf und ging nach draußen in den Garten, in dem Johann barfuß und ohne Oberteil seine Tai Chi ähnlichen Übungen machte. Anfangs hatte Emely das gestört, doch es war ihr im Moment egal. Sie bemühte sich, nicht wegzusehen.

»Ich kann deine Unzufriedenheit und fast schon Wut bis zu mir spüren, was ist los?«

»Ach … ich bin mir einfach über eine Sache nicht klar, was meine Gefühle betrifft, und das stört mich. Ich habe ja eigentlich gerade andere Probleme, als mich damit auseinanderzusetzen«, gestand Emely und schaute auf den Boden.

»Da gibt es eine ganz einfache Methode, den Kopf freizubekommen.« Johann schmunzelte und prompt flog Emely ein Schneeball entgegen. Geschickt hob sie ihre rechte Hand und ließ ihn durch Magie in seine Einzelteile zerfallen.

»Nicht schlecht! Da du viel Wut in dir hast, schlage ich vor, ich greife dich an und du verteidigst dich nur, nicht dass du mich noch umbringst«, rief er ihr entgegen, woraufhin Emely wissend nickte.

Kurz darauf hob Johann seine Arme gen Himmel und ließ einen Pfeilhagel aus Eisspitzen auf sie zufliegen. Da Emely sich vorstellte, die Eisspitzen stellten ihr Gefühlschaos dar, wischte sie diese wütend mit einer ausladenden Handbewegung weg, ohne einen einzigen Kratzer abzubekommen. Johann warf ihr einen anerkennenden Blick zu und dann folgte ein Angriff nach dem anderen. Emely hatte allerhand zu tun, um sich vor seinen Angriffen zu schützen, wodurch ihr Gefühlschaos mehr und mehr wich und der aktuellen Situation Platz machte. Nach gefühlt Hundert Angriffen war sie völlig außer Atem und ließ durch die Kraft ihrer Gedanken eine dünne Wand aus Schnee zwischen Johann und sich entstehen. »Das reicht!« Die Wand ließ sie wieder in einzelne Schneekristalle zerfallen, die zu Boden rieselten.

Selbst Johann war ein bisschen aus der Puste und die Sonne schien auf seinen nackten, muskulösen Oberkörper, der sich schnell hob und senkte. »Ich denke nicht, dass du dir darüber Gedanken machen musst, dich nicht gut genug verteidigen zu können. Das war sehr gut!« Respektvoll verneigte er sich vor ihr.

»Danke!« Emely verneigte sich ebenfalls vor ihm, denn obwohl sie die Wächterin war und somit eigentlich mächtiger als Johann, wäre sie ohne ihn aufgeschmissen. Er war ihr Meister und dank ihm hatte sie gelernt zu kämpfen, sich zu fokussieren, sich zu konzentrieren und nicht so hart mit sich selbst ins Gericht zu gehen. Ohne ihn wäre ihr Leben immer noch sinnlos und seltsam. Zum Glück hatte er nicht locker gelassen, ihr den Zauber des Schnees näherzubringen und ihr alles zu erklären, obwohl sie anfangs immer geflüchtet war.

»Wenn du nichts dagegen hast, würde ich gerne für ein oder zwei Stunden in die Welt des Zaubers gehen. Ich fühle mich immer noch sehr ausgelaugt.«

»Selbstverständlich, ich werde in der Zeit etwas lesen.« Verständnisvoll stapfte sie ins Wohnzimmer, während sich Johann in den Schnee legte.

Emely zog in der Bibliothek ein beliebiges Buch aus dem Regal und versank in den Wörtern.

Bevor sie jedoch den letzten Satz beendet hatte, klingelte es an der Haustür. Überrascht stand sie auf und eilte nach unten. Wer das wohl war? Es konnte eigentlich nur ihr Vater sein oder der Enkel von Johann. Sie hatte Raphael zwar gesagt, wo sie war, doch sie konnte sich nicht vorstellen, dass er sie hier besuchen würde, da Johann jemand Fremdes für ihn war.

Zurückhaltend öffnete sie die Tür und ihr rutschte fast das Herz in die Hose, als sie Raphael völlig verfroren mit blauen Lippen an dem kleinen Gartentor stehen sah. Schnell lief sie barfuß den schmalen Weg entlang und öffnete das kleine Tor. »Was machst du denn? Was ist passiert?« Besorgt führte sie ihn ins Haus.

»Ich war im Wald spazieren und habe mich mit der Länge des Weges verschätzt«, sagte Raphael, ließ sich in den Wohnraum führen und setzte sich dicht vor den Kamin.

»Ich mache dir einen Tee!«

Raphael nickte.

Komisch, dachte sich Emely, als sie in die Küche eilte. Normalerweise trank er keinen Tee und hätte sie um einen heißen, starken Kaffee gebeten.

Raphael nahm dankend den Tee entgegen, als ihm Emely die dampfende Tasse unter die Nase hielt.

»Wer ist eigentlich dieser Freund, von dem du am Telefon sprachst?«

Emely schnaubte. »Bist du etwa eifersüchtig? Mach dir mal keine Gedanken, du solltest lieber besser auf dich aufpassen.«

Raphael nickte stumm.

Als Emely ihn dabei beobachtete, wie er seinen Tee trank, störte sie irgendetwas daran und sie versuchte, sich in ihn hineinzufühlen. Stutzig darüber, seine Seele nicht spüren zu können, wich sie automatisch einen Schritt zurück. Da war nichts, sie konnte noch nicht einmal Trauer oder Gleichgültigkeit spüren, geschweige denn irgendeine andere Emotion. Nur eine Art Kälte, die sie nicht das erste Mal fühlte.

»Danke, dass du mir hilfst … ich habe gleich einen Termin im Büro«, versuchte Raphael ein Gespräch anzufangen und schaute immer wieder prüfend zwischen der Tür, die in den Eingangsbereich führte, und der Terrassentür hin und her.

»Alles in Ordnung? Du kannst dich hier entspannen. Ich hoffe, dass die Wärme reicht und es dir gleich besser geht. Läuft es gut mit der Arbeit?« Sie setzte sich neben ihn und schob ihr komisches Gefühl beiseite.

»Ja, ich habe sogar mehr als genug zu tun und bin froh, wenn ich mal kurz rauskomme. Deswegen habe ich mich auch nicht bei dir gemeldet, es war einfach viel und ich bin das nicht mehr gewohnt.« Raphael schaute sie mit einem Mal ungewöhnlich intensiv an.

Emely erwiderte seinen Blick und gab ihm – innerlich distanziert – einen Kuss auf seine Wange, die immer noch leicht kühl war. »Schon okay … die Umstellung ist bestimmt nicht einfach. Wenn es bei dir wieder etwas ruhiger wird und du dich daran gewöhnt hast, dann können wir uns ja mal wieder länger treffen und etwas unternehmen.« Während sie zu ihm sprach, überlegte sie, ob mit ihr etwas nicht stimmte, denn sie konnte Raphaels Anwesenheit immer noch nicht wahrnehmen, und das, obwohl er so nah bei ihr war. Angespannt konzentrierte sie sich, doch je mehr sie versuchte, sich in ihn hineinzufühlen, desto schlechter wurde ihr. Ihr Inneres war in höchster Alarmbereitschaft.

»Alles okay mit dir, meine Liebe?« Raphael zog sie grob an sich und küsste sie fordernd auf den Mund.

»Ich … Mir ist etwas schlecht.« Schnell entzog sie sich dem Kuss, der sich für sie leer und unecht anfühlte. Sie musste an ihre letzte Begegnung bei ihr zu Hause denken, da war er ebenfalls ziemlich unsanft gewesen.

»Vielleicht hast du ja auch diesen Virus … Mir war ja letztens auch schlecht«, sagte er.

»Ja, vielleicht.« Verunsichert legte sie eine Hand auf ihren Bauch und versuchte, ihre Gefühle und die innere Alarmbereitschaft unter Kontrolle zu bekommen.

»Weißt du was, ich gehe mal, damit du deine Ruhe hast. Ich fühle mich schon besser und habe ja gleich noch Kunden«, sagte er steif und stand auf.

»Ja, das ist wohl besser so …« Mit kraus gezogener Stirn brachte sie ihn nachdenklich zur Tür.

»Pass gut auf dich auf«, flüsterte er noch in ihr Ohr, als sie sich voneinander verabschiedeten, und gab ihr einen kurzen Kuss. Emely wäre fast zurückgewichen, denn sie spürte seinen Atem wie ein kaltes Stechen auf ihrer Haut. Er war ganz anders als zu Beginn ihrer Beziehung.

Starr sah sie ihm hinterher, bis er außer Sicht war. Sie stand lange resigniert in der offenen Tür.

»Emely?« Johanns Stimme drang von weit weg an ihr Ohr und sie spürte seine Hand auf ihrer Schulter. »Emely?«

Nun hörte sie ihn klar und deutlich und drehte sich zu ihm um. »Was machst du denn hier? Solltest du nicht noch in der

Welt des Zaubers sein?«, fragte sie ihn verwundert und machte ein paar Schritte in den Eingangsbereich, woraufhin Johann die Haustür schloss.

»Sollte ich ja … die zwei Stunden sind noch nicht um, doch ich wurde von dem Zauber des Schnees zurückgebracht. Das ist wirklich seltsam … eigentlich macht er das nicht.« Nachdenklich zuckte er die Schultern und als er zu spüren schien, wie sich Emely fühlte, musterte er sie besorgt. »Was ist passiert, als ich weg war?« Scharfäugig wandte er seinen Blick nicht von ihr ab.

»Mein Freund war gerade da, ihm ging es nicht gut.«

»Woher wusste er, dass du hier bist?« Johann griff nach ihrem Handgelenk. Sacht zog er sie hinter sich her ins Wohnzimmer und bedeutete ihr, sich zu setzen.

»Ich hatte es ihm gesagt, falls er Hilfe braucht, da es ihm manchmal nicht so gut geht und –« Sie brach mitten im Satz ab, denn es zwängten sich grausame Befürchtungen in ihren Kopf.

»Und?« Er hatte wieder seine starke Hand auf ihre Schulter gelegt.

»Er war anders als sonst … Ich konnte ihn nicht fühlen. Erst dachte ich, es liegt an mir, aber …« Sie versuchte sich zu erklären und merkte, dass ihr Tränen in die Augen stiegen.

Johann schaute sie mit großen Augen an. »Du meinst …«

Emely bestätigte seinen unausgesprochenen Satz mit einem Nicken.

Stille!

»Bist du dir sicher? Ich meine, dann hätte er schon Tausend Möglichkeiten gehabt, dich anzugreifen oder bis zur Wintersonnenwende gefangen zu halten.«

Sie zuckte mit den Schultern. »Da war nichts … kein Gefühl in ihm … nichts!«, presste sie hervor und musste sich bemühen, nicht in Tränen auszubrechen oder völlig auszurasten vor Fassungslosigkeit.

Johann legte einen Arm um sie.

»Ich habe ihm vertraut …« Emely drückte ihre Stirn gegen Johanns Schulter.

»Du weißt, Kerans können manchmal sehr überzeugend sein … Er hatte wahrscheinlich keine Wahl und er wusste sicherlich nicht, wer du wirklich bist«, versuchte er sie zu beruhigen.

»Das würde auch erklären, warum er sich so wenig gemeldet hat in der letzten Zeit und so anders war.« Traurig hielt sie sich an Johann fest.

»Emely, es deuten natürlich viele Hinweise darauf hin, dass du recht hast, doch es kann auch sein, dass irgendetwas anderes nicht stimmt«, mutmaßte er.

Emely löste sich aus seiner Umarmung. »Nein, das hört sich für mich falsch an und für dich auch, wenn du ehrlich bist. Er ist derjenige, den sich der Keran für das Ritual in der Nacht der Wintersonnenwende ausgewählt hat.« Sie sprach mit ernster und lauter Stimme, obzwar sie das Gefühl hatte, sie würde den Boden unter ihren Füßen verlieren.

»Das tut mir leid.«

»Er ist tot!«, hauchte Emely mit vor Trauer erstickter Stimme und als sie das aussprach, brach sie in Tränen aus und fing bitterlich an zu weinen.

»Komm her, ich halte dich.« Johann nahm sie ganz fest in seine Arme.

Emely hörte ihr Herz laut und unregelmäßig bis in ihren Kopf schlagen, Hitze und Übelkeit breiteten sich in ihr aus und obwohl sie die letzten Tage keinen engen Kontakt zu ihm gehabt hatte und sich zu Justus hingezogen fühlte, fühlte es sich für sie an, als würde ein Teil aus ihr herausgerissen. Der Schmerz des Verlustes und der Trauer überwältigten sie.

»Trotz dieser Situation solltest du versuchen, die Trauer bewusst zu durchleben. Das ist wichtig, glaub mir. Ich bin für dich da.«

Zwischen all den Tränen und Johanns Worten konnte sie es spüren: Die Wintersonnenwende war sehr nah, in zwei Tagen war es so weit!

Der Keran war mittlerweile in der Schreibstube von Raphael angekommen, um sich um den Körper zu kümmern, den er bewohnte. Er fühlte sich schon besser, doch durchgewärmt war er immer noch nicht und Hunger hatte er auch. Es war zwar nicht der erste Körper, von dem er Besitz ergriffen hatte, doch war er diese menschlichen Empfindungen nicht gewohnt. Auch das Verlangen konnte er in der Nähe einer Frau nicht kontrollieren. Es war wie eine Sucht, der er nachging. Vor allem wenn die Wächterin ihm nah war, gab er dem Drang nach. Er wollte sie ausnutzen, so oft er konnte, sie verwirren und schwächen.

Da er schon oft beobachtet hatte, wie Menschen sich Essen bestellten, rief er einen Lieferservice an. *Das Menschenmädchen ist stutzig geworden*, dachte er sich und wippte unzufrieden auf dem Stuhl hin und her. Wenn sie wüsste, dass er sich ihr gegenüber schon offenbart hatte. Was war es nur für ein Genuss gewesen, ihre Reaktion mit anzusehen, als er Raphaels Tod bestätigt hatte. Bald war es endlich so weit und er würde dank der Rachegedanken und des Hasses dieses Menschen das Ritual vollbringen.

»Das wird ein Spaß! Angst, Verzweiflung, Blut und Tod!« Das letzte Wort zog er lang und ließ es sich auf der Zunge zergehen. Er war nicht alleine mit dem Wunsch, alle dunklen Wesen unter sich zu haben. Etliche seinesgleichen hatten Jahrhundert für Jahrhundert versucht, den Zauber zu brechen, um somit die größte dunkle Macht zu erlangen. Dieses Jahr würde er es vollbringen. Viele vor ihm wussten nichts von dem schwarzen Buch und hatten ohne Plan all die Wächter angegriffen. Nachdem der letzte Wächter eines natürlichen Todes gestorben war, war er durch Zufall an Ort und Stelle gewesen, als der vorherige Meister dem jetzigen alles übergab. Wie dumm, dass sie dachten, sie wären alleine gewesen. Er hatte alles mit angehört. Sein herablassendes Lachen erfüllte den Raum.

Johann schob Emely von sich weg, damit er in ihr Gesicht sehen konnte.

»Was?«, brachte sie mit kratziger Stimme heraus und wunderte sich, dass er sie wegschob.

»Ich bringe dich raus und dann koche ich uns Abendessen.«

Emely schüttelte den Kopf: »Ich weiß nicht, ob ich etwas essen kann.«

»Versuche es zumindest …« Daraufhin hob Johann sie hoch, als würde er lediglich eine schwere Kiste heben. Vorsichtig trug er sie in den Garten und legte sie in den wohltuenden Schnee.

»Ruh dich aus, ich bin in der Küche.« Er strich ein paar Haarsträhnen aus ihrem Gesicht, die durch die Tränen ganz nass waren.

»Danke.« Emely blickte in den Himmel, der schon dunkel war. Große Wolken verdeckten die meisten Sterne. Es würde heute Nacht schneien, das spürte sie trotz der Trauer und des Schmerzes. Sie hatte so viel für ihn empfunden und ihn so schnell wieder verloren. Nie wieder würde sie in seine klaren, leuchtenden Augen sehen, seine Hände zärtlich auf ihrer Haut spüren oder seinen ernsten Gesichtsausdruck betrachten können, wenn ihn etwas bedrückte. Nie wieder würde sie in seinen Armen liegen oder ihn festhalten können – nie wieder! Schwer atmend durch diese unumkehrbare Tatsache ballte sie ihre Hände zu Fäusten und grub sie tief in den Schnee.

Ein Schnauben durchbrach die stille Traurigkeit. Sie drehte ihren Kopf abrupt in die Richtung, aus der das Geräusch gekommen war. Überrascht setzte sie sich auf, als sie den stattlichen Hirsch aus dem Wald ein paar Meter vor sich stehen sah. Er stampfte mit seinem Vorderhuf in den Schnee, woraufhin viele kleine Schneeflocken sich emporhoben und zu Emely schwebten.

Tanzend leuchteten sie silbern auf und umkreisten sie, bis die kaum aushaltbare Trauer schwächer wurde. Langsam flogen sie zurück und erloschen, als sie auf den Boden fielen. »Danke!«, sagte Emely leise, aber mit klarer Stimme, woraufhin der Hirsch abermals schnaubte und in die Dunkelheit davonsprang.

Emely hob ihre Hand und formte mit ihrer Magie gedankenversunken einen großen Hirsch aus Schnee, der wenige Sekunden später neben ihr stand und sie anschaute. Schwerfällig stand sie auf und strich vorsichtig, um nichts kaputt zu machen, über den Rücken des Hirsches. Sie stellte fest, dass Figuren, die sie mit Magie formte, viel stabiler waren als mit den Händen geschaffene. Kräftig drückte sie ihre Hand auf den Hirsch, um zu testen, wie viel Druck die magische Schneeskulptur aushielt. Zu ihrer Verwunderung gab sie kein bisschen nach. Als sie versuchte, festen Schnee herauszubrechen, musste sie ebenfalls überrascht feststellen, dass das nicht ging.

»Magische Skulpturen können nur durch die Magie des Zaubers wieder in ihre Einzelteile zerfallen, nie durch bloße Menschenhand«, hörte sie Johann sagen, der in der Terrassentür stand und Emely beobachtet hatte.

»Faszinierend!« Bewundernd ließ sie neben dem Hirsch zum Schutz einen großen Baum aus Schnee entstehen.

In diesem Moment musste sie an Justus denken, mit dem sie unter solch einem Baum in der Welt des Zaubers gesessen hatte.

»Wunderschön!«, durchbrach Johann sogleich ihren Gedanken und bedeutete ihr reinzukommen. »Das Abendessen ist fertig. Es gibt noch etwas Suppe von gestern und Croutons dazu.«

Als Emely den Wohnraum betrat, sah sie dankbar, dass der Tisch schon gedeckt war und das Feuer brannte. Still setzte sie sich hin und schaute auf ihren vollen Teller Suppe. Johann war wohl optimistisch, was ihren Appetit nach dieser grausamen und schmerzvollen Erkenntnis betraf. Doch da der Hirsch ihre

Trauer gemildert hatte, verspürte sie sogar etwas Appetit und tunkte den Löffel zur Hälfte in die Suppe.

Die Wärme der Suppe breitete sich in Emelys Mund aus, doch hatte sie das Gefühl, als würde sie nach nichts schmecken. Ihre Geschmacksnerven waren taub. Trotzdem aß sie gedankenverloren einen Löffel nach dem anderen.

Bilder der Zweisamkeit, die sie mit Raphael genossen hatte, wechselten sich in ihrem Kopf ab. Es fiel ihr schwer, an etwas anderes zu denken, obwohl sie in den letzten Tagen schon begonnen hatte, sich von ihm zu distanzieren. Wäre das überhaupt so gekommen, wenn sie keine Wächterin wäre? Vielleicht wäre sie dann noch mit ihm zusammen, sie hätte Justus nicht kennengelernt und der Keran hätte nicht ihn als Opfer ausgewählt.

Schade, dass Raphael so zerfressen von der Wut und dem Hass gegenüber dem Schnee gewesen war. Es tat Emely unendlich leid, dass Raphael das alles hatte durchmachen und erleben müssen.

»Emely, Wächterin des Schnees, bald ist deine Zeit gekommen!«

Sie schaute sich erschrocken im Raum um, doch sie konnte niemanden sehen. »Hast du das auch gehört?« Angstvoll blickte sie zu Johann, der zu ihrem Entsetzen nickte und angespannt seinen Löffel auf den Tisch legte.

»Jetzt bloß nicht die Nerven verlieren, bleib klar, fokussiere dich!«, forderte Johann sie auf, denn er schien zu merken, dass sie kurz davor war, die Fassung zu verlieren.

Emely nickte und fixierte einen Punkt im Raum – das hatte sie mittlerweile drauf. Sie bewunderte Johann für seine Ruhe. Sie versuchte tief einzuatmen, lange wieder auszuatmen und merkte dabei, wie ihr Herzschlag sich beruhigte und ihre Angst kontrollierbar wurde. Dann schloss sie die Augen.

»Sehr gut, du hast dich unter Kontrolle.« Johann schien erleichtert. »Diese bösartigen Kreaturen!« Laut schlug er mit seiner Faust auf den Tisch, wodurch sein Löffel nah an die Tischkante rutschte.

Emely zuckte zusammen. »Denkst du, es war die Stimme eines Kerans?« Sie war sich nicht sicher, ob sie eine Antwort darauf wollte, doch Unwissenheit war definitiv schlimmer.

Johann nickte zur Bestätigung und stand auf. »Nicht *eines* Kerans, sondern von *dem* Keran. Ich werde einen Schutz um das ganze Haus errichten, damit das nicht mehr passiert. Pass gut auf, dann kannst du dir gleich merken, wie so etwas geht.« Johann stellte sich in Position. »Zauber des Schnees, ich stehe im Bund mit dir und bitte dich: Errichte einen Schutzwall um dieses Haus und den Garten, damit das Böse hier keine Macht über deine Wächterin hat«, sprach er mit lauter, kräftiger Stimme und ging durch die offene Terrassentür nach draußen.

Emely folgte ihm und beobachtete alles. Johann kniete sich in den Schnee, legte die flachen Hände darauf und hob dann die geöffneten Handinnenflächen gen Himmel. Als würde er an einer langen Schnur ziehen, die im Schnee versteckt war, folgten seiner Handbewegung etliche Schneekristalle, die eisblau aufleuchteten und sich mehr und mehr um das ganze Haus und den Garten verteilten, bis Emely und Johann unter einer Art Kuppel aus Schneekristallen standen. Ehrfürchtig schaute Emely nach oben. Die eisblau leuchtenden Schneekristalle schwebten als feines Netz in der Luft bis auf den Boden herab.

»Was, wenn das jemand sieht?«, fragte Emely leise und konnte den Blick nicht von diesem zauberhaften Schutzwall abwenden.

»Das kann niemand sehen, der nicht mit dem Zauber des Schnees verbunden ist. So, das hält erst einmal bis zu der Nacht der Wintersonnenwende«, meinte er dann zufrieden und entspannte sich wieder.

»*Bis* zur Nacht der Wintersonnenwende?« Sie wandte den Blick von den leuchtenden Schneekristallen ab.

»Ja, in dem Moment, in dem die Nacht der Wintersonnenwende beginnt, lösen sich alle Zauber, die für die Dauer angelegt waren, auf. Das betrifft auch den Schutzwall. Alle Zauber müssen nach dieser Nacht wieder neu ausgeführt werden.«

»Ich nehme an, das hat etwas mit dieser geheimnisvollen Magie der Wintersonnenwende zu tun?« Ernüchtert schaute sie zu Boden, denn Johann bestätigte das. »Es wäre ja zu schön gewesen, um wahr zu sein, dass wir uns so die ganze Nacht hätten schützen können«, seufzte Emely und schaute niedergeschlagen auf. Johann streckte seinen Arm aus, woraufhin Emely einen Schritt auf ihn zuging und sich von ihm in den Arm nehmen ließ.

»Egal, was kommt, ich werde alles tun, um dich und den Zauber des Schnees zu beschützen«, sagte er dicht an ihrem Ohr und drückte sie fest an sich.

»Danke, Meister!«, nuschelte Emely in sein Hemd und entspannte sich, da sie sich seit Langem sicher fühlte. »Ich werde heute drinnen auf der Couch schlafen.«

Johann nickte und betrachtete seinen leuchtenden Schutzwall. »Gut, dann schlafe ich im Garten, damit du mal deine Ruhe hast.«

»Weißt du was, ich werde es mir jetzt schon gemütlich machen, noch ein bisschen lesen und dann schlafen.« Emely wandte den Blick vom Schutzwall ab und ging rein.

»Mach das. Ich denke, ich werde nach oben gehen und malen, das entspannt mich immer und ich bekomme den Kopf dabei frei«, entgegnete er ihr, schloss die Terrassentür und verließ den Wohnraum, in dem Emely es sich schon auf der Couch gemütlich machte.

Sie griff nach dem Buch, das auf dem Tisch lag, schlug es auf und begann, ein beliebiges Kapitel zu lesen.

Kapitel 22

Die Zeit verging schnell und als Johann zwei Stunden später leise durch den Raum schlich, schaute sie auf.

»Ich wusste gar nicht, dass man in dem Moment, in dem man in der Welt des Zaubers ist, nicht altert.«

»Ja, was glaubst du, warum ich so jung aussehe.« Er schmunzelte, woraufhin Emely lachen musste, doch Johann sah zweifelsohne jünger aus, als er war.

»Es ist tatsächlich so, dass Menschen, die mit dem Zauber des Schnees verbunden sind, ein bisschen langsamer altern. Je nachdem, wie oft wir in der Welt des Zaubers sind.«

Emely schaute ihn erstaunt an.

»Komm mir jetzt aber nicht auf die Idee, dich dort noch öfter und länger aufzuhalten.« Ernst warf er ihr einen Blick zu.

»Nein, nein. Ich habe sogar vor, heute Nacht wie ein normaler Mensch zu schlafen«, entgegnete Emely und klopfte mit der Hand auf die Couch.

»Na dann … schlaf gut!«

»Danke, du auch!« Sie knipste, nachdem Johann in den Garten gegangen und die Terrassentür hinter sich geschlossen hatte, das Licht aus. Das Feuer reichte, um den Raum in ein angenehm gedämpftes Licht zu tauchen. Sie kuschelte sich in eine große Decke. Zwar hatte sie damit gerechnet, dass sich ihre Gedanken um Raphael, Justus, Kerans und Remorde überschlagen würden, doch schlief sie überraschend schnell ein.

Sie fand sich auf einem verschneiten Feld wieder. In der Mitte des Feldes brannte ein Feuer, vor dem eine Frau mit dem Rücken zu Emely saß und in die Flammen starrte. Lange dunkelgraue Haare fielen über den Rücken und den dünnen Umhang. Erst beobachtete Emely diese Fremde aus der Ferne, doch dann stapfte sie Schritt für Schritt auf sie zu. Als Emely nur noch einen Meter von ihr entfernt war, spürte sie die Wärme des Feuers. Langsam streckte sie ihre Hand nach der Frau aus, bis sie diese an der Schulter berührte.

Sie drehte sich abrupt um. Dunkelbraune Augen starrten sie an und Emely starrte zurück.

»Emely, Wächterin des Zaubers des Schnees«, hörte sie eine Stimme, doch die Frau bewegte ihre Lippen nicht.

Gebannt versank Emely in ihrem Blick und vergaß die Welt um sich herum. Sie fand, dass diese Frau ihrer Ururoma sehr ähnlich sah.

Plötzlich veränderte sich etwas in dem Blick dieser Frau, woraufhin Emely Angst spürte.

»Nimm dich vor den Remorden in Acht!«, schrie sie Emely mit verzerrtem Gesicht an, wobei sich ihre Stimme fast überschlug.

Emely schrak entsetzt zurück und spürte plötzlich, wie eine kalte Hand nach ihrer Schulter griff und sich spitze Finger in ihre Haut bohrten. Keuchend fuhr sie herum und blickte in die gelb leuchtenden Augen eines Remordes. Gelähmt vor Angst konnte sie sich diesem grellen Blick nicht entziehen. Sie wunderte sich noch, dass diese Frau ihr nicht half, doch sie war samt dem Feuer verschwunden.

Emely stand alleine dem Remord gegenüber und war in seinem Blick gefangen.

Nur dreißig Sekunden habe ich Zeit, mich diesem Blick zu entziehen, um nicht tot umzufallen, zwängte sich der Gedanke in ihren Kopf. Sie würde das Leben nie wieder spüren können. Sie hatte das Gefühl, als leuchteten die Augen des Remordes heller, und dann spürte sie, wie ihre Lebensgeister abrupt schwanden, sich der Griff des Wesens löste und sie leblos in den Schnee sank.

»Emely, Wächterin des Schnees, bald ist deine Zeit gekommen!« Die laute, seltsame Stimme eines Kerans hallte über ihren toten Körper und ein grausames Lachen folgte.

Emely riss die Augen auf und fand sich zitternd auf der Couch in Johanns Villa wieder.

»Nein, nein, nein … ich will nicht sterben … Ich hasse diese Träume!« Fahrig zog sie die Decke von sich herunter, stand auf und ging schnurstracks in den Garten. Ihr Herz schlug schnell und ihr war schwindelig. Sie zog ihren Pullover aus, warf ihn in den Schnee und riss sich die Hose vom Leib. Dann ließ sie sich neben Johann in den Schnee fallen, griff nach seiner Hand und versuchte, wieder ruhig zu atmen.

Johann sagte zwar nichts und öffnete auch nicht seine Augen, doch erwiderte er ihren Händedruck und hielt ihre Hand fest in seiner. Er schien zu spüren, was sie fühlte.

Nachdem Emely ihre Atmung, ihren Herzschlag und ihre Gedanken wieder unter Kontrolle hatte, nahm sie den wunderschönen eisblau leuchtenden Schutzwall wahr, der aus Tausenden magischen Schneekristallen bestand. Eine ganze Weile war sie wach und überlegte, ob sie sich vom Zauber des Schnees in seine Welt holen lassen sollte, um sich zu erholen und mit Justus zu sprechen, doch eigentlich wollte sie in dieser Nacht ganz normal schlafen. Außerdem hatte Justus sie davor gewarnt, zu oft in die magische Welt zu kommen, denn es schien, als könnte man dann irgendwann nicht mehr zurück. Was dann wohl passieren würde? Der Körper blieb nach wie vor in der Welt der Menschen und die Seele wäre in der Welt des Zaubers … Ob man dann überhaupt sterben konnte oder für ewig als Seele dort existieren würde? Jetzt wurde ihr klar, warum sie dort nicht normal sprechen konnte. Wobei Justus es im Gegensatz zu ihr konnte … Verwirrt dachte sie darüber nach. *Warum war ich dann trotzdem in irgendeiner Art und Weise körperlich anwesend, obwohl eigentlich nur meine Seele dort ist und mein Körper nach wie vor in der menschlichen Welt existiert?* Na ja, theoretisch dürfte es Justus in der Welt des Zaubers gar nicht geben. Vielleicht offenbarte der Zauber des Schnees auch nicht jedem all seine Geheimnisse – noch nicht einmal denjenigen, die mit ihm im Bund standen. Verwirrende Gedanken schwirrten durch ihren Kopf.

In den Büchern hatte sie auf jeden Fall nichts Genaueres darüber gefunden. Morgen würde sie Johann darauf ansprechen, vielleicht fiel ihm ja doch etwas dazu ein. Mit dem Gedanken an Justus und wie sie zusammen unter dem Baum aus Schnee saßen, schlief sie ein.

Als sie wach wurde, fiel ihr Blick auf Johann, der ruhig atmete. Emely lag auf der Seite und beobachtete ihn, bis sie stutzig feststellte, dass sie seine Anwesenheit nicht spüren konnte. Sie stützte sich auf ihren Ellenbogen und blickte auf ihn herab. Da sie jedoch nichts Außergewöhnliches feststellte, er seine Augen geschlossen hatte und der Schutzwall jegliche bösen Kreaturen fernhielt, vermutete sie, dass er gerade in der Welt des Zaubers war.

Eine Schneeflocke, die in Johanns Gesicht fiel, ließ Emely nach oben schauen. Es schneite! Fasziniert beobachtete sie die Schneeflocken, die durch den Schutzwall hindurch tauchten und sanft herabfielen. Sich wundernd betrachtete sie das, doch im nächsten Moment war ihr klar, dass ja nur negative Energien und dunkle Kreaturen abgehalten würden und nicht das Gute, das positiv Magische – das Wunderschöne! Doch Emely wurde noch etwas bewusst … morgen war es so weit!

Morgen war die Nacht der Wintersonnenwende und alleine der Gedanke ließ sie frösteln. *Morgen ist vielleicht der letzte Tag meines Lebens*, ging es ihr durch den Kopf und sie war froh, als Johann aus der Welt des Zaubers zurückkam und sie jemanden hatte, mit dem sie darüber sprechen konnte.

»Guten Morgen!«, sagte er, sobald er sie wahrnahm und streckte sich ausgiebig.

Emely wünschte ihm ebenfalls einen guten Morgen, doch klang sie dabei ernster als Johann.

»Warum so ernst heute? Was war heute Nacht los mit dir?«

»Ach, ich hatte wieder so einen wunderschönen Traum«, berichtete sie sarkastisch, »und morgen ist vielleicht mein letzter Tag«, fügte sie dann bedrückt hinzu und musste sich ziemlich konzentrieren, damit sie nicht die Fassung verlor.

»Dein letzter Tag?« Er schien nicht zu verstehen, auf was sie das bezog.

»Meines Lebens«, erklärte sie nüchtern, woraufhin Johann tief durchatmete.

»Das wollen wir doch nicht hoffen … Das glaube ich auch nicht, du wirst das schaffen, du wirst diese Nacht überstehen! Steh auf und höre mir mal gut zu!«

Sie standen sich gegenüber und schauten sich an.

»Du bist eine Wächterin! Du bist mutig, du bist aufrichtig, du bist stark und du kannst dich sehr gut verteidigen!«, sprach er ernst und mit erhobener Stimme zu ihr, während er die Hände auf ihre Schultern legte. »Glaub an dich! Ich glaube an dich und der Zauber des Schnees hat dich nicht einfach so ausgewählt. Du bist die auserwählte Wächterin für diese Zeit.«

»Genau, für diese Zeit … Was, wenn meine Zeit morgen vorbei ist und ich alles vermassle?« Verzweiflung schwang in ihrer Stimme mit.

»Der Zauber des Schnees wählt nur diejenigen unter uns aus, von denen er sicher ist, dass sie allem standhalten können. Er weiß, dass du ihn beschützen kannst, er weiß, was in dir steckt, er weiß, dass er sich auf dich verlassen kann, sonst hätte er dich nicht gewählt – glaube mir!« Während er immer lauter wurde, schaute er Emely tief in die Augen.

»Wenn du meinst …« Seufzend lehnte sie ihre Stirn an seine Brust.

»Ich werde es dir beweisen!« Johann schob Emely von sich und entfernte sich ein paar Schritte von ihr. »Verteidige dich!«, rief er ihr abrupt entgegen.

Bevor Emely hätte sagen können, dass sie jetzt keine Lust auf irgendwelche Übungen hatte, flogen messerscharfe Pfeile aus Eis auf sie zu. Direkt vor ihr machten sie Halt und verwandelten sich in einen Keran aus Schnee, der sie anstarrte. Emely konnte plötzlich ihr Erlebtes von der Realität nicht mehr trennen und sah statt einen Keran aus Schnee einen echten vor sich schweben. Kurz haderte sie, doch statt sich der Angst zu überlassen, verband sie sich mit dem Zauber und ließ ihn in seine Einzelteile zerbersten. Stille breitete sich aus und sie schaute Johann dankend an.

»Siehst du«, sagte er bloß und stapfte dann zu seinen Kleidungsstücken, die er zusammengefaltet neben seinem Schlafplatz liegen hatte.

Emely spürte jede einzelne Schneeflocke, die vom Himmel herabfiel, wohltuend auf ihrer Haut. Ihr wurde klar, wie wertvoll so ein kleiner Moment der Unbeschwertheit war, bei dem, was in letzter Zeit alles passiert war und sie gefühlt hatte.

Johann schien es ähnlich zu gehen. Emely spürte, dass er stolz und zufrieden mit ihr war – und auf sich, denn ohne ihn als Meister hätte sie das vielleicht alles nicht geschafft. Wobei … Johann war für sie nicht nur ein Meister.

In der kurzen Zeit hatte sich zwischen ihnen eine tiefe freundschaftliche Bindung entwickelt. Genau genommen waren sie ja sogar Seelenverwandte. »Sag mal, nur mal angenommen, ich schaffe es nicht und der Zauber des Schnees würde gebrochen, was passiert dann mit Justus?«

»Justus?« Johann schaute sie fragend an und Emely berichtete ihm, dass das der Name des Fremden aus der Welt des Zaubers sei. »Nun um ehrlich zu sein, kann ich das nicht genau sagen, denn theoretisch dürfte es ihn dort gar nicht geben. Doch wenn der Zauber des Schnees zerstört würde, dann würde es diesen Ort – wenn man das überhaupt Ort nennen kann – nicht mehr geben und Justus wie wir wahrscheinlich sterben müssen«, sprach er seine Gedanken überlegt aus.

»Hm, ja vermutlich. Meister? Gibt es heute irgendetwas Wichtiges, was ich machen sollte?«

Johann schaute wissend auf. »Nein, wir haben uns gut vorbereitet, am besten du erholst dich von den letzten Tagen.«

»Gut, denn ich wollte mir heute Zeit nehmen, um Briefe an meine Eltern und an meine Freundin Lisa zu schreiben, falls es schiefgeht.«

»Mach das und übermorgen kannst du sie dann in die Truhe der gesammelten Briefe der Wächter legen.«

»Die Truhe der gesammelten Briefe der Wächter?« Emely hatte noch nie etwas von dieser Truhe gehört oder gelesen.

»Ja, sie wird von Meister zu Meister weitergegeben und alle Wächter, die – wie du – Abschiedsbriefe geschrieben und die Nacht der Wintersonnenwende heil überstanden haben, legen diese dort hinein. Es ist eigentlich ein schöner Brauch.«

»Wo steht die Truhe? Darf ich sie mir mal ansehen?«

»Ja, natürlich! Die Truhe steht im kleinen Speisesaal. Geh ruhig.«

Emely schritt zügig dorthin. Obwohl sie wusste, dass niemand in dem Zimmer sein konnte, öffnete sie langsam die Tür und betrat den stillen, staubigen Raum, der sie an diese großen Gemälde erinnerte, auf denen ein Stillleben zu sehen war. Ihr Blick huschte durch den Raum, in dessen Mitte ein großer Kronleuchter über dem runden Esstisch hing, und blieb an der Truhe neben dem Fenstersims haften. Sie wirkte altertümlich und hatte einige Kratzer.

Emely kniete sich vor die Truhe mit Messingverschlüssen. Die goldenen Verzierungen hatten ihren Glanz schon fast verloren und Emely spürte, dass sie ein wenig nervös war, als sie vorsichtig die Truhe öffnete. Der Deckel war recht schwer und sie lehnte ihn gegen die Wand. Starker Geruch von altem Papier stieg ihr in die Nase und sie blickte auf sehr viele alte Briefe, die durcheinander lagen. Ehrfürchtig griff sie nach einem und las die Anschrift, bevor sie ihn zaghaft öffnete. Gespannt ging sie die Worte durch, die einst ein Wächter – mit der Angst, die Nacht der Wintersonnenwende nicht zu überleben – niedergeschrieben hatte.

Berührt legte sie ihn wieder zurück, als sie geendet hatte, und griff nach einem Brief von weiter unten. Das Papier war leicht bräunlich und die altmodische Schrift nicht so leicht zu entziffern. Als sie vertieft Wort für Wort las, konnte sie die Bedenken des damaligen Wächters förmlich spüren und sah im Kopf Bilder vor sich, wie Angehörige diesen Brief auffassen und mit dem Tod des geliebten Familienmitgliedes und Freundes umgehen würden.

Ein Kloß im Hals ließ Emely schwer schlucken und sie legte den Brief wieder zurück. Mit feuchten Augen starrte sie auf die Menge der Briefe. »Hoffentlich kann ich meine Briefe übermorgen auch in diese Truhe legen«, flüsterte sie zu sich selbst und schloss leise den schweren Deckel, woraufhin feine Staubkörnchen in die Luft stiegen. Entschlossen stakste Emely in die Bibliothek und griff nach einer Kiste in einem der Regale, in der sich Papier und Schreibzeug befanden. Kurz darauf saß sie mit Stift in der Hand auf dem Stuhl an dem kleinen Tisch und überlegte, wie sie ihr Anliegen formulieren sollte.

Lieber Papa!

Danke, dass du in den letzten Tagen mein Geheimnis für dich behalten hast. Es war doch wirklich eine Überraschung, dass deine Uroma – genau wie ich – mit dem Zauber des Schnees verbunden war. Ich bin froh, dass ich dir alles anvertrauen konnte und bin dir sehr dankbar, wie du damit umgegangen bist. Umso schwerer fällt es mir nun, dir zu schreiben. Wenn du diese Zeilen liest, dann werde ich nicht mehr da sein …

Dann ist genau das passiert, vor dem ich so Angst hatte. Der Zauber des Schnees wurde durch ein Ritual gebrochen. Was ich jetzt schon weiß, – leider – ist, dass der Keran meinen Freund Raphael umgebracht hat, um ihn dafür zu benutzen. Obwohl ich in der letzten Zeit weniger wie sonst mit ihm zu tun hatte und er schon seltsam war, hat es mir das Herz gebrochen. Ich bin sehr dankbar für die gemeinsame Zeit, die wir hatten und hoffe, dass du die Trauer aushalten kannst. Ich habe zwar Angst, aber nachdem ich erfahren durfte, dass es Magie gibt, weiß ich, dass alles möglich ist … Pass gut auf Mama auf!

Deine Tochter
Emely

PS: Noch etwas Wichtiges für deine Arbeit. Wenn der Zauber des Schnees gebrochen wird, wird es nie wieder schneien … Du kannst dir vorstellen, welche Auswirkungen das auf das ökologische Gleichgewicht der Erde hat. Du musst es keinem sagen, aber somit weißt du, was es damit auf sich hat, wenn es plötzlich nicht mehr schneit – nie wieder.

Schwermütig und mit Tränen in den Augen faltete Emely den Brief und steckte ihn in einen Briefumschlag, auf dem sie den Namen ihres Vaters schrieb. Nie wieder Schnee – das war eine entsetzliche Vorstellung! Entschlossen griff sie nach dem nächsten Bogen Papier.

Liebe Mama!

Sei mir bitte nicht böse, dass ich mein Geheimnis nur Papa anvertraut habe. Wenn du das liest, dann bin ich nicht mehr da. Papa kann dir Genaueres erklären, wenn du bereit dafür bist. Auch wenn wir meistens anderer Meinung waren, sollst du wissen, dass ich dich sehr lieb habe. Pass gut auf dich und auf Papa auf. Ich würde mir wünschen, dass ihr nach vorne schaut und euch nicht durch den Schmerz des Verlustes zurückzieht.
Bitte versuche, das Leben zu genießen – auch ohne mich.

Deine Tochter
Emely…

Ein tiefer Seufzer entfuhr ihr, als sie ihren Namen unter den fertigen Brief geschrieben hatte. Sie musste sehr mit sich kämpfen, keinen Nervenzusammenbruch zu erleiden.

Nie hätte Emely gedacht, dass sie einmal solche Abschiedsbriefe verfassen müsste. Es fühlte sich grauenvoll an! Und es war auch nicht nur das Gefühl, sondern wirklich eine grausame Tatsache, was in der Nacht der Wintersonnenwende passieren konnte. Bevor sie jedoch in ihren düsteren Gedanken versank, griff sie nach einem dritten Bogen Papier.

Liebe Lisa!

Wenn du das liest, kann ich dir getrost mein Geheimnis anvertrauen, das ich dir nicht sagen konnte. Es hätte gefährlich für dich werden können. Es gibt Magie und zwar echte Magie! Du glaubst gar nicht, wie ich geschaut habe, als ich das erfahren habe. Ob du es glaubst, oder nicht, ich war auch noch die Wächterin des Zaubers. Wenn du das allerdings liest, habe ich auf ganzer Linie versagt und werde nicht mehr leben. Gerne darfst du Kontakt zu meinen Eltern aufnehmen, diese haben auch einen Brief erhalten. Mit meinem Papa kannst du über alles reden, er weiß Bescheid und kann dir sicherlich deine ganzen Fragen beantworten. Ich mache es kurz, denn es fällt mir sehr schwer, diese Zeilen zu schreiben. Versprich mir, dass du gut auf dich aufpasst, nach vorne schaust und mich

nicht zu sehr vermisst. Wenn auch der Tod unaufhaltsam ist, ich habe gelernt, dass alles möglich ist! Ich war sehr gerne deine beste Freundin!
Bleib so optimistisch und fröhlich!

Deine Emely

Nun liefen Emely ungehemmt Tränen übers Gesicht und sie steckte diesen Brief ebenfalls in einen der Umschläge. Sie beschloss, es dabei zu belassen, denn Raphael war schon tot und Johann würde mit ihr gehen.

Sie legte die Sachen wieder in die Kiste und stellte sie zurück an ihren Platz ins Regal. Mit ihrer Hand strich sie über die unzähligen Bücherrücken und lief Schritt für Schritt zum Fenster, um innezuhalten und hinauszusehen. *Das ist schon alles verrückt*, dachte sie und seufzte. *Mein ganzes Leben hat sich von jetzt auf nachher verändert und wenn ich Pech habe, dann ist dieser wundervolle Zauber morgen Nacht vorbei. Morgen werde ich Justus besuchen – ihm kann ich keinen Brief schreiben.*

Mit dem Gedanken an ihn leuchteten ihre Augen auf und das nicht nur, weil sie in diesem Moment zu den eisblauen Schneekristallen des Schutzwalls blickte. Bestimmt eine Stunde stand sie einfach so da und war wie hypnotisiert von dieser wundervollen Magie.

Johann

Johann hatte das Frühstück beendet. Auch er hing seinen Gedanken nach und saß in seinem Sessel vor dem Kamin. *Wenn einer bei der ganzen Sache die Nerven behalten muss, dann du*, dachte er sich und blickte auf das Bild seiner Frau, wie sie im Schnee spazieren ging. Noch nie waren die Gegebenheiten so gefährlich gewesen wie bei dieser Wintersonnenwende. Er wünschte, Emely hätte das nicht gleich am Anfang ihres Wächterdaseins tragen müssen. Der Zauber des Schnees war in sehr großer Gefahr und das zu wissen, machte es nicht gerade erträglicher. Bedrückt versuchte er, seine negativen Gedanken wegzuschieben, doch es gelang ihm heute nicht.

Er hatte tatsächlich Bedenken, im Gegensatz zu sonst … doch waren diese auch berechtigt. Der Keran war die eine Sache, doch die vielen Blitze dieses Jahr könnten die Sache deutlich schwieriger machen … und wer wusste schon, was sich noch für dunkle Kreaturen in dieser Nacht zusammenfänden? Er beschloss, Elli morgen anzurufen, um ihre Stimme nochmals zu hören und zu fragen, wie es Raphael ging. Raphael … mit dem Gedanken an ihn zog sich sein Magen zusammen. Er dachte ernsthaft über ihn nach, denn wenn sich sein Magen zusammenzog, hatte das bis jetzt noch nie etwas Gutes bedeutet.

Er vermisste definitiv den alten Raphael, doch sein plötzliches Auftauchen nach den vergangenen Jahren und sein ebenso plötzliches Verschwinden machten ihn nach wie vor stutzig. Um ehrlich zu sein, hätte er gedacht, dass der Keran ihn gewählt hatte und nicht den Freund von Emely. Raphael war nämlich immer noch voller Hass und Trauer und hätte somit die perfekten Voraussetzungen dafür gehabt.

Johann hatte nicht vergessen, dass er früher oft das schwarze Buch über das vernichtende Ritual in den Händen gehabt hatte. Doch natürlich war für den Keran Emelys Freund ebenso attraktiv, denn er stand ihr sehr nahe, er konnte also problemlos seine Spielchen treiben.

Abgesehen davon meinte er, dass Emely mal erwähnt hatte, dass ihr Freund Probleme habe. Demnach war er wahrscheinlich doch die vorteilhaftere Wahl gewesen.

Emely

Wenn du bis übermorgen Abend keine Nachricht von mir bekommst, dann gehe bitte in Johanns Villa. Ich habe dir etwas auf den Tisch ins Wohnzimmer gelegt. Die Terrassentür wird offen sein. Danke für alles!

Sie drückte auf Senden und stopfte ihr Handy in ihre Hosentasche, nahm die drei Briefe und lief nach unten in den Wohnraum.

Rücksichtsvoll leise betrat sie den Raum, als sie sah, dass Johann gedankenversunken in seinem Sessel saß. Als sie sich auf die Couch setzte, blickte er sie an.

»Du hast deine Briefe schon geschrieben?«, stellte er fest und deutete auf ihre Hand, die die Briefe umklammerte.

Sie nickte zur Bestätigung und legte sie auf den Tisch. »Kann ich sie hier liegen lassen? Ich habe meinem Vater geschrieben, dass er sie hier holen soll, wenn er bis übermorgen Abend nichts von mir hört.«

Verständnisvoll nickte er. »Ich hoffe für dich, dass er die Briefe nicht holen muss«, meinte er mit ungewohnt kratziger Stimme.

»Das hoffe ich auch, danke.«

In Johann bahnte sich ein Gefühl nach dem anderen in den Vordergrund.

Emely schottete sich ab und konzentrierte sich nicht mehr auf seinen aufgewühlten Gemütszustand, denn das löste Unsicherheit in ihr aus. Beide verfielen in ein andächtiges Schweigen.

»Ich werde morgen noch mal Justus besuchen gehen«, teilte Emely ihm mit, woraufhin Johann sie schelmisch anschaute. »Was?« Ein angenehmes Kribbeln durchzog ihren Bauch.

»Nichts … hast du die Truhe gefunden?«, lenkte er vom Thema ab.

»Ja, es hat mich sehr berührt, all diese Briefe von den vorigen Wächtern zu sehen. Zwei davon habe ich gelesen.« Prompt fühlte sie sich wieder in die Stimmung hineinversetzt, in der sie dabei gewesen war. »Johann, ich hoffe, dass ich … also wir das morgen schaffen und den Zauber des Schnees schützen können, doch falls nicht, wollte ich dir sagen, dass es eine Ehre für mich war, die Wächterin dieser Zeit zu sein und dich als Meister gehabt zu haben. Danke, dass du so viel Geduld mit mir hattest, für mich da warst, mir so vieles beigebracht hast und mich auch wieder auf den Boden der Tatsachen zurückgeholt hast, wenn meine Sicherungen durchgebrannt sind.« Aufrichtig sprach sie die Worte zu Johann, der daraufhin gerührt aufstand.

Er streckte ihr seine Hände entgegen und forderte sie auf, sich zu erheben. Sie legte ihre Hände in seinen festen Griff. »Es war zwar anfangs nicht leicht, dich zu überzeugen, aber du hast dich sehr tapfer und mutig der Sache angenommen und warst hart zu dir selbst, um das tragen zu können. Ich bin sehr stolz auf dich und du kannst das auch sein. Ich mag dich sehr, Emely, und ich wünsche dir, deiner Familie und dem Zauber des Schnees, dass du diese Nacht überleben wirst, um weiterhin den Zauber beschützen zu können – als aufrichtige, mutige und einfühlsame Wächterin deiner Zeit!« Beide verharrten tief berührt von diesem Moment.

Mit einem Mal flog die Terrassentür auf und Emely und Johann schraken zusammen. Mit weit aufgerissenen Augen blickten beide zur Tür. Tausende Schneeflocken fegten mit einem Windstoß hinein und rasten kreuz und quer durch die Luft, bis sie plötzlich im Raum verteilt auf der Stelle schweben blieben. Sie betrachteten das Schauspiel und waren sich im Moment nicht sicher, was es damit auf sich hatte. Die Zeit schien stillzustehen und Emely nahm alles intensiver wahr. Das Prasseln des Feuers im Kamin, ihr Herzschlag, der Atem, die kühle Luft von draußen und die Schneeflocken, die aus mehreren Schneekristallen bestanden und um sie herum schwebten. Emely schaute Johann fragend an, der jedoch ahnungslos mit den Schultern zuckte.

»Es ist richtig beruhigend, dass du auch nicht weißt, was hier gerade passiert«, stellte sie ironisch fest und ließ Johanns Hände los.

Dann begannen die Schneeflocken, sich wieder in Bewegung zu setzen. Immer schneller und schneller schwirrten sie durch den Raum, bis sie sich um Emely herum verdichteten und golden aufleuchteten.

Statt Angst zu bekommen, entspannte sich jede Faser ihres Körpers und sie nahm nur noch goldenes Licht wahr. Emely fühlte sich wie in Watte gepackt und hatte das Gefühl, als würde sie schweben. Langsam löste sich eine Schneeflocke nach der anderen von ihr und flog zurück in die angenehme Kälte. Als alle Flocken weg waren und Emely wieder sichtbar vor Johann stand, als wäre nichts gewesen, schaute sie ihn mit leuchtenden Augen an. »Was war das?«, flüsterte sie in die Stille hinein, doch sie spürte die Antwort schon.

Bevor Johann etwas hätte sagen können, öffnete sie ihre Hand und starrte mit großen Augen auf die Handinnenfläche. Ein filigraner Schneekristall leuchtete ihr golden entgegen. Es sah aus, als wäre er in ihre Handinnenfläche gegossen worden.

»Du wurdest gezeichnet!«, entfuhr es Johann entgeistert und er schaute ehrfurchtsvoll auf den fein verästelten Schneekristall. In dem Moment, als er den Satz fertig gesprochen hatte, erlosch der Kristall zu Emelys Verwunderung, doch sie starrte immer noch auf ihre Hand. »Er ist erloschen«, teilte sie Johann mit, als könnte er es nicht sehen.

»Ja, sieh genauer hin!«, sagte er leise.

Sie hob sich die Hand näher vor die Augen. Die Linien hatten nun die Form eines Schneekristalls. Fasziniert betrachtete sie das magische Wunder und hob ihre andere Hand zum Vergleich – dort fand sie genau das Gleiche vor.

»Was hat das zu bedeuten?« Sie hauchte die Frage in den

Raum, schaute kurz auf, um dann gleich wieder gebannt ihre Handinnenflächen zu inspizieren.

»Das ist in den letzten Jahrhunderten nicht einmal vorgekommen. Die letzte und einzige Überlieferung dazu befindet sich oben in der Bibliothek. Ich weiß nur nicht mehr genau, was da drin stand … lass uns nach oben gehen!« Er eilte in Richtung Bibliothek.

Das ist in den letzten Jahrhunderten nicht einmal vorgekommen, hallte es in ihrem Kopf wider und erneut wurde ihr bewusst, dass das selbst für die magische Welt etwas außergewöhnlich Besonderes war.

»Ich wurde gezeichnet!«, flüsterte sie zu sich selbst, blickte auf und stellte fest, dass Johann schon in seine Bibliothek gegangen war.

Mit wackeligen Knien und immer wieder auf ihre Handinnenflächen schauend betrat sie den Raum.

Johann saß vor einem Karton und holte aus diesem vorsichtig eine Seite Papier nach der anderen heraus. Die Bögen wirkten sehr alt und empfindlich. Viele waren beschädigt oder nur noch schlecht leserlich.

»Hier drinnen muss etwas darüber stehen …«, murmelte Johann, um gleich darauf innezuhalten und einen besonders in Mitleidenschaft gezogenen Bogen Papier zu beäugen.

»Ist es das, was du suchst?«

Keine Antwort.

»Darf ich mal?!« Hibbelig nahm sie Johann das Papier aus der Hand.

»Vorsichtig! Man kann kaum noch die Schrift erkennen!« Er

warf ihr einen warnenden Blick zu und ließ das vergilbte Papier nicht aus den Augen. *Man kann wirklich nicht mehr viel lesen*, ging es Emely enttäuscht durch den Kopf, denn sie hatte auf eine ausführliche und deutliche Erklärung gehofft.

»Das Einzige, was ich entziffern kann, sind nur aus dem Zusammenhang gerissene Fragmente … da steht: … besondere Ehre zuteil … gezeichnet … Seele bewahren … Zauber des Schnees hilft … Blutes geheilt … unvorstellbare Kräfte … Erlebtes kehrt zurück in die Erinnerung … das ist alles!«, informierte sie Johann, wobei sie mit vor Anstrengung zusammengezogenen Augenbrauen versuchte, so viel wie möglich zu lesen.

»Hm, das könnte alles und gar nichts heißen …« Ernüchtert entfuhr ihm ein tiefer Seufzer, doch er hatte sich schnell wieder unter Kontrolle.

»Erlebtes kehrt zurück in die Erinnerung …«, dachte Emely laut, doch konnte sie sich nichts darunter vorstellen, denn demnach müsste sie etwas vergessen haben … Nachdenklich schaute sie wieder ihre Handinnenfläche an. Dort, wo normalerweise die Lebenslinie begann, endete nun einer der vielen wunderschönen filigranen Verästelungen des Schneekristalls.

»Darf ich noch mal sehen? So etwas sieht man ja nun nicht alle Tage.«

Emely streckte ihm ihre Hände entgegen. »Wieso haben sie eigentlich vorhin geleuchtet und jetzt nicht mehr?«

»Hm … Da fällt mir gerade etwas ein. Es ist zwar keine eindeutige Erklärung, aber … Komm mit, ich zeige dir etwas«, forderte er sie auf.

Kapitel 23

Emely folgte ihm aus der Bibliothek hinaus, noch ein Stockwerk höher und dann einen schmalen Gang entlang. Gespannt betrachtete sie die Wände, an denen viele kleine und mittelgroße Bilder und Zeichnungen hingen. Der Boden knarzte, denn er bestand hier oben aus alten Holzdielen.

»So, hier wären wir.« Johann öffnete eine Tür. Sie betraten einen dunklen Raum. Als er das Licht anknipste, fiel Emelys Blick sofort auf ein riesiges Bild, das die halbe Wand bedeckte. Es schien sehr alt und hatte einen wunderschönen aufwendigen Rahmen aus Holz mit goldenen und blauen Verzierungen.

»Wow!«, entfuhr es ihr, woraufhin Johann lächelte. Auf dem Bild war ein Mann zu sehen, der seine Hände weit vor sich ausgestreckt hatte und helles Licht aus ihnen flutete, welches gegen eine dunkle Wand prallte. Es schien, als würde er diese von sich fernhalten wollen. Barfuß stand er im Schnee und um ihn herum lagen zwei Menschen auf dem Boden, die tot schienen. In dieser schwarzen Wand, die aussah, als würde sie aus schwarzem Rauch bestehen, waren rote und gelbe Augenpaare skizziert, die Emely sofort an Kerans und Remorde erinnerten.

»Meinst du, er war auch ein Gezeichneter?«

»Ja, ich denke schon. Die Fähigkeit, Licht aus den Händen strahlen zu lassen, kann kein normaler Mensch bewerkstelligen, der mit dem Zauber des Schnees verbunden ist.«

»Hast du das gemalt?«

»Nein, sonst wüsste ich mehr darüber und außerdem ist das Bild einige Jahrhunderte alt. Der vorige Meister hatte darüber kein Wort verloren, als er mir all die archivierten Dinge der Wächter vor dir übergab.«

»Meinst du, es zeigt einen Kampf in einer Nacht der Wintersonnenwende?« Kaum hatte sie die Frage ausgesprochen, spürte sie ein feines Kribbeln in ihren Handinnenflächen.

»Ja, davon kann man ausgehen.« Johann entfernte sich wieder von dem riesigen Bild, um es in seiner ganzen Pracht betrachten zu können.

»Vielleicht ist das, also dass ich gezeichnet wurde, ja eine Art Hilfe des Zaubers, um mich morgen in der Nacht der Wintersonnenwende zu unterstützen?«

»Das wäre möglich, doch dann wird das definitiv keine gewöhnliche Nacht. Er muss wissen, dass wir in äußerst großer Gefahr sind. Es gab in vergangener Zeit viele Nächte der Wintersonnenwende, in denen der Zauber bis aufs Blut verteidigt werden musste. Keiner von den damaligen Wächtern wurde je gezeichnet – außer dieser eine hier!«

Ehrfurchtsvoll blickte Emely auf den Mann auf dem Bild und konnte nicht glauben, dass ihr ebenfalls diese Ehre zuteilwurde … Wobei sie sich nicht sicher war, ob das etwas Gutes war, denn wenn Johann mit seiner Aussage recht hatte, dann würde sie eine unheilvolle Wintersonnenwende erwarten.

»Lass uns runtergehen, mir ist gerade nach einem warmen Tee.«

Bevor es Tee gab, lief Emely ihre Hände betrachtend nach draußen und kniete sich intuitiv in den Schnee. Sie legte ihre Handrücken auf die Schneedecke, sodass sie ihre Innenflächen sah, und in dem Moment, als ihre Haut den Schnee berührte, leuchteten die Verästelungen golden auf. Fasziniert betrachtete sie das kleine Wunder, das sich vor ihren Augen abspielte. Dann lösten sich – ohne dass sie etwas gemacht hatte – golden leuchtende Schneekristalle und flogen sacht um Emely herum. Es sah aus, als würden sie tanzen.

Eine innere Ruhe breitete sich in Emely aus und sie erhob sich langsam, wobei die Kristalle weiter in die Höhe stiegen. Sie nahm ihre Hände vom Schnee und die Verästelungen erloschen langsam, als würde man eine Lampe dimmen. Die leuchtenden Schneekristalle sanken zu Boden und erloschen ebenfalls. Fragend schaute Emely auf ihre Handinnenflächen. Sie ging in die Hocke und berührte nochmals den Schnee, woraufhin sich wieder goldene Schneekristalle tanzend erhoben und um sie herum schwebten. Sie fühlte sich innerlich ganz ruhig und entspannt.

Als sie die Hände vom Schnee nahm, endete dieses wunderschöne magische Schauspiel. Testweise ließ sie ein paar Schneeskulpturen entstehen, um zu sehen, ob etwas anders war als sonst. Nichts, alles war wie zuvor. Nachdem eine hohe Straßenlaterne mit filigranen Verzierungen aus Eis, ein Adler, eine überdimensional große Blume und ein Cello aus Schnee im Garten standen, sah sie ein, dass sich in diesem Punkt absolut nichts verändert hatte. Komisch, dachte sie sich, denn da es wohl sehr außergewöhnlich war, gezeichnet zu werden, hatte sie sich mehr darunter vorgestellt.

Nach dem Essen schlenderte sie in den Wohnraum, um sich auf die Couch zu setzen und sich in eine Decke zu kuscheln. Die Stille löste ein beklemmendes Gefühl in ihr aus, doch die Wärme und das leise Prasseln des Kaminfeuers wischten dieses Gefühl weg und sie schlief nach wenigen Sekunden tief und fest ein.

Schneeflocken umgaben sie in einem tief verschneiten Wald. Eine starke Hand berührte sie von hinten, doch statt erschrocken herumzufahren, breitete sich ein Lächeln auf ihrem Gesicht aus und sie drehte sich langsam um. Grüne Augen schauten sie strahlend an und sie blickte zurück, wobei sich ein wohlig warmes Gefühl in ihr ausbreitete. Es war Justus!

Einige Schneeflocken begannen, golden zu leuchten, und tanzten um sie beide herum. Sie hielten sich an den Händen und ohne Vorwarnung schwebten sie gemeinsam dem Himmel entgegen – umgeben von Tausenden Schneeflocken.

Ein unbeschreibliches Gefühl breitete sich in Emely aus und sie versank in seinem Blick. Er beugte sich langsam zu ihr herunter, nahm ihren Kopf in seine Hände und küsste sie sanft auf den Mund. Seine Lippen schmeckten nach Schnee. Das

Verlangen pulsierte nun wie starke Wellen durch ihren Körper. Leidenschaftlich gab sie sich dem Kuss hin und er grub seine Hände in ihre langen Haare. Kurz lösten sie sich voneinander, um Luft zu holen und sich anzusehen, doch Justus' Blick veränderte sich plötzlich. Mit leeren Augen schaute er sie an. Emely wusste nicht recht, was mit ihm los war. Dann schwebte er langsam von ihr weg.

»Hilf mir«, hörte sie seine Stimme, obwohl er seine Lippen kein bisschen bewegte.

Beklemmung stieg in Emely auf und von einem Moment auf den anderen stürzte er unaufhaltsam in die Tiefe – dem Boden entgegen.

»Neeeiiin!« Emely versuchte ihn zu greifen, doch sie kam nur langsam voran. Verzweifelt streckte sie ihre Hand nach ihm aus, doch er war schon viel zu weit weg.

Dann prallte er auf dem Boden auf und sein Körper zerbarst in viele kleine Schneeflocken, die in alle Richtungen stoben. Entsetzt sah Emely auf die Stelle, auf der Justus nun liegen müsste, doch es war nichts zu sehen außer Schnee. Als sie den Boden mit den Füßen berührte, veränderte sich die Umgebung und sie fand sich auf freiem Feld wieder. Der Schock saß ihr noch in den Knochen und sie schaute fahrig in der Dunkelheit umher, doch sie erkannte kaum etwas. Abrupt hielt sie inne, denn sie nahm plötzlich zwei gelb leuchtende Augenpaare in der Dunkelheit wahr, die sie anstarrten. Remorde! Sie versuchte, ruhig zu bleiben, doch als ihr ein gelbes Augenpaar nach dem anderen aus der Dunkelheit entgegenblickte, stieg Angst in ihr auf.

Ihre Handinnenflächen begannen zu leuchten und mit einem Mal wurde sie hoch in die Luft gerissen. Das helle, verzerrte Lachen der Remorde hallte durch die Nacht. Dann spürte sie eine Hand an ihrer Schulter, die sie schüttelte.

Keuchend setzte sie sich auf und griff nach Johanns Arm, der sie wach gerüttelt hatte. »Es ist alles gut, atme tief durch, du bist in Sicherheit«, redete er beruhigend auf sie ein, während Emely sich immer noch an seinen Arm klammerte und versuchte, ruhiger zu werden.

»Es war wieder so ein Albtraum.« Keuchend und nassgeschwitzt ließ sie den Tränen freien Lauf.

Johann nahm sie fest in den Arm, bis sie sich wieder beruhigt hatte. »Vielleicht ist es doch besser, du verbringst den Rest der Nacht draußen im Schnee.«

Emely nickte und ging sofort mit Johann raus in den Garten. Er hob seine Hände und zauberte einen wunderschönen Schlafplatz für Emely, damit sie ungestört wäre. Eine lange Mauer aus Schnee umrandete ihren Schlafplatz. Sie war reichlich verziert und an einer Stelle war ein schmaler Durchgang, der von zwei Säulen eingefasst war.

»Danke, das sieht schön aus!« Sie wünschte Johann eine gute Nacht.

»Schlaf gut«, erwiderte er noch und legte sich neben ihren geschützten Schlafplatz in den Schnee. Emely stapfte vorsichtig durch den schmalen Eingang und zog erst einmal ihre Kleidung aus, die sie gefaltet auf den Boden legte. Dann machte sie es sich auf dem angenehm geformten Boden bequem und zog eine hauchdünne Decke aus Schneekristallen über sich. Die beruhigende Kühle breitete sich in ihr aus und sie schlief kurz darauf selig ein.

Der Keran

Heute ist es endlich so weit, dachte sich der Keran und rieb sich die Hände. Für ihn war es ein Festtag, denn er hatte heute die Gelegenheit, den Zauber des Schnees zu brechen.

Das würde ein Spaß für ihn werden und seine dunkle Magie nähren und wachsen lassen. Er würde nicht nur den Schnee verbannen, sondern auch die Macht über alle dunklen Geschöpfe erhalten, wenn er das Ritual erfolgreich vollbrachte. Vorsorglich stopfte er die Nahrung namens Pizza in sich hinein, denn er brauchte diesen Körper noch für seinen großen Auftritt und ohne Essen funktionierten diese weichen Hüllen nicht. Gierig verlangte der Körper nach dem Essen und der Keran vertilgte die komplette Mahlzeit. Er schmiedete einen Plan für heute, damit er noch spielen konnte.

Grausame, verwirrende Spielchen, die die Menschen in Angst und Schrecken versetzten, nährten seine dunkle Macht. Heute würde er den Zauber des Schnees brechen, denn er war nicht alleine … er würde diese Wintersonnenwende Unterstützung bekommen – aus der Dunkelheit! Sie würden seine Macht nicht anfechten, da er so nah dran war, die Herrschaft über all die dunklen Wesen zu erlangen. Wenn er sie also wider Erwarten brauchte, musste er sie nur rufen.

Sein grausames Lachen hallte durch sein Versteck.

»Guten Morgen, Meister.« Mit ernstem Gesichtsausdruck stand Emely vor dem fertigen Frühstück.

»Guten Morgen.« Nüchtern nickte er ihr zu.

Emely spürte seine Anspannung und diesmal war sie es, die ihre Hand auf seine Schulter legte. »Wir werden es schaffen«, sagte sie mit klarer Stimme zu ihm, woraufhin er versuchte, dankend zu lächeln, doch es sah eher so aus, als würde er das Gesicht verziehen.

»Lass uns frühstücken.« Emely deutete auf das volle Tablett und ging mit Johann in den Wohnraum. Als sie jedoch beide saßen, schaute Emely still auf ihre Kekse und bekam keinen Bissen herunter. Johann starrte ebenfalls stumm auf sein Frühstück.

»Vielleicht gehst du Justus gleich nach dem Frühstück besuchen, denn der Schutzwall wird ab heute Mittag an Kraft verlieren, bis er sich völlig auflöst …« Seine Worte durchbrachen das ernste Schweigen.

»Ja, das ist wohl am besten …« Sie bat den Zauber des Schnees darum, sie bis zur Mittagsstunde in seine Welt zu holen.

Emely fand sich zwischen umherwirbelnden Schneeflocken in der weißen Welt des Zaubers wieder. Der Baum aus Schnee stand noch da. Sie setzte sich darunter und lehnte sich an den breiten Stamm.

»Hallo, Emely«, hörte sie Justus' Stimme und drehte ihren Kopf nach oben. Er lehnte stehend am Baumstamm und schaute lächelnd zu ihr herunter.

»Oh … hey, ich habe dich gar nicht bemerkt.«

Justus setzte sich neben sie. Sein Arm berührte ihren und so saßen sie erst einmal still nebeneinander und fühlten der Wärme des jeweils anderen nach.

Emely spürte, dass ihr Herz schneller klopfte, und das Bedürfnis, seine Hand zu berühren, wurde immer stärker. Ihr Fokus veränderte sich plötzlich und sie nahm nun die ungewohnt schnell umherfliegenden Schneekristalle wahr.

»Irgendwas ist anders … wieso fliegen sie so schnell?«

»Es ist bald so weit, die Nacht der Wintersonnenwende ist ganz nah … Die Schneekristalle spiegeln seine Unruhe wider.«

Emely spürte diese Unruhe auch – und ihre eigene. »Ich wusste gar nicht, dass der Zauber des Schnees Gefühle haben kann … Ich meine … Es ist doch eigentlich keine Person, oder?«

Justus lachte kurz auf. »Den Zauber des Schnees zu ergründen, ist nicht möglich, genauso wie das Geheimnis der Nacht der Wintersonnenwende.« Er griff nach ihrer Hand.

Überrascht schaute Emely ihn an.

»Genauso unerklärlich wie Magie …«, sprach er leise und drehte Emelys Hand so, dass sie ihre leuchtenden Handinnenflächen sehen konnten.

»Die Linien leuchten wieder.« Emely prüfte auch ihre andere Hand, woraufhin Justus auch diese in seine nahm. Sie schauten auf den goldenen Schimmer der Verästelungen.

Das magische Licht strahlte ihre Gesichter sacht an und beide hoben die Köpfe, bis sie sich in die Augen sehen konnten. Langsam, sodass Emely das Gefühl kaum noch aushielt, näherten sie sich, bis sich ihre Lippen trafen und sie sich in den

Rausch der Gefühle fallen ließ. Statt eines vorsichtigen, zarten, zurückhaltenden Antastens, verschmolzen ihre Lippen leidenschaftlich miteinander, als würden sie sich schon ewig kennen, als würden beide dem jeweils anderen tief vertrauen.

Emely schmeckte seine Lippen, legte eine Hand um seinen Nacken, um ihn an sich zu drücken und hielt sich mit der anderen Hand an seiner starken Schulter fest.

Justus zog Emely ebenfalls fest an sich, vergrub seine Hand in ihren Haaren und hielt ihre Taille fest umschlungen. Kurz lösten sie sich voneinander, um Luft zu holen, wobei sie seinen heißen Atem auf ihrem Gesicht spürte. Justus drückte sie vorsichtig in den Schnee und beugte sich über sie.

Emely nahm die körperlichen Berührungen anders wahr, da sie ihren Körper in der menschlichen Welt zurückgelassen hatte. Sie waren nur nebensächlich und zart im Gegensatz zu der intensiven seelischen Gefühlswelt. Schwer atmend blickten sie sich tief in die Augen. Emely nahm nichts mehr um sich herum wahr, sie sah nur noch seine geheimnisvollen grünen Augen.

Nichts daran, dass sie seinen Körper immer deutlicher spürte, machte sie stutzig. Dann berührten sich ihre Lippen ganz sanft, so als wären sie aus zerbrechlichem, dünnem Eis. Sie nahm seinen Herzschlag wahr, genauso wie ihren. Die zarte Berührung der Lippen wurde deutlicher, gewohnter.

Emely machte sich keinerlei Gedanken, wie das überhaupt möglich war – in der Welt des Zaubers.

Johann sah Emely entsetzt an, deren Körper immer blasser wurde. »Emely?« Verwundert stand er auf und legte eine Hand auf ihre Schulter. Keine Reaktion! *Was passiert mit ihr*? Hilflos stand er da und beobachtete, wie sie immer mehr einem Geist glich. So etwas hatte er in all den Jahren noch nicht erlebt und konnte sich auch nicht daran erinnern, dass darüber in irgendeinem Buch oder auf einem uralten Pergamentfetzen eine Information stand.

»Okay, alter Mann … denk nach! Sie verblasst, aber sie ist noch da und sie befindet sich in der Welt des Zaubers … aber ansonsten sieht sie aus wie immer – nur schwindet sie …« Verzweiflung stieg in ihm auf und er schritt unruhig auf und ab.

»Das ist schön …«, sagte sie und bemerkte erst gar nicht, dass sie ihre eigene Stimme hören konnte wie in der Welt der Menschen.

»Ja, ich fühle mich das erste Mal seit Langem wieder lebendig – seit ich dich das erste Mal gesehen habe.« Seine Stimme war rau, woraufhin Emely sich aufsetzte, um ihm in die Augen zu sehen.

Sanft strich sie über sein Gesicht und über seine weichen Lippen. »Es muss einsam hier sein …« Weiter kam sie mit ihrem Satz nicht.

Justus setzte sich erschrocken auf und schaute sie mit großen Augen an. »Sag noch mal etwas«, forderte er sie hastig auf.

»Wieso? Was ist denn –«

Justus unterbrach sie wieder. »Ich kann deine Stimme hören! Ich meine … richtig … Du kannst sprechen!«

»Stimmt … das ist mir gar nicht aufgefallen.« Ein Lächeln breitete sich auf ihrem Gesicht aus. *Jetzt kann ich mich wenigstens normal mit ihm unterhalten*, dachte sie, doch ihr wurde erst klar, was das bedeutete, als Justus völlig außer sich die Hände über dem Kopf zusammenschlug.

»Du musst hier weg! Du warst zu lange hier … du wirst sonst nie wieder zurückkommen aus dieser Welt.«

Verdutzt schaute Emely ihn an und war sich nicht sicher, ob sie ihn richtig verstanden hatte.

»Es ist nicht mehr nur deine Seele, die hier ist …«

Als Emely verstand, was er da sagte, sah sie fahrig umher und Angst stieg in ihr auf. »Aber wie? Wie komme ich hier weg?« Mit großen Augen blickte sie hilflos in seine.

Johann

Johann stand immer noch ratlos und verzweifelt vor Emely, die nur noch ein Hauch von ihrem Selbst war.

Die Klingel der Haustür ließ ihn zusammenschrecken. Wer konnte das sein? Das war der ungünstigste Zeitpunkt, dachte er sich, und huschte zur Tür.

Schwungvoll öffnete er diese und erstarrte, als er in Raphaels Gesicht sah. *Das ist nun wirklich nicht der richtige Zeitpunkt für einen Besuch.* Doch wer wusste schon, wie lange er noch leben würde, und so konnte er wenigstens noch einmal seinen Enkel sehen. Der Zauber des Schnees hatte Emely als seine Wächterin erwählt, er würde sie schon wieder zurück lassen.

»Raphael, was für eine Überraschung! Komm doch kurz rein, ich habe leider nicht so viel Zeit«, begrüßte Johann ihn und versuchte, seine Nervosität zu überspielen.

»Hallo, Opa!«, sagte Raphael und trat ein.

»Lass uns in die Küche gehen, dann können wir reden, während ich dir dein Gebräu zubereite.« Johann lächelte ihn zwanghaft an. Er musste es schaffen, dass Raphael unter keinen Umständen ins Wohnzimmer gehen und Emely sehen würde. Während er den Kaffee für seinen Enkel aufbrühte, versuchte er, in Gedanken einen Weg zu finden, Emely zu helfen.

Emely

»Ich habe Angst, Justus!« Emely hielt sich an seinem Oberteil fest. »Ich muss wieder zurück, ich kann Johann in der Nacht der Wintersonnenwende nicht alleine lassen … was, wenn sie ihm etwas antun?«

»Versprich mir, dass du auf dich aufpasst!« Seine großen Hände strichen über ihr Gesicht und hielten es sanft fest.

Emely nickte und erwiderte seinen Blick.

»Gib mir deine Hände!«

Sie streckte ihm die Hände entgegen. Er drehte sie so, dass die Handinnenflächen mit den leuchtenden Linien nach oben zeigten und legte seine Hände unter ihre.

»Zauber des Schnees, nie habe ich dich um irgendetwas gebeten, doch heute braucht deine Wächterin deine Hilfe. Bring sie zurück in ihre Welt! Ich bitte dich darum …« Justus' Worte hallten bedeutungsvoll durch die tief verschneite Welt des Zaubers. Emely versank mit einem kribbelnden Gefühl in dem geheimnisvollen Grün seiner Augen.

Im nächsten Moment fand sie sich in Johanns Wohnraum wieder. Verwirrt blickte sie umher, atmete tief durch und schnappte sich einen Keks. Sie musste Johann sprechen! Schnell sprang sie auf und eilte zur Küche, da sie seine Anwesenheit dort spüren konnte.

»Johann, ich muss –«, doch weiter kam sie nicht und blieb wie angewurzelt im Türrahmen stehen.

»Emely! Gott sei Dank, dir geht es gut!« Er rief ihr die Worte entgegen, als hätte er sie Ewigkeiten nicht gesehen, umarmte sie kurz und deutete auf Raphael. »Das ist mein Enkel!«

Erstarrt hielt Emely in ihrer Bewegung inne. »Raphael«, entfuhr es ihr leise, da ihre Stimme wie eingefroren schien. Es war ein komisches Gefühl, denn der Keran hatte sich noch nicht offenbart und so schaute der vermeintliche Raphael sie mit seinen blauen Augen an. Schmerzlich erinnerte sie sich an den Moment, als sie herausgefunden hatte, was mit Raphael geschehen war.

»Ja genau, woher kennst du seinen Namen?« Verblüfft musterte Johann sie.

»Das ist mein Freund … gewesen!« Stockend presste sie die Worte hervor.

Als Johann hin und her blickte, verstand er allmählich. »Du meinst …?« Ungläubig brach er mitten im Satz ab.

Beide starrten sie nun *Raphael* an.

»Mein Freund ist dein Enkel … war dein Enkel.«

»Nein …«, hauchte er entsetzt und seine Augen füllten sich mit Tränen. »Nein! WARUM?« Er brüllte den Keran fassungslos an, woraufhin Emely zusammenzuckte.

Stille!

Der Glanz aus Raphaels einst lebendigen Iris wich und der Keran schaute sie nun durch seine stumpfen Augen an. Er warf seinen Kopf zurück und ein grausames, höhnisches Lachen erfüllte die Küche. »Er war so voller Hass, dein lieber kleiner Enkel«, sprach er nun mit seltsamer Stimme.

Johann ballte seine Hände zu Fäusten und stand mit bebendem Oberkörper da.

»Jaja, Rache kann so süß sein … hat sich das alles etwas anders vorgestellt, dein Enkel …« Während er mit seiner gedehnten Stimme sprach, fixierte er Johann mit leeren Augen.

Emely stand immer noch wie gelähmt da.

»Und dass du auch noch seine Freundin warst … besser hätte es gar nicht kommen können!« Er richtete das Wort an Emely und durchbohrte sie mit seinem leeren Blick. Schritt für Schritt kam der Keran auf sie zu. »Ich hatte so viel Spaß mit dir … dieser Körper hier, in dem ich stecke, hat dich so gern berührt und deine Wärme gespürt …«

Emely spürte den Atem, während er die Worte dicht an ihrem Ohr aussprach. Ihr wurde schlecht, sie hörte ihr Herz laut klopfen und in Gedanken war sie bei dem Nachmittag, an dem Raphael so kalt zu ihr gewesen war und nur ihren Körper gewollt hatte. Dass es nicht Raphael war, sondern der Keran, ließ sie schwer atmen. Sie fühlte sich benutzt und dreckig.

»Geh weg von ihr!« Johann hatte seine Fassung wiedererlangt und stieß den Keran von Emely weg.

Dieser stolperte nach hinten, doch brach wieder das gehässige Lachen aus ihm heraus.

Von Johann ausgehend traf eine Welle der Fassungslosigkeit Emely, obwohl sie sich nicht auf ihn konzentrierte. Es musste hart für ihn sein, dass es seinen Enkel erwischt hatte. Gerade jetzt, wo er wieder Kontakt zu ihm aufgenommen hatte, doch war das wahrscheinlich nur ein Vorwand gewesen, um an das Buch zu kommen. Die Fassungslosigkeit verschwand so schnell, wie Emely sie gespürt hatte. Sie sah Johanns entschlossenen Gesichtsausdruck.

Emely verband sich innerlich mit dem Zauber des Schnees und kurz darauf flogen ein paar Schneekristalle von draußen durch die offene Terrassentür und tanzten vor dem Keran in der Luft. Statt jedoch ängstlich zu weichen, gab der Keran einen seltsamen, belustigten Laut von sich. »Denkst du, das wird mich verjagen? Die Nacht der Wintersonnenwende ist nur noch wenige Schritte entfernt – die Gesetze heben sich bereits auf!«

Emely und Johann sahen sich entsetzt an. Es war so weit! Doch bevor sie handeln, überhaupt irgendeinen klaren Gedanken fassen konnten, wurden sie beide in Dunkelheit gehüllt. Emely hörte noch den Aufprall von Johanns Körper, bevor sie ebenfalls das Bewusstsein verlor.

Kapitel 24

Das Erste, was Emely wahrnahm, war ihr Körper, der schwer auf dem kühlen Boden lag. Dann roch sie den Duft des verschneiten Waldes und öffnete langsam die Augen. Verschwommen erspähte sie weiter weg die Bank auf dem Aussichtspunkt, neben der immer noch ihr Schneemann stand, den sie als allererste Figur geschaffen hatte. Desorientiert richtete sie sich fahrig auf. Als sie Raphael entdeckte, sprang sie auf und stolperte rückwärts, bis sie gegen einen Baum stieß und keuchend vor Angst stehen blieb. Auch wenn sie den letzten Moment vergessen hatte: Sie wusste bereits, dass der Keran den Platz von Raphaels Seele eingenommen hatte und dass es nun so weit war. Die Nacht der Wintersonnenwende war gekommen, sie spürte es!

Die Atmosphäre hatte sich verändert. Es lag eine wahnsinnige Anspannung in der Luft, als würde die ganze Welt den Atem anhalten.

»Du hast ihn umgebracht«, hörte sie sich laut zu dem Keran sagen. Sie war überrascht darüber, dass ihre Stimme so kraftvoll klang.

»Ja, und das war ein wunderschöner, grausamer Moment, wie er geschrien und gedacht hatte –« Genüsslich leckte sich der Keran über die Lippen.

»HÖR AUF!!« Entsetzt brüllte sie ihn an, denn sie konnte diese Worte kaum aushalten. Bebend vor Fassungslosigkeit hielt sie dem leeren Blick des Kerans stand.

Von einem Moment auf den anderen ging sie intuitiv in die Knie und legte die Hände auf den Schnee. Dann breitete sich ein helles goldenes Leuchten aus, das von ihren Handinnenflächen ausging. In ihrem Kopf explodierte ein Feuerwerk von Bildern. Bilder, die der Keran aus ihrem Kopf gelöscht hatte … alles kam zurück! Nachdem sie bei dem jetzigen Moment ankam, nahm sie schwer atmend die Hände vom Schnee. Überwältigt von dem, was sie gerade vor ihrem inneren Auge gesehen hatte, versuchte sie sich zu fokussieren. »So lange schon … so lange schon treibst du dein Unwesen?« Immer noch keuchte sie.

Der Keran sah sie fragend aus leeren Augen heraus an. »Wie kannst du das wissen? Ich habe es aus deinen Gedanken gelöscht.« Wütend fixierte er sie.

Emely stand auf und blickte auf ihre Handinnenflächen, die nun wieder langsam erloschen. Das also brachte es mit sich, wenn man gezeichnet wurde.

»Sei es drum. Ich nehme mir einfach das, was ich brauche –

dein Blut!«, stieß er laut hervor. Schwarze, rauchartige Masse glitt aus Raphaels Brustkorb und nahm eine zerrissene Gestalt an.

Raphaels Körper sank schlaff und leblos zu Boden. Kurz fiel Emelys Blick traurig auf seinen Körper, doch dann wandte sie sich dem Keran zu. Zwei rote Augen schauten ihr aus der dunklen Materie entgegen. Er flog gemächlich auf sie zu.

»Es ist so weit, du wirst sterben! Und ich werde mit deinem Blut das Ritual vollbringen!«

Laut hörte sie die Stimme des Kerans in ihrem Kopf, woraufhin sie angstvoll ihre Hände auf die Ohren presste. Vor Angst keuchend versuchte sie die Kontrolle über ihren Körper zu erlangen und sich zu fokussieren, so wie sie es gelernt hatte.

Es gelang ihr und im nächsten Moment sauste ein riesiger Pfeil aus hartem, festem Schnee auf den Keran zu. Mit einem hohlen Lachen wich er aus und flog so schnell um Emely herum, dass sie nur noch schwarze Streifen wahrnahm. Ihr wurde schwindelig und ungewöhnlich kalt, obwohl sie barfuß im Schnee stand. *Konzentriere dich auf deine Füße*, ging es ihr durch den Kopf und sie versuchte, einen klaren Gedanken zu fassen.

Mit einem Mal ging von ihr ein heftiger Windstoß aus, der sämtliche Schneeflocken mitriss und den Keran einige Meter von ihr weg wirbelte. Überrascht von dieser Macht, die sie in sich gespürt hatte, als sie sich mit dem Zauber verbunden hatte, wich die Angst ein wenig aus ihrem Körper. Den Keran ließ sie keine Sekunde aus den Augen.

»Du bist stärker, als ich dachte …« Der Keran bewegte sich langsam, fast unmerklich zu Raphaels Körper. »Wollen wir doch mal sehen, ob du dich auch noch verteidigen kannst«, mit gedehnter Stimme sprach er Wort für Wort aus, »wenn dein ach so geliebter Raphael vor dir steht und dir all das Grausame antut … Er hat dich VERRATEN!« Das letzte Wort schrie er ihr entgegen und er drang wieder in Raphaels Körper ein.

»Er wusste es nicht … er wusste nicht, dass ich die Wächterin bin.« Kopfschüttelnd blickte sie zu Boden. Sie konnte sich nicht vorstellen, dass Raphael sie bewusst verraten hätte. Schließlich hatte sie nie ein Wort darüber verloren, wer sie wirklich war. Plötzlich rannte Raphaels Körper auf sie zu und presste sie hart gegen den nächsten Baumstamm. Er war ungewöhnlich stark, Emely spürte etwas in ihrem Rücken knacksen und ein starkes Stechen breitete sich aus. Ihr blieb durch den Aufprall und den Schmerz kurz die Luft weg. Die leuchtenden Augen wurden stumpf und starrten sie an.

»Was jetzt? Ach, ihr Menschen seid viel zu gebrechlich«, flüsterte er nah an ihrem Gesicht.

Emely wich dem Blick dieser leeren Augen aus, doch der Keran packte ihre Haare, riss ihren Kopf ruckartig zur Seite und ließ seinen Fingernagel Zentimeter für Zentimeter schmerzvoll über ihre linke Wange gleiten. Sie spürte, wie der Fingernagel in ihr Fleisch drang. Entsetzt nahm sie ein Brennen und warmes Blut auf ihrem Gesicht wahr. Ihr Blut durfte unter keinen Umständen den Schnee berühren!

»Dein Blut wird mit dem Schnee verschmelzen. Ich werde die Macht über alle dunklen Wesen erlangen und der Zauber des Schnees wird BRECHEN!« Bevor er die Wunde jedoch vertiefen konnte, wurde er von ihr weggerissen und fiel zu Boden.

Der große Hirsch war gekommen und stand schnaubend vor Emely. »Danke!« Sie keuchte vor Schmerzen und ging in die Knie. Ihr war schlecht. Der Hirsch senkte seinen Kopf und sprang mit einem Satz auf den Keran zu. Er hob ihn mit seinem riesigen Geweih hoch und schmetterte ihn gegen den nächsten Baum. Das Geräusch von brechenden Knochen und ein dumpfer Schlag ließen Emely erschaudern.

Der schmerzerfüllte Schrei des Kerans ging in ein Lachen über und er verließ Raphaels Körper. Der Hirsch stampfte auf und Emely sah, wie sich Tausende Schneekristalle um den Keran versammelten und ihre Kreise immer enger zogen. Schlagartig stoben die Kristalle in alle Richtungen davon. Der Keran schwebte unverletzt vor dem Hirsch und griff ihn erbarmungslos an. In der eisigen Luft manifestierten sich nachtdunkle Pfeile aus Eis, die auf den Hirsch zu jagten.

»Nein!« Sie wollte aufspringen und sich schützend vor den Hirsch stellen, doch ihr wurde schwarz vor Augen, da die Schmerzen unerträglich wurden.

In dem Moment, als sie wieder klar sehen konnte, ging der Hirsch, dessen Körper von mehreren Pfeilen durchbohrt war, in die Knie. »Nein«, hauchte Emely verzweifelt und streckte die Hand nach ihm aus, woraufhin viele goldene Schneeflocken zu ihm schwebten und sich auf sein Fell legten. Lediglich die schwarzen Pfeile zerbarsten und wurden eins mit der Nachtluft. Ansonsten geschah nichts … Es war zu spät! Sie konnte ihn nicht mehr retten … Das Leuchten in den Augen des Hirsches erlosch und Emely hatte das Gefühl, als würde ein Teil in ihrem Inneren ebenfalls gehen.

Tränen füllten ihre Augen, doch das Lachen des Kerans ließ ihr die Zeit des Abschieds und der Trauer nicht. Schwerfällig rappelte sie sich unter starken Schmerzen auf, um ihrem Gegner in die Augen zu sehen.

»Nie wieder sollst du jemanden töten!« Eine riesige Kugel aus schwirrenden Schneekristallen entstand vor ihr, die immer größer und größer wurde. All ihre Emotionen ließ sie hineinfließen, denn sie hatte gelernt, dass diese eine unvorstellbare Macht bei ihr als Wächterin hatten. Mit einem lauten, schmerzvollen Aufschrei schmetterte sie dem Keran die Kugel entgegen. Er wurde in viele dunkle Fetzen zerrissen, die sich in der Luft verteilten, während sein Schrei in Emelys Kopf widerhallte. Die nachtschwarzen Fetzen seiner einst formlosen Gestalt schwebten fast bewegungslos in der Luft.

»Zauber des Schnees, ich stehe im Bund mit dir, heile mich!« In rasanter Geschwindigkeit stiegen Schneekristalle empor, flogen um sie herum, leuchteten golden auf und heilten sie. Das war die Magie der Wintersonnenwende, denn normalerweise geschah das alles behutsamer. Dankbar, dass der Schmerz vorüber war, atmete sie tief durch und stapfte zu dem Hirsch, der tot im Schnee lag.

Ihre Hände berührten seinen noch warmen Körper, doch sie konnte ihn nicht mehr spüren. Seine Seele war schon auf der anderen Seite angekommen. Ihre Handinnenflächen leuchteten auf, doch nichts geschah. So mächtig und magisch der Zauber war, Tote kamen nicht wieder zurück. Das war wohl eine Gesetzmäßigkeit, die sie akzeptieren musste.

Emely senkte den Kopf und als sie mit ihrer Stirn den Hirsch berührte, rannen Tränen über ihr Gesicht. Auf einmal sah sie alles durch einen rötlichen Schleier. Bestürzt strich sie sich daraufhin mit der Hand über das Gesicht. War es das Blut des Hirsches, das an seinem Körper klebte, oder etwa ihr eigenes? Da spürte sie den tiefen Kratzer, den der Keran ihr zugefügt hatte. Er war immer noch da! Verwundert, da der Zauber eigentlich alles heilte, wischte sie schnell die Tränen ab, damit das Blut nicht den Boden berührte. Seltsam … es war doch einiges anders in der Nacht der Wintersonnenwende!

Ein hohes herzloses Lachen echote plötzlich durch den Wald. Stutzig hob sie den Kopf. Es schien aus verschiedenen Richtungen zu kommen und im nächsten Moment wurde Emely klar, von welchem dunklen Wesen dieses Lachen kam: Remorde! Fahrig blickte sie umher, doch sie konnte nichts in der Dunkelheit erkennen, die mittlerweile den Tag abgelöst hatte. Es mussten unzählige sein, denn das Lachen wurde immer lauter und eines überschnitt sich mit dem anderen. Angst stieg wieder in ihr auf und ließ sie schwerer atmen – es war noch nicht vorbei!

Johann

Johann war vor wenigen Minuten erwacht und hatte bereits das ganze Haus nach Emely abgesucht, nachdem er festgestellt hatte, dass der Schutzwall nicht mehr seinen Zweck erfüllte und die Dämmerung begonnen hatte. Er spürte die Veränderung der Atmosphäre und schritt nervös im Raum auf und ab. Sie war in Gefahr, das konnte er spüren. Es war so weit! Bevor er jedoch den Zauber darum bat, ihn zu Emely zu führen, eilte er zum Telefon und rief bei Elli an. Er wollte sich verabschieden …

Nachdem es dreimal geklingelt hatte, nahm Elli ab. »Hallo, Elli, hier spricht Johann.« Hastig sprach er in den Hörer.

»Johann, schön, mal wieder von dir zu hören!«

»Wie geht es dir, Elli?« Er war so kurz angebunden wie möglich, da er schnellstmöglich zu Emely wollte, doch so viel Zeit musste sein.

»Gut, danke!«

»Elli, ich möchte, dass du und Raphael wiss-«, begann er, doch er wurde von Elli unterbrochen.

»Wer?«, fragte sie nach.

»Raphael!« Johann wunderte sich darüber, dass sie nochmals nachfragte.

»Ich kenne keinen Raphael.«

Johann ließ fast den Hörer fallen. In seinem Kopf setzte sich ein Puzzleteil nach dem anderen zusammen und seine Überlegungen, ob vielleicht Raphael etwas mit der Sache des Kerans zu tun hatte, nahmen plötzlich Gestalt an. Er traute sich kaum zu fragen, doch er musste es tun: »Bist du dir absolut sicher?«

»Hier wohnt kein Raphael! Das wüsste ich ja wohl … Hör auf, solche Scherze zu machen oder hast du dich mit meinen Freunden abgesprochen? Die fragen mich auch immer nach so einem Raphael …« Ellis Stimme klang genervt.

»Ich muss Schluss machen, es tut mir leid! Ich hoffe, wir hören die Tage voneinander!« Wie angewurzelt stand er mit dem Hörer in der Hand da. Also doch! Sein Gefühl, seine Intuition hatte ihn die ganze Zeit warnen wollen. Gedankenverloren und mit zitternder Hand legte er den Hörer auf.

»Was hast du bloß getan, Junge?!«, hauchte er erschüttert, doch im nächsten Moment hatte er sich gefasst und rannte nach draußen. »Zauber des Schnees, ich stehe im Bund mit dir. Bring mich zu deiner Wächterin!« Aus seinem Garten kam ein Hirsch aus Schnee angelaufen. Es war eine der Skulpturen, die Emely gezaubert hatte. Mit einem großen Satz sprang er auf und der Hirsch galoppierte in rasantem Tempo in die unheilvolle Nacht.

In der Dunkelheit tauchte ein leuchtend gelbes Augenpaar nach dem anderen auf. Emely versuchte, den Überblick zu behalten, doch es waren zu viele. Unweigerlich musste sie an ihren Traum denken, wie die alte Frau sie verzerrt angeschrien hatte, dass sie sich vor den Remorden in Acht nehmen solle. In dem Augenblick, als sie daran dachte, wie sich im Traum diese kalte Hand angefühlt und in ihre Haut gebohrt hatte, spürte sie die Finger auf ihrer Schulter.

Entsetzt fuhr sie herum und blickte in die gelben Augen eines Remordes. Ein Schrei entfuhr ihr und sie drückte das Wesen intuitiv weg. Seine Haut zischte unter ihrer Hand kurz auf, als würde jemand etwas auf eine heiße Herdplatte legen. Ein verzerrter heller Schrei entfuhr ihm und dort, wo Emely ihn mit ihrer Handinnenfläche berührt hatte, floss gelb leuchtende Flüssigkeit heraus. Er glitt dem dunklen Himmel entgegen, an dem kein einziger Stern zu sehen war, und verschwand im Nichts, woraufhin ein Blitz die Dunkelheit erhellte und sich darin verlor.

Emely bemerkte, dass keine Wolken am Himmel waren, die die Sterne verdeckten. Der Himmel war leblos, schwarz. Einen kurzen Blick warf sie auf ihre Hände, doch dann griffen mehrere Remorde gleichzeitig an. Emely versuchte, sich mithilfe der magischen Schneekristalle zu wehren, doch sie hatten keinerlei

Wirkung. Nur ihre Hände konnten den Remorden schaden und sie somit von ihr fernhalten.

Angstvoll schlug sie um sich und jedes Mal, wenn sie einen Remord berührte, durchzuckte ein eiskalter Schauer ihren Körper und das Licht eines Blitzes durchbrach für den Bruchteil einer Sekunde die Nacht.

Trotz, dass sie schon mehrere Remorde auslöschen konnte, wurden es immer mehr. Es wimmelte nur so von diesen tödlichen Kreaturen. Mit einem Ruck wurde sie von mehreren nach hinten gerissen und fiel hart in den weichen Schnee. Bevor sie sich wehren konnte, hatten zwei von ihnen jeweils einen Arm von ihr gepackt und drückten sie fest in den Schnee. Ihre spitzen Finger gruben sich schmerzvoll in Emelys Fleisch. Keuchend versuchte sie, sich los zu strampeln, doch kurz darauf wurden auch ihre Beine von diesen schrecklichen Wesen festgehalten.

»Nein!«, schrie sie, doch sie hatten eine unvorstellbare Kraft und sie kam nicht dagegen an. Dann spürte sie zwei kalte, knochige Hände, die ihren Kopf festhielten. Die Kälte und der Schmerz wurden unerträglich. Ihr Herz schlug so stark, dass sie es bis in ihren Kopf hörte, und ihr Atem ging stoßweise. Dann tauchten zwei leuchtende Augen direkt vor ihrem Gesicht auf und starrten sie an.

»Nein, ich will nicht sterben – ich darf nicht sterben!« Sie war außer Atem, da sie mit aller Kraft versuchte, sich loszureißen. Umgehend schloss sie die Lider, denn wenn sie eine halbe Minute lang in diese gelb leuchtenden Augen blickte, würde sie sterben.

Hohes Gelächter breitete sich aus und dann spürte sie, wie kalte Finger nach ihren Augenlidern griffen und sie öffnen wollten. Emely verzog ihr Gesicht, versuchte den Kopf so gut es ging zu drehen, doch die kräftigen Finger des dunklen Wesens, das gerade mal so groß wie ein Kind war, öffneten ihre Lider, wobei einer der Finger tief in ihre Haut schnitt.

Sie fühlte Blut heraussickern. Emely konnte diese Ausweglosigkeit kaum noch ertragen. Ihr entfuhr ein langer, qualvoller Schrei. Und dann blickte sie gezwungen in die tödlichen Augen.

Sekunde um Sekunde verstrich – Sekunde um Sekunde kam sie ihrem Tod näher. Anfangs versuchte sie sich noch zu wehren, doch dann starrte sie resigniert in diese gelben Iris.

Das ist also mein Ende. Ich habe versagt, ich konnte den Zauber des Schnees nicht beschützen. »Entschuldigt …«, hauchte sie. Eine Träne rann an ihrem Gesicht hinab und brannte in einer der Wunden.

»*Das Blut einer Wächterin aus einer Wunde, die durch einen Keran zugefügt wurde, darf den Boden in der Nacht der Wintersonnenwende nicht berühren*«, hörte sie Justus' Stimme im Unterbewusstsein, doch sie hatte keine Kraft mehr, um ihren Kopf abzuwenden oder das Blut wegzuwischen.

Allmählich spürte sie, wie ihre Kräfte sie verließen und sie kaum noch den Boden unter sich spürte. Noch zwei Sekunden war sie vom Tod entfernt.

Dann waren die zwei Sekunden vorbei.

Johann

Johann sprang vom Hirsch und ließ Tausende spitze Pfeile auf die Remorde zurasen. Der Hirsch erstarrte in seiner Bewegung und stand anmutig als Skulptur neben dieser grausamen Szenerie.

»Verschwindet! Lasst sie in Ruhe!«, rief Johann durch die Nacht und seine Worte vermischten sich mit dem hohen, hellen Lachen der Remorde.

Sie ließen von Emely ab, die reglos und mit mehreren Wunden am Körper im Schnee lag. Johann legte eine Hand auf den Boden, murmelte in rasantem Tempo einen Zauber und hoffte inständig, dass er auch in dieser Nacht wirken würde – trotz der Gesetzmäßigkeiten der Wintersonnenwende. Schneekristalle, rot leuchtend, stiegen empor und hielten die Remorde davon ab, wieder näher zu kommen. Johann spürte die Spannung in der Atmosphäre, die ins Unermessliche stieg.

Er sprang zu Emely, ließ sich neben ihr nieder, wollte schon ihren Kopf anheben, als er das Blut sah, das über Emelys Gesicht lief und kurz davor war, den Boden zu berühren. Ohne zu zögern, streckte er seine Hand aus. Der Blutstropfen fiel, doch berührte er nicht den Schnee, sondern Johanns Hand.

Sie lebte noch, er war rechtzeitig gekommen! Schnell wischte er mit seinem Ärmel das Blut ab und tupfte die anderen blutigen Stellen an Emelys Körper ebenfalls trocken, um sicherzugehen, dass nicht der kleinste Tropfen den Weg auf den schneebedeckten Boden finden könnte.

»Zauber des Schnees, ich stehe im Bund mit dir! Heile deine Wächterin, denn die Nacht ist noch nicht vorbei.« Gebieterisch verließen die Worte seinen Mund und in dem Moment, als sich goldene Schneekristalle aus dem Boden lösten, fuhr Johann herum, denn ein grausames Lachen zerriss abermals die Stille.

Tiefschwarze Fetzen, die in der Luft schwebten, fügten sich

allmählich zusammen. Mit zusammengezogener Stirn stand Johann auf, wodurch die heilenden Schneekristalle wieder herabsanken. Die Heilung wurde unterbrochen. Das hohe Lachen der Remorde vermischte sich mit dem grausamen Lachen des Kerans. Er flog mühelos durch die rot leuchtenden Schneekristalle und ein bitterer Kampf begann.

Johann stand anfangs einfach nur da, bewegte sich keinen Millimeter und feuerte eine Schneekugel nach der anderen auf den Keran ab. Durch seinen Hass auf dieses Wesen wurden die Schneekugeln zu mörderischen Geschützen. Der Keran wich aus und holte zum Gegenangriff aus. Schwarze, rauchartige Fetzen lösten sich aus seinem Körper und als sie auf Johann zuflogen, verwandelten sie sich in wild umherfliegende Pfeile, die unkontrollierbar auf ihn zuschossen. Konzentriert ließ er eine dicke Wand aus Schnee vor sich entstehen und es schien tatsächlich so, als würde die Wand die Pfeile abhalten. Rasch drehte er sich zu Emely und begann mithilfe des Zaubers, sie weiterzuheilen. Ein zischendes Geräusch ließ ihn erschrocken herumfahren, doch als er die Pfeile sah, die sich durch die magische Wand gekämpft hatten, war es zu spät. Er konnte sich noch abwenden, doch einige durchbohrten schmerzvoll seinen Arm. Ein Schrei entfuhr ihm und als wäre dies nicht genug, traf ihn ein heftiger Windstoß, warf ihn zu Boden und trieb ihn ein paar Meter vor sich her. Reglos blieb er liegen.

Emely

»Jetzt zu dir – Wächterin! Deine Zeit ist gekommen!« Eine grausame Stimme hallte in Emelys Kopf wider und ließ sie schwerfällig die Augen öffnen. Ihr Blick fiel auf Johann, der ein Stück weiter weg reglos auf dem Boden lag. *Hoffentlich lebt er noch.* Als sie ihren Kopf drehte, um in den Himmel zu sehen, da sie überhaupt kein Zeitgefühl hatte, blickte sie in die Augen eines Kerans.

Die Nacht war noch immer nicht vorbei! *Hat er meinen Angriff etwa überlebt oder ist das ein weiterer Keran?*

»Denkst du wirklich, du kannst mich so leicht auslöschen, Menschenmädchen?« Eine dunkle Hand formte sich aus seinem wabernden Körper, die nach Emelys Gesicht greifen wollte. Bevor er sie berühren konnte, rollte sie sich über den Boden zur Seite und ließ eine Windhose aus Schnee unaufhaltsam auf ihn zupreschen.

Er wurde durch die Luft gewirbelt, bis er taumelnd einige Meter von ihr entfernt schweben blieb. Das Schwarz des Wesens schien ein wenig verblasst und Emely drehte sich zu Johann. Doch als sie zu ihm stakste, hörte sie etwas dicht an ihrem Ohr vorbeifliegen. Entsetzt drehte sie sich um, hob die Arme und ließ einen Hagel feiner spitzer Nadeln aus Eis auf den Keran niederprasseln. Geschickt wich er aus, doch zwei der spitzen Nadeln durchstachen ihn. Wütend schrie er auf und schwarzes Blut, so schwarz wie die heutige Nacht, strömte heraus. Als das Blut den Boden berührte, züngelte ein schwarzes Feuer auf, welches ein Loch in den Schnee brannte und sofort erlosch. Ein seltsamer Schmerz durchzuckte Emely und sie presste aufschreiend die Hände gegen ihren Oberkörper. Entsetzt und verwirrt, was mit ihr geschah, krümmte sie sich, doch der Schmerz ließ sogleich nach.

Der Keran trennte einen Fetzen, aus dem das Blut tropfte, von seiner Gestalt ab und ließ ihn zu Boden sinken. Sobald dieser den Schnee berührte, geschah das Gleiche noch mal. Ein schwarzes Feuer züngelte auf, brannte ein Loch in den Boden und Emely schrie auf vor Schmerz. Diesmal konnte sie sich kaum auf den Beinen halten und kurz sah sie nur schwarze Flecken vor ihren Augen. Der Schmerz breitete sich von ihrem tiefsten Innern durch den ganzen Körper aus. Als er wieder versiegte, verstand sie, was da mit ihr passierte. Sie war mit dem Schnee verbunden … Das Feuer hatte die Schneekristalle zerstört, ihre Seelen wurden somit vernichtet und sie konnte diesen Schmerz spüren.

Traurig blickte sie auf die Stelle, wo sie nur noch dreckigen Boden sehen konnte. Den Keran schien es nun nicht mehr zu stören, dass er sich von einem Teil seiner dunklen Materie getrennt hatte, und griff Emely erneut an. Eine starke dunkle Windböe warf sie zu Boden. Sie hatte das Gefühl, als würden ihre Rippen nicht mehr an der Stelle sitzen, wo sie sein sollten. Trotz der Gefahr blieb sie reglos und leidend liegen. Langsam, fast schon genüsslich, flog der Keran zu ihr und beugte sich gemächlich über sie.

Emely hob ihre Hand und ließ einen Schutzschild aus Schnee vor sich entstehen, damit er ihr nicht näher kommen konnte. Sie musste sich etwas einfallen lassen … Doch dann passierte etwas, das ihr den Atem stocken ließ, denn der Schutzschild wurde immer schwächer und war an einigen Stellen nicht einmal geschlossen. Wie vorhin formte sich eine schemenhafte dunkle Hand aus seinem fetzenartigen Körper, die nach Emely griff. Gedanklich spürte sie diese schon an ihrem Hals, doch leuchteten Emelys Handinnenflächen plötzlich hell auf. Der Keran wich geblendet von dem Licht der Gezeichneten zurück und dann geschah etwas Außergewöhnliches – etwas Magisches. Schneekristalle flogen von überall her auf Emely zu und erstrahlten in einem wunderschönen goldenen Licht. Sie spürte, wie ihr Körper in die Luft gehoben wurde. Ihre Kleidung war seltsamerweise verschwunden und die leuchtenden Schneekristalle schwebten rasch um ihren nackten Körper.

Mindestens zwanzig Meter hoch befand sie sich in der kalten Nachtluft, doch statt Angst zu haben, fühlte sie sich wohl und war fasziniert von dem, was gerade passierte. Eine ungeheuer starke Energie breitete sich in ihrem Körper aus. Dann streckte sie intuitiv ihre Arme dem schwarzen Himmel entgegen. Helles Licht strahlte von ihrem Körper und die Schneekristalle schmiegten sich an sie. Dann erloschen sie und Emely schwebte sacht hinunter und war in ein wunderschönes Kleid aus hauchzarten Schneekristallen gehüllt. Ihre Handflächen leuchteten immer noch und kurz bevor sie den Boden mit ihren nackten Füßen berührte, rief sie kraftvoll in die Nacht der Wintersonnenwende: »Ich bin die Wächterin dieser Zeit!« Sobald sie fest stand, breitete sie ihre Arme aus und ließ eine starke Druckwelle von sich wegrollen, die das Lachen der dunklen Kreaturen verstummen ließ. Aufrecht, kraftvoll stand sie da, bereit, dem Bösen ein Ende zu bereiten. Sie hatte wieder Kraft und all der Schmerz war weg – sie war geheilt.

»Das werden wir noch sehen … Ich rufe euch!«, rief der

Keran laut und die Nacht wurde erfüllt von dem grausamen, seltsamen Lachen vieler Kerans.

Ein Schauer ging durch Emelys Körper und als sie nach oben sah, erblickte sie mindestens hundert Kerans, die ihr mit roten Augen entgegenstarrten. Panik eroberte ihren Körper. Gerade hatte sie wieder Hoffnung geschöpft, und jetzt das … *Das sind zu viele*, ging es ihr fieberhaft durch den Kopf. Sie zwang sich, ruhig zu bleiben. Es gelang ihr nicht wirklich und ihr Blick flog immer wieder zu Johann, der nach wie vor reglos und blutend am Boden lag. Sein Arm war völlig durchlöchert, aber auch aus seiner Nase und über seine Wange rann Blut.

Emelys Herz raste. Furcht über die Aussichtslosigkeit stieg in ihr auf.

»HOLT MIR IHR BLUT!« Das verzerrte Schreien des Kerans vermischte sich mit dem grausigen Lachen und die dunklen Kreaturen schwebten immer näher auf sie zu.

Das darf nicht passieren, ich muss etwas machen, ich will nicht sterben und ich will auch nicht, dass Justus oder Johann sterben müssen. Es darf nicht alles umsonst gewesen sein! Ihre Gedanken sprangen hin und her und als ihr Blick abermals auf Johann fiel, musste sie an das Bild in seinem Haus denken, auf dem ein Mann zu sehen war, bei dem Licht aus den Händen gegen eine dunkle Wand strahlte.

Es war der einzige Wächter vor ihr gewesen, der ebenfalls gezeichnet worden war. Entschlossen, nichts unversucht zu lassen und die Macht des einen Wunsches, der einen Bitte mit ihrer Macht zu koppeln, hob sie ihre Hände empor.

»Zauber des Schnees, ich stehe im Bund mit dir! Du hast mich gezeichnet, ich bin deine Wächterin und werde dich beschützen. Erfülle mir diesen einen Wunsch, den ich in dieser Nacht habe: Vertreibe diese dunklen Wesen!« Mit erhobenen Armen stand sie den mörderischen Kerans und Remorden gegenüber, die sich unter sie gemischt hatten. Schwer atmend riss sie ihre Arme empor.

Stille – zerreißende Stille!

Nur ihr Atem ging laut und stoßweise. Eine gefühlte Ewigkeit geschah gar nichts, doch dann strahlten aus ihren Händen kraftvolle Lichtsäulen, die sich zu einem gigantischen Schutzschild verbanden und die Kerans von ihr wegtrieben. Sie merkte, dass sie ihre ganze Kraft dazu brauchte, doch es funktionierte. Die Augen konnte sie kaum geöffnet halten, denn das magische Licht war blendend hell.

Die Macht des Wunsches der Wintersonnenwende und die Gabe einer Gezeichneten verbanden sich und stellten sich dem Bösen mit ihrer vollkommenen, magischen Kraft entgegen.

Die dunklen Kreaturen schrien auf, wichen zurück in die undefinierbare Weite des unnatürlich schwarzen Nachthimmels.

Nach einer gefühlten Ewigkeit, getränkt mit Angst und Hoffnung, verschmolzen die dunklen Wesen mit der Dunkelheit der Nacht. Völlig außer Atem ließ Emely ihre Hände sinken und der Schutzschild aus gleißendem Licht verschwand. Ihr Brustkorb hob und senkte sich stoßweise. Tränen der Erleichterung füllten ihre Augen, doch als ihr Blick auf Johann fiel, verdüsterte sich ihre Miene. Sie hatte ihren einzigen Wunsch benutzt, um den Zauber des Schnees zu schützen, das war ihre Aufgabe. Sie hatte Unmengen an Energie verbraucht.

Schritt für Schritt stapfte sie zu Johann. Ihr Saum des hauchdünnen, zauberhaften Kleides streifte dabei über den Boden.

Sie konnte noch gar nicht glauben, was gerade passiert war, und dass sie die Kerans und Remorde mithilfe des Zaubers und der geheimnisvollen Magie der Wintersonnenwende hatte vertreiben können. Unerwartet blieb ihr Saum an einem Ast hängen und sie fiel wie in Zeitlupe zu Boden. Sie spürte einen leichten Schmerz an ihrem Bein und etwas Warmes floss sanft darüber.

Bestürzt fuhr sie herum und zog den Saum ihres Kleides nach oben, um nachzusehen, ob sie sich verletzt hatte. In dem Moment, als sie die Wunde sah, tropfte ihr dunkelrotes Blut in den weißen Schnee.

»Nein!«, hauchte sie und starrte auf den Boden, wo sich ihr Blut in weiße Schneekristalle verwandelte – genau wie in ihren Träumen. »Nein, nein, nein …« Ihre Verzweiflung schnitt in die bedeutungsvolle, beklemmende Stille und sie beugte sich über die Stelle, an der eigentlich ihr Blut den Schnee rot hätte färben sollen. Da war kein roter Fleck. Es war genau wie in ihren Träumen. Ihr Blut hatte sich in schneeweiße Kristalle verwandelt. Erschüttert rutschte sie auf Knien die letzten Meter zu Johann durch den hohen Schnee.

»Es tut mir leid! Es tut mir so leid …«, drückte sie hervor, brach in Tränen aus und ließ ihren Kopf auf Johanns Brust sinken, die sich kaum merklich hob und senkte.

»Es tut mir so leid! Ich … ich … bin dir dankbar, was du alles für mich getan hast … Ich … Es tut mir so leid!« Immer wieder stockte ihr Atem und ihre Kehle fühlte sich eng und fest an. Sie brach über Johann zusammen und klammerte sich an seinem Hemd fest.

Niemals hätte der Zauber des Schnees sie auserwählen dürfen … Sie hatte versagt und jetzt würde sie sterben genau wie Johann und Justus, und der Zauber des Schnees würde brechen und nie wieder eine einzige Schneeflocke auf die Erde herabfallen.

»*Emely*«, hörte sie eine leise Stimme in ihrem Kopf und sie erhob sich langsam. Abertausende Schneeflocken stiegen vor ihr empor und begannen, in weißem Licht sacht zu leuchten.

Die Zeit war gekommen. Sie machte sich innerlich bereit zu gehen.

»*Emely*!«

Wieder vernahm Emely diese Stimme, die sie an Justus erinnerte. Starr stand sie barfuß mitten im tiefverschneiten Wald neben Johanns nahezu reglosem Körper.

Der Saum an der rechten Seite ihres Kleides war blutrot verfärbt. Tränen rannen unaufhaltsam über ihr Gesicht, fielen zu Boden und verwandelten sich dort in sacht leuchtende Schneekristalle. Ihr Blick war auf die Kristalle gerichtet, die immer schneller vor ihr durch die Nachtluft sausten und sich verdichteten. Irgendwann schien es, als würden sie eine Form annehmen … Es sah mittlerweile sogar so aus, als würde ein Mensch bestehend aus Schneekristallen vor ihr in der Luft schweben.

»*Emely, es wird alles gut*!«

In dem Moment war sie froh, dass sie die Abschiedsbriefe an ihre Eltern und Lisa geschrieben hatte, da sie nicht zurückkommen würde.

Die Gestalt sank zu Boden und stand ein paar Meter entfernt vor Emely. Ein Schneekristall nach dem anderen hörte auf zu leuchten und dann erkannte Emely, was wirklich passierte. Mit aufgerissenen Augen eilte sie zu dieser Person, bis sie in dessen grüne Augen blicken konnte. »Justus?!«, brachte sie mit brüchiger Stimme hervor. »Aber …« Ihre Knie versagten, doch Justus fing sie auf und hielt sie fest.

»Du hast es geschafft. Die Wunde wurde nicht durch einen Keran verursacht«, sprach er beruhigend, doch Emely konnte es nicht fassen. Sie war völlig durcheinander, brach schluchzend in Tränen aus und ihr Körper begann zu zittern.

»Ich bin da, ich halte dich!« Sie spürte Justus' starke Arme, die sie an ihn drückten.

Eines wurde ihr in diesem Moment bewusst: Sie hatte es tatsächlich geschafft! Die Gefahr war vorüber und das Schwarz des Himmels verschwand. Ein paar Sterne funkelten sogar am Himmel und die Morgendämmerung brach an und beendete somit die Nacht der Wintersonnenwende.

»Johann«, presste Emely hervor, »ich muss Johann heilen.«

Justus brachte sie stützend zu ihm und Emely kniete sich neben ihren Meister. Er sah wirklich schlimm zugerichtet aus, doch Emely konnte ihn spüren … er war noch nicht tot! »Zauber des Schnees, ich stehe im Bund mit dir, heile meinen Meister!« Kurz darauf passierte für sie das Normalste auf der Welt. Viele Schneekristalle lösten sich aus der Schneedecke, flogen um ihn herum und erloschen, als sie wieder den verschneiten Boden berührten. Die tiefen Wunden, die die Pfeile des Kerans verursacht hatten, hatten sich geschlossen und das Blut hörte auf, aus seinem Körper zu sickern. Nur sein Hemd war noch an einigen Stellen blutrot wie der Saum von Emelys Kleid.

Johann öffnete seine Augen. »Du hast es geschafft!«, sagte er mit tiefer Stimme, als er sich aufsetzte. Sie fielen sich in die

Arme und hielten sich fest. »Danke!« Seine Stimme kratzte, denn auch er wurde von seinen Emotionen überrollt.

Emely brach abermals in Tränen aus, woraufhin Johann ihr tröstend über den Rücken strich. Langsam standen sie auf und als Johann Emely ansah, wie sie da in ihrem Kleid aus Schneekristallen stand, sagte er: »Du bist eine wahre Wächterin!« Stolz verneigte er sich vor ihr.

Ein schwaches Lächeln umspielte Emelys Mund und sie verneigte sich ebenfalls.

Sein Blick fiel fragend auf Justus, der dicht hinter Emely stand.

»Es ist mir eine Ehre, Sie kennenzulernen.« Förmlich reichte er Johann die Hand.

Er erwiderte den Händedruck und sah verwundert aus.

»Das ist Justus«, stellte Emely ihn vor.

Johann schaute noch ungläubiger drein. »Der Justus aus der Welt des Zaubers?«

Emely bestätigte nickend seine Frage, woraufhin Johann ungläubig den Kopf schüttelte. »Ich komme nicht mehr mit … da werde ich einiges haben, das ich niederschreiben muss, um meine Bibliothek zu ergänzen … Du musst mir alles erzählen! Eins musst du mir unbedingt jetzt schon verraten. Wie bist du in die Welt des Zaubers des Schnees als … nun ja … ganzer Mensch gelangt?«

Justus wirkte plötzlich geknickt.

Emely legte ihre Hand auf seinen Rücken. »Du musst nicht drüber sprechen …«

Justus atmete tief durch. »Ich habe damals meine Eltern verloren. Sie starben bei einem Zugunglück. Ich hielt diese Trauer nicht aus, und als ich im darauffolgenden Winter in den Bergen an einer Felskante stand und keinen Ausweg mehr aus meiner Trauer sah, bat ich den Zauber des Schnees, mich für immer in seine Welt zu holen. Je länger ich in seiner Welt war, desto mehr verblasste mein Körper auf der Erde und ich war voll und ganz Teil der magischen Welt des Zaubers.«

Stumm blickten Emely und Johann Justus an. »Das tut mir leid für dich«, meinte Emely leise und nahm seine Hand.

»Also *das* wäre fast mit dir passiert …« Johann blickte ernst zu Emely, die ihm daraufhin wissend zustimmte.

»Es ist eine Ewigkeit her, die Zeit in der Welt des Zaubers vergeht viel langsamer … Ich denke, ich kann mittlerweile damit umgehen, was geschehen war.« Mit seinem Daumen strich er sacht über Emelys Handrücken.

»Stimmt … wie alt bist du dann eigentlich?« Neugierig schaute sie ihn an.

»Damals war ich achtundzwanzig. Wie viele Jahre ich in der Welt des Zaubers war, kann ich nicht sagen … es war auf jeden Fall eine sehr lange Zeit. Ich muss euch noch etwas sagen … Ich habe versucht, euch zu warnen, was den Keran in Raphaels Körper anbelangt, doch nichts – kein Wissen – darf die Welt des Zaubers des Schnees verlassen. Es tut mir sehr leid, dass ihr so lange im Unklaren wart. Eigentlich hätte ich noch nicht einmal die Warnungen aussprechen dürfen …«

Emely und Johann tauschten kurz Blicke aus. »Dafür musst du dich nicht entschuldigen, dafür kannst du nichts.« Emely nickte zustimmend, als Johann ihm sein Unbehagen nahm.

Emelys Blick fiel auf Raphaels leblosen Körper. Sie ließ Justus' Hand los und stapfte zu ihm. Sein Körper lag in ungewöhnlicher Art und Weise da und sie begann, seine Arme und Beine richtig zu legen, bis er gerade vor ihr auf dem Boden ruhte. Nie hätte sie gedacht, dass sie einfach so einen Toten anfassen könnte, doch es machte ihr nichts aus. Im Gegenteil, sie betrachtete ihn eingehend und spürte tief in der Seele eine Art Wärme.

Eine Hand berührte sie sanft auf der Schulter, es war Justus. Johann kniete sich neben den leblosen Körper Raphaels. Emely legte ihre Hand auf seinen Rücken.

Friedliche Stille breitete sich aus und Johann blickte traurig auf den Körper seines Enkels. »Wir sollten ihm die letzte Ehre erweisen«, sagte er und stand auf.

»Ich erkläre es dir später in Ruhe.«

Justus nickte und nahm rücksichtsvoll ein paar Schritte Abstand.

Jäh nahm Emely eine vertraute Anwesenheit wahr. Doch konnte das sein? Sie spürte deutlich Raphaels Anwesenheit. »Johann, ich kann ihn spüren, er ist da«, hauchte sie ergriffen und blickte in Johanns feuchte Augen. »Ich kann spüren, dass er glücklich ist. Ich denke, er ist froh, dass wir es geschafft haben, denn ich kann gleichzeitig so etwas wie Reue und Betroffenheit wahrnehmen.« Emely fühlte eine hauchzarte Berührung an ihrer Wange und dann an ihrer Schulter. »Er ist genau hier, ich kann seine Berührung fühlen.« Emely brach in Schluchzen aus und war gleichzeitig so dankbar, sich von ihm verabschieden zu können. Johann zog sie fest in seine Arme. »Denkst du, er kann uns auch hören oder nur fühlen?«

»Ich könnte mir vorstellen, dass er in seinem Seelendasein beides kann.« Emely löste sich aus seiner Umarmung und wischte sich Tränen von ihrem Gesicht. In diesem Augenblick wurde ihr bewusst, dass er immer wieder bei ihr gewesen war … Die Berührungen, die sie gespürt hatte, die Schuldgefühle. »Wir sind dir nicht böse, nur dass du das weißt. Gute Reise, Raphael«, sprach Emely in die Richtung, in der sie seine Anwesenheit spürte. Dann schaute sie Johann an und als er bewegt nickte, hoben sie zeitgleich ihre Hände über Raphaels Körper.

»Zauber des Schnees, ich stehe im Bund mit dir, lass ihn in Frieden ruhen.« Gleichzeitig sprachen sie ihre Bitte aus. Um den toten Körper versammelten sich leuchtende Schneeflocken, bis dieser verschwand und nur noch sein Abdruck im Schnee zu sehen war. »Jetzt ist er weg, ich kann ihn nicht mehr spüren.«

»Wie soll ich das bloß Elli erklären … Sie müsste nun wieder all ihre vergessene Vergangenheit zurückhaben.«

Emely sah, wie sich seine Augen mit Tränen füllten. »Sie wird es verstehen …« Tröstend legte sie ihre Hand auf seine Schulter. Er nickte kaum merklich und wischte sich mit seinem Ärmel übers Gesicht. Dann legte er eine Hand auf die Stirn des Hirsches aus Schnee, woraufhin dieser in seine Einzelteile – Schneekristalle – zerfiel. Gleichzeitig löste sich der Körper des echten Hirsches ebenfalls in Schneekristalle auf. Emely, Johann und Justus beobachteten dies andachtsvoll.

»Danke für alles«, flüsterte Emely zu dem Hirsch, der nun in der Welt des Zaubers in Ewigkeit ruhen würde.

»Lasst uns nach Hause gehen.« Als Justus Anstalten machte mitzukommen, drehte Johann sich um. »Es ist von jetzt an auch dein Zuhause, wenn du möchtest.«

Auf Justus' Gesicht breitete sich ein dankbares Lächeln aus. Er folgte Emely und Johann ein paar Schritte durch den Wald, bis sie die Aussichtsplattform erreichten.

In dem Moment ging die Sonne auf, tauchte die verschneite Welt in ein funkelndes Glitzermeer und ließ die Dächer der Stadt weit unter ihnen aufleuchten. Das Funkeln brach sich in ihren Augen und der Himmel strahlte in makellosem Blau bis zum Horizont. Es hätte kein schönerer Moment sein können und es schien, als wollte der Zauber des Schnees seinen Dank ausdrücken.

Justus griff nach Emelys Hand und zog sie an sich. Unerwartet fand sie sich in seinen Armen wieder und spürte seine Wärme durch ihr dünnes Kleid. Kurz blickten sie sich an, bevor ihre Lippen ineinander verschmolzen. Emely ließ sich fallen. Das alles hatte sie emotional und körperlich sehr mitgenommen.

Johann lief langsam weiter, um den beiden wohl etwas Zeit miteinander zu gönnen.

»Ich bin froh, dass du es geschafft hast und ich jetzt bei dir sein kann, auch wenn ich nicht weiß, wie ich aus der Welt des Zaubers zurückkommen konnte.« Er blickte in ihre Augen.

»Auch wenn wir uns nicht lange kennen … Aber ich empfinde … sehr viel für dich.«

Er lächelte, als Emely ihm unbeholfen ihre Gefühle gestand. »Ich kenne dich schon etwas länger …« Ein Grinsen nahm sein Gesicht ein. »Ich liebe dich!« Seine tiefe, klare Stimme erreichte jede Faser in Emelys Körper, woraufhin ihr Herz zu tanzen begann. Langsam beugte er sich zu ihr hinunter und berührte sacht ihre Lippen mit seinen. Seine Lippen schmeckten immer noch nach Schnee, stellte Emely fest, obwohl er nun wieder ein normaler Mensch war – in ihrer Welt. Sie lösten sich voneinander und blickten auf das Licht der Morgensonne, das alles zum Glänzen brachte, auch den Schneemann, der unverändert direkt neben ihr stand.

»Dann wusstest du, wer das war, der von uns gegangen ist?«

Justus nickte bejahend. »Es tut mir sehr leid für dich, was du durchmachen musstest …«, sagte er verständnisvoll zu ihr, worüber Emely sehr froh war.

Hand in Hand liefen sie weiter über das freie Feld, welches mit Emelys schlichtem Kleid um die Wette glitzerte. Abrupt stoppte sie, woraufhin Justus ebenfalls stehen blieb und sie fragend anschaute. »Ich liebe dich auch!« Sie fiel Justus in die Arme, der sie hochhob und dann durch die Luft wirbelte.

»Gehen wir nach Hause?« Justus nickte und Emely nahm wieder seine Hand.

Das, was in der Nacht passiert war, schien so irreal an diesem prächtigen, glanzvollen Morgen, dass Emely es weit wegschob. Sie würde nun versuchen, jede Minute ihres Lebens zu genießen, denn sie hätte tot sein können!

Johann war schon lange vor ihnen in der Villa angekommen, doch beide hörten mehrere Stimmen aus dem Wohnraum, als sie die Eingangshalle betraten. Fragend schaute Justus Emely an, doch sie zuckte nur unwissend mit den Schultern.

»Papa! Mama!«, rief sie überrascht, als sie die zwei auf der Couch entdeckte. Beide sprangen auf und hielten Emely tränenüberströmt und völlig aufgelöst fest.

»Gott sei Dank, du hast es geschafft!«, rief Gustav erleichtert und Emely musste beide von sich wegschieben, um wieder atmen zu können.

»Dein Vater hat mir alles erzählt … wir sitzen seit heute Nacht um ein Uhr hier und haben gebetet, dass du es schaffst.« Ihre Mutter wischte sich die Tränen aus dem Gesicht, woraufhin Emely gerührt und dankbar ihre freie Hand drückte. »Du siehst … toll aus …« Wilhelmina deutete auf das Kleid, das Emelys Körper zierte. »Wer ist das?« Ihre Mutter sah mit verweinten Augen neugierig zu Justus.

»Das ist Justus … mein Freund!«

Ihre Mutter musterte ihn. »Sehr erfreut«, sagte sie dann jedoch und schüttelte ihm die Hand. »Ich glaube, du hast einiges zu erzählen …« Mit einem kleinen Lächeln schaute sie in die Runde. »Ich kann es ja immer noch nicht glauben, dass es Magie gibt«, gestand sie und blickte kopfschüttelnd in die Runde.

Gustav legte zittrig vor Erleichterung einen Arm um sie und strich ihr über die Schulter.

»Wenn ich bitten darf?!« Emely ging voraus und alle folgten ihr in den Garten.

»Zauber des Schnees, ich stehe im Bund mit dir! Zeig dich!«

Wilhelmina und Gustav schauten mit großen Augen auf das, was daraufhin passierte.

Viele kleine Schneekristalle flogen empor, begannen zu leuchten und nahmen die Gestalt eines Hirsches an, der einmal um sie herum galoppierte. Er bäumte sich vor ihnen auf und zerfiel wieder in einzelne, golden leuchtende Schneekristalle, die sacht zu Boden tanzten.

Schneezauber

weiß, funkelnd, federleicht
liegst du da
du verzauberst meine Seele,
zart, tief, bestimmt
geheimnisvoll nimmst du mich mit auf den Weg

die ersten Schritte geh‘ ich zögerlich,
doch dann tanze ich
mit dir
mit leuchtenden Schneekristallen um die Wette
Dunkelheit bricht über mir zusammen
Verzweiflung frisst sich in meinen Verstand

leuchtet Schneekristalle, leuchtet
eure Seelen zeigen mir den Weg

ich finde das Licht

Ein magisches Dankeschön

Ich danke dem Zauber des Schnees, der meinen Alltag mit Magie gefüllt hat. Es gibt nichts Schöneres, als an einem Buchprojekt zu arbeiten und dabei kreativen Menschen zu begegnen.

Da gibt es meine Lektorin, Jacqueline Luft vom Lektorat Silbenglanz, die mir mit ihrer wundervollen und hochwertigen Arbeit zur Seite stand. Sie fühlte mit meinem Autorenherz mit und gab mir während der Überarbeitung Sicherheit. Wir hatten stets einen wertschätzenden, offenen Austausch, den ich sehr genossen habe. Danke, Jacky!

Dann ging mein Fantasyroman zu Chaela. Eine super Grafikerin und Autorin, die jeder Seite Leben eingehaucht hat. Kleine, zauberhafte Illustrationen und ein top Buchsatz sind so wichtig.

Danke, Chaela, für die zügige und unkomplizierte Zusammenarbeit!

Ria Raven, eine Wahnsinns-Coverdesignerin, hat mit einem Traum von einem Cover den krönenden Abschluss gebildet. Danke, dass du dir die Zeit genommen hast, Ria!
Ein großer Dank geht auch an meine Familie. Da ich selbstständig bin und drei Standbeine habe, ist das oftmals sehr viel Arbeit. Danke für eure Unterstützung!

Ein weiterer Dank geht an Chrissy Em Rose, eine Autorenkollegin, der ich auf Instagram begegnet bin. Ich durfte mich jederzeit bei ihr melden, wenn ich zum Selfpublisher-Dasein Fragen hatte. Danke für dein offenes Ohr und deine Hilfe, Chrissy!

Es geht weiter, denn mir sind noch mehr tolle Menschen begegnet. Maggie alias @berlinerbucheule hat mir durch ihre Wertschätzung meiner Arbeit gegenüber immer wieder neue Kraft gegeben. Danke an dich und an Johanna fürs Testlesen!

Danke an alle, die durch ihre Kommentare auf Instagram, Mails usw. mit mir der Veröffentlichung entgegengefiebert haben. Ihr seid toll! Die Schneekristalle leuchten für euch …

DANKE!

Johanns Keksrezept

3 Tassen Mehl (vorzugsweise Weizen 405)
2 Tassen Butter
(kalt in kleine Stücke schneiden, in die Tasse geben)
1 Tasse Zucker (Kristallzucker)
1 Prise Salz
Grober Rohrohrzucker
Lieblingszutat z. B. Zimt, Vanille, Kaffeepulver

- Das Mehl mit dem Zucker und dem Salz in einer großen Schüssel vermengen. Kalte Butter in Würfel schneiden und hinzugeben. Mit den Händen so lange kneten, bis ein glatter Teig entsteht. Das dauert einige Zeit, bis der Teig nicht mehr bröselig ist.
- Je nachdem, wie groß die Kekse werden sollen, den Teig in große Rollen formen. Abgedeckt mindestens eine Stunde in den Kühlschrank stellen.
- Teig herausholen, den Ofen auf 170 Grad Umluft vorheizen und ein Backblech mit Backpapier vorbereiten.
- Rohrohrzucker mit der Lieblingszutat auf einem großen Teller oder der Arbeitsfläche verteilen und die Teigrolle darüber rollen. Dabei leicht andrücken. Nun den Teig mit einem scharfen Messer in ca. 1 cm dicke Scheiben schneiden und auf das Blech legen. Für ca. 15 Minuten in den Ofen. Je nach Ofen und Dicke kann die Backzeit variieren. Die Kekse sollten am Rand leicht bräunlich sein.
- Die Kekse herausnehmen, auf einem Kuchengitter abkühlen lassen und in einer Keksdose aufbewahren.
- Mit einem guten Buch, Kakao, Tee oder Kaffee genießen …